GW00771753

Chantal Thomas

Casanova

Un voyage libertin

Denoël

Chantal Thomas, prix Femina 2002 pour *Les Adieux à la Reine*, adapté au cinéma par Benoît Jacquot, est essayiste, romancière, auteur de pièces de théâtre. Elle a notamment publié *Sade*, *Comment supporter sa liberté*, *L'esprit de conversation*, *Cafés de la mémoire*, *Le testament d'Olympe*, *L'échange des princesses*.

Elle a aussi édité et préfacé, au Mercure de France, la série « Femmes du XVIIIe siècle » dans la collection « Le Petit Mercure ».

L'alphabet est public et chacun est le maître de s'en servir pour créer une parole et la faire devenir son propre nom.

CASANOVA

Introduction

Giacomo Casanova, Vénitien, grand joueur et franc libertin, n'a pas fini d'en imposer. Ce n'est pas au nombre de ses conquêtes féminines (cent vingt-deux femmes en trente-neuf ans, paraît-il. L'exploit étant évidemment à penser du côté d'un certain délire de la vérification mathématique...) ni à l'habileté d'une stratégie séductrice qu'il le doit, mais, plus insidieusement et selon cette « duperie réciproque » qu'il mettait au cœur de tout rapport amoureux, à la seule force de son imagination — force et faiblesse, faiblesse convertie en force par l'obstination rigoureuse qui le fit toujours s'en tenir à la puissance des apparences. Et si parfois celles-ci parlent un langage obscur, il ne faut pas décider, ni chercher à élucider.

Ainsi, Casanova peut écrire d'une famille d'orphelines pauvres et toutes également jolies (égalité renvoyant à l'instant d'émotion qui lui révèle à chaque fois comme la plus belle la dernière femme aimée, la plus récemment dénudée) qu'il a recueillies chez lui : « Je les adorais m'adorant. » Ici, les ambiguïtés de la grammaire française servent à plaisir la confusion narcissique de l'amant. Qui adore qui ? La

question est hors de propos du point de vue de Casanova. Ce qui importe d'abord est que de l'adoration
passe, que le lecteur, à la suite de Casanova, soit
emporté dans un mouvement de ravissement sans
origine assignable ni vérité dernière, qu'il s'abandonne à l'amoralisme d'une écriture qui donne à se
représenter avec la même intensité la blancheur
d'un avant-bras, le velours d'un habit, le goût d'une
huître... Ou encore, qu'il reprenne à son compte le
défi ontologiquement absurde (puisqu'il ne repose
que sur une série de masques) de se prendre pour
Casanova.

C'est bien ce à quoi nous engage une certaine lecture des *Mémoires* de Casanova. Celle qu'il voulut
provoquer, celle qui le fit écrire et l'aida à vieillir et
qui, par-delà la lettre, entraîne le lecteur à rêver une
figure, à vivifier une image. En continuité avec
l'amour de soi qui anime toute son œuvre, il y a un
indéniable succès des mises en images de Casanova.
Bandes dessinées, films, visualisent à l'envi le personnage. Au cinéma, on connaît le *Casanova* russe
et flamboyant d'Alexandre Volkoff (1927), mémorable par la présence d'Ivan Mosjoukine, le *Casanova* juvénile de Comencini (1969), le *Casanova* à
dominante sénile et nordique de Fellini (1976), et
dans *La Nuit de Varenne* (Ettore Scola, 1982) l'interprétation chamarrée qu'en donne Mastroianni. On
pourrait aussi mentionner l'adaptation plus libre et
plus indirecte de *Cet obscur objet du désir* de Luis
Buñuel (1977), qui reprend l'aventure de Casanova
avec la Charpillon — cet épisode malheureux ayant
déjà inspiré le livre de Pierre Louÿs *La Femme et le
Pantin* que Sternberg met en scène en 1935 (curieux,
d'ailleurs, cette insistance sur l'unique avatar réellement funeste dans la vie de Casanova). La femme,

fatale, est jouée par Marlene Dietrich, le film se passe à Séville. Il débute (tout comme le film de Fellini) par une scène de carnaval — une des plus belles qui aient jamais été filmées — dans une envolée de masques et de confetti, dans des torsades de serpentins et de grilles en fer forgé... On peut imaginer que les fictions et distorsions, les diverses excursions à partir de son œuvre (surtout lorsque y figure une femme comme Marlene Dietrich) n'auraient pas déplu à Casanova ; et, plus particulièrement, que le cinéma eût pu lui sembler un médiateur bien choisi. Pure hypothèse, bien sûr. Mais il est certain qu'être une image en mouvement était l'une des formes de bonheur pour Casanova et que, s'il adorait être regardé, il détestait être *fixé*.

Dans ses *Mémoires*, il apparaît rarement en plein désarroi, sauf quand il est l'objet d'une attention trop insistante et qui ne relève pas d'une curiosité amoureuse. Ainsi, à Naples, il perd tous ses moyens sous les yeux d'une femme riche et belle qui, silencieuse, le dévisage sans sympathie. « Il y a dans la vie, écrit-il, des situations auxquelles je n'ai jamais pu m'adapter. *Dans la plus brillante compagnie, une seule personne qui y figure, et qui me lorgne, me démonte* ; l'humeur me vient, et je suis bête [1]. » Le regard qui le touchait devait se faire adhésion furtive et désirante, et non l'emprisonner dans une extériorité hostile. Casanova aime être vu dans l'éclat d'une séduction, il ne tient pas à être reconnu. Son personnage de séducteur implique une grande visi-

---

1. Casanova, *Histoire de ma vie*, vol. 1, p. 207. J'utilise comme texte de référence le manuscrit original de Casanova publié en six tomes et douze volumes, sous le titre *Histoire de ma vie* (Wiesbaden-Paris), Brockhaus-Plon, 1960-1962.

bilité, mais ses « fonctions » de charlatan, d'escroc
et d'agent secret, exigent la constante proximité
d'une ombre où se replier et, s'il le faut, disparaître.
La coquetterie intempestive de Casanova est tempé-
rée par la sagesse de l'adage : pas vu, pas pris. Dans
les regards qu'il suscite, Casanova ne demande rien
d'autre qu'une complicité légère, furtive, un accord
d'impostures...

D'où, peut-être, l'intérêt d'une lecture « féminine »
de Casanova, qui, sans rien dénier de l'importance
d'une critique jusqu'alors surtout masculine, serait
plus indifférente quant à l'adhésion au mythe de
Casanova, avec ce qu'une telle adhésion implique de
non-dit sur des notions d'identité sexuelle et même
d'authenticité. Je pense, entre autres, à cette phrase
de Maurice Heine : « Je ne recommanderais pas ce
livre à une femme, mais je le ferais pour tous mes
amis... », ou à cette déclaration de Gérard Bauër :
« Toutefois cette saveur [des récits de Casanova]
n'est pleinement ressentie que par des lecteurs, non
par des lectrices. Les *Mémoires* sont un livre
d'hommes... », ou à cet aveu de Stefan Zweig :
« Aucun homme véritablement homme ne peut lire
à certaines heures les *Mémoires* de Casanova sans
envie. » Ou, encore plus explicites, à ces déclarations
d'Octave Uzanne sur lesquelles s'ouvre le texte critique, historique et illustré des *Mémoires* de Casanova aux Éditions de La Sirène, dont la publication
(de 1924 à 1934) a été, de volume en volume, fiévreusement attendue par les casanovistes : « Incontestablement, les libraires détaillants nous le révèlent,
nos causeries avec nombre de femmes, cependant
libres d'esprit, tendraient à nous le prouver, Casanova n'a point dans la présente postérité une cohorte

d'admiratrices promptes au panégyrique de son autobiographie... À quelque classe qu'appartiennent les lectrices du Don Juan vénitien, femmes de haute culture ou primaires, jeunes ouvrières ou vieilles douairières, petites-bourgeoises ou professionnelles d'art, ingénues ou courtisanes perverses, *toutes* semblent vouloir témoigner que notre cher Casanova est embêtant, soporifique et *rasoir*... La lecture des *Mémoires*, d'après notre masculine évaluation des valeurs, faite d'un tout autre point de vue que celui des femmes, nous donne une haute idée de la puissance dynamogénique qui permettait à un tel homme de réaliser toute sa vie vagabonde et passionnelle. Nous l'admirons, et pour cause. »

Aux femmes manquerait donc la cause première du principe d'évaluation sur laquelle se fonde la « dynamogénique » des jugements masculins — y compris ceux, manifestement névrotiques, qui disent ne pas aimer Casanova. Car, que ce mythe fasse envie ou horreur, comme dans le cas de Fellini, qui, dans son dégoût extrême du personnage, arrachait au fur et à mesure de sa lecture les pages des *Mémoires* (plus tard, au cours du tournage, il ira jusqu'à faire limer les dents de son acteur, Donald Sutherland), revient au même, c'est-à-dire à la reconnaissance d'un effet d'évidence, celui d'un désir limpide et d'une performance physiologique sans incertitude, en accord avec le sentiment premier d'une sorte de prédestination : être né pour aimer les femmes et se faire aimer d'elles. On peut s'interroger sur le sens d'une prédilection qui se traduirait, en termes d'écriture, par une exclusion : Casanova, qui aurait vécu pour les femmes, ne saurait être lu par elles...

En réalité, ce n'est pas de lecture qu'il s'agit ici,

mais d'une autocontemplation radieuse (ou haineu-
se) de sa propre puissance phallique. Ces visions sur-
chauffées ont lieu dans l'ombre portée d'un gigantesque braquemart : épée armoriée, sexe tatoué,
faux nez de carnaval... C'est très bien ainsi. Casanova, sans doute, n'écrivait pas autrement — en hal-
lucinant des virtualités désormais évanouies. Et,
moi-même, je ne me priverai pas de telles complai-
sances figuratives (même si j'écris simplement, par
souci de discrétion, à l'ombre d'un parasol blanc.
Plus loin : la mer — pôle d'aucune attraction dans
l'univers du xviiie siècle. Et, visible de la terrasse où
je suis : la plage. Des hommes armés de téléobjec-
tifs photographient des seins nus. Ils les développe-
ront, plus tard, dans le secret d'une chambre obscure, les compareront, leur inventeront des visages
et des biographies qui, toutes, devront croiser les
leurs). À moi aussi, ça me plaît d'y croire, non pour
me rassurer sur ce dont je suis capable, mais pour
approcher le plaisir en une suite de séquences
éblouissantes, totalement satisfaisantes en elles-
mêmes, sans supplément d'âme à combler, ni
demande de communication. Chez Casanova, chacun suit son projet, et ce projet est identique à la
recherche de son propre plaisir. C'est dans cette
butée singulière sur un point aveugle, sur ce fond
dysharmonique, que se produisent les rencontres.
Pas question donc de vouloir détruire le mythe de
Casanova : il est tout à fait plaisant. D'ailleurs,
comme répondait Casanova à Voltaire qui voulait
que l'on s'attaquât au penchant de la superstition,
par quoi le remplacer ?

Mais je rappellerai que, de ce mythe, Casanova,
seul, fut l'auteur, au double sens du terme, et que la
figure de Casanova telle qu'elle est visuellement

reproduite ou inventée, ou passée dans l'implicite d'une référence qui va de soi, résulte uniquement pour nous d'une pratique d'écriture. C'est là *tout* ce que nous savons de Casanova. Il y a un effacement de Casanova écrivain, tous les projecteurs étant centrés sur Casanova « fouteur ». On ne veut pas voir que celui-ci n'existe que par celui-là, qu'il est le premier metteur en scène de sa sexualité. Casanova vieillard en train d'écrire ses Mémoires, cela est généralement considéré comme le dernier épisode, le plus terne, d'une existence mouvementée. Écrire viendrait après tout ce qu'il a vécu... C'est fausser le problème, pour des commodités réalistes, et parce qu'il est plus facile de penser le sexe comme un fait brut sur lequel, ultérieurement et dans une radicale maladresse, du langage viendrait se greffer, que de penser la simultanéité discordante, aberrante, ridicule, mais profondément jouissive, d'un être de langage *et* de sexualité.

Le prétendu naturel de « l'amant tendre et joyeux » (chanté par Apollinaire dans une de ses dernières œuvres [1]) conduit à oublier la part fondamentale de duplicité, de dispositifs langagiers et littéraires, dont s'est constituée l'existence même de Casanova. Ce sont ces dispositifs invisibles qui font de ses *Mémoires* un texte multiple, surprenant par la rapidité des changements de perspectives, la mobilité du narrateur, sa curiosité illimitée, son goût du sale et du sordide, et même du monstrueux, son amour du déguisement...

De n'être nullement prise dans l'alternative d'une

---

1. Apollinaire, *Casanova*, Comédie parodique, Paris, Gallimard, 1952. Apollinaire reprend l'épisode avec le faux castrat Bellino-Thérèse.

envie ou d'un rejet, encore moins dans l'optique d'une revendication, je m'accorderai la liberté d'un sujet désorienté — liberté de se perdre, de s'arrêter, de continuer, et surtout de s'étonner. À la faveur de ce non-savoir, c'est à la singularité du discours libertin de Casanova (et du corps qui en fut à la fois le support, le centre et la hantise) que je voudrais être sensible. À ce qu'il y a en lui d'impartageable au nom d'une expérience supposée commune. Car la beauté baroque, infime, grossière, âpre, souvent violente et profondément étrangère — ne serait-ce que par la double distance de l'éloignement dans le temps et de celle, plus intime et problématique, qui séparait Casanova de la langue française — dont sont marqués les *Mémoires* de Casanova, n'a rien à voir avec un tableau lisse et rassurant. Elle ouvre sur des interrogations, des gestes qui ont la force romanesque et l'isolement des énigmes.

C'est du côté du joueur et de la superstition, avec leur alliage de ruse et de savoir-faire, dans un rapport total et systématique à la dépossession (non la dépossession du délire amoureux mais celle du hasard d'un moment), et donc dans une position résolue d'ignorance, que se situe Casanova. « L'ignorance » casanovienne assure deux éléments importants pour le principe de plaisir : ne pas chercher à savoir lorsque ce savoir risque d'entraîner une diminution du plaisir, se refuser globalement et en détail à toute insinuation de culpabilité. Casanova sait se contenter d'illusions. De plus, quelle que soit la pression des choses ou des gens, il n'assume pas la moindre responsabilité dans l'avènement du mal — sinon joyeusement. Comme il l'écrit très joliment : « Je ne fus enfin mauvais, quand je le fus, que de gaieté de cœur [1]. » Cette non-assomption du mal, identique à l'acceptation de sa nécessité, fait partie d'une attitude fataliste.

Le temps des *Mémoires* est fermé à toute signification, à l'entreprise d'intelligence (ou de récupération) d'un progrès historique comme à celle d'une sagesse personnelle : Vieillir n'enseigne rien, sinon la tristesse d'enlaidir. C'est peut-être là que s'est jouée sa passion dominante pour les petites filles ; non pour souiller leur innocence mais pour s'unir à leur ignorance. Pour magiquement demeurer dans cet univers immémorial et impur, celui d'avant le temps, mais aussi d'avant la présence de l'autre, la menace de son désir ou de son refus.

Paradis de la légèreté. Casanova ignore le poids des complications amoureuses, dont le terme anglais d'*affair* donne une assez juste idée. Il est absolument un homme de loisir (c'est pourquoi il n'a jamais eu, contrairement à Lorenzo Da Ponte, le librettiste de Mozart, l'idée de s'exiler aux États-Unis). Sa rapidité, sa façon de ne pas s'attarder dès qu'un lieu lui paraît vide de ses ressources de plaisir, ne répond pas à une urgence extérieure. Elle suit un rythme personnel et solitaire. C'est cet aspect heureusement non relationnel et tout à fait désinvolte quant à la notion d'autrui qui m'a d'abord séduite, comme la possibilité d'un espace aéré et toujours peuplé. En effet, l'horizon des voyages de Casanova est constamment humain. Il ne se déplace que pour voir des gens et, autant que possible, des gens célèbres (le siècle suivant, ce sont les monuments qui prennent le relais des hommes vivants : on galope vers les pyramides comme on

1. *Histoire de ma vie*, vol. 10, p. 52.

allait visiter Voltaire). Cet espace mondain est très respirable (malgré les senteurs musquées qui l'imprègnent !), peut-être parce qu'il est affectivement détaché. Ce qui ne veut pas dire qu'il soit froid ou morne. Mais il est vibrant d'un sentiment qui, de nos jours, passe rarement pour une passion : *la curiosité*.

Voyant une femme pour la première fois, Casanova ne rêve pas en termes de logique duelle. Il est seulement curieux — de sa nudité, de savoir comment c'est de faire l'amour avec elle, quelles sensations particulières, liées à quels détails encore inconnus, s'y attachent... Les personnages des *Mémoires* restent ensemble le temps d'une curiosité. Cet univers à la fois discontinu et tendu vers la prochaine rencontre, où l'on passe d'une capitale européenne à l'autre dans une seule foulée (si lente soit-elle), constitue un espace circulatoire parfait. Il donne, à chaque page, envie de s'y engager. Car qu'est-ce donc qui nous entraîne à imaginer un siècle (cette découpe temporelle n'étant rien d'autre qu'une abstraction, qu'un caprice mental) aussi lointain, aussi improbable que le xviiie siècle, sinon une envie, ou un réseau d'envies présentes ?

Les miennes, tout de suite, portent sur ces points :

l'amour vécu sans abîmes de profondeur, sans fantasmes de perpétuation, mais dans la sûreté d'une pratique, d'un corps à étreindre avec toute l'attention que sa nouveauté appelle ;

le monde parcouru selon une carte de ses fêtes ;

la vie aimée comme voyage...

Dans ce cas, me direz-vous, pourquoi un détour si livresque (pourquoi rester sur la terrasse, sous le parasol blanc) ? Il y a des moyens plus immédiats, plus directement casanoviens, qui ne conduisent pas à fréquenter les bibliothèques ni à s'enfermer prématurément... Certes... Tout cela je me le suis dit à moi-même, plus d'une fois... Quelle incompréhension fondamentale ! Écrire sur Casanova (comme si Sade ne m'avait pas suffi !)... Le suivant sera lequel, ou laquelle, parmi les grands débauchés de la littérature (ceux-là mêmes, on l'aura remarqué, sur lesquels Lagarde et Michard sont plutôt tièdes). Je suis dérangée, c'est certain. Mais par rapport à quoi ? Peut-être d'abord par rapport aux manuels de littérature (or de tels troubles sont dangereux parce qu'ils se produisent juste dans la phase prégénitale, quand on confond tout avec tout)... J'imaginais Casanova lui-même, incrédule, hilare, à la vue d'un spectacle aussi imbécile, d'une studiosité aussi puritaine : moi compulsant des fichiers ou recopiant des passages de ses vieilles lettres, des lettres qu'il avait écrites à moitié endormi, et dont seule la réponse de son correspondant lui avait rappelé l'existence... Et je me demandais quelles scènes il aurait inventées pour me dérider, pour me faire lâcher stylo et papier et m'inviter au carnaval... Quelles caresses il aurait tentées... Les plus commodes assurément... Il pouvait avoir le goût du cirque et de l'exploit acrobatique, mais seulement si la situation l'exigeait. Comme au lazaret d'Ancône, avec la jeune esclave grecque qu'il « fréquente » à mi-corps (la partie supérieure)...

Avec une femme rivée à sa machine à écrire qu'aurait-il fait ? Situation nouvelle pour lui. Tous les gens qu'il rencontre sont merveilleusement inoccupés, au mieux ils s'acharnent à l'obtention du grand œuvre, ils vont vérifier au sortir de dîner si le fourneau n'est pas éteint... À part cela, disponibilité à perte de vue... Il y a bien les représentations à l'Opéra qui pourraient constituer des obligations à heures fixes, mais personne ne se sent tenu d'arriver à l'heure. Donc pas d'horaire restrictif. Et, évidemment, pas d'emploi du temps centré sur la dactylographie. Pourtant, c'est certain, la machine à écrire n'est pas un objet qui puisse laisser Casanova indifférent (de tous les noms nouveaux engendrés par les débuts de la modernité, le seul qui lui plaise et sur lequel il termine son examen critique d'un *Dictionnaire de la Révolution*, est celui de *télégraphe*). Pour se rassurer sur son étrangeté, il commencerait par me trousser... J'ai toujours eu envie d'écrire avec quelqu'un qui, sans trop de fébrilité (je ne veux pas perdre complètement le fil de mes pensées), mais suffisamment concerné, me caresserait... Après avoir longuement hésité sur un point-virgule, j'ouvrirais les cuisses...

Et c'est ainsi que je n'ai pas renoncé à cette contribution critique.

Jean-Paul Sartre (non, il n'intervient pas dans la scène précédente) voyait dans le critique une espèce de gardien de cimetière et dans son activité peu gratifiante, vaguement dégoûtante, un vampirisme larvé. Cette vision mortifère qui rattache la pulsion critique à celle de l'historien, au sens où, tel Jules Michelet, il voudrait boire « le sang noir des morts », n'est pas, du moins je le crois, ce qui m'anime ici. D'abord, parce que je n'ai pas une approche aussi substantialiste des écrivains. D'autre part, parce que le travail critique se déploie dans le présent d'un texte (aussi bien que le travail du mémorialiste). Ensuite, parce que, pour moi, l'écriture critique comme l'écriture autobiographique — avec laquelle elle a, de toute façon, beaucoup à voir, ne serait-ce que par le choix thématique des auteurs qui nous séduisent — est une coupe dans une incessante activité de récriture, un moment que l'on essaie de rendre lisible. Ce serait donc du côté du jeu de la variation que je situerais l'entreprise critique. Elle ne relèverait pas spécifiquement de désirs d'explication, d'interprétation, d'information ou de formalisation. Ceux-ci peuvent s'adjoindre comme autant de modulations stylistiques. Ils ne constituent pas une finalité.

La critique, comme toute écriture, est sans finalité. C'est pour rien qu'elle s'exerce : elle est, précisément, *un exercice*, et elle dure, à la manière des amours casanoviennes, le temps d'une curiosité. Au nom de cette curiosité, elle se donne le droit des ellipses ou des reprises, des oublis, des prolongements, des ramifications imprévues. La critique est un exercice d'infidélité. Si elle trahit, c'est toujours de « gaieté de cœur ». Les écarts qui la séparent du texte initial ne sont pas ses limites, mais sa façon de poursuivre un même projet.

Catalogue

*J'ai aimé les femmes à la folie, mais je
leur ai toujours préféré ma liberté...*

CASANOVA

Casanova ne tient pas le compte de ses amantes.
Il est trop foncièrement dans la dépense pour qu'à
aucun moment ses amours dissipées fassent
somme. Peut-être aussi qu'il n'a pas de domestiques assez fidèles pour assurer une telle compta-
bilité : ses valets sont aussi libertins que lui. Entre
maître et serviteur, la devise est du style « chacun
pour soi », on vaque à ses affaires, à ses débauches
privées, sans s'interdire, parfois, des croisements...
Rien, ici, de ces univers parallèles et profondément
incommensurables que représentent ceux de Don
Juan et de Leporello : les chiffres chantés par Leporello sont un pont lancé au-dessus d'une séparation. Casanova ne compte pas, et personne ne
compte à sa place.

Il y a pourtant dans ses *Mémoires*, sinon un effet
d'addition, du moins la progression ouverte d'un
catalogue. Au fil des voyages s'inscrivent des visages,

des corps de femmes — galeries de portraits qui
arrêtent, au passage, le visiteur...

Elles nous accompagnent pendant notre lecture,
en images précises ou en libres rêveries sur leurs
prénoms. Je leur crois le goût des apartés, je leur
imagine le regard coulissé. Elles sont toutes jeunes,
avec la peau très blanche et des yeux noirs qui
brillent... Ce sont leurs yeux surtout que Casanova
se rappelle avec insistance : après tant d'années, ces
femmes continuent de lui apparaître dans la curiosité de la première fois, cachées sous leur masque
de carnaval. Même démasquées, elles ne seront
jamais complètement connues... Elles maîtrisent
tous les rouages du spectacle.

Le monde des *Mémoires* est peuplé de femmes.
Casanova meurt et renaît de leur présence, et meurt
définitivement quand il comprend qu'il n'en rencon-
trera plus.

Mais d'abord il a voulu les doter — signe de Nar-
cisse, geste de tendresse, cadeau de rupture — de la
vie plus longue des livres.

Le catalogue s'ouvre...

Bettine (Padoue)

Treize ans, perverse folâtre, grande liseuse de
romans. Quand elle ne lit pas, elle expérimente
l'émotivité érotique des garçons (et leur terrible
immaturité). La malheureuse est lotie d'une famille
désastreuse qui sera cause de l'extrême brièveté de
sa vie libertine. Bettine est la sœur de l'abbé Gozzi
chez qui Casanova, enfant, est mis en pension. Sa
mère est idiote, laide et bigote. Son père, un cordon-
nier stupide et ivrogne, ne s'anime que lorsqu'il est

pris de boisson. Alors il chante le Tasse et tient éveillée toute la maisonnée. Cependant Bettine poursuit ses lectures...

Elle a de longues chemises et les cheveux ondulés que donnent les tresses défaites. Chaque matin, elle vient aider à la toilette de Giacomo. Ses soins sont brusques et caressants, ses mains le font défaillir. Elles le tâtent, le chatouillent, le débarbouillent. Tout en maniant le petit pensionnaire, Bettine l'appelle « son cher enfant » et lui reproche sa timidité. Casanova se laisse faire et éjacule, timidement.

Bettine a plus d'un amant. Elle se débat et s'embourbe dans les mensonges et les contradictions. À bout d'arguments et sur le point d'être trahie aux yeux de ses amants, Bettine se jette courageusement dans la grande crise (sans sol matelassé pour la recevoir). Elle n'en ressort pas indemne. « Possédée », puis désenvoûtée, elle tombe gravement malade et manque de mourir. Elle guérit, mal, et épouse quelques années plus tard une sombre brute. Triste fin pour qui a connu d'aussi radieuses dispositions au désir. Entreprenante, romanesque, théâtrale, rusée — trop sans doute pour la société qui l'entoure —, Bettine succombe d'abord à son isolement : Entre la nullité des parents, la vertu de l'abbé et l'affolement des écoliers qu'elle fait jouir...

Casanova voue un culte à Bettine, il a presque tout appris d'elle. En particulier les avantages et les limites de l'hystérie...

Angela (Venise)

Elle est prude, prudente, brodeuse patiente... Elle
est la nièce du curé Tosello. Casanova, adolescent,
est alors un abbé précoce. Il tombe amoureux
d'Angela en pleine préparation d'un sermon. « Cet
amour me fut fatal ; il fut cause de deux autres qui
furent causes de plusieurs autres causes qui abou-
tirent à la fin à me faire renoncer à l'état d'ecclésiastique. » Angela prend des leçons de broderie en
compagnie de deux sœurs : Nanette et Marton.
Casanova, amoureux d'Angela, passe des journées
à les regarder broder. Entre deux coups d'aiguille,
il parle de ses états d'âme, et se fait de plus en
plus démonstratif. Angela, « négative au suprême
degré », reste silencieuse, penchée sur son tambour.
Méfiante, elle n'entre pas dans les raisonnements de
Casanova. Puisqu'il refuse de l'épouser, elle le laisse
dégoiser et délirer tout son saoul. Lorsqu'elle
répond, c'est par quelque proverbe bien envoyé. Le
jeune abbé essuie le coup et se remet à ses déclama-
tions. Attentive à son ouvrage, Angela cherche dans
son fond de sagesse un autre dicton. Elle ne se hâte
pas. Elle croit jouer gagnante : De tout ce verbiage
finira bien par émerger, claire et nette, la demande
en mariage. C'est compter sans les hasards de
l'écoute. Les mots destinés à Angela ricochent sur
son mutisme et glissent vers les deux amies. Casanova, obnubilé par son aimée, ne comprend pas tout
de suite (après quelques expériences, son champ de
vision va s'agrandir, de sorte que, même totalement
obsédé par une personne, il n'en cessera jamais pour
autant de voir les autres...).

Il lui faut l'épreuve d'une nuit durant laquelle, enfermé dans une chambre avec Angela, Nanette et Marton, il poursuit de ses prières l'inaccessible Angela. En vain. Au lever du jour, après être passé par toutes les phases de l'excitation à l'abattement, il est dans un état de colère violente. La calme Angela propose une autre nuit avec promesse de se montrer plus aimante — peut-être même de se laisser embrasser ! Casanova va au rendez-vous fixé, comme le précédent, dans la chambre de Nanette et Marton. Mais Angela ne vient pas. Son absence libère chacun : Casanova de son rôle d'amoureux transi, Nanette et Marton de celui d'intermédiaire. La nuit tourne à la fête. Casanova sort deux bouteilles de vin de Chypre et une langue fumée qu'il avait emportée dans sa poche. On se met à table. Par amitié, pour jouer, on échange des baisers (« Je ne pouvais pas sans fatuité croire qu'elles m'aimaient ; mais je pouvais supposer que les baisers avaient fait sur elles le même effet qu'ils avaient fait sur moi »). On se met au lit pour dormir. Casanova, bonne nature, s'endort effectivement. Il se réveille un quart d'heure plus tard et se tourne vers sa compagne de droite (il découvre ensuite qu'elle est Marton). Celle-ci ne bouge pas de son immobilité de dormeuse, mais se détend imperceptiblement. Elle mime avec constance un sommeil régulier. Casanova se retourne vers sa sœur qui dort aussi sereinement que Marton. Souffle égal, même corps souple. Casanova l'approche avec mille précautions. Elle est couchée sur le dos. Il s'allonge sur elle... Dans le plaisir elle se trahit, et oublie la fiction d'un sommeil innocent. Alors Marton peut « se réveiller » à son tour et observer Nanette et Casanova. La scène se poursuit, yeux grands ouverts. Ablutions collectives. Bref retour à la langue fumée et au vin de Chypre. Les amours reprennent. Nuit blanche. Casanova passe de Nanette à Marton, de Marton à Nanette. En cette même nuit, les trois amants perdent ensemble leur virginité. L'histoire dure aussi longtemps que le séjour de Casanova à Venise. Elle est sans ombre, sans dépit ni jalousie d'aucune part. Angela, avec un bel à-propos, a disparu de l'horizon. Elle ne goûtera pas aux orgies de vin de Chypre.

Était-elle réellement incapable d'y figurer ? Qui sait ? À l'intérieur même du texte de Casanova, il y a plus d'une image d'elle. D'abord celle d'une fillette sage. Mais aussi, livrée par un lapsus de Marton, l'image d'une gamine dont la « négativité » n'était pas exempte de passion. En effet, comme Casanova ne peut croire à un amour si chaste et est prêt à conclure qu'Angela ne l'aime pas, les deux bonnes amies, pour le convaincre du contraire, lui confient un secret. Marton raconte : Quand nous dormons toutes les trois ensemble et qu'Angela me prend dans ses bras, elle me couvre de baisers et elle m'appelle son « cher abbé »...

Lucie (Paséan)

Une campagne du Frioul où Casanova (il a quinze ans) s'adonne aux joies de la nature — théâtre, dîners, concerts et quelques promenades dans des allées ombragées...

Lucie est vive, brune et bouclée, la peau très blanche. Elle a quatorze ans. Elle est la fille des gardiens. Elle est chargée d'apporter à Casanova son petit déjeuner. Elle surgit au matin dans sa chambre, échevelée, en jupon. Pendant qu'il boit son café, elle s'installe sur le lit — puis, au bout de quelques jours, dans le lit. Comme ça, pour bavarder plus commodément... Casanova est terrifié par sa liberté de mouvement (on imagine cette enfant avec des jambes qui bougent tout le temps). Décidé à respecter son innocence, il n'ose faire un geste de peur d'oublier ses résolutions honnêtes. Il finit par ne plus dormir à la pensée du supplice quotidien de cette jeune lutine qui vient gambader dans son lit. Un matin, il la supplie, en larmes, d'interrompre ses visites. Lucie, stupéfaite, ne comprend pas pourquoi et, voulant lui essuyer les yeux avec sa chemise, dénude ses seins. Pour le consoler, elle lui propose de dormir avec lui. Et pendant les quelques nuits qu'ils passent ensemble, Casanova a beaucoup de mal à observer sa retenue. Lucie ne fait rien pour l'aider. Elle est, sur le sujet, d'une parfaite inconscience. Ce qui va rapidement causer son malheur. Quand Casanova revient, un an plus tard, les parents désespérés lui apprennent que leur fille s'est enfuie avec « l'Aigle », le coureur du châtelain. Il l'a séduite et engrossée. Casanova est extrêmement frappé par ce « meurtre ». L'expression n'est pas excessive, comme le prouvera la rencontre qu'il fait de Lucie, plus de trente ans plus tard dans un bouge d'Amsterdam. Les malheurs et l'alcoolisme l'ont à ce point détruite que, même dans un lieu aussi abject, elle ne peut plus prétendre à se vendre. Elle propose à Casanova des putains vénitiennes. Il monte avec elles. Non qu'il soit d'humeur à s'amuser, mais selon cet esprit de sombre résolution qui s'empare de lui en pareil cas.

Ces deux histoires virginales, de Bettine et de Lucie, ouvrent la vie amoureuse de Casanova. Elles ont une valeur à part dans la suite de ses amours ;

elles ne font pas partie de l'enchaînement des rencontres, du réseau des plaisirs. Ce qu'elles eurent d'inachevé et d'initiateur n'était que préliminaire dans les aventures de Casanova, mais devait se charger pour ses compagnes d'un sens définitif : Casanova reconnaissait là, à travers les deux destins opposés mais pareillement catastrophiques de Bettine (qui se marie vertueusement) et de Lucie (qui tombe de bordel en bordel), combien la découverte du plaisir qui devait le conduire à une vie d'inconséquence, pouvait, au contraire, être lourde de conséquences pour une femme...

Ce qui allait faire son plus sûr bonheur les avait perdues. Mais toutes, sur cette voie, ne se perdent pas...

Thérèse Imer (Venise)

Coquette, bizarre. Elle deviendra une chanteuse célèbre. Lorsque Casanova fait sa connaissance elle est surtout fameuse pour sa beauté. Thérèse se déshabille volontiers à sa fenêtre et obsède de sa nudité entr'aperçue les malheureux spectateurs. M. de Malipiero, vieux sénateur libertin, est le mieux placé (son palais est vis-à-vis de la chambre de Thérèse), et aussi le plus épris. Il fait venir la jeune fille chez lui. Et elle se livre, avec mille réticences, à l'impuissance de ses désirs. S'apercevant que Thérèse est plus douce avec lui quand Casanova est présent, il demande à celui-ci d'assister à leurs ébats (ceux-ci sont limités par la presque totale paralysie de M. de Malipiero, par les caprices de Thérèse et par la surveillance discrète de sa mère). Casanova est encore plus impressionné par les accès de fureur qui s'emparent de M. de Malipiero après le départ de Thérèse que par les séances elles-mêmes.

M. de Malipiero avait besoin du jeune et joli abbé pour distraire Thérèse du caractère repoussant de ses caresses. Il ne lui demandait pas d'intervenir. D'où sa colère le jour où il découvre Thérèse et Casanova en train d'examiner et de comparer leurs organes sexuels. Casanova est chassé à coups de canne. L'affaire lui paraît de bonne guerre. Il garde toujours pour Thérèse (qu'il reverra souvent par la suite) et pour M. de Malipiero une tendre mémoire...

Juliette (Venise)

Dite la Cavamacchie ou la Dégraisseuse, à partir du métier que faisait son père (blanchisseur). C'est en allant livrer un costume à un client qu'elle obtient son premier amant...

Courtisane brillante, grande insolente et croqueuse de fortunes. Casanova la déteste dès le premier regard. Non qu'elle ne soit belle (dans l'insistance de Casanova sur ses défauts, sa partialité est manifeste), mais il ne supporte pas ses airs de hauteur, la manière dont elle s'adresse à lui « comme s'il était à vendre ».

La Tintoretta (Venise)

Autre courtisane, l'ulcère comme la Cavamacchie. Elle le reçoit en princesse et lui pose des questions en français.

La belle Grecque (fort Saint-André)

Elle s'offre à lui et lui donne sa première maladie vénérienne.

Comtesse de Bonafède (Venise)

Blonde aux yeux bleus et au nez aquilin. Il est fou de sa noblesse et de cette nouveauté à ses yeux : une parfaite absence de poitrine. Ce rien l'éblouit. Ce ravissement ne résiste pas à l'épreuve de la réalité. Casanova va rendre visite à la jeune fille. Il est atterré par l'état de misère de sa famille (pour Casanova la pauvreté est quelque chose de radicalement débandant, il ne s'excite jamais sur des haillons ou des corps affamés). Déjà passablement refroidi, il est « anéanti » quand, l'accompagnant dans sa chambre, il est assailli par une odeur d'excrément (« une puanteur qui n'était pas de vieille date », précise Casanova). Il s'enfuit. Mlle de Bonafède, en dépit de son nom et de sa blondeur, est rayée de toute possible évocation amoureuse.

On peut penser que l'épisode eut un autre retentissement pour la jeune fille. Car elle reparaît dans les *Mémoires* peu avant l'arrestation de Casanova à la prison des Plombs. C'est dans un accès de folie, en plein soleil. Sortant du retrait de sa misère et de la résignation de sa déchéance, Mlle de Bonafède clame, à ciel ouvert et sous les regards scandalisés, l'inadmissible de ce qui lui arrive. Casanova passe aussi vite que possible sur la violence de l'incident : « La saison, la passion, la faim et la misère lui firent tourner la tête. Elle devint folle au point qu'un jour à midi elle sortit toute nue courant dans la place de Saint-Pierre, et demandant à ceux qu'elle rencontrait, et à ceux qui l'arrêtèrent de la conduire chez moi... »

Une putain (Chiozza)

Re-maladie vénérienne.

Une esclave grecque (Lazaret d'Ancône)

Donna Lucrezia (Rome)

Amours adultères sur fond de confort familial et financier. Lucrezia est mariée à un avocat napolitain. Il n'est pas question que sa liaison avec Casanova change quoi que ce soit. Lucrezia et Casanova s'aiment un peu partout, quand ils le peuvent... Ils se caressent à la hâte dans une chambre d'hôtel, font l'amour dans les jardins de la villa Frascati, dans ceux de Tivoli, ou bien dans la voiture qui les ramène à Rome (ils traversent la ville les rideaux baissés)... La situation se complique de la présence d'Angelica, sœur de Lucrezia.

Angelica (Rome)

Elle est jalouse de Lucrezia et n'aime pas Casanova. Cependant comme elle dort souvent avec sa sœur, elle finit par partager son amant. Lucrezia la couvre de baisers, pendant que Casanova la baise avec conviction. Entre les douceurs de sa sœur et sa secrète antipathie pour son fouteur, la jeune fille jouit délicieusement.

Bellino-Thérèse (Ancône)

Faux castrat.

Rencontre dans une auberge. La question habituelle, comment parvenir à coucher avec elle, devient « est-ce une fille ou un castrat » ? Bellino-Thérèse vit avec une mère (pieuse et maquerelle, comme la plupart des mères qui occupent dans l'ombre la scène des *Mémoires*). Il a aussi deux sœurs, Cécile et Marine, et un jeune frère, joli giton.

Ils comptent, pour survivre, sur leurs talents et sur la générosité des voyageurs. Les préoccupations galantes sont entremêlées de dîners exquis : huîtres, coquillages, poissons de l'Adriatique, truffes blanches, vins de Chypre et d'Espagne, champagne... Le tout couronné par les chants de Bellino. Casanova devient rapidement fou du soi-disant Bellino, et impatient de connaître sa vérité. Au premier coup d'œil, il refuse son personnage de castrat, et le prend pour une femme déguisée. Mais Bellino, très bon chanteur, et dont la carrière repose sur cette feinte, n'entend pas se laisser démasquer — pour la plus

grande exaspération de Casanova qui, bien que sûr
d'avoir raison, dépense de plus en plus pour être
absolument convaincu. Bellino joue avec art de cet
état de certitude sans preuve dans lequel se débat
Casanova. Il change de costumes, varie les appari-
tions, mêle inflexions masculines et féminines. Il
montre des seins splendides et accepte que Casanova les lui caresse, tout en gémissant de la honte
de son corps monstrueux. Assailli de signes contra-
dictoires, Casanova endure tous les doutes et tous
les désirs. Il est sur le point d'halluciner...

Le corps de Bellino-Thérèse lui apparaît au bord
d'une métamorphose. La femme merveilleuse trahit
tout à coup les formes d'une indéniable virilité. À
moins, se dit Casanova encore plus effaré, qu'il ne
s'agisse d'un gigantesque clitoris. L'unique apaisement serait de pouvoir voir et toucher... Pour le faire
patienter dans la résolution de l'énigme, et pour
obtenir que Casanova l'emmène avec lui à Rimini,
le jeune castrat délègue successivement ses deux
sœurs. Chacune passe une nuit avec Casanova et
obtient ses trois doublons qu'elle va porter à la
maman. La troisième nuit, Casanova dort seul,
hanté par Bellino. Ils partent ensemble le lendemain
matin. Dans la voiture Casanova boude ou pousse
des cris de colère : il veut savoir. Bellino ne répond
pas, pleure, et finit par lui dire doucement : peu
importe que je sois fille ou garçon, amoureux
comme vous l'êtes, vous ne seriez pas détrompé par
la preuve de ma masculinité, or je ne veux point être
cause que vous aimiez contre nature... La délicatesse
de l'argumentation enrage Casanova. Il hasarde
encore que mieux vaut un égarement de cette espèce
que la maladie mentale qui le guette, puis il se ren-
ferme dans un morne silence. Arrivé à Rimini, il pro-

pose à Bellino de faire chambre à part. C'est alors
que celui-ci, dans la nuit, lui offre sa chambre, son
lit, son corps... Emporté par le plaisir, Casanova
oublie son obsédante envie de voir... Bellino est
femme, et elle lui conte son histoire : Thérèse est
mon nom, etc. Casanova demande une démonstration, comment elle fait pour jouer l'homme. Moment
de grande jubilation technique ! C'est aussi bien que
les premières machines volantes ou que ces sabots
élastiques dont on croyait, à l'époque, qu'ils devaient
permettre de marcher sur l'eau :

Thérèse va chercher son « singulier meuble ».
Casanova est fasciné. « Elle sort du lit, elle met de
l'eau dans un gobelet, elle ouvre sa malle, elle tire
dehors sa machine et ses gommes, les fond, et elle
s'adapte le masque. Je vois une chose incroyable.
Une charmante fille qui paraissait telle partout, et
qui avec ce meuble extraordinaire me semblait
encore plus intéressante, car ce blanc pendeloque ne
pouvait porter aucun obstacle au réservoir de son
sexe. Je lui ai dit qu'elle avait bien fait à ne pas me
permettre de la toucher, car elle m'aurait plongé
dans l'ivresse, à moins qu'elle ne m'eût d'abord
calmé en me désabusant. J'ai voulu la convaincre
que je ne mentais pas, et notre débat fut comique.
Nous nous endormîmes après, et nous réveillâmes
fort tard. »

Laforgue [1] qui ne raffole pas de technicité et qui,
à l'époque de romantisme où il récrit Casanova, doit
penser que ces détails de gomme et de « petit boyau
long, mou, et gros comme le pouce de la main, blanc
et d'une peau très douce... » n'ont rien pour enflam-
mer l'amour, réduit la description minutieuse de

---

1. Voir plus loin le chapitre intitulé : « Pudeurs de Laforgue. »

Casanova à ces quelques lignes : « Elle se lève, ouvre sa malle, en retire le masque et la gomme, et, se l'étant appliqué, je fus forcé d'en admirer l'invention. Ma curiosité satisfaite, je passais entre ses bras une nuit fortunée. »

Ce long plaidoyer pour la vérité, pour que Bellino avoue son sexe féminin, trouve sa conclusion dans la mascarade de Thérèse revêtant son pénis de castrat. Aux essences, crèmes, poudres, mouches, plumes et perruques exigées par l'élégance de l'époque, Thérèse ajoute un supplément de coquetterie : le masque de garçon qui lui bat entre les jambes. Grâce à lui, l'apparat de sa beauté se double d'une énigme à déchiffrer... Thérèse et Casanova auraient continué de voyager ensemble, si Casanova ne s'était aperçu, à Pesaro, qu'il avait perdu son passeport...

Thérèse part seule pour Naples où elle poursuit sa carrière de chanteuse. Casanova retourne à Venise. Il y retrouve Nanette et Marton, embellies et toujours aussi unies et caresseuses. Cette fois, il prend directement pension chez elles.

Madame F. (Corfou)

Patricienne.

Paysannes (Grèce)

En série, les femmes d'une île où Casanova se réfugie et règne quelques jours.

Mellula (Zante)

Courtisane zantiote qui l'appelle au clair de lune
pour lui passer une syphilis.

Comtesse A.S. (Venise)

Casanova, de retour à Venise, la remarque à son
air perdu et à son allure aristocratique. Elle descend
juste du burchiello. Elle est toute jeune et reste à
hésiter sur la Riva del Carbon, un des mauvais quar-
tiers de la ville. La jeune femme est à la recherche
de son séducteur. Casanova commence par la désa-
buser sur ses espoirs de le retrouver. Puis il lui loue
un logement et lui fait porter un clavecin. Casanova
assiste, émerveillé, à la cérémonie de sa coiffure.

Christine (Trévise)

La princesse du village.
Autre histoire de coiffure et de rencontre de quai.
Christine cherche un mari. Elle a passé quinze jours
à Venise et n'a rien trouvé. Elle s'apprête à rentrer
chez elle. Elle est si jolie que Casanova ne peut résister à l'élan de sauter dans la gondole où elle est
assise à côté de son oncle curé (les oncles curés :
autre figure récurrente des récits casanoviens, au
moins aussi nombreux que les mères maquerelles et
les sœurs complices). Casanova voit d'abord ses
yeux noirs — il la taquine, lui disant que pour être
d'une si belle couleur, ils ne peuvent qu'être

teints — et la blancheur de son cou, qu'entoure sur plusieurs rangs une grosse chaîne d'or. L'or et le rire dominent dans le portrait de Christine (j'ai, pour ma part, une prédilection pour Christine qui, sans être une héroïne de premier plan, a la fraîcheur d'un matin de printemps à Venise — car s'il est vrai que la ville n'est jamais décrite directement, on peut dire pourtant qu'elle est là, dans la luminosité des femmes vénitiennes). Christine a de longues tresses brunes (au contraire des Vénitiennes de cette époque, elle n'a pas les cheveux poudrés), qu'elle porte retenues par d'innombrables épingles d'or. Christine est une figure nette et brillante, naïve et distante. Elle n'est pas une imaginative et a la tête trop richement ornée pour la perdre au premier compliment. Nullement piégée par Casanova, elle se donne à lui très facilement. En effet, arrivé à Trévise, Casanova découvre avec étonnement que Christine est habituée à dormir nue dans le même lit que son vieil oncle curé. Le curé parti, Casanova n'a aucun mal à prendre sa place. C'est Christine elle-même qui en demande la permission à son tuteur. Casanova et la jeune fille se trouvent mariés « sans l'avoir vraiment prévu ». En un premier temps (une heure ou deux) Casanova est prêt à régulariser son union. Puis il devient songeur. Pour dissiper son inquiétude il sort avec sa fiancée. Déjeuner, messe, dîner (poisson, truffes, huîtres, vin de la Gratta) et partie de pharaon. Christine, qui joue pour la première fois, gagne. Maintenant elle a de l'or, non seulement dans les cheveux, mais aussi en pièces de monnaie rangées en piles devant elle. Elle exulte.

De retour à Venise, Casanova décide de « faire le bonheur de Christine sans l'épouser ». Il commence par lui apprendre à écrire, et se met à la recherche d'un mari. Il trouve très vite le sujet parfait. Christine accepte la substitution sans aucun trouble et oublie aussitôt les engagements précédents. Casanova est à la fois content de se libérer, et un peu choqué de la désinvolture de la belle paysanne.

La Fragoletta (Mantoue)

« Et ses mains tremblantes firent trembler les miennes quand elle me les serra .. »

Bouleversant portrait de la femme qui avait séduit son père, jeune homme, et lui avait fait quitter la maison familiale. La Fragoletta, qui était comédienne et si belle, est maintenant une ruine dont Casanova détaille, horrifié, tous les traits : les profondes rides colmatées de blanc et de rouge, les sourcils peints en noir, les seins fanés, les fausses dents, la perruque mal collée sur le front... Sa toilette est d'une élégance démodée d'au moins un quart de siècle. La Fragoletta est ridicule, héroïque, démente dans sa fureur minaudière... Casanova est déchiré entre l'envie de rire et de sangloter, pour elle, pour lui, pour la passion qu'avait éprouvée son père et la seule caricature qui lui en échoue. Après avoir eu le père, elle aimerait bien avoir le fils. Elle tenterait bien quelques approches... mais c'est lui qui la devance et se précipite dans ses bras, de peur qu'elle n'arrive pas à se lever, ou qu'elle ne tombe...

Il est faux de dire de la Fragoletta qu'elle est une ruine totale, que rien dans son corps ne perpétue la femme qu'elle était. Quelque chose a résisté, intact, que le temps n'a pu détruire : la fraise rouge qui brillait sur sa poitrine, l'envie qui se détachait sur la douceur de son sein.

« Cette fraise, dit la matrone en souriant, est celle qui m'a donné son nom. Je suis encore, et je serai toujours la Fragoletta... »

Javotte (Cesène)

Jeune paysanne blonde, la peau hâlée (défaut gravissime alors). Elle a aussi une bouche trop grande, mais avec la qualité d'une lèvre inférieure un peu gonflée. Elle a des seins petits et durs, des mains épaisses. Elle assiste Casanova dans une entreprise de magie. Elle est la première spectatrice de ses cérémonies et de ses duperies. Une fois, il la voit si belle qu'il en a peur...

Henriette (Parme)

La préférée.

Aventurière déguisée en officier, femme du monde et musicienne. Elle est la première Française et la plus aimée de toutes les femmes qu'il a rencontrées. Elle est la parfaite incarnation de sa prédilection pour l'esprit français. Elle disparaît un matin d'hiver à Genève. Casanova, qui l'a accompagnée, revient seul et triste à Parme (il attrape très vite d'une actrice une maladie vénérienne).

Longtemps après, alors qu'il voyage dans le sud de la France avec une jeune Italienne, Marcoline, sa voiture tombe en panne. Ils demandent asile dans un château. Marcoline passe la nuit avec la dame du château, qui se révèle être l'unique, l'inoubliable Henriette. Mais Casanova ne la reconnaît pas.

Bref séjour à Venise. Pas de rencontres féminines marquantes.

La Cattinella (Ferrare)

Danseuse vénitienne célèbre.

Elle fait entrer Casanova dans une intrigue de sa composition : comme elle ne pouvait pas payer sa note d'hôtel, la Cattinella a imaginé de séduire le fils de l'aubergiste. Il lui a demandé sa main et les parents ont effacé la note. La Cattinella retarde le mariage : il ne manque plus que la mère qui doit arriver sous peu en apportant une belle dot en diamants. L'attente ne pouvant durer indéfiniment, Cattinella a demandé à un de ses amants, le comte de Holstein, de venir la chercher.

Casanova arrive par hasard à l'auberge quelques heures avant le comte. Cattinella le fait passer pour son cousin et s'apprête à ajouter un épisode libertin dans sa comédie. Mais l'amant riche et puissant survient — lentement, car son obésité lui permet à peine de se déplacer. Casanova va se cacher dans sa chambre et passe le reste de la journée à observer, par une fente de la cloison, la gymnastique amoureuse de la Cattinella avec « l'énorme machine ». Au bout de cinq heures de ce spectacle, Casanova s'ennuie.

La fille d'une blanchisseuse (Turin)

Il la baise dans un escalier. À peine entré dans le vagin de la jeune fille, il s'aperçoit que celle-ci a la particularité de scander chaque coup de queue d'un énorme pet. Il se demande si c'est là un effet de sa vertu indignée (une sorte d'alarme automatique), puis se prend à rêver qu'à deux la chose pourrait devenir jeu musical et concert pétomane...

Ancilla (Lyon)

Grande courtisane vénitienne qui se vend pour très cher ou se donne pour rien, à condition qu'on sache lui expliquer la nature de son désir.

Les filles de l'hôtel du Roule (Paris)

Fastueux bordel.

Mimi Quinson (Paris)

Fille de sa logeuse.

Mademoiselle Vesian (Paris)

Digne orpheline.

La belle O' Morphy (Paris)

Jolie gueuse... Casanova qui l'adore, fait faire un portrait d'elle, dont la copie montrée au roi lui donne envie de la connaître. Sa grande sœur la conduit à la cour : « Un beau matin, donc, elle débarbouilla la petite, elle l'habilla décemment et elle alla avec le peintre à Versailles... » Le peintre s'appelait Boucher, et la petite allait demeurer trois ans l'amante de Louis XV.

Des putains (Dresde)

Séjour à Vienne. Amours diffuses. Casanova manque de crever d'une indigestion.

C.C. (Venise)

Jeune, vierge, belle, de bonne famille. Elle est élevée très sévèrement, n'a jamais lu de romans et ne sort pas sans sa mère. Elle n'aurait donc aucune raison de rencontrer Casanova sans l'existence d'un frère corrompu qui la met sur la trajectoire de l'aventurier. Casanova et C.C. se rencontrent pendant le carnaval, plus difficilement ensuite... C.C. est passionnée. Ses yeux se marquent, après l'amour, de cernes dénonciateurs. Casanova la demande en mariage. Refus du père. Il fait enfermer sa fille dans un couvent de Murano. C.C. se découvre enceinte, fait une fausse couche. La femme qui, jusqu'alors, leur avait servi d'intermédiaire pour leur correspondance, transporte, pendant les deux longs jours que dure l'hémorragie, des quantités de linges sanglants.

Elle les cache sous ses jupes pour sortir du couvent. Casanova voit, mêlée au sang, la masse informe du fœtus. C.C. semble perdue, mais elle guérit, et Casanova a enfin l'occasion de la revoir, lors d'une prise d'habit. Il l'admire du parloir. À partir de ce moment il va régulièrement à la messe à Murano se donner à voir à son amie. Les religieuses, cachées derrière leur grille, s'interrogent sur son identité, commentent ses arrivées et ses tenues... Un jour, à la sortie de la messe de la Toussaint, une femme fait tomber une lettre : « Une religieuse qui depuis deux mois et demi vous voit tous les jours de fête à son église, désire que vous la connaissiez... » C'est M.M. Elle prend la décision de leur premier rendez-vous et lui remet les clefs de son « casin [1] » à Murano.

Elle arrive peu après minuit, élégamment vêtue, couverte de bijoux. Un dîner délicieux est servi. Casanova la caresse jusqu'à ce qu'ils s'endorment. À l'aube, une femme vient aider M.M. à s'habiller. Elle reprend son habit de religieuse et disparaît. Casanova se rendort. Rentré chez lui, il trouve une lettre de C.C. qui se félicite d'avoir aperçu Casanova au parloir en compagnie de M.M. Elle est sa protectrice, son amie, celle qu'elle aime et qui, dit-elle, l'a rendue savante « dans une matière très importante dans laquelle peu de femmes le sont »... Dans cet épisode religieux et libertin, le schéma habituel de l'homme libre et séducteur tenant en son pouvoir une malheureuse recluse en son couvent (tel qu'il est mis en scène dans *Les Lettres de la religieuse portugaise*, par exemple) est modifié. Les initiatives se

---

1. Le *casin* : demeure privée que les riches Vénitiens louaient pour leurs liaisons clandestines ou pour s'adonner au plaisir du jeu.

prennent des deux côtés. Les nonnes ont pour elles
l'atout de la communauté et de l'invisibilité. C'est
aussi bien de leur vie cachée, du secret de leurs
amours saphiques et de la clandestinité de leurs liaisons mondaines que se tissent les intrigues (il faut
ajouter que les couvents vénitiens ont d'autres cou-
tumes que les cloîtres portugais ou espagnols. À
Venise, les grilles des couvents, aussi transparentes
que des voiles, rendent plus précieuse la beauté des
nonnes qui, en robes décolletées, maquillées, des
perles dans les cheveux, font de leurs parloirs des
salons).

Deux jours après l'entrevue au casin de Murano,
Casanova reçoit M.M. à Venise. Elle arrive masquée,
et habillée en homme. Ils dînent de gibier, estur-
geon, truffes... sans oublier l'aphrodisiaque salade
de blancs d'œufs. Ils boivent du punch à l'orange
amère, et passent une nuit exclusivement impu-
dique. À l'arrière-fond des nuits avec M.M., il y a la
préoccupation du manque de temps (M.M. doit partir avant le lever du soleil), et on peut imaginer que
Casanova déploie une vigueur sans répit. Une fois
d'ailleurs, M.M. lui écrit de son lit qu'elle est complètement brisée et se sent « déhanchée » !

Leur troisième rencontre a lieu au casin de
M.M. En l'attendant, Casanova feuillette des livres
libertins illustrés, l'*Histoire de Dom Bougre*, *Les Postures de l'Arétin*, *Joannis Meursii elegantiae latini ser-
mones*, etc. Avec un sens sûr des contrastes,
M.M. arrive habillée en religieuse. Casanova, excité,
veut qu'elle garde son habit de sainte, mais M.M. se
change : « Je ne m'aime pas dans ces laines... » Ils
sont plus d'une semaine sans se voir, puis M.M. lui
remet une lettre dans laquelle elle lui fait un aveu
singulier : son amant, le cardinal de Bernis, assistait,

caché, à leur première nuit, et elle aimerait, à leur prochain rendez-vous, lui renouveler ce plaisir...

Le casin de M.M. Elle montre à Casanova le cabinet où va s'installer le visiteur. Sur la paroi, les fleurs peintes en relief ont le cœur percé d'un trou : c'est par là que le cardinal de Bernis va les observer. Casanova et M.M. dînent : huîtres qu'ils dégustent en se les faisant passer dans la bouche l'un de l'autre (une huître devant s'avaler avec la salive de l'aimé[e])... Ils se déshabillent et M.M. choisit le sopha pour lieu de leurs ébats, de façon que le spectateur caché ne perde rien de la scène. Casanova s'enturbanne la tête d'un foulard aux couleurs vives (histoire de teinter tout cela d'orientalisme !), et se donne fougueusement à son rôle. M.M. se montre aussi consciencieuse que lui. Ensemble, et tout en cherchant leur plaisir, ils n'oublient jamais le destinataire silencieux qui les dévore des yeux. Au carillon, le spectacle s'arrête. M.M. reprend ses habits de religieuse et se hâte vers la première messe...

Le passage du vêtement d'épouse de Dieu à la nudité ne cesse d'émouvoir Casanova. D'où sa joie à recevoir le double portrait de M.M. qui, grâce à un mécanisme subtil, perpétue cette émotion. Sur un premier portrait, M.M. est peinte debout en religieuse. Déclic discret : elle est couchée, complètement nue, sur un lit de satin noir... Casanova lui envoie, en retour, un médaillon de l'Annonciation à porter autour du cou. Si l'on tire brusquement sur l'anneau qui le rattache à la chaînette, l'Annonciation « saute » et laisse voir à découvert la figure de Casanova. Il avait déjà envoyé à C.C., sur le même principe, une bague à l'effigie de sainte Catherine. Il fallait, de la pointe d'une aiguille, appuyer sur un minuscule point bleu. Alors la sainte « sautait », remplacée par Casanova. C.C. raconte que, lorsqu'elle voit les vieilles religieuses en admiration devant son médaillon, se le faisant passer de main en main, elle tremble à l'idée que la figure de Casanova n'en jaillisse comme un beau diable.

Dédoublement des portraits, multiplication des plaisirs... Casanova et M.M. se retrouvent au Ridotto [1] où se pratiquent tous les jeux de hasard. M.M. y joue, habillée en dame et masquée. Mais la fête peut aussi se déplacer au couvent. Pendant le carnaval il s'y donne des bals, on danse dans le parloir. Les religieuses assistent aux réjouissances de derrière les grilles. Il y a un bal prévu au couvent de Murano, Casanova s'y rend déguisé en Pierrot. Il saute, gambade, fait le fou. Ses pantomimes font rire les religieuses, qui battent des mains quand elles le voient rouler à terre avec un Arlequin. Le Pierrot et l'Arlequin s'injurient, s'envoient des coups. Casanova quitte le parloir en folie et va jouer quelques heures au Ridotto, en attendant l'heure de son rendez-vous avec M.M. Les poches pleines d'argent gagné au jeu, il se sent de très bonne humeur. Chute brusque de sa gaieté quand il trouve, au lieu de M.M., C.C. Ils sont tous deux également surpris. M.M. a remis à C.C. les clefs du casin sans lui dire qui elle allait y rencontrer... Casanova reste muet. C.C. retrouve plus rapidement ses esprits, et c'est pour lui chanter les louanges de M.M... Le carillon, cette fois, libère Casanova d'un pénible tête-à-tête. Au retour, Pierrot essuie une épouvantable tempête. Il est transi de peur, de froid et de la tristesse de la nuit avec C.C. Arrivé chez lui, il se couche, terrassé

1. Le Ridotto : Grande construction située à S. Moïse à Venise. Paradis des joueurs. Le Ridotto était ouvert jour et nuit.

par l'adversité, et surtout par le sentiment que le très fragile équilibre qu'il croyait avoir su maintenir entre C.C. et M.M. est rompu car cet équilibre dépendait d'une mutuelle discrétion sur l'identité de leur amant. M.M. et C.C. ne se cachent rien et Casanova comprend que c'est le cardinal de Bernis, alors ambassadeur de France à Venise, qui va tirer les avantages de cette alliance...

Peu de jours après la tempête, ils se retrouvent tous trois, M.M., le cardinal de Bernis et Casanova, en un dîner que ce dernier offre au couple libertin. Le cardinal de Bernis passe bien sûr sous silence les performances nocturnes auxquelles il lui a été donné d'assister, mais il avoue sa curiosité pour C.C. Casanova ne peut que la lui céder, de la meilleure grâce du monde... Il organise lui-même la soirée de la passation. « L'ambassadeur, dont le métier devait être celui de savoir bien mener une intrigue, y avait réussi, et j'avais donné dans le panneau. » (... L'expression ne saurait être plus juste, puisque le cardinal de Bernis s'est d'abord présenté à lui sous la forme d'une présence invisible derrière un panneau !)

Une première nuit est prévue, à quatre. À la dernière minute, le cardinal de Bernis se décommande, laissant le champ libre à Casanova. M.M. et C.C. se déshabillent, s'enlacent, jouent pour Casanova une posture de l'académie des Dames. Elles s'excitent et respectent de moins en moins la pose. Casanova se jette entre elles, sous prétexte de les séparer...

Deux jours plus tard, même programme à quatre. Casanova sait ce qu'il a à faire. Il se fait excuser et laisse la place au cardinal de Bernis... C'est la dernière fête. Elle est suivie de plusieurs événements tristes. C.C. perd ses parents. Elle est retirée du couvent et mariée. Le cardinal de Bernis, rappelé à Paris, doit quitter Venise. Il laisse son casin de Murano à Casanova. M.M., inconsolable de cette double perte, tombe gravement malade. Casanova s'installe près du couvent. Il loue une chambre chez son intermédiaire habituelle entre les religieuses et lui, et devient amoureux de sa fille, Tonine. Celle-ci le conduit à sa jeune sœur, Barberine... Cependant M.M. guérit et propose à Casanova de s'enfuir. Il hésite, puis refuse.

En plus de celui qu'il occupe déjà au palais de Bragadin, Casanova prend un autre logement à Venise. Nouvel amour avec la fille de sa logeuse (les filles de logeuse, pour qui déménage aussi souvent que Casanova, sont une ressource illimitée). Celle-ci a dix-huit ans et n'est pas encore réglée. Elle en ressent langueurs et malaises, et s'évanouit plusieurs fois par semaine. Un de ses évanouissements la fait tomber dans les bras de Casanova, qui la guérit...

Arrestation de Casanova. Les Plombs.

Sœur Maria de Jesús de Agreda (Venise)

Une seule femme occupe, jusqu'à l'obsession, la pensée de Casanova en prison : Sœur Maria de Jesús de Agreda dont il lit avec exaltation la Vie de la Sainte Vierge. Sœur Maria de Jesús de Agreda écrit sous la dictée du Saint-Esprit. Ce qui lui permet de faire débuter son récit, non de la Vierge, mais de l'origine de son existence intra-utérine dans le ventre de sainte Anne. Casanova ne peut penser à rien d'autre. Il est jour et nuit empoisonné par les écrits de la nonne espagnole « visionnaire et grapho-

mane »... Il parvient enfin à s'évader de cette obsession, puis des Plombs.

La nièce de la Lambertini (Paris)

Deux nuits rapidement interrompues par le
mariage de la jeune fille.

Marquise d'Urfé (Paris)

Richissime vieille dame, encore belle. Ancienne
maîtresse du Régent. Son auteur favori est Paracelse. Passionnée de sciences occultes, elle tombe
amoureuse de Casanova qui lui révèle des secrets
magiques et lui promet de la faire devenir homme.
« Je l'ai quittée portant avec moi son âme, son cœur,
son esprit et tout ce qu'il lui restait de bon sens. » Il
lui soutire plus d'un million de francs.

Manon Balletti (Paris)

Fille de l'actrice Silvia. Avant de s'endormir, elle
lui écrit des lettres, moitié en italien, moitié en français, et qui sont plus souvent d'humeur jalouse que
joyeuse : « ... je la remarque vous faire des mines,
des œillades, ricaner, et tout cela me tue... », Manon
est amoureuse. Elle oscille entre la connaissance de
l'infidélité de Casanova et l'envie de poursuivre malgré tout. Un jour, elle prend la décision de l'oublier.
Il reçoit, à Amsterdam, sa dernière lettre : « Soyez
sage et recevez de sang-froid la nouvelle que je vous
donne... Vous m'obligerez beaucoup si, à votre

retour à Paris, vous avez la bonté de faire semblant de ne point me connaître, dans le cas où le hasard vous ferait me rencontrer. » Casanova est stupéfait. Il passe quelques heures douloureuses avant de se rappeler la présence d'Esther.

Esther (Amsterdam)

Quatorze ans, riche et belle. Une jolie peau, des yeux « parlants, très noirs et très fendus ». Joue très bien du clavecin, adore lire. Seuls défauts : ses dents, et une passion excessive pour l'arithmétique des calculs cabalistiques...

Départ de Hollande. Retour à Paris.

Miss XCV (Paris)

Noble, fille d'une mère grecque et d'un père anglais. Intelligente et froide jusqu'à frôler l'insolence. « Elle prit dans mon cœur la place qu'Esther occupait il n'y avait que huit jours ; mais elle ne s'en serait pas emparée si Esther avait été à Paris. » Lorsque Casanova rencontre Miss XCV, elle est enceinte, et lui demande de l'aider à avorter... Dans le même temps, Casanova, qui vient d'acheter une fabrique de tissus à Paris, en connaît les ouvrières l'une après l'autre. Aventures courtes et dispendieuses dans lesquelles il engloutit, en quelques semaines, tout son capital industriel !

Époque de sa maison de campagne, *La Petite Pologne*. Le matin, des dames de distinction et

« toutes galantes » viennent se promener dans ses jardins. Il leur donne du beurre et des œufs frais...

La Boret (Paris)

Jeune mercière de dix-sept ans. Elle a la beauté d'une peinture de Raphaël. D'une « douceur pétillante », a très envie de s'amuser. Cela suffirait à l'éloigner d'un époux qui n'a d'autre vertu que de vendre des bas qui ne cotonnent pas.

Des années plus tard, Casanova retrouve la Boret, devenue actrice à Moscou.

Voyages... La femme du bourgmestre de Cologne (pour pouvoir la rejoindre, la nuit, il reste plusieurs heures enfermé dans un cagibi, malade de son horreur des rats).

L'actrice Toscani et sa petite fille (Bonn)

Voluptueuse matinée avec elles deux. Il éteint en la mère le feu que l'enfant allume en son âme...

Une inconnue (Zurich)

Il l'entrevoit dans une auberge. Pour s'approcher d'elle, il se déguise en serviteur. Il a ainsi le privilège de lui retirer ses bottes.

La Dubois (Soleure)

Femme qu'il a prise pour gouvernante dans sa résidence de Savoie. Elle a l'esprit philosophe et ne lit pas de romans. Elle est ferme et sûre d'elle dans les discussions. Casanova aime son énergie logique. D'autant que cette logique la conduit à céder à ses avances.

Une jeune Suissesse (Berne)

Scène aux Bains. Elle a un beau corps, mais des manières un peu rudes et les mains rêches... Cette nudité sans artifice ne le fait pas bander.

Madame de la Saône (Berne)

Amie de Mme d'Urfé. Belle silhouette, de beaux bras, une parole spirituelle, mais la jeune femme est défigurée par une croûte épaisse, noirâtre, qui lui recouvre le visage, du cou jusqu'au front. Casanova est révulsé mais intrigué. Sensible à cet intérêt, le jeune amant de la dame (« petit de taille, mais géant où la dame le voulait ») invite Casanova à assister en secret à leurs amours. Après s'être bien exposé aux regards de son spectateur, le garçon lui dévoile en détail le corps splendide de son amante. Casanova est bouleversé de désir. Il est, dit-il, « si ému qu'il doit se sauver ». L'extrême beauté jointe à une horreur criante (difformité, lèpre, plaie ouverte...), est un alliage monstrueux auquel Casanova résiste rarement...

Sara (Berne)

Treize ans. Elle séduit la Dubois, utilisant toutes les ressources de son innocence (elle pose des questions, joue à la déshabiller, à la toucher, etc.). Puis elle fait la conquête, tout aussi « naïvement », de Casanova.

Trois jeunes filles (Lausanne)

Partie à cinq avec un ami. Casanova offre, en guise de contraceptif, trois petites balles d'or. La pose de ces balles d'or, bien éclairée par des bougies, est le moment le plus beau de cette gentille orgie.

La seconde M.M. (Aix-les-Bains)

Casanova croit reconnaître M.M., la religieuse de Murano. C'est, en réalité, une religieuse de Chambéry qui ressemble de façon troublante à sa « sœur » italienne. Elle est venue prendre les eaux à Aix, pour y accoucher discrètement. Elle habite une petite maison dans la campagne chez une paysanne. Au moment où il la rencontre, « la seconde M.M. » est dans une situation désespérée : la vieille sœur converse qui l'accompagne, considérant son « hydropisie » comme incurable, veut qu'elles rentrent ensemble au couvent. La pauvre nonne a pour seule complice la paysanne qui lui a remis un soporifique pour endormir sa gardienne. C'est donc au sommeil de cette vipère que Casanova doit la liberté de ses entrevues avec la seconde M.M. Une nuit, la converse, endormie trop profondément, ne se réveille pas. La seconde M.M. accouche sans encombre et passe en toute sérénité le temps qui la sépare de l'arrivée de deux nouvelles gardiennes...

Mademoiselle Roman (Grenoble)

Casanova lui fait son horoscope, lui prédit qu'elle sera la maîtresse de Louis XV.

Rose et Manon (Grenoble)

Filles de son logeur. Elles lui portent son chocolat au lit.

Avignon. Visite à la maison de Pétrarque et à celle de son aimée. Casanova embrasse en pleurant les lieux où vécut Laure de Sade.

Couple d'aventuriers (Avignon)

La femme est d'une grande beauté, mais d'une tristesse désespérante.

L'Astrodi et la Lepi (Avignon)

La première, très laide, est l'amoureuse de l'auditeur du vice-légat qui, « quoique antiphysique était aimable et généreux ». La seconde est excessivement bossue. Casanova, d'abord réticent, est emporté avec elle par un plaisir dont la violence le surprend.

Rosalie (Marseille)

Brune avec des fossettes. Très belle bouche.

Véronique et sa sœur Annette (Gênes)

Annette est blonde et pâle. Les yeux bleus. Elle est si myope que pour distinguer le sexe de Casanova, elle doit en rapprocher son visage jusqu'à le toucher...

La Corticelli (Florence)

Son rire. Liaison discontinue vécue dans l'excitation et les conflits, les villes étrangères et les coulisses de ballet. Casanova partage avec celle qu'il appelle « la petite folle » ses nombreuses amies. Elle est sa complice dans l'affaire avec la marquise d'Urfé. Discussions d'argent. Brouille. Casanova retrouve plus tard la Corticelli syphilitique et mourante.

Mariuccia (Rome)

Pieuse et sage.

Léonilde (Naples)

Léonilde se révèle être la fille de Lucrezia, et probablement de Casanova. Nuit avec la mère et la fille.

Lia (Turin)

Très belle, d'une famille juive. Elle a une réputation de vertu invincible. Au retour d'une course à
cheval, elle demande à Casanova de l'attendre un
moment pendant qu'elle se change. À travers une
fente propice, il assiste à son lent, très lent, déshabillage. Pour varier le spectacle, Lia, qui a perdu un
bouton, prend mille postures pour le retrouver.
Casanova se branle incontinent. Une fois habillée,
Lia l'autorise à rentrer et ne lui accorde aucune pri-
vauté. Casanova part très fâché. Cependant deux
jours après, elle se rend chez lui et ne lui refuse rien
— mais sans plus d'émotions qu'il n'en est requis
pour la simple réalisation d'un contrat : Casanova
lui avait acheté une bague fort chère...

Les petites mains (Turin)

Jeunes filles qui travaillent dans un magasin de
modes. Elles sont une dizaine. Casanova couche
avec toutes. Chacune arrive au rendez-vous accompagnée d'une amie. La dernière, Victorine (la seule
dont il n'ait pas oublié le prénom) est barrée. Casanova passe deux heures à s'efforcer de la pénétrer.
À la fin, épuisé de fatigue et intrigué par une virgi-

nité aussi résistante, il se décide à voir ce qu'il en est. Une bougie à la main, il examine Victorine : « Elle a le vagin fermé d'une membrane charnue percée d'un trou si petit que la pomme d'une épingle y serait entrée difficilement... » La fillette pleure, Casanova la console. Quand il raconte l'histoire à la patronne du magasin, elle rit et, en bonne maque-relle, dit que Victorine pourra vendre sa virginité indéfiniment ! En fait, quelques mois plus tard, Vic-torine se fera « débarrasser » par un riche pro-tecteur.

Mademoiselle Désarmoises (Chambéry)

Elle fuit les violences de son père qui dormait avec elle et l'avait habituée à ses caresses. Un jour qu'il poussait le badinage un peu loin, elle se sauve toute nue dans le lit de sa mère. Refuge très provisoire... Mlle Désarmoises comprend vite qu'il vaut mieux le lit d'un amant...

La seconde M.M. (Chambéry)

Casanova va lui rendre visite dans son couvent, accompagné de Mlle Désarmoises. Il organise un déjeuner de douze personnes dans le parloir. La table est mise avec raffinement et de façon à don-ner l'impression d'une continuité malgré l'obstacle de la grille qui sépare les huit religieuses des quatre convives profanes. Casanova est assis à côté de sa chère M.M., « mais en pure perte », à cause de la grille. Le repas dure plus de trois heures. À la fin, nonnes et libertins sont complètement gris. La

Désarmoises est déchaînée. « Elle était devenue si folle, écrit Casanova, que si je ne l'avais pas tenue en frein, elle aurait scandalisé toutes les nonnes. »

Trois entretiens avec la seconde M.M. Au premier, elle lui demande de quitter Chambéry et de ne plus troubler sa tranquillité. Elle lui dit sa liaison avec une jeune pensionnaire. Elle veut s'en tenir à ses caresses pour calmer ses désirs (désirs si forts qu'elle est sûre que sans son amie la chasteté la ferait mourir).

À la deuxième entrevue, elle vient avec sa pensionnaire, enfant de onze ans, très mignonne. Casanova la caresse à travers la grille. La petite est curieuse des nombreuses breloques qu'il porte suspendues à sa chaîne de montre... M.M. s'éloigne un moment... Au retour, la pensionnaire est pensive...

À la troisième rencontre, M.M. vient d'abord seule, puis arrive la fillette. Cette fois, elles se placent à un endroit où la grille est un peu plus basse. Casanova reprend ses récits où il les avait laissés la veille (l'épisode de Léonilde et de Victorine), tandis que la pensionnaire le suce à travers la grille...

Casanova quitte ces « deux anges » et leur donne rendez-vous pour l'année prochaine.

La Renaud (Augsbourg)

Elle le ruine et le rend malade.

Gertrude (Augsbourg)

Juste pour fêter sa guérison.

Une comédienne (Augsbourg)

Elle joue les soubrettes. A une jolie voix et lui plaît particulièrement par sa façon de parler italien avec son accent alsacien. Casanova dîne avec toute la troupe et fornique avec la jeune Strasbourgeoise à la fin du repas — il la prend en rebord de table ; les autres comédiens s'égaient de leur côté...

Raton (Paris)

Elle a une réputation d'impénétrabilité. Casanova craint qu'elle ne soit barrée, mais ce n'est qu'une question de position...

Hélène et sa cousine Hedvige (Genève)

Hedvige est théologienne. « Cette fille étonnante traitait la théologie avec tant de suavité, et donnait à la raison un attrait si puissant qu'il était impossible de ne pas éprouver le plus violent entraînement. » Casanova aime les deux cousines ensemble. Hélène a pour elle des arguments plus matériels auxquels s'ajoute cette singularité : elle a une toison pubienne si épaisse que sa fente est complètement masquée par cette forêt... Elle doit aider de ses mains au frayage du chemin.

Agathe (Turin)

Cours de danse de la Corticelli. Casanova s'assoit avec les mères qui surveillent les progrès de leurs enfants.

Zenobie, Irène, la marquise Q. et sa sœur, la comtesse A.B. (Milan)

Le Carnaval.

Clémentine (campagne milanaise)

Il lui offre des centaines de livres et des robes.

Marcoline (Gênes)

Casanova la dérobe à son frère l'abbé. Il la présente à la blonde Annette qui le lendemain se « plaint ». « Cette Vénitienne, me dit-elle, m'a violée... »

Adèle (entre Lyon et Paris)

Aventure de carrosse.

La Charpillon (Londres)

Désastreuse. Lui donne envie de se suicider.

Les cinq orphelines de Hanovre (Londres)

Chantage de Casanova : toutes lui cèdent l'une après l'autre, moitié par nécessité, moitié par plaisir. L'aînée se montre aussi soumise que méprisante. La seconde est beaucoup plus douce, et ainsi de suite jusqu'à la dernière, avec qui les gestes de commande prennent un tour amoureux...

Dunkerque, Bruxelles, Wesel, Brunswick, Berlin, Potsdam, Mittau, Riga, Saint-Pétersbourg...

Zaire (Saint-Pétersbourg)

Fille de serf. Belle, jalouse et superstitieuse. Elle consulte les cartes pour connaître les incartades de son amant.

La Valville (Saint-Pétersbourg)

Parisienne, comédienne de profession, courtisane d'occasion. La Valville et Casanova quittent ensemble la Russie. Les mauvaises routes sont encore aggravées par les pluies. Heureusement, la « dormeuse » que Casanova a louée pour le voyage est amplement fournie de couvertures et de bons vins.

Ils se quittent à Königsberg.

Varsovie.

Maton (Dresde)

Séjour malheureux. Maladie vénérienne.

Petite fille prostituée (Vienne)

Elle le séduit par son latin.

Mercy (Spa)

Fille de sa logeuse. Elle gifle Casanova.

Charlotte (Spa)

Très belle. Elle est enceinte d'un aventurier de ses amis qui, ruiné par le jeu, la laisse à sa garde. Casanova tombe amoureux d'elle. Il la conduit à Paris où elle meurt en accouchant. Désespoir de Casanova.

Doña Ignacia (Madrid)

Messes et fandango. La jeune fille est mal surveillée par sa mère et son fiancé.

Nina (Valence)

Vénitienne, fille de charlatan. Sa mère est sa propre sœur. Terrible diablesse. Elle a fait perdre la tête au comte Ricla, capitaine général de Barcelone, qui en est devenu un dictateur féroce. Nina a un seul sujet d'inquiétude : déterminée à ruiner son amant, elle craint que l'immensité de sa fortune ne lui permette jamais d'y parvenir vraiment...

Nina habite un peu en dehors de la ville dans une vaste villa ouverte sur des jardins. Le comte de Ricla a placé auprès d'elle un garde chargé de lui envoyer des rapports sur la conduite (en tout point déplorable) de Nina.

Sur une invitation autoritaire de Nina, Casanova arrive à la villa en fin d'après-midi. Nina et son gardien se promènent dehors en tenue négligée. Nina raconte à Casanova l'histoire de sa vie, suite ininterrompue de coucheries... Puis la compagnie se met à table. Nina ordonne à son garde de se mettre nu et de la baiser. Il s'exécute. Casanova assiste à la scène en invité complaisant mais, dit-il, « à contrecœur ». Le contrecœur vire au haut-le-cœur quand la douce Nina, après s'être lavée, fait boire à son serviteur l'eau du bidet. Vomissements du malheureux. Nina et Casanova passent dans la pièce à côté. Casanova, dégoûté, demande à Nina comment elle peut avoir du plaisir avec un être aussi abject. Elle lui répond tranquillement qu'il ne s'agit pas d'une personne, mais d'une chose dont elle se sert comme d'un godemiché... Casanova est incapable de bander. Nina se moque et le renvoie chez lui. Ils se retrouvent le lendemain. Cette fois le garde du corps n'est pas là.

Casanova et Nina jouent aux cartes. Nina perd beaucoup. Après souper, ils se donnent ensemble à toutes les folies amoureuses — du moins, précise Casanova, à tout ce qu'il a pu.

Le temps de ses prodiges est passé (et, effectivement, la suite de ses amours se poursuit dans une sorte d'automatisme souvent sinistre, comme par un effet de survivance à lui-même).

Nina part pour Barcelone. Casanova la suit. Bien qu'il ne la désire pas (ses entrevues sont uniquement de conversation), il va chaque nuit lui rendre visite. Il arrive à dix heures et demie, juste après le départ de son protecteur jaloux. Au retour d'une de ces expéditions, il est attaqué et mis en prison. Bref intermède carcéral.

Miss Beti (entre Sienne et Rome)

« Anglaise, blondine, maigrette, petits seins qu'une gorgerette de gaze laisse entrevoir. » Elle a été dévoyée par un acteur marseillais qui s'est fait passer auprès d'elle pour le comte de l'Étoile et lui a promis de l'épouser à Rome. Comme celui-ci voyage à cheval, il demande à Casanova s'il veut bien prendre sa « fiancée » dans sa voiture. Casanova pousse la courtoisie jusqu'à commander des plats anglais dans les auberges où ils s'arrêtent. En récompense de ses bons procédés et de ses sages conseils (Casanova parvient à dessiller les yeux de miss Beti), la jeune Anglaise passe une nuit avec lui.

La Callimena (Naples)

Malgré sa grande beauté, elle est restée vertueuse. Car, ne voulant pas se donner en détail, elle n'a encore trouvé personne qui soit prêt à assumer toutes ses dépenses.

Marguerite (Rome)

Nouvelle fille de logeuse. Rieuse et jolie en dépit de sa peau trop brune et de son visage borgne. Défaut d'autant plus visible que l'œil de verre, qu'elle porte en remplacement de celui que la petite vérole lui a fait perdre, n'est ni de la même couleur, ni de la même taille que l'autre. En premier cadeau, Casanova lui offre un œil postiche.

Marguerite commence par passer de nombreuses soirées dans la chambre de Casanova. Elle lui raconte des « historiettes » qu'il lui paie toutes les fois où il sent qu'elle n'a rien omis dans ses récits. Il apprend ainsi qu'elle n'est plus vierge et que, comme sa meilleure amie, Buonaccorsi, elle a choisi pour cette délicate opération un jeune tailleur, Menicuccio. Celui-ci n'est pas très grand, mais il est membré comme un dieu. Casanova est présenté au jeune garçon, et admis à assister à ses rencontres avec Marguerite et Buonaccorsi. Casanova et Menicuccio se plaisent bien. Menicuccio le fait confident de son amour pour une fille enfermée dans une sinistre fondation romaine. Casanova l'accompagne dans une visite qu'il fait à la pensionnaire. Celle-ci se présente

avec la sœur de Menicuccio dont Casanova tombe
aussitôt amoureux.

Armelline (Rome)

Elle le séduit d'abord non par son visage, mais par
sa voix. Car le parloir est si obscur qu'on ne voit rien
des personnes qui se tiennent de l'autre côté des
deux épaisses grilles de séparation (l'usage des bougies est interdit sous peine d'excommunication !).
De cet épisode se dégage l'horreur de cet enfermement et de la sordide escroquerie dont sont victimes
les pauvres filles mises là. En effet, la règle de cette
institution est que les recluses, orphelines ou abandonnées par leurs parents, peuvent sortir dotées si
elles sont honnêtement demandées en mariage. Or,
elle ne le sont jamais, et les dots passent au bien de
la communauté. Casanova, indigné d'un vol aussi
misérable, fait intervenir ses plus puissantes relations (le cardinal de Bernis et la princesse de Santa
Croce). Il obtient que le parloir soit éclairé. Il *voit*
donc Armelline, la fille à la voix d'ange. Sa beauté
répond aux promesses de sa voix...

Casanova ne se lasse pas d'entendre et de voir
Armelline. Chaque matin, à neuf heures, il va lui
rendre visite au parloir. Elle est accompagnée d'une
surveillante, Émilie, dont la beauté a un peu pâli de
toutes ces années en prison. L'institution étant sur
la voie des réformes, Casanova demande la permission d'amener les deux jeunes filles au théâtre.
Armelline et Émilie découvrent pour la première
fois le monde... et sont prêtes à s'évanouir de terreur.
Les encouragements et les baisers des dames de la
bonne société, ravies de cette petite charité, ne font

qu'empirer leur panique : « Dans une compagnie pareille, elles n'avaient pas la force de parler. Elles étaient noyées dans la honte et dans la peur de dire des bêtises. » Leur timidité disparaît à la sortie suivante, lorsque Casanova, après l'opéra, les conduit dans une auberge. Punch à l'orange, feu de cheminée, abondance d'huîtres (dont elles n'avaient encore jamais mangé), partie de colin-maillard... Les petites, complètement ivres, s'écroulent de rire l'une sur l'autre... Elles font tomber des huîtres dans leur décolleté (ouh ! le frisson !).

Émilie se marie. Elle est remplacée par Scolastique. Casanova perd patience devant les résistances d'Armelline...

La Viscioletta (Bologne)

Lia (Ancône)

L'histoire a deux versants...
Casanova a pris logement chez une famille juive. Lia, fille de son logeur, est chargée de prendre ses repas avec lui. Elle ne lui permet aucun geste, mais encourage des propos licencieux et se montre curieuse des gravures érotiques qu'il transporte dans ses bagages. Elle pose des questions avec une gravité d'érudite. Une nuit, Casanova aperçoit de la lumière dans une chambre habituellement inoccupée et voit, par une fente, la jeune fille en train de mettre en pratique avec un jeune partenaire les gravures qu'il lui a montrées le matin même. *Giacomo furioso*. Scène à la petite coquine, qui répond verte-

ment. Ils se quittent dans les plus mauvais termes. Casanova s'embarque. Une tempête sur l'Adriatique l'oblige à rebrousser chemin. Le bateau le ramène à Ancône.

Le même lieu sous des auspices heureux. Lia devient bonne et offrante. Elle ne va plus expérimenter avec d'autres ce qu'elle a appris dans les livres de Casanova.

C'est ainsi que Casanova quitte la rive de l'Italie sur un épisode favorable...

Lenzica, Sgualda, Irène et sa petite fille (Trieste)

Dernières rencontres, très brèves.

I

L'ESPACE DES LANGUES

Le casanovisme

Il y a plaisir à se familiariser avec Casanova, à ne pas le traiter en frivole romancier érotique, mais en historien des mœurs, en témoin très précis des vices qui étaient autant ceux de son époque que les siens à proprement parler.

OCTAVE UZANNE

Le nom de Casanova, à la différence de ceux de Sade ou de Sacher Masoch, ne sert pas à désigner une perversion. Il renvoie au contraire à une sorte d'accord tacite sur la normalité. L'ensemble des biographes de Casanova s'attachent à donner de lui une image sans défaut. Par exemple, J. Rives Childs : « ... dans ses rapports sexuels il [Casanova] ne montre jamais de symptôme de perversion : sadisme, masochisme et fétichisme lui sont inconnus. Il faut excepter un acte pédérastique isolé, dû moins à un goût prononcé qu'au désir d'élargir son champ d'expérience [1]. » Si le

1. J. Rives Childs, *Casanova*, Paris, J. J. Pauvert et Garnier Frères, 1983, p. 35.

problème est plus complexe touchant à l'homosexualité ou au fétichisme, il semble bien que le sado-maso-
chisme soit totalement étranger à la sexualité et à la
vision du monde de Casanova : qu'il s'agisse de vérité
ou de plaisir, la souffrance ne fonde aucune valeur,
n'instaure aucune crédibilité... Plus généralement, ces
catégorisations en perversions me paraissent absolument inadéquates par rapport à ce que Casanova nous
livre de lui-même dans ses *Mémoires*.

Le nom de Casanova ne s'adjective pas. Il
s'emploie comme *nom commun*. On traite un
homme de *Casanova* ou, indifféremment, de *Don
Juan*. En effet, « aimer les femmes », quoi de plus
naturel, quoi de plus commun ? On n'interroge pas
l'évidence même. Ce « on », bien sûr, n'inclut pas
Casanova qui s'est efforcé toute sa vie, non vraiment
d'interroger cette évidence — l'évidence de son désir
pour les femmes — mais de vouloir la parler et
l'écrire, de la faire passer au crible du langage, de
l'éprouver aux frontières des passages entre oral et
écrit, et d'une langue à l'autre. Casanova n'accepte
pas d'autres formes de non-dit que celles qui
répondent ostensiblement au code de la rhétorique
ou de la politesse. Ce qui est encore une façon de se
situer dans la communication, de ne pas quitter
cette « table d'hôtes » idéale à laquelle il convie ses
lecteurs pour qu'ils y écoutent le récit de ses aventures. Comme dans *Jacques le Fataliste* une telle
invite est circulaire. Chacun doit, à son tour, pouvoir
se raconter et, dans la mesure du possible, ne rien
omettre. Pour Casanova *tout* ce qui appartient au
vécu est remarquable et digne d'être rappelé.
Chaque rencontre contient de l'extraordinaire, met
au défi la précision de la mémoire, du langage. Par
cette injonction à l'épuisement d'un réel advenu,

l'entreprise du mémorialiste est, comme le fait remarquer Philippe Sollers, « de l'ordre apocalyptique *réalisé*. Réalisé réalistement ». Et il ajoute : « J'ai toujours trouvé fabuleux que Saint-Simon dise dans son introduction qu'en réalité il écrit pour le Saint-Esprit. Écrire pour le Saint-Esprit pour raconter minutieusement des détails de toilettes, de préséances, de carrosses, de conversations et de petites intrigues, d'éclats de voix, etc., ça n'est pas du tout évident ! Le Saint-Esprit on pourrait s'en faire une idée sublime... Hélas ! Ce qui me frappe, c'est cet attachement à l'anecdote, aux petits faits vrais, aux toutes légères intrications de conversations, d'accents, à la sensibilité que quelque chose se dit dans la façon de dire... Quel travail chez Proust pour réentendre la façon dont c'était prononcé... À table, en passant, à l'improviste ! Et, pour prendre un exemple tout à l'opposé, quelle étrange obstination chez Casanova pour re-trouver le sel, la fraîcheur de chaque petite situation concrète. Le problème de la littérature, c'est celui des *Mémoires* [1]. » L'adresse à la « bonne compagnie » que Casanova met dans sa préface n'est pas différente de la dédicace au Saint-Esprit sur laquelle Saint-Simon ouvre ses *Mémoires*. La gaieté picaresque, la bigarrure de ses enchevêtrements narratifs rejoint l'exhaustivité des comptes rendus en regard de l'Absolu.

La reprise stéréotypique du nom de Casanova va dans le sens d'une banalisation de ses expériences : aucune n'aurait un intérêt singulier, c'est leur somme qui serait impressionnante. Ainsi, bien qu'il ne s'affiche pas comme péjoratif, l'usage courant du

---

1. Philippe Sollers, « La perversion, l'ennui », *L'Infini*, n° 6, p. 115.

nom de *Casanova* aboutit, au même titre que l'adjectif de *sadique*, à la suppression d'un choix d'écrivain. Ce qui est radicalement gommé est « l'engagement » d'écriture qu'accomplit le mémorialiste et, réciproquement, la question que son travail pose à l'ensemble de la littérature. Lorsqu'on traite un homme de Casanova, on l'exclut de toute vocation véritable à l'extraordinaire (celle d'une écriture, celle d'une passion, celle de chaque instant). Au contraire, on désigne par là quelqu'un qui ne se distinguerait que par une sorte d'enthousiasme excessif pour la norme. Le notable alors n'est pas dans la catégorie d'objet aimé ni dans le mode de relation à cet objet, mais dans l'énergie de répétition. Un Casanova poursuit inlassablement là où la plupart des hommes, par prédilection, prévision d'avenir, défaut d'imagination, etc., décident de s'arrêter à une femme, ou à un nombre de femmes qui peut se compter sur les doigts. Mais du héros légendaire à la banalité ambiante, il n'y aurait qu'une différence chiffrale. Le nom de Casanova jouerait plutôt comme terme unificateur. Il ne tracerait d'autre ligne de démarcation que celle entre hommes et femmes. D'où, me semble-t-il, quelques caractéristiques propres aux spécialistes de Casanova, et qui ont contribué à lui former un destin dont la première particularité est d'éluder son existence littéraire. Casanova témoin, historien, oui. Libertin, la chose va de soi, pas la peine d'y revenir... Mais Casanova écrivain, ce n'est qu'un aspect secondaire de sa personnalité, en lui-même peu attirant : « ... en dehors du libertinage excessif, à vrai dire pornographique du texte même de Casanova, les latinismes, les italianismes qui, au dire de H.E. Brockhaus, y abondent, en rendent la lecture des plus ardues » (Raoul Vèze). Sur ce point l'attitude des spécialistes ne contredit pas l'opinion commune.

Cette élision relève aussi bien d'une tradition héritée du xixᵉ. On assiste dans les années 1920 à un engouement très vif pour les *Mémoires* de Casanova et qui donne lieu à des travaux d'érudition extrêmement précis et précieux (dont l'Édition de La Sirène, déjà mentionnée, constitue la somme). Il s'agit d'une nouvelle perspective sur Casanova, non d'une découverte : Casanova est très lu durant tout le xixᵉ siècle puisque, grâce à l'adaptation de Jean Laforgue, il est directement mis au goût de l'époque. En effet, l'éditeur allemand Brockhaus, possesseur du manuscrit de Casanova, avait fait appel à Laforgue, qui était professeur de français à l'Académie des Nobles de Dresde, pour « la rédaction de son édition originale, la correction et le jugement des passages à supprimer ou à changer ». Les *Mémoires* ainsi récrits paraissent régulièrement de 1826 à 1836, suscitant de très nombreux lecteurs aux yeux desquels Casanova incarne à merveille un xviiiᵉ siècle inconsistant et gracieux, inoffensif. On le fait évoluer dans des décors de boudoirs et de bergeries. Il glisse sur des parquets brillants, repose sur des lits de gazon. Il ne quitte pas des yeux son miroir, conte fleurette à n'importe qui et « muguette » la fortune des grands. Tout cela n'étant qu'un détail dans une fresque beaucoup plus vaste, celle d'un siècle, par vocation, finissant ; aussi fragile que les décors et personnages de marionnettes qui le constituent, le tout s'effondrant à la première pichenette un peu brusque...

Casanova apparaît alors comme un numéro de clôture bien réussi : un danseur en habit de Pierrot qui se dépense infatigablement pour un public de nonnes libertines — ou pour l'imagination des générations à venir. Car, à lui seul, il donne à rêver, par la configuration magique des trois mots de *Venise*, *théâtre* et *immoralité*, la société de l'Ancien Régime, telle que le XIXᵉ siècle se plaît à la restaurer. Casanova est d'abord, à cette époque, conducteur d'une rêverie passéiste et nostalgique : on s'invente son Casanova tout en projetant un voyage en Italie ou en Orient. Projets qu'il faut entendre dans le sens d'un impossible retour, non du voyageur (il ne s'éloigne que pour revenir), mais du passé. On ne part que pour tenter de ressusciter des morts. Les seules rencontres sont de fantômes. Elles sont le signe que le voyage est réussi ; il ne faut pas s'étonner s'il est fortement teinté de mélancolie...

Casanova et Gérard de Nerval. *Les amours de Vienne*

Le XVIIIᵉ siècle affleure volontiers dans le texte nervalien. Il est évoqué comme une présence actuelle. Le XVIIIᵉ siècle, dit Nerval, a *déteint* sur le siècle suivant. C'est donc une présence actuelle, mais aux couleurs passées. Ce sont des roses délavés et des ors vieillis, des châteaux abandonnés et des silhouettes réduites à leurs ombres, qui attirent Nerval. La reconstitution nervalienne, très belle parce que dangereusement tentée, porte sur des personnages, s'aventure dans la folie des doubles. Lorsqu'il songe au siècle qui le précède, Nerval ne se transporte pas en pensée dans un passé aboli. Il cède la place à des figures mortes et leur livre le monde qui l'entoure. Il s'offre, en premier, au baiser du vampire.

Le nom de Casanova qui apparaît plusieurs fois dans *Le Voyage en Orient* a-t-il cette fonction fantastique ou médiatique ? Nerval, l'invoquant, accomplit-il le renversement nocturne qui lui permettrait, indifféremment, de se voir lui-même comme un autre Casanova, ou de voir Casanova comme un autre lui-même ? Bien que Casanova intervienne dans ce qui est supposé être un récit de voyage, ce n'est pas au voyageur qu'il est fait référence, au témoin d'une époque et de ses mœurs, mais à l'amant.

Nerval néglige le surmoi d'érudition dont se cautionneront des lectures casanovistes plus récentes. Quand il lit les *Mémoires* de Casanova, il ne s'intéresse qu'aux histoires de femmes. Et c'est très naturellement lorsqu'il en vient à rédiger un « journal sentimental » qu'il le place sous l'égide de Casanova. Il choisit comme décor Vienne qui, écrit-il, lui produit « entièrement l'effet de Paris au XVIIIᵉ siècle en 1770, par exemple ». Cette année 1770 est pour Casanova une année uniquement italienne. Il séjourne à Parme, Bologne, Pise, Florence, Rome, puis, de juin à septembre, à Naples. Il avait habité à Vienne trois ans plus tôt et en avait été chassé par ordre impérial. Car Vienne, au temps de Casanova, sous le règne de l'impératrice Marie-Thérèse était, au contraire de la fiction nervalienne, le lieu même de l'obsession policière et de l'empêchement à la galanterie. Mais en choisissant Vienne, Nerval peut aisément mêler les figures de Casanova et de Don Juan, « *l'odor di femmina* est partout dans l'air, et on l'aspire de loin comme Don Juan [1] ».

Les passages viennois du *Voyage en Orient* ont la grâce sensuelle, et rare chez Nerval, des amours

1. Gérard de Nerval, *Le Voyage en Orient*, O.C., Paris, Gallimard, coll. « Bibliothèque de la Pléiade », 1984, t. II, p. 209.

faciles. Tout ce qu'il raconte de son séjour, durant
lequel il s'amuse à prendre « le rôle » de Casanova, se place sous le signe des rencontres féminines
et des intrigues multiples, rapidement ébauchées
— les Viennoises étant alors, selon Nerval, d'une
splendide disponibilité. Elles répondent aux sou-
rires, aux avances des hommes, à leurs compliments.

Nerval fait à une jeune servante vénitienne, Catarina, cette déclaration : « J'ai expliqué à cette beauté
qu'elle me plaisait, surtout parce qu'elle était pour
ainsi dire *austro-vénitienne*, et qu'elle réalisait en elle
seule le Saint Empire romain, ce qui a paru peu la
toucher [1]. » Ce compliment manqué ne met pas en
question le succès final de la séduction. Mais il
arrive aussi, à Vienne, que les femmes fassent le premier pas : elles prennent familièrement le bras des
hommes dans la rue, ou les invitent chez elles, sans
que les gêne l'existence d'un fiancé ou d'un mari.
Bref, le paradis pour qui a vécu jusque-là dans le
Paris de 1850 : « C'est ainsi que l'amour se traite à
Vienne ! Eh bien ! c'est charmant. À Paris les
femmes vous font souffrir trois mois, c'est la règle ;
aussi, peu de gens ont la patience de les attendre. Ici,
les arrangements se font en trois jours... [2] »

Cette île de volupté, à laquelle Nerval aborde avec
le masque de Casanova, n'est cependant pas pour lui
le lieu de la plénitude. Toutes ces femmes si facilement accessibles sont aussi lestes à disparaître, ou
à se livrer à d'autres Casanova. Les récits de Nerval
sont surtout d'aventures qui s'entament (et qui
finissent par l'entamer sérieusement). Leur pour-

1. *Ibid.*, p. 203.
2. *Ibid.*, p. 208.

suite pose des problèmes d'autant plus malai-
sés à résoudre qu'ils ne résultent pas d'un *non*
affirmé, mais d'obstacles disparates et imprévus. Ces
femmes si belles, si libres, dont la beauté apparaît
d'abord comme une promesse évidente, recèlent
d'autres pièges pour le pseudo-Casanova. Elles sont
entourées d'hommes qui, comme le voyageur lui-
même, ne font que passer et qui prennent le caractère menaçant des présences indéfinissables, des
ombres...

Nerval est allé rendre visite à une jeune fille qu'il
a rencontrée dans un théâtre et qui lui avait paru
peu farouche. *A priori* l'insituable étrangeté de son
prénom Vhahby aurait tendance à l'inquiéter (ce
genre d'inquiétude suffirait à l'écarter de son personnage !). Puis, lorsqu'il va lui rendre visite, son
angoisse, qui est essentiellement d'incapacité à comprendre une situation — par manque de repères
fixes —, s'aggrave. Il trouve couché chez sa nouvelle
amie un homme qui l'accueille avec sympathie. Le
séducteur est désemparé : « ... voilà un joli rendez-
vous qu'on m'a donné là... "Ah ! çà ! dis-je à la jeune
bohème ce monsieur malade est-il votre mari ?
— Non. — Votre frère ? — Non. — Votre amoureux ?
— Non. — Qu'est-ce qu'il est donc ? — Il est chas-
seur" [1]. » Cela ne le renseigne en rien sur la place
qu'il doit attribuer au monsieur couché : celle d'un
opposant (même malade, c'est à prendre en considération), d'un complice, d'un indifférent (il pense
seulement à sa prochaine chasse). Cette incertitude,
très moderne, sur les rôles lui fait finalement manquer celui de Casanova. D'abord, parce que dès sa
première histoire avec le Saint Empire romain, il est

1. *Ibid.*, p. 217.

saisi de découragement et se perçoit comme une mauvaise copie des modèles du siècle passé. « Hélas ! mon ami, nous sommes de bien pâles don Juan. J'ai essayé la séduction la plus noire, rien n'y fait. Il a fallu la laisser s'en aller et s'en aller seule ! du moins jusqu'à l'entrée de la rue [1]. » Ensuite parce que sous des allures de rencontres de hasard, les amours de Nerval suivent un ordre précisément orienté vers le malheur.

La série des femmes qu'il aime ne correspond pas à un trajet extérieur. Elles semblent traverser le champ de ses regards et de ses désirs au seul gré de ses promenades dans la ville. Mais de l'une à l'autre une progression s'inscrit, qui est d'une hiérarchie sociale. Elles ne sont pas de plus en plus belles (la servante Catarina, blonde, blanche, avec des épaules robustes, une bouche en cerise et « un col de pigeon gros et gras, arrêté par un collier de perles », était sans doute la plus parfaite), mais de plus en plus puissantes. Les plus dépossédées s'étaient données immédiatement. « Mon ami », écrit le voyageur séducteur, « je t'ai décrit jusqu'à présent fidèlement mes liaisons avec des beautés de bas lieu ; pauvres amours ! elles sont cependant bien bonnes et bien douces [2]. » Avec les autres, les beautés de haut lieu, le jeu est plus complexe : ces femmes sont moins bonnes. Et, comme il arrive au poète quand il est introduit dans un salon de l'aristocratie viennoise, les séducteurs désargentés et sans naissance y sont perdants. Vérité bien connue de Casanova, à la dureté de laquelle il s'est souvent heurté durant sa vie, mais pour rebondir plus loin, recommencer,

1. *Ibid.*, p. 204.
2. *Ibid.*, p. 227.

avec la même énergie et, parfois, avec plus de bonheur. Dans *Le Voyage en Orient* le premier épisode
douloureux démasque le faux Casanova, remet au
premier plan le poète nostalgique qui n'avait cessé
de préparer son heure, de tisser sa douleur.

Nerval quitte Vienne à l'improviste, blessé par une
déception amoureuse. Le voyage libertin cède la
place au voyage romantique. À une suite d'épisodes
fondés sur l'oubli, se substitue une quête impossible
de l'oubli. « Dans ma pensée, je comptais finir l'hiver
à Vienne et ne repartir qu'au printemps... peut-être
même jamais. Les dieux en ont décidé autrement !
Non, tu ne sauras rien encore. Il faut que j'aie mis
l'étendue des mers entre moi et... un doux et triste
souvenir [1]. » Le souvenir malheureux n'est pas accidentel. Il est ce qui relance le voyage en Orient, en
lui donnant un sens rétrospectif.

Après Vienne, ville des amours casanoviennes,
l'escale suivante est Cythère, île des amours plato-
niques. Nerval, qui n'a fait que s'essayer au rôle de
Casanova pour l'expérimenter douloureusement
comme un contre-emploi, s'unit de toute son âme à
l'histoire de Polyphile et Polia — une histoire
d'amour interdite par les lois sociales qui s'est passée au xvᵉ siècle (Polyphile est un pauvre peintre, elle
est la princesse Lucretia Polia de Trévise). Les
amants malheureux se retirent chacun de leur côté
dans un ordre religieux et se vouent platoniquement
et religieusement à leur passion. Polyphile (ou Francesco Colonna) écrit son *Hypnerotomachia Poliphili*,
c'est-à-dire « combat d'amour en rêve » dont Nerval,
avant *Le Voyage en Orient*, avait déjà pensé tirer une

1. *Ibid.*, p. 231.

adaptation théâtrale. Ainsi, les « pauvres amours » sensuelles sont purifiées par le culte de la Vénus céleste. Le séjour à Vienne est un détour trompeur. Casanova est un leurre. Il n'y a pas de libertinage heureux. Les servantes, faciles, dont les caresses sont de peu de prix, vous mènent en riant à une entrevue fatale avec la maîtresse inaccessible. Le voyageur, lorsqu'il dépose le masque de Casanova, est accablé d'un sentiment que celui-ci n'aperçut jamais qu'avec horreur et d'aussi loin que possible : l'inconsolable.

On comprend alors que Nerval n'a pas évoqué Casanova dans le vertige d'une identification (ce qu'il fait quand, dans *Les Illuminés*, il dessine les figures de Cazotte, de Restif de La Bretonne et de Cagliostro qui est, comme je le montrerai plus loin, à la fois le rival italien et l'antithèse de Casanova), mais pour s'enfoncer plus avant, s'il était nécessaire, dans la désolation et la douceur d'une perte. « Ne suis-je pas toujours, hélas ! le fils d'un siècle déshérité d'illusions, qui a besoin de toucher pour croire, et de rêver le passé... sur ses débris ? Il ne m'a pas suffi de mettre au tombeau mes amours de chair et de cendre, pour bien m'assurer que c'est nous, vivants, qui marchons dans un monde de fantômes [1]. »

Casanova se dérobant comme fantôme l'entraînait vers des femmes vivantes. Suprême nausée, odieuse brutalité ! L'opération qui ne prend pas avec Casanova réussit mieux avec Restif de La Bretonne. Pourtant, lui aussi est cynique et libertin, mais il est également habité de tendances vertueuses (rurales et communistes) et de dispositions mystiques. Bien

1. *Ibid.*, p. 237.

que souvent entraîné par des pulsions matérialistes,
Restif de La Bretonne est sauvé, aux yeux de Nerval, par l'échec d'un premier passage à l'acte qui a
cet effet de provoquer la mort d'une jeune femme
qu'il adorait. Ainsi puni de son impudeur et pour-
suivi par le maléfice de ce deuil, il ne connaît, de
femme en femme, qu'une même agonie. Ou plutôt,
il a l'impression d'assister à la même mort qui prend
pour *s'achever* les visages mystérieusement proches
des différentes femmes qu'il aime.

Il prépare donc à l'avance le paysage d'illusions
dans lequel Nerval aimera voyager. Le xviiie siècle
que Nerval désire faire renaître est *déjà* un monde
de fantômes. C'est un décor en trompe-l'œil spécialement conçu pour les rites spiritualistes qui
l'occupent. Nerval ne se réfère que pour la dépasser
à « cette étrange dépravation de la société du
xviiie siècle dont certains romans, tels que *Manon
Lescaut* et *Les Liaisons dangereuses*, offrent un
tableau qui paraît ne pas trop s'éloigner de la réalité [1] ». Les *Mémoires* de Casanova font, à coup sûr,
partie de cette littérature d'une société étrangement
dépravée.

Le cénacle casanoviste

Au siècle suivant, c'est à la connaissance de cette
réalité sociale, plus qu'au problème d'une « dépravation », que s'attachent les casanovistes (ou les
casanoviens). La figure de Casanova ne sert plus à
poser la question « comment aimer » — libertine-
ment des femmes vivantes, ou mystiquement des

1. *Les Illuminés, ibid.*, p. 996.

femmes mortes. Casanova, comme personnage ou comme amant, est mis entre parenthèses au profit des informations qu'il apporte sur son époque. On s'intéresse d'abord au tableau de mœurs.

Qualifié également de « cénacle », le mouvement casanoviste réunit quelques messieurs distingués, d'une érudition exigeante et de bonne compagnie. Ce ne sont plus les silhouettages et les non-dits d'un voilage décent qui les excitent, mais la vérité historique et, plus précisément, la « véridicité » casanovienne — cette « véridicité fondamentale des *Mémoires* » (selon l'expression de J. Rives Childs) qui jusqu'alors n'avait pas constitué la première raison de lire Casanova. Ce changement de perspective est inauguré par un article d'Armand Baschet sur les « preuves de l'authenticité des *Mémoires* de Jacques Casanova » (qui lui-même faisait suite au travail fondateur de F.W. Barthold, « Les personnalités historiques dans les *Mémoires* de Jacques Casanova », paru en 1846). Casanova se présentant lui-même comme menteur et fabulateur, la découverte de la vérité de ses *Mémoires* semble d'autant plus étonnante... Émerveillement presque indéfiniment renouvelable, car il touche à tous les points des *Mémoires* susceptibles de recevoir une vérification extérieure.

Le casanovisme est un fétichisme de la vérité, entendue comme ce qui peut être vérifié. Cette attitude objectivement expérimentaliste n'exclut pas des moments d'exaltation. Les démarches des casanovistes sur le point de trouver un inédit se vivent sur un mode aussi passionnel que celles de Casanova près d'approcher une femme qu'il convoitait et qui lui apparaît, justement, comme un inédit. J. Pollio a cru déceler l'existence d'un texte qui pourrait être de Casanova : « Inutile de dire que nous entrâmes en coup de vent chez M. Cassini, à qui nous demandâmes fiévreusement de nous montrer *Les Plaisantes Anecdotes*... Hélas ! le livre était déjà acheté, emporté, irrecouvrable, — le libraire n'ayant pu nous dire qui en était l'heureux acquéreur, car ce n'était pas un de ses clients habituels.

« En dépit d'investigations permanentes, ni Ravà, averti par nous aussitôt, ni d'autres casanovistes de notre entourage n'ont mis la main, depuis, sur un second exemplaire du mystérieux *Voyage à Sulzbach*. Casanova en est-il réellement l'auteur ? Ces anecdotes auraient-elles une relation quelconque avec la partie de piquet qui dura quarante-deux heures, et dont Casanova sortit vainqueur à Sulzbach, contre l'officier d'Entragues (chap. XVII du tome V des *Mémoires*) ?

« Peut-être la cruelle énigme bibliographique sera-t-elle déchiffrée tôt ou tard, moyennant la patience, l'habileté, ou le flair et la chance de quelque casanovien mis sur la piste par notre indication. Ainsi soit-il [1]. »

Le casanovisme est une religion optimiste. Il en émane une euphorie non exempt d'un parfum de mondanité qui la rend encore plus entraînante : « Grâce aux récents et remarquables travaux de MM. Samaran, Maynial, Capon, Vèze, Le Gras, écrit J. Pollio, il est à prévoir que sous les apparences justifiées "d'une contribution" à l'histoire des mœurs du XVIIIᵉ siècle, le casanovisme renaissant deviendra bientôt à la mode. Ce sera peut-être un *snobisme* de plus... Et du haut des cieux, Armand Baschet et Aldo

---

1. J. Pollio, *Bibliographie anecdotique et critique des œuvres de Casanova*, Paris, L. Giraud-Badin, 1926, p. 122.

Ravà souriront à Octave Uzanne, le propagateur
trop oublié du culte littéraire de demain [1]. »

La « renaissance » casanoviste porte sur la partie
la plus noble des *Mémoires* c'est-à-dire sur un supplément d'information d'ordre historique ou socio-
logique. Lire Casanova c'est être capable d'une
ascèse, savoir traverser le niveau le plus immédiat
du récit libertin pour apprécier l'authenticité du
témoignage. N'y voyons pas un désintérêt, encore
moins une réprobation pour les aspects luxurieux de
la vie de Casanova : ceux-ci sont à ce point naturels
et partagés par les lecteurs qu'il est inutile d'insister. L'homme de plaisir va sans dire, n'appelle pas de
commentaire. On détourne donc sa curiosité vers
l'historien véritable que Casanova sut être à son
insu. Charles Samaran nous avertit dans la préface
à son étude : « Heureusement, il n'y a pas dans la vie
d'un homme — cet homme fût-il Casanova — que
des histoires de femmes, et par d'autres côtés, notre
héros justifie dans une certaine mesure l'engouement dont bon nombre de bons esprits, parmi les
plus rebelles à la magie des aventures et à l'attrait
du scandale se sont pris pour sa personne et pour
son œuvre [2]. » E. Maynial, encore plus précisément,
nous enseigne à distinguer le bon usage du mauvais : « On le lisait à l'âge des curiosités malsaines :
la nomenclature complaisamment détaillée de ses
bonnes fortunes, le récit de ses prouesses érotiques,
la chronique étourdissante de ses faciles amours ser-
vaient de pâture aux imaginations trop jeunes ou
séniles... Mais, peu à peu, un autre genre de curio-

---

1. *Ibid.*, p. 11.
2. Charles Samaran, *Une vie d'aventurier au XVIIIᵉ siècle. Jacques
Casanova*, Paris, Calmann-Lévy, 1931, vol. 1, p. 111.

sité est venu à lui : celle des chercheurs, érudits, critiques, historiens, qui démêlaient dans ce riche tissu d'intrigues et d'aventures cosmopolites le fil d'une destinée réelle ; ceux-là ont su trouver dans les *Mémoires*, non plus l'image trop fidèle d'un libertin de profession, mais quelques-uns de ces documents vivants, originaux et neufs avec lesquels se constitue l'histoire de la société et des mœurs [1]. »

La cause d'un tel déplacement n'a pas seulement à voir avec une maturation des lecteurs (maturation instable d'ailleurs !). Cette approche « adulte » peut surprendre : Casanova, qui n'a vécu et écrit que pour lui et n'a déchiffré le monde qu'en fonction du potentiel de plaisir qu'il détenait, serait à lire abstraction faite de tout cela, pour les seules coïncidences entre son parcours et une réalité vérifiable. Pareille tendance à réduire le procès de lecture à un travail d'enquêteur est d'abord liée au genre autobiographique. Comme le souligne Ph. Lejeune : « Si l'identité n'est pas affirmée (cas de la fiction) le lecteur cherchera à établir des ressemblances malgré l'auteur ; si elle est affirmée (cas de l'autobiographie), il aura tendance à vouloir chercher les différences (erreur, déformations, etc.). En face d'un récit autobiographique, le lecteur a souvent tendance à se prendre pour un limier. C'est-à-dire à chercher la rupture du contrat quel qu'il soit [2]. »

L'attitude des casanovistes est, formellement, une réponse au genre littéraire des *Mémoires*. De ce point de vue elle est tout à fait « normale ». Ils

1. Édouard Maynial, *Casanova et son temps*, Paris, Mercure de France, 1910, pp. 7-8.
2. Philippe Lejeune, *Le Pacte autobiographique*, Paris, Le Seuil, coll. « Poétique », 1975, p. 26.

scrutent le texte de Casanova en détectives. Celui-ci
est déchiffré comme un message codé où sont entre-
mêlés mensonges, erreurs involontaires et fragments de vérité. Le rapport qu'ils instaurent avec la
page écrite leur fait postuler de la part de l'auteur la
même attitude joueuse — celle d'un escroc qui tente
de semer les policiers, de les égarer sur des fausses
pistes. J. Rives Childs, ayant relevé plusieurs contradictions et anachronismes, s'exclame dans un sur-
saut de découragement : « Plusieurs d'entre eux sont
de nature si perverse que l'on est tenté de conclure
que Casanova les a dispersés exprès çà et là, comme
pour se moquer de nous dans sa tombe [1]. » Ce n'est
qu'un moment de fatigue, une petite poussée de
paranoïa qui sera vite dissipée...

C'est l'un des risques à courir quand on choisit
l'érudition contre l'hallucination érotique... Dans les
deux cas, on ne s'appartient plus vraiment...

La lecture casanoviste qui cherche à remonter de
la lettre au fait est le plus souvent heureuse. En effet,
Casanova s'affirmant constamment en rupture de
contrat, ce seront les points sur lesquels il le respecte, qui retiendront l'attention. Les liens de Casanova avec la vérité sont tellement élastiques qu'il
peut écrire tranquillement : « Ils trouveront que j'ai
toujours aimé la vérité avec tant de passion, que souvent j'ai commencé par mentir pour la faire entrer
dans des têtes qui n'en connaissaient pas les
charmes... [2] » Ainsi, ce charlatan, que jamais dans sa
vie la question de la vérité ne tourmente, se trouve
susciter, à titre posthume, un cénacle d'érudits pas-

---

1. J. Rives Childs, *op. cit.*, p. 78.
2. Casanova, préface à *Histoire de ma vie*, p. XVIII.

sionnés de prouver son inéluctable véracité. À l'inverse le *vitam impendere vero* des *Confessions* de J.-J. Rousseau doit susciter une vigilance suspicieuse, avide de détecter le mensonge : attitude de lecture qui hélas ! aurait confirmé Jean-Jacques dans ses pires appréhensions...

Le choc d'une vérité inattendue donne aux découvertes des casanovistes un dynamisme particulier : « Quelle ne fut pas la surprise combien agréable ! d'Aldo Ravà en pénétrant dans la chambre à coucher de Casanova à Dux ! Il découvrit là, sur les rayons d'une bibliothèque inexplorée, un gros paquet de petites livraisons de 200 pages imprimées, liées ensemble... [1] » Ici la trouvaille se fait à même la chambre à coucher de Casanova. Elle relève du moment parfait. Mais la chambre de Casanova est un espace suffisamment mobile et investi d'une ardeur assez vive pour qu'on puisse l'inventer, la reconstruire mentalement, sur tout lieu de recherche, même lorsqu'il s'agit d'une salle de bibliothèque ou, comme pour cette investigation du Dr Guède, des registres de l'Assistance publique.

Cette enquête, menée par un casanoviste des plus éminents, porte sur un épisode des *Mémoires* sur lequel je reviendrai plus tard. Casanova, sur la demande de son ami Della Croce, s'est chargé de la jeune femme que celui-ci a mise enceinte. Il la conduit à Paris, où elle meurt après avoir accouché de l'enfant. Le Dr Guède, peu convaincu de l'authenticité de cette histoire (il n'y a, en effet, pas de raison d'y croire. Elle repose sur des faits invérifiables : la beauté de la jeune femme, l'amitié et la complicité de joueur qu'il partage avec Della Croce), a l'idée

1. J. Pollio, *op. cit.*, p. 141.

d'aller chercher des preuves du côté de la naissance de l'enfant, donc de consulter un registre des naissances. « La tentation de faire une vérification, écrit-il, était irrésistible. » Il la fait et, en un premier temps, n'obtient aucun résultat. Alors il se décide à aller y voir lui-même. Plein succès : « ... tout à coup, une ligne plus bas, deux noms me crevèrent positivement les yeux... ». Il possède à la fin de son enquête « outre le récit textuel et mot à mot de Casanova, le nom du curé ainsi que le nom et l'adresse de la sage-femme » sans compter la preuve de la naissance de l'enfant. Le Dr Guède peut conclure : « Moralité faire ses recherches soi-même [1]. »

Cette vérification a un dénouement pleinement positif. Elle prouve la « vérité » d'un épisode (dont la tristesse a menacé sérieusement Casanova, risquant de creuser la plénitude de son univers de la faille d'un deuil). Mais il arrive aussi que l'esprit vérificateur, sans détecter une fausseté radicale, s'avère réducteur. Cela n'entame pas la démesure passionnelle qui le sous-tend, son pouvoir aveuglant. Consulter des dossiers n'est rien pour le Dr Guède. Il a fait beaucoup plus. « M. le docteur Guède, l'homme de France qui connaît le mieux Casanova et ses *Mémoires*, a proprement revécu la vie de l'aventurier et suivi sa piste à travers l'Europe. Il a retrouvé ses traces aussi bien sur les routes d'Italie, où il voyageait à pied comme lui, que dans les archives où il copiait les documents qui le concernent. À Venise, il a refait pour son compte la fameuse évasion des Plombs, et réduit le récit de Casanova, par cette expérience décisive, à de plus

---

1. Cité dans Édouard Maynial, *op. cit.*, appendice II, p. 281.

vraisemblables proportions [1]. » La reprise gymnastique de l'évasion de Casanova la réduit à ses données physiques. Elle supprime l'excès de parole, l'ombre agrandissante du récit. Possibilité visualisée par Casanova lui-même durant l'évasion lorsqu'il dit sa crainte, avec la luminosité de la lune, que sa silhouette de fugitif ne soit reproduite en ombre gigantesque sur la place Saint-Marc. Par prudence il renonce à ce spectacle d'ombres chinoises et décide d'attendre que la lune soit voilée. Mais il se rattrapera plus tard de cette réduction, à travers les multiples développements de son récit.

Ce serait plutôt l'exploit du Dr Guède qui m'étonne et me plaît par sa sereine invraisemblance. Car, comment ne pas s'interroger sur les détails de ses pratiques de vérification ? Se contentait-il de ses habits ordinaires, ou bien allait-il jusqu'à revêtir costumes d'époque, perruques, et de somptueuses houppelandes comme en portait Casanova ? De même, pour le langage ? Peut-on revivre Casanova sans le parler ? Quant au *corpus* de son entreprise, pourquoi ne reprendre que des épisodes susceptibles d'être authentifiés, se donner la peine d'une évasion sans chercher à mériter l'enfermement ?... Peu importe, ainsi pris dans sa visée expérimentale et follement sensée, le projet du Dr Guède satisfait parfaitement une idolâtrie. Il permet à la fois de maintenir une distance (on rejoue l'existence de Casanova sans se prendre pour lui, rien à voir ici avec la folie nervalienne) et de vivre Casanova au présent.

Le livre de Paul Morand, *Venises*, est riche en allusions à Casanova. Celui-ci surgit d'une scène véni-

1. *Ibid.*, p. 13.

tienne ou par association d'idées avec un nom, *Bragadin* par exemple. Mais plus sûrement, car c'est la
trame même du quotidien, il fait partie de la conversation, du milieu que fréquentaient Paul Morand et
ses parents, à Venise en 1908 : « Pour nos convives,
le passé, c'était le présent ; Armand Baschet, un des
premiers casanoviens, annonçait la récente découverte de lettres de femmes, au château bohémien de
Dux : "On croyait Casanova vantard ? Il a à peine dit
toute la vérité !" Casanova c'était pour moi comme
un oncle qui a mal tourné [1]. » Chercher des traces
dans le réel fait de Casanova non plus une figure
mouvante dans le miroir d'un texte, mais un personnage caché qui, avant de disparaître, nous aurait
munis de toutes les clefs pour le débusquer de sa
retraite. Mais ces clefs sont innombrables. Le champ
de la recherche est illimité — en témoigne l'ouverture rhétorique de la formule « non seulement...
mais encore », qui nous paraît révélatrice d'une
quête factuelle dont le seul terme véritablement
apaisant serait la rencontre, en chair et en os, avec
Casanova vivant. Une phrase telle que : « non seulement nous connaissons l'adresse exacte Via Vittoria
n° 54, mais encore le nom du propriétaire... » ne tire
fantasmatiquement son intérêt qu'à supposer que
Casanova n'a pas cessé d'y habiter, ou pourrait y
retourner.
   Le travail d'érudition que suscitent les *Mémoires*
de Casanova est une façon de les vivre non seulement comme un livre à parcourir mais aussi
comme un modèle à suivre, une existence à apprécier et, autant que possible, à recommencer. Les

---

1. Paul Morand, *Venises*, Paris, Gallimard, coll. « L'Imaginaire »,
1971, p. 44.

casanovistes, avec leur optimisme et leur obstination, au plaisir de leurs lectures en bibliothèque,
de leurs démarches administratives, ou de leurs
conversations au *Florian*, comprennent un processus à l'œuvre dans l'écriture des *Mémoires* : refuser
l'enchaînement temporel, faire du passé un présent
perpétuel, le noter comme une partition musicale
dont il nous sera toujours loisible de reprendre tel
ou tel passage...

Ce mouvement de reprise est évidemment lacu-
naire. Si minutieusement que s'accomplisse le projet d'authentification, il manque les épisodes amoureux, ce qui s'agissant de Casanova n'est pas
négligeable !

Pareille vérification, s'il arrive qu'elle ait lieu, ne
fait pas l'objet d'une communication officielle. C'est
que l'on n'obtient plus alors que des résultats
approximatifs ; mais tous les résultats positifs obte-
nus sur d'autres parties des *Mémoires* sont destinés
à pallier cette pénible incertitude. Il y a un point où
il faut accepter Casanova sur parole et se réjouir
avec lui. Ou encore, s'en tenir à la lettre de son texte
— sans preuves extérieures.

Dans ce travail-ci, je ne pose à aucun moment la
question de la vérité ou de la non-vérité d'un épisode
des *Mémoires*. Je les prends tous pour également
indiscutables, par respect pour l'œuvre d'écriture,
par courtoisie pour son auteur. À la façon dont
Patrice Chéreau, mettant en scène l'opéra de
Mozart, *Lucio Silla*, pose pour principe de ne pas
mettre en doute la valeur du livret : « Il ne sert pas
à grand-chose de spéculer sur les qualités ou les fai-
blesses du livret : Mozart y a cru — et nous aussi du
même coup, c'est une politesse qu'on peut bien lui
faire. »

Le français, langue
du libertinage

Il me dit en français parfumé...

CASANOVA

En 1791, à l'âge de soixante-six ans, alors qu'il est réduit à la seule ombre de ses souvenirs, Casanova commence de rédiger l'histoire de sa vie. Il ne faut pas voir dans cet acte de survie une initiative improvisée, un ultime recours contre l'ennui qui le dévore. L'entreprise autobiographique répond ici à un projet ancien et constamment présent à l'esprit de Casanova, contrastant avec le cours volontiers hasardeux et irréfléchi de ses aventures, mais de quelque façon indissociable et, peut-être, fondamental. Dans ses bagages il transporte, à côté d'une garde-robe aussi impressionnante que possible (un des premiers atouts dans le théâtre de sa séduction puisque le moment fort et comme magique est celui de son apparition), de nombreux carnets où il note, au fur et à mesure, les conversations et événements de son existence, et des dossiers où il conserve toute sa correspondance. Il appelle ces notes des « capitulaires ». Le terme peut sembler emphatique appliqué au tissu de plaisirs et de frivolités dont Casanova faisait ouvertement sa seule préoccupation. À moins qu'il ne se justifie par ce qu'il laisse entendre du rapport profond qui lie le vécu à sa transcription. Celle-ci n'étant pas seconde, de la gratuité du commentaire, mais première et répondant à une injonction capitale.

Ce n'est pas en dilettante que Casanova écrit ses *Mémoires*. Il écrit furieusement, dans une fièvre, un défi à ses forces physiques, incompréhensibles pour qui voudrait réduire le comportement de Casanova écrivain à un simple passe-temps, une consolation pour libertin à la retraite. « J'écris treize heures par jour, qui me passent comme treize minutes », peut-on lire dans une lettre à son ami Opiz. Et, ailleurs, dans la même correspondance : « J'écris du matin au soir et je peux vous assurer que j'écris même en dormant, car je rêve toujours d'écrire. » Cette omniprésence de l'écriture dans l'existence de Casanova au château de Dux, cet autre temps dans lequel il se jette éperdument (le temps de la construction d'une phrase, de la recherche d'un mot, de la trouvaille d'une image), ne signifient pas, par leur intensité, que Casanova, lorsqu'il écrit, est tout entier livré à son passé dans une sorte de fusion affective quasi hallucinatoire qui effacerait complètement la réalité qui l'entoure. Non, Casanova écrit d'où il est, c'est-à-dire de *très loin*. Et ce qu'il utilise de ses souvenirs est vu d'un regard froid... Le regard froid du libertin, mais aussi celui de qui connaît soi-même et les autres d'un savoir où perce, sur le fond d'une tendresse, la nuance sûre d'un mépris.

« Quand je demande aujourd'hui des nouvelles de mes anciennes connaissances à des personnes qui viennent de leur pays, ou qui en sont, je les écoute

avec attention ; mais l'intérêt qu'elles me réveillent
est moins fort qu'un trait d'histoire, anecdote arrivée il y a cinq ou six siècles, et qui serait inconnu
de tous les savants. Nous avons pour nos contemporains, et même pour certains compagnons de nos
folies d'ancienne date, une espèce de mépris qui
pourrait fort bien rejaillir de celui que dans certains
moments nous avons de nous-mêmes [1]. » Il ne faut
pas oublier la réalité de ce détachement quand on
lit les *Mémoires* de Casanova, et ne se laisser prendre
que partiellement, ou par moments, à l'air d'immédiateté, d'inépuisable ravissement dans lequel se
déploie le texte. Ils existent bien sûr, mais comme
effet de montage, décision d'éclairage. Nullement
comme données. La positivité, l'euphorie des écrits
de Casanova, ne renvoient pas à la naïveté d'un sujet
content, mais à l'indifférence d'un sujet éloigné
qui revit sa vie d'un point où tout cela ne le
concerne plus et, sans doute, ne l'a jamais complètement concerné. Car ce point, insituable chronolo-
giquement, n'est peut-être pas seulement un effet de
distance temporelle.

Casanova était un beau parleur. C'est là une des
considérations qui, à Constantinople, le retiennent
de céder à une proposition de mariage avec une jeune
Turque. « Mais ce qui me révoltait était l'idée de
devoir aller vivre un an à Andrinople pour apprendre
à parler une langue barbare pour laquelle je n'avais
aucun goût, et que je ne pouvais pas par conséquent
me flatter de parvenir à l'apprendre à la perfection.
Je ne pouvais renoncer sans peine à la vanité d'être
qualifié de beau parleur, comme j'en avais déjà la

1. *Histoire de ma vie*, vol. 9, p. 371.

réputation partout où j'avais vécu [1]. » Casanova, de plus, n'a pas le fantasme du sérail, ou bien, c'est, agrandie aux dimensions de l'Europe, que la notion de sérail lui plaît. Mais, alors, elle implique plus de jeu et d'incertitude. Et, même si Casanova ne doute pas de la disponibilité féminine à recevoir les hommages masculins, il n'ignore pas non plus que ce principe souffre toutes sortes de variations et d'exceptions. Il aurait suffi pour l'en convaincre de l'épisode avec la jeune Mercy à Spa. Cette folle enfant niant toutes les lois de sa nature — la femme est supposée être faite pour recevoir et l'homme pour donner — et la sagesse de son prénom, au lieu de se réjouir du don d'amour que Casanova insiste pour lui faire, lui envoie une gifle... Exemple de l'ambiguïté du « merci » qui est, comme chacun sait, une formule pour remercier *ou* pour refuser poliment.

On constate en lisant les *Mémoires* combien l'exercice verbal, la performance oratoire pouvait devenir la raison d'être de l'exploit, tant était bien organisée la distribution (et la rétribution) de tels morceaux de bravoure. Ils comblaient une attente et la disponibilité d'un public qui, peut-être de n'être pas en prise avec le procès de l'histoire, se livrait avec passion à la multiplicité et à l'inventivité des histoires. Homme de lettres et charlatan, beau parleur et beau joueur, menteur et tricheur sur les bords, Casanova offrait de cour en cour et de femme en femme la représentation de sa parole. Dans le monde de Casanova, il y a une aussi vaste circulation de paroles que de sperme. Les personnages, lorsque le hasard les fait se rencontrer à nouveau,

<hr>

1. *Ibid.*, vol. 2, p. 86-87.

peuvent se soumettre légèrement à l'obligation de rembourser une dette de jeu mais ils se doivent les uns aux autres le récit de leurs vies. Ils ne se quittent qu'après « avoir parlé de leurs anciennes allures et de leurs vicissitudes ». C'est ce que Casanova appelle ses « spectacles ». Acteurs et spectateurs s'y relaient sans trêve et sans complaisance pour la qualité des programmes. La sincérité entre peu en ligne de compte. Comme l'écrit plaisamment Casanova : « Elle me fit part de ses affaires, au moins en apparence, et moi je lui confiai tout ce que je n'avais pas intérêt de lui taire [1]. » Par contre, un spectacle plat est impardonnable. On peut en vouloir à son auteur pour nous avoir assommés d'une histoire qui, selon l'expression méchante de Gide, « est sans autre intérêt que d'être celle qui lui arrive ».

Il y a un professionnalisme du récit de sa vie qui fait que lorsque Casanova en vient à utiliser l'écriture, il est déjà verbalement rodé sur de nombreux épisodes qui font, depuis longtemps, partie du domaine public. Au bout de cette chaîne de récits, et des plaisirs qui s'y cherchaient, il y a, dépourvus de tout éclat — à tel point qu'ils indiquent la fin des *Mémoires* —, les rapports qu'en tant que *Confidente* Casanova a fournis à la police de Venise, lors de son dernier retour : *Histoire de ma vie* s'arrête à Trieste. Mais, avant d'atteindre à cette dégradation honteuse, l'énergie récitative de Casanova est une forme d'art.

Casanova avait au moins deux registres selon le caractère plus ou moins officiel de la prestation, très différents quant au ton et aux effets recherchés. Le premier que l'on pourrait qualifier d'héroïque

1. *Ibid.*, vol. 8, p. 18.

s'adresse à un interlocuteur puissant, noble, riche et de sexe masculin en face de qui Casanova est en position de courtisan, donc dans un rapport de base d'humilité qu'il s'agit avant tout d'empêcher de tourner à l'humiliation. C'est pourquoi il se montre extrêmement pointilleux sur les conditions d'exécution de ses narrations. Ainsi, son récit le plus fameux, sa fuite de la prison des Plombs à Venise — qui est aussi comme le récit emblématique de toute sa vie puisque, d'une certaine façon, Casanova n'a jamais cessé de fuir — n'exige pas moins de deux heures et il refuse, même sur l'instance d'un duc de Choiseul, d'en donner une séance abrégée. « Ma première visite fut à M. de Choiseul, d'abord que j'ai su qu'il était à Paris. Il me reçut à sa toilette, et écrivant pendant qu'on le peignait. La politesse qu'il me fit fut d'interrompre sa lettre par des petits intervalles, me faisant des interrogations, auxquelles je répondais, mais inutilement, car au lieu de m'écouter il écrivait [1]. » Mais, même lorsque son interlocuteur daigne poser la plume pour l'écouter, la séance peut se dérouler très mal. C'est alors Casanova qui, de lui-même et à bout de patience, raccourcit son récit. Ainsi, à Rome, avec le cardinal Passionei. Le cardinal lui fait la première offense de le recevoir debout. À la demande ulcérée de son visiteur, il fait apporter un siège : « ... un laquais me porte un tabouret. Un siège sans bras et sans dos me fait monter l'humeur à la tête. Je conte mal, et dans un quart d'heure tout est fini. "J'écris mieux, me dit-il, que vous ne parlez" [2]. » Échec et mortification. Le mor-

---

1. *Ibid.*, vol. 5, p. 20.
2. *Ibid.*, vol. 7, pp. 190-191.

ceau de récitation n'a pas accompli sa fonction : Il
n'a pas servi comme formule d'introduction.

En effet, le récit dans ce cas doit jouer le même
rôle qu'une lettre de recommandation. Il est définitivement mis au point et souffre peu de variations,
sinon quelques enjolivements çà et là. Monolithique,
clos, il n'appelle aucune des mouvances et confusions propres au vertige dialogique. Il n'appelle
même aucun rapprochement, mais seulement d'être
reçu. Casanova, d'ailleurs, est le premier à se
plaindre d'une « corvée » aussi monotone. On peut
classer dans la même catégorie le récit de son duel
avec le comte Branicki. Récit héroïque par excellence, puisqu'il le fait, une première fois, durant
l'opération qui s'ensuit. La souffrance endurée
exalte la performance bien au-delà de la corvée.
« Tandis qu'il me faisait cette douloureuse opération
je narrais toute l'histoire à ces princes, dissimulant
sans peine tout le mal que le chirurgien maladroit
me causait en introduisant la tenaille pour se saisir
de la balle. Tant la vanité a des forces sur l'esprit de
l'homme [1]... »

Récit de duel ou duel verbal, comme cela se passe
dans les discussions avec Voltaire. La rencontre avec
le « grand homme », pour lequel Casanova avait eu
jusqu'alors une ardente admiration, s'engage tout de
suite sur le mode de l'affrontement. Casanova est,
dès l'abord, dégoûté par la servilité des rieurs qui
sont, bien sûr, du côté de Voltaire. Sentant qu'en
matière de « pointe spirituelle » il n'avait aucun
moyen de l'emporter, il mise sur sa passion pour
l'Arioste et pour son italianité. Il se déchaîne et
obtient pour sa déclamation d'un passage du *Roland*

1. *Ibid.*, vol. 10, p. 191.

furieux un plein succès — à charge de revanche : « Il [Voltaire], écrit-il, m'embrassa, il me remercia, il me promit de me réciter le lendemain les mêmes stances, et de pleurer aussi [1]. » Après deux jours, les rapports s'aigrissent. Et, à coups de récitations de plus en plus fébriles où il s'agit moins de pleurer et de faire pleurer l'autre que de lui montrer qu'il a tort, les duellistes en viennent à une dispute politique assez violente. Casanova quitte « cet athlète » de fort mauvaise humeur... En réalité la visite à Ferney plaît à Casanova. Elle satisfait son sens de la parole spectacle, de la représentation de cour et de la joute oratoire. L'empressement à mettre par écrit les trois conversations qu'il vient d'avoir avec Voltaire suffirait à le prouver. En revanche, sa visite à Rousseau est totalement décevante. Casanova dit être allé le voir en compagnie de Mme d'Urfé. La rencontre est nulle, impossible à transformer en morceau de bravoure, ni même en une anecdote passable. Casanova n'est sensible qu'au peu de séduction de la gouvernante du philosophe et à l'ennui que ce doit être de gagner sa vie en copiant de la musique.

Bien différent du récit héroïque, il y a le récit érotique qui, destiné à une femme, doit l'exciter au point de se vouloir elle-même l'héroïne du prochain récit. Comme si Casanova non seulement ne regrettait jamais la femme qu'il vient de quitter, mais l'utilisait narrativement pour faire une nouvelle conquête. L'enchaînement de ses amours semble procéder par accumulation de bonnes fortunes, sans que se marque nulle part la blessure d'une absence, ni la trace d'un manque. Par exemple, après

---

1. *Ibid.*, vol. 6, p. 232.

Constantinople, il se rend à Corfou où il entreprend de séduire la femme la plus belle et la plus galante de la colonie, Mme F., femme d'un gouverneur de galère — il est à noter que pour Casanova il y a les femmes qu'il aborde par leur prénom (prostituées, actrices, danseuses d'opéra, filles...), et celles de la bonne société qu'il ne nomme que par leur nom de famille, quel que soit son degré d'intimité avec elles (c'est évidemment avec ces dernières qu'il faut faire du texte, les autres servant de matériau littéraire). « Elle m'engagea à lui conter tout ce qui m'était arrivé à Constantinople, et je n'ai pas eu lieu de me repentir. Ma rencontre avec la femme de Josouff l'intéressa infiniment, et la nuit que j'ai passée avec Ismail assistant au bain de ses maîtresses l'enflamma si fort que je l'ai vue ardente [1]. » Conversation volcan. Le libertin attend de la parole des effets échauffants. Mais comment faut-il, fonctionnellement, concevoir ces récits ? Le libertinage de Casanova comprend-il, comme la scène sadienne, le dédoublement d'une séance narrative suivie d'une séance d'application technique et de pratique érotique ? Un tel passage exigeant de la part des « historiennes » le plus de détails et de précisions possible, car ces récits ont d'abord une valeur expérimentale. Ils doivent introduire dans l'aventure libertine un élément nouveau. Ils progressent selon l'ordre méthodique d'une transgression réfléchie.

Sur la place du récit comme sur l'ordonnance du libertinage, Casanova diffère de Sade. De l'un à l'autre, d'ailleurs, il n'y a que des rapports profonds d'opposition. À part quelques points de rencontre,

1. *Ibid.*, vol. 2, p. 131.

de hasard. Celui-ci, géographique et parisien [1], la plaque au 27, rue de Tournon, pas loin du Sénat. Elle est apposée sur la façade du *Scandinavia Hotel*. On peut y lire : « Dans cet hôtel a habité Jacques Casanova de Seingalt (1725-1798), écrivain et aventurier vénitien. » Il n'y a pas de dates de séjour. Casanova n'est certainement pas celui qui demeure... (J'aime beaucoup les plaques... Soudain, au coin d'une rue, les pensées dévient vers un écrivain, simplement parce qu'il a dormi derrière ces volets. Il y a une plaque commémorative qui me plaît particulièrement et qui m'a toujours fait rêver, surtout pour son étrange dédoublement de locataires. Elle nous apprend, au 26, rue Saint-François-de-Paule à Nice : « Frédéric Nietzsche et son génie tourmenté habitèrent cette maison. 1865-1866... »)

Casanova et Sade ont aussi en commun des haltes aux mêmes hôtels. Par exemple, à La Haye au *Parlement d'Angleterre*, où Casanova descend en 1759 et Sade dix ans plus tard. Mais surtout, et c'est une coïncidence qui fait rêver, il y a entre eux la connaissance d'une femme, l'étonnante Sarah Goudar, ancienne servante de cabaret à Londres, épouse de l'aventurier Ange Goudar, et à laquelle on attribue *Remarques sur la musique et la danse* (1773) et *Relation historique des divertissements de l'automne de*

---

1. « Celui qui vit aujourd'hui à Saint-Germain-des-Prés doit se rappeler qu'il habite un espace sadien dégénéré. Sade est né dans une chambre de l'hôtel de Condé ; c'est-à-dire quelque part entre la rue Monsieur-le-Prince et la rue de Condé ; il a été baptisé à Saint-Sulpice ; en 1777, sur lettre de cachet, c'est à l'hôtel de Danemark, rue Jacob (la rue même d'où est édité ce livre) que Sade est arrêté, c'est de là qu'on le conduit au donjon de Vincennes » (Roland Barthes, *Sade, Fourier, Loyola*, Paris, Le Seuil, coll. « Tel quel », 1971, p. 177).

Toscane (1775). Amante du roi de Naples, elle le fut aussi de Casanova et du marquis de Sade (à Florence), lorsque, dans les années 1775-1776, sous le nom de comte de Mazan, il fait son voyage d'Italie...

Chez Casanova, les récits érotiques s'ils incitent au désir doivent aussi lui enlever tout caractère choquant ou dangereux. Ils esquissent des silhouettes, ils ne détaillent pas les gestes. Ils obéissent à cet impératif explicitement formulé par Mme F. : « Dites, mais ne nommez pas les choses par leur nom ; c'est le principal [1]. » Ce qu'elle lui avait déjà indiqué, en termes plus pratiques lorsqu'elle lui avait fait reproche de l'aider à descendre de sa chaise à porteur en la touchant de ses mains nues. « C'était la mode à Corfou, écrit Casanova, de la servir [la dame] soulevant sa robe de la main gauche, et lui mettant la droite sous l'aisselle. Sans gants la sueur de la main pouvait la salir [2]. » Il lui est publiquement rappelé de savoir prendre les dames avec des gants. Tout particulièrement lorsqu'on se mêle de les prendre par les aisselles.

En ce creux du corps s'attachent d'autres épisodes de jeunesse et de maladresse, tel celui de sa rencontre avec Mlle de Bonafède qui le sidère par le luxe absolument nouveau à ses yeux d'un titre de noblesse et d'une grande maigreur : « J'ai cru de la servir noblement lui mettant ma main sous l'aisselle. Elle se retira riant très fort. Sa mère se tourne pour savoir de quoi elle riait, et je reste interdit l'entendant lui répondre que je l'avais chatouillée au gousset. "Voilà, me dit-elle, de quelle façon un monsieur

---

1. *Histoire de ma vie,* vol. 2, p. 136.
2. *Ibid.,* vol. 2, p. 104.

poli donne le bras" [1]. » Ces gentilles histoires d'aisselles, étant donné la règle d'un corps sexuellement indicible, fournissent l'occasion d'une rare permissivité — celle d'une nomination corporelle directe. D'où découle peut-être, comme nous le verrons plus loin, l'aveu d'un goût affirmé pour la sueur.

En effet, Casanova ne cherche pas à décrire le corps (même s'il parle volontiers de ses sécrétions, pour le plus grand dégoût de Laforgue qui le censurera proprement sur ce point, comme les jeunes femmes nobles qui avaient tenté son éducation !). À l'effort sadien tendu vers l'impossible d'une nomination exhaustive, d'une exploration sexuelle paradoxalement illimitée et égale à sa définition, correspond chez Casanova l'exercice inverse d'une nomination éludée, calqué sur le code supposé de la coquetterie féminine : dire sans nommer, signifier sans désigner, de façon à obtenir cette réponse encourageante d'un non qui soit un oui. Pour écrire le sexe Casanova va donc s'en tenir aux images les plus stéréotypées. Avec l'espoir que son interlocutrice induise, dans la confusion d'un moment, de l'innocence de la formule celle de l'acte. Comme si le succès de la séduction dépendait de l'habileté à en taire la finalité et que la femme dût céder à la facilité d'une heureuse métaphore — emportée par un mouvement linguistique qui serait rassurant en proportion de son pouvoir d'éloignement. La femme se livre à l'illusion passagère d'une métaphore de la même manière (inconsciente et inconséquente) dont, à la faveur d'un voyage, elle s'abandonne. Ensuite, elle se rassure aisément, se dit que ce n'est rien « qu'une aventure de carrosse »... (Crébillon :

1. *Ibid.*, vol. 1, p. 149.

« Figurez-vous que c'est une aventure de carrosse, de ces choses que l'on voit tous les jours, une misère enfin [1]. ») Les noms de voiture de cette époque sont, à eux seuls, tout un programme. On trouve dans les *Mémoires* : le vis-à-vis, le pot de chambre, la dormeuse, la gondole... C'est en gondole que Casanova arrive à Paris pour la première fois.

L'exposition du récit sadien et son érotisme explicite appellent l'architecture d'un théâtre fermé. Le style allusif de Casanova trouve sa parfaite réalisation dans l'espace ouvert et mobile du voyage, « ... dans la douce oisiveté qui, pour remplacer le rien faire, force le corps et l'âme à tout faire. On se trouve las de causer, d'insister, de raisonner, et même de rire ; on se laisse aller, et on fait, parce qu'on ne veut pas savoir ce qu'on fait. On y pense après, et on est bien aise que tout cela soit arrivé [2] ».

D'où cette formule qu'utilise quelquefois Casanova pour (ne pas) dire faire l'amour : *donner le bonjour !* Un bonjour en passant, si rapide qu'il confine à l'au revoir. La scène d'amour qui se déroule dans la voiture est identique en sa hâte et son mystère à ce monde entrevu à toute allure, à travers un rideau, et dont le voyageur s'excuse de ne pouvoir rien dire parce qu'il était trop pressé pour s'arrêter et que, de toute manière, il n'est pas du pays...

La métaphore la plus courante chez Casanova pour évoquer le lieu où il arrive quand il « se laisse aller » est celle du « temple de Vénus ». Il y a aussi, moins fréquentes, celles « d'arènes » et surtout de « champs » de fleurs ou de bataille, selon qu'on

---

1. Crébillon fils, *La Nuit et le Moment*, Paris, Desjonquères, 1983, p. 110.
2. *Histoire de ma vie*, vol. 9, p. 19.

l'aborde en jardinier ou en combattant, que l'on
cueille la rose ou livre un combat sanglant — de part
et d'autre, car il arrive que Casanova, à bout de
sperme, éjacule du sang : ardeur étonnante ou
simple pendant de sa disposition d'enfance aux
hémorragies nasales ?

Avec toutes ses modulations possibles, la métaphore, comme la situation libertine, doit être systématiquement exploitée. Le libertin n'a pas les dis-
tractions du poète ou de l'amoureux, ni leur
désintéressement apparent. Son attitude érotique
est d'un opportunisme obsessif. Il veut sans arrêt
profiter de la chance d'un tête-à-tête ou de celle d'une
image permise. Ainsi d'une femme qui se découvre,
il peut dire (sans nommer) : « ... mais j'avais déjà vu
la corniche et la frise de l'autel de l'amour, où je dési-
rais mourir [1] », et d'une qui ne se laisse pas pénétrer : « Elle se tint de façon qu'il me fût impossible
de pénétrer dans le sanctuaire [2]... »

Si le sexe féminin peut être imagé comme temple,
ce n'est évidemment pas d'après une allusion
visuelle — les colonnes n'étant pas de son fait —
mais pour la part d'interdit et d'inaccessible qui s'y
attache. Servant du temple vaginal et fort assidu à
lui prodiguer ses libations, Casanova voue à ses mys-
tères la plus aveugle adoration. Des deux termes, au
fil des années, c'est l'aveuglement qui l'emporte ; car
l'adoration résiste mal aux ruses et raccourcis du
métier. Et Casanova de plus en plus pressé de parvenir à ses fins, « d'en arriver là » — là où « il n'y a
plus rien à désirer » — , supporte mal les difficultés de l'approche et peut-être même la notion

1. *Ibid.*, vol. 8, p. 258.
2. *Ibid.*, vol. 2, p. 164.

d'approche. Sans doute parce que celle-ci tend à dessiner une singularité inexistante dans l'univers féminin de Casanova. L'expérience apprend qu'elles sont
toutes faites pareilles. C'est la diversité de leurs
visages qui éveille la curiosité (mais cette curiosité
étant irrésistible, l'expérience ne sert à rien). Sans
cette diversité trompeuse, dit Casanova, il n'y aurait
aucune raison d'être infidèle. Étrange affirmation.
Comme si la tromperie était une réponse à l'artifice
d'une beauté féminine privée de corps... La métaphore casanovienne esquive la vision directe du sexe
de la femme. Le code de la pudeur s'accorde avec un
désintérêt de la part de Casanova, avec l'impression
finale (et fugitive, mais non déceptive : ce n'est pas
une raison pour s'arrêter) d'une monotonie. Au
contraire, pour l'auteur de *My Secret Life* (aristocrate
anglais qui vécut à l'époque victorienne, avec en tête
une seule idée fixe), l'impudeur, dont il se prive
d'autant moins que son récit est anonyme, est inévi-
table et égale à sa passion pour le sexe : « Les
femmes étaient le plaisir de ma vie. J'aimais le con
mais aussi celle à qui il appartenait. » Le regard du
lord anglais ne suit pas le trajet d'un déshabillage.
Il commence avec le coït et ne découvre que plus
tard, et presque à regret, au temps du rhabillage, que
la jeune femme a un visage : « Elle fut vite désha-
billée et tout ce dont je me souvienne d'elle est que
son con était grand et couvert de poils bruns, que
ses yeux étaient sombres et qu'elle devait avoir vingt-
cinq ans... »

Pour Casanova, sensible au visage des femmes et
au contexte de leur rencontre, le succès est une question de circonstance et de prompte intervention, un
problème de savoir-faire. Le temple de la féminité
n'est pas plus secret qu'un marché. Et c'est, en fait,

de marchandage qu'il s'agit. Même si Casanova se pose plus souvent en donateur qu'en acheteur, la pleine confiance qu'il a pour ce qu'il appelle pudiquement « les lois de la reconnaissance » montre qu'il s'y entendait dans l'évaluation d'un rapport de force. Ce qui l'amena au fur et à mesure qu'il vieillit à préciser son penchant pour les jeunes filles séduites et abandonnées, ou encore mieux, puisque plus démunies, pour les petites filles pauvres. Dociles Justines qui battent des mains aux jolies dentelles que le gentil monsieur leur achète. Femmes dans le besoin — et par là même bien en deçà des embarras et des complications du désir, de la peur de son énonciation. Ces scènes perdent beaucoup de leur brutalité ou de leur cruauté si l'on se rappelle que la fortune de Casanova ne tend nullement au triomphe de l'argent, mais qu'elle suit, au contraire, une ligne descendante jusqu'au dénuement complet. Comme il le dit lui-même, loin de se soucier d'épargner, il n'a voulu avoir de l'argent que pour le « jeter ». Casanova eut toujours avec la richesse des contacts à la fois émerveillés et extérieurs. Ce qui le rendait proche de ses vénales partenaires de plaisir et sans arrogance à leur égard.

À l'autre extrême, dans l'échelle des innocences perdues, on trouve la libertine, libre et maîtresse d'elle-même, « corrompue comme l'ange des ténèbres », et qui affiche ses caprices sans la moindre retenue. Cet être pervers et dénaturé n'inspire à Casanova ni sympathie ni complicité. Mais plutôt de la crainte, allant jusqu'à l'épouvante lorsqu'il est en présence d'une « andromaniaque », de ces femmes (plus nombreuses qu'il ne paraît, selon Casanova) que rien ne peut calmer lorsque « la fureur utérine » les saisit. Ainsi la duchesse de Villadarias : « Quand la fureur utérine la

surprenait rien ne pouvait la retenir. Elle s'emparait
de l'homme qui lui excitait l'instinct, et il devait la
satisfaire. Cela lui était arrivé plusieurs fois dans des
assemblées publiques, d'où les assistants avaient dû
se sauver [1]... »

À l'inverse du séducteur de Kierkegaard, Casanova
n'éduque pas les jeunes filles qu'il possède et celles-
ci, en retour, ne lui apprennent rien. La répétition
de la séduction s'inscrit alors dans le cadre pratique
d'une lecture de situation, elle n'ouvre pas sur l'infini
du désir et de ses métamorphoses. Schème figé à
l'image de l'alternative sur laquelle il se fonde :
prendre ou recevoir — sur le fond d'une passivité
désolée et sans que surgisse jamais la liberté d'une
demande, l'excès d'un don. « L'essentiel, lisons-nous
dans *Le Journal du séducteur*, est de guetter ce que
chacune peut donner et, par conséquent, ce qu'elle
demande. C'est pourquoi toutes mes aventures
d'amour ont toujours une réalité pour moi-même,
elles constituent un élément de la vie, une période
de formation sur laquelle je suis bien fixé, et souvent
une adresse particulière s'y attache. J'ai appris à
danser à cause de la première jeune fille que
j'aimais, j'ai appris à parler le français à cause d'une
petite danseuse... »

Casanova, lui aussi, a appris à parler le français.
Il viendra même à le parler si bien qu'il pourra jouer
avec « le jargon parisien » et s'y sentir suffisamment
libre et arbitre pour lancer des styles. Au cours d'un
bal masqué, il retrouve à Moscou une ancienne amie
qui continue de parler à « la mode Casanova ». « Je
ne connais pas le masque à sa voix, mais au style je

1. *Ibid.*, vol. 11, p. 77.

me trouve sûr que le masque était de ma connaissance, car il avait les mêmes refrains, les mêmes intercalaires que j'avais mis à la mode à Paris partout où j'allais avec fréquence. *Oh ! la bonne chose ! Le cher homme !* Plusieurs de ces phrases, qui étaient de mon cru, me mettent en curiosité [1]. » Cette anecdote d'une reconnaissance ni par le visage ni par la voix, mais par des tournures de phrases qui indiquent ce trait linguistiquement très subtil qu'est l'appartenance à une coterie, est fascinante. Peut-être parce qu'elle ouvre en interstice sur une donnée fondamentale et une inconnue définitive du texte des *Mémoires* : la voix de Casanova. Une voix perdue certes ; mais qui ne cesse de percer par des ruptures, des distorsions, une certaine violence exclamatoire, des montées de ton parodiques. Il y a dans tous les récits de Casanova, tout autant que la représentation d'événements précis, l'écho d'une présence sonore difficilement cernable, mais qui suggère l'idée que l'une des forces de Casanova était dans une sorte de domination vocale des situations. C'est pourquoi la remarque de Michel Chion sur les différences de voix prêtées à Casanova dans les versions italienne et française du film de Fellini me paraît juste et renvoyer à une vérité de l'écriture casanovienne. « Il est d'ailleurs intéressant de comparer les deux doublures vocales du personnage de Casanova, incarné à l'image par le Canadien Donald Sutherland : la doublure italienne Luigi Proietti, parle d'une voix grasse, riche, propice aux éclats et aux rodomontades, tour à tour insinuante et emphatique. La doublure française Michel Piccoli, est précise, ironique, mélancolique, mais elle manque d'ampleur. Elle sort

1. *Ibid.*, vol. 10, p. 104.

d'une école où a été perdue une certaine tradition déclamatoire et rhétorique. Il y a de l'inquiétude dans cette voix : l'inquiétude, entretenue par tout le contexte du cinéma français, de ne plus être le Maître de sa voix, d'en perdre l'identité. D'une telle inquiétude, il n'y a pas trace dans la voix donnée au Casanova italien. Elle est diverse, large, enveloppante, elle est sans rétention, on pourrait même dire : communautaire [1]. » Ce qui est dit de cette voix italienne, sans rien nous apprendre, bien sûr, de la voix réelle de Casanova, aide à mieux comprendre pourquoi les dialogues intimes sont si peu réussis dans les *Mémoires*, comme s'ils correspondaient à un contre-emploi de l'acteur principal. De même Casanova n'a certainement pas une voix de confessionnal. Le chuchotis coupable n'est pas son registre. C'est l'adresse à toute une société qui l'excite. Comme il le dit volontiers, à la suite d'un incident qui vient de lui arriver : « Toute l'Europe en sera informée... » On veut bien croire qu'il ait eu une voix pour cela. Elle devait être également très bonne pour faire des esclandres... Cette voix à éclats s'est modelée avec un amour particulier sur le français, puisque c'est en cette langue qu'il rédige ses Mémoires.

Quelle réalité s'attache à un tel choix [2] ? Faut-il y voir une dédicace amoureuse, la langue d'élection de sa séduction, celle même de la jeunesse et d'une puissance sans défaut ? Ce serait donc, pour lui qui

---

1. Michel Chion, *La Voix au cinéma*, Paris, Éd. de l'Étoile, coll. « Cahiers du cinéma », 1982, p. 75.
2. Il y a d'abord un simple point de vue de diffusion : « J'ai écrit en français, et non pas en italien parce que la langue française est plus répandue que la mienne. » Préface à *Histoire de ma vie*, p. 20.

écrit dans l'isolement de la vieillesse et parmi une foule de domestiques allemands qui se moquent de lui, la langue de la nostalgie. Mais où commence la nostalgie ? On peut se demander en examinant les rapports qui, dès le départ, le lient au français et l'enjeu passionnel de sa maîtrise en cette langue, si les sentiments de séparation et de deuil qui l'habitent au présent dans l'exil de sa retraite, n'étaient pas déjà là dans l'amour absolu qu'il portait à Paris.

Paris lui apparut, au premier regard, comme la ville par excellence, la ville de la mode et de la vitesse, de l'imposture et de la charlatanerie, de l'élégance et de l'esprit, l'antichambre de la cour de Versailles. Paris est synonyme du monde, quand le monde s'identifie et se réduit à la secte du « beau monde »... C'est donc également le lieu même du libertinage ou, selon Stendhal, de l'amour-goût tel qu'il « régnait à Paris vers 1760, et que l'on trouve dans les mémoires et romans de cette époque... C'est un tableau où, jusqu'aux ombres, tout doit être couleur de rose, où il ne doit entrer rien de désagréable, sous aucun prétexte, et sous peine de manquer d'usage, de bon ton, de délicatesse, etc. » *(De l'amour)*. La haine que Stendhal porte à Paris se confond avec celle qu'il voue à la galanterie, au code d'un sentiment obligé. Alors que l'amour, pour lui, dans sa libre imagination et sa folie solitaire et suicidaire, est partie d'un pays où les orangers poussent en pleine terre. Il est essentiellement italien.

Sur un mode analogue, pour Dostoïevski, la passion avec sa démesure et son sens tragique de la perte ne peut être que russe. Et pour lui aussi, c'est dans son contraste avec la culture européenne et particulièrement française qu'elle éclate dans toute sa violence et sa fatalité. Ce qui nous donne dans *Le Joueur* le portrait exaspéré du Français, ordinairement désigné comme « le petit Français », le « freluquet de Français », ou bien, avec carrément l'envie de lui taper dessus, le « Françouzik ». Personnage d'escroc bien élevé, faux marquis, capable d'en imposer par ses allures étudiées de hauteur et l'avantage inné d'un joli physique.

Casanova représente l'attitude exactement inverse. Lui qui se targue, au nom de la liberté, de n'avoir jamais perdu la tête pour une femme, et de n'avoir souffert que très rarement le tourment honteux de la jalousie — double peine puisque le jaloux souffre alors et de son mal et du dépit de ne pouvoir le dominer par la raison. La dépossession amoureuse en ce qu'elle ne permet pas d'évaluer l'autre en terme de conquête, ni de penser positivement la relation sexuelle, est aux yeux du libertin une faute contre l'esprit entendu comme français, alliage unique de décence et d'érotisme, de réserve et de gaieté, de distinction et d'humour. L'amour est stigmatisé comme une sottise, un ridicule, un dessèchement stérile par rapport aux « plaisirs solides » du libertinage. D'un jeune homme amoureux et malheureux, Casanova écrit durement : « et le sot en mourut de chagrin » (« l'amour positif » s'oppose, dans le langage de Casanova, à l'amour passion — celui qui se dit, chez Stendhal ou Dostoïevski, dans une tension sans apaisement, un épuisement insomniaque : on tremble, on sanglote, on maigrit, on perd le souffle et presque la vie...).

Dans cet univers parfaitement contrôlé et désirable par cela même, on comprend comment toute faute de langue, lapsus, balbutiement, sont impardonnables. L'amour-passion étant vécu comme un

dérèglement de langue pouvant aller jusqu'à l'apha-
sie, d'autres signes le plus souvent involontaires en
deviennent les éléments clefs. Le discours amoureux
échappe à toute reproduction littérale. Il ne se
répète pas. Il n'appelle pas la performance.

Casanova aborde la langue française comme la
langue même du libertinage. C'est-à-dire comme
une langue qui ne se parle qu'à la perfection. C'est
pourquoi il ne se permet aucune imperfection et se
montre impitoyable tant à son propre égard qu'à
celui d'autrui. À Paris, il prend régulièrement pendant un an des cours avec Crébillon (père) et ne
manque aucune occasion de se perfectionner. Il
exerce une sévérité totale contre ceux qui ne font pas
preuve du même perfectionnisme. Ainsi de la pauvre
Marcoline, jeune Italienne lesbienne, amie passagère de Casanova (elle le trouve, entre autres choses,
un très bon appât, un leurre de prestige), et qui se
révèle plus habile au « baiser florentin » qu'au parler français. Marcoline a fait à Marseille (comme
partout où elle s'arrête) la rencontre d'une dame.
« Elle l'embrassa très tendrement après le spectacle,
et à la mine de toutes les deux j'ai prévu que la
grande connaissance allait naître ; et elle serait née
si Marcoline avait pu parler français [1]... » Mais elle
ne le peut pas... Elle ne peut même pas s'y essayer,
Casanova l'ayant menacée du ridicule. La même
censure s'applique à son plus jeune frère : « Je lui ai
ajouté sérieusement qu'il devait s'abstenir de parler
français, car les bêtises qu'il disait déshonoraient
ceux avec lesquels il était [2]. » Il fait, par exemple, la
confusion entre « cuisine » et « cousine » — et Casa-

1. *Histoire de ma vie*, vol. 9, p. 103.
2. *Ibid.*, vol. 9, p. 43.

nova de se mettre en colère, lui qui, sans l'excuse
d'aucune faute de langue, ne se gêne pas pour dire
à propos d'une fille qu'elle était un « excellent
ragoût ». Ce frère dont il vient de détourner la petite
amie, dans un esprit analogue à celui qui l'inspire
lorsqu'il embrasse la femme d'un autre de ses frères
« de manière, dit-il plaisamment, à lui prouver que
je n'étais pas mon frère ». Précisons que ce frère est,
selon Casanova, complètement impuissant, « nul »,
« bon à rien », et que sa femme, désespérée, en
mourra de chagrin (mort nullement sotte au critère
de l'esprit ou de la logique libertine puisqu'elle est
due à une insatisfaction physique). Ce frère-là, on
s'en doute, ne devait pas non plus être très brillant
en français.

Si l'interdit qu'il impose à ses frères reflète la censure qu'il s'imposait à lui-même (Marcoline en
matière de compétition est pire qu'un frère), le français comme langue emblématique de son désir en
dit alors plus long sur les obstacles que sur le plaisir. Plus précisément, le français met en question
l'idée d'un plaisir étranger à toute souffrance, et
l'image rassurante (qu'elle attire ou qu'elle irrite),
d'un séducteur pleinement heureux jusqu'aux premières atteintes de l'âge et qui n'aurait connu
d'autre fatalité que physiologique : je bande, un peu,
beaucoup, à la folie, passionnément...

Séparé de ses frères ou, comme il le dit encore,
« légèrement supérieur à ses égaux », Casanova
accédait-il de droit linguistique à l'égalité avec ses
supérieurs ?

Lorsqu'il choisit d'écrire en français, Casanova a
conscience d'utiliser la langue d'une société morte
— langue vestige d'un monde disparu, langue morte.

Les différents séjours qu'il fait à Paris lui marquent avec évidence, de l'apogée de la jeunesse au déclin de la vieillesse, les signes d'un processus irréversible. Paris change au fur et à mesure qu'il vieillit, comme si le plaisir qui se retirait de son univers était simultanément menacé puis supprimé par la montée et le triomphe de la Raison révolutionnaire. Casanova consulte Paris comme il le ferait d'un miroir. À son retour d'Angleterre, après que le refus et les affronts de la Charpillon lui ont fait sentir pour la première fois la proximité physique de la mort, il retrouve Paris. L'étonnement qu'il éprouve devant une ville qui lui est devenue étrangère se confond avec les difficultés à reconnaître son propre visage, et surtout à en vivre les effets, ou l'absence d'effet. Casanova ayant toujours estimé théâtralement son pouvoir de séduction : essentiellement comme l'art d'attirer et de maintenir les regards. Le sentiment le plus intime de son existence est identique pour lui à ce don un peu magique de la « présence ». Et de même que le vieillissement l'efface de la scène de la séduction, de même le Paris qu'il retrouve alors lui présente un autre théâtre, qui s'est déplacé de la cour aux boulevards et dont il n'identifie plus les acteurs, ni ne comprend les intrigues.

« Paris me parut un nouveau monde. Mme d'Urfé était morte, mes vieilles connaissances avaient changé de maison ou de fortune, j'ai trouvé des riches devenus pauvres, des pauvres, riches, les filles de joie toutes neuves, celles que j'avais connues étant allées figurer dans les provinces où tout ce qui arrive de Paris est fêté et porté aux nues. J'ai trouvé non seulement des nouveaux bâtiments qui ne me laissaient plus connaître les rues, mais des rues neuves tout entières, et si singulièrement composées dans leur architecture que je m'y perdais. Paris me paraissait devenu un labyrinthe. Étant à pied et voulant aller de l'église Saint-Eustache à la rue Saint-Honoré pour aller au Louvre, ne trouvant plus l'ancien emplacement de l'hôtel de Soissons, je me suis positivement égaré. Des vastes bâtiments ronds avec des issues irrégulières, et des petites rues plus larges que longues, c'était le comble de la folle architecture française, qui au génie innovateur de la nation paraissait chef-d'œuvre. Le goût du spectacle avait pris un nouveau système : nouveaux règlements, nouveaux acteurs et nouvelles actrices ; tout était devenu plus cher, la misère pour soulager ses ennuis courait en foule s'égayer aux nouvelles promenades que la politique et l'avarice lui avaient formées sur les faux remparts de la grande ville. Le luxe de ceux qui ne s'y promenaient qu'en voiture ne paraissait fait que par contraste. Les deux extrémités étaient tour à tour et réciproquement spectacle et spectatrices. La seule ville de Paris n'a besoin que de quatre ou cinq ans pour offrir aux yeux de l'observateur un si grand changement [1]. » Quatre ou cinq ans... temps plus que suffisant pour changer une personne.

Le Paris prérévolutionnaire lui fait un effet de trouble et de perplexité. Quelque chose s'annonce qu'il ne sait (ou qu'il a peur de) déchiffrer et où vont sombrer ses repères les plus sûrs.

La cour de Versailles a été pour Casanova la référence absolue. Une femme outrageusement placardée de rouge aux joues lui paraît hideuse ou ravissante selon que son maquillage excessif lui rappelle ou non les dames de Versailles. Et toutes les cours

1. *Ibid.*, vol. 10, pp. 296-297.

qu'il visite à l'étranger (en Espagne, en Italie, en Angleterre, en Russie, en Pologne, etc.) ne l'impressionnent jamais pour de vrai. Elles lui semblent toujours quelque peu parodiques ou caricaturales, imparfaites. Et comme risquant de trahir un idéal de noblesse en regard duquel seule compte la naissance.

La liste de ses amours inclut rarement des femmes de la noblesse. Et il observe chacune de ces exceptions du regard froid et cynique dont on juge une « mésalliance ». C'est le point où Casanova, si habile à se duper et à duper les autres, ne fait aucun effort mensonger pour adoucir ce qu'une lecture objective pourrait avoir de cruel à son égard. Au contraire, on peut noter de sa part quelque chose comme un plaisir amer et triomphant à voir sans déguisement la mécanique d'une scène érotique dans laquelle il obtenait le droit de figurer pour son inexistence même. Car ces femmes ne se gênent pas plus avec lui qu'avec un domestique. C'est ainsi qu'à Londres il reçoit d'une jeune lady avec qui il a fait récemment l'amour (il s'agit précisément d'une « aventure de carrosse ») une leçon blessante. La rencontrant dans un salon, il lui demande de le présenter à une de ses amies, elle lui répond froidement qu'elle ne peut faire cela faute d'avoir l'honneur de le connaître. Il ne comprend pas et il insiste : « Je vous ai dit mon nom, madame. Est-ce que vous ne me remettez pas ? » Ce qui lui vaut cette repartie : « Je vous remets très bien ; mais ces folies-là ne forment pas un titre de connaissance [1]. »

La sexualité n'est pas un titre de connaissance. Le nom seul en est un. C'est pourquoi aussi la vieillesse

1. *Ibid.*, vol. 9, p. 193

ne lui apprend rien sur ces privautés qui sont accordées parce qu'elles ne comptent pas, à cause de l'impuissance sexuelle du partenaire. Il était traité de la même façon, au temps de ses exploits amoureux, mais pour son impuissance sociale, son absence d'inscription mondaine. De la nullité sociale à la nullité sexuelle se dessine une ligne continue. L'horreur qu'il éprouve pour le présent de sa vieillesse l'a accompagné, secrète, tout au long de sa vie : ce qui lui rendait intolérable toute défaillance sexuelle, en même temps qu'il savait combien, évalué en termes mondains, un tel pouvoir était nul. Si le tableau léger de l'amour-goût est sans ombre, la passion qui l'attache à la perfection immobile d'une telle image est pleine d'ombre. C'est là, selon les émotions en regard desquelles l'acte sexuel ne prouve rien, qu'il connaît les alternances d'espoir et de désespoir amoureux pour un objet inaccessible. Contrastant avec la rapidité en série de ses prouesses sexuelles, avec cette urgence à conclure qui anime toutes ses rencontres, il y a pour Casanova des moments d'émerveillement figé, de grâce suspendue, comme celui où la duchesse de Chartres, qu'il adore d'un amour invisible et silencieux, lui sourit : « Elle se promena après l'Opéra sur les grandes allées de son Palais-Royal suivie de toutes les premières dames, et fêtée de tout le monde ; elle me vit, et elle m'honora d'un sourire. Il me paraissait d'être le plus heureux des hommes [1]. »

C'est pour un tel sourire qu'il a écrit sa vie en français. Non qu'il y retrouvât plus exactement le goût de ses plaisirs, mais parce que s'y parlait, avec une

---

1. *Ibid.*, vol. 3, p. 208.

énergie infatigable, la forme de son amour. Selon cette même vision qui permet à Proust de voir dans le snobisme une passion entière, aussi intense et vitale qu'une autre, à cette différence près qu'elle met toute sa confiance et son intelligence dans le jeu des apparences, y puisant la constance de souffrir les pires peines sans vouloir déranger en rien les rites d'une société qu'elle adore.

Et c'est sans doute le souvenir encore vivant de la réalité de ces peines (avec leur envers de jouissance) qui fait gémir Casanova lorsqu'il évoque, en passant, « ... cet enfer qu'on appelle le monde ».

Les autres langues

Espagnol et fandango

Casanova porte une attention passionnée — une attention de tous ses sens — non seulement au français comme idéal d'une perfection aristocratique et libertine, mais à toutes les langues étrangères que son mode de vie vagabond lui fait approcher. Et c'est d'un défaut de présence sensuelle qu'il se plaint lorsqu'il séjourne dans un pays dont il ne parle pas la langue. Du temps qu'il passe à Saint-Pétersbourg, il écrit : « Ne pas savoir le russe était mon martyre. » Il souffre d'autant plus de cette lacune que, pendant son séjour en Russie, il habite avec une jeune paysanne, Zaire, qui ne parle que sa langue maternelle. Instruite par Casanova, elle arrive en peu de mois à pouvoir dire à peu près tout ce qu'elle veut dans la langue de son amant. « Le plaisir que j'avais à l'entendre me parler vénitien était inconcevable [1]... » Même si très vite elle se sert de ses connaissances linguistiques pour faire des scènes au cours desquelles elle va jusqu'à essayer de le tuer. Ses

1. *Histoire de ma vie*, vol. 10, p. 116.

crises de jalousie, généralement déclenchées par un pressentiment tiré des cartes, font à Casanova un terrible effet d'étrangeté, pas très différent de celui produit par la langue du pays. Mais le cas de figure où Casanova enseigne le vénitien à une femme étrangère sans réciprocité d'enseignement est rare. Il s'explique par la difficulté de la langue russe. Plus souvent, Casanova se fait une joie de découvrir une nouvelle langue.

Avec l'espagnol sa joie est à son comble. La grande abondance de *a* surtout le réjouit. Il en multiplie les exemples qui, pour nous lecteurs, sonnent comme autant de reprises homophoniques du bonheur de son propre nom. Comme si la langue espagnole pouvait s'entendre comme l'écho d'un *Casanova ah ! ah ! ah !...* chanté sur tous les tons. (Et quand au Jacques Casanova il ajoute de Seingalt, ce n'est pas au détriment de la voyelle aimée.) De toute façon, et pas seulement pour ses vocalises en *a*, la langue espagnole, écrit Casanova, « est sans contredit une des plus belles de l'univers, sonore, énergique, majestueuse, qu'on prononce *ore rotundo*, susceptible de l'harmonique de la plus sublime poésie, et qui serait égale à l'italienne par rapport à la musique si elle n'avait pas les trois lettres également gutturales qui en gâchent la douceur, malgré tout ce que les Espagnols qui, comme de raison, sont d'un avis contraire, peuvent dire [1] ». L'enthousiasme de Casanova pour l'espagnol est indissociable de sa révélation du fandango, danse dont le spectacle lui fait pousser des cris (« Quelle danse ! Elle brûle, elle enflamme, elle enlève... »). Avec une claire logique de la langue et du corps, Casanova prend un professeur qui lui

1. *Ibid.*, vol. 10, p. 315.

donne des leçons d'espagnol et de fandango ; il progresse d'un même élan dans les deux sciences. Il se trouve ici dans un rapport d'affinité érotique et non plus, comme avec le français, devant l'image d'une indépassable perfection.

Le lien qui unit l'espagnol et le fandango est exactement parallèle à celui qui, pour lui, existe entre le vénitien et la furlane [1]. Dans le mot de *furlane* passe peut-être un lointain souvenir de sa première rencontre avec la sorcellerie, qui est aussi le premier événement de son enfance. Quand sa grand-mère le mène à l'île de Murano pour le guérir de ses hémorragies nasales, le dialogue entre elle et la sorcière se fait « en langue fourlane [2] ». (On peut imaginer que l'enfant affaibli par sa maladie et subjugué d'incompréhensible a gardé des sons entendus alors une mémoire vive.) Le lien entre sa langue natale et cette danse est essentiel. Il ancre Casanova, à travers la multiplicité de ses voyages et de ses masques, dans la permanence d'une parole et d'une gestualité de son désir, dans l'horizon d'une communauté, réduite le plus souvent au temps d'une danse ou d'une conversation en vénitien dans une auberge. Peu importe, cela suffit à garantir Casanova des peines de l'exil. Mieux, l'exil fait partie de son mode d'être vénitien.

C'est sans doute pourquoi, comme lieu géographique, Venise dans le texte des *Mémoires* n'est pas marqué des signes de l'irremplaçable. Chose si étrange pour le lecteur moderne qu'il préfère ne pas remarquer la complète absence descriptive de Venise dans les écrits de Casanova ou bien la rame-

---

1. La furlane est une danse vénitienne.
2. Le forlan (ou le furlano) est la langue des habitants du Frioul.

ner à un manque global d'intérêt pour les lieux. Scandale que cet effacement visuel d'une ville devenue pour nous le symbole même de la beauté picturale. Curieusement, un des rares passages des *Mémoires* qui indique un regard sur Venise (il s'agit du moment crucial de ce qui pourrait être un *dernier* regard, puisque Casanova, qui vient de s'évader des Plombs, est en train de s'éloigner sur une gondole) est d'une formulation absolument contradictoire : « J'ai alors regardé derrière moi tout le beau canal, et ne voyant pas un seul bateau, admirant la plus belle journée qu'on pût souhaiter... tellement que mes larmes s'ouvrirent soudain le chemin le plus ample pour soulager mon cœur, que la joie excessive étouffait ; je sanglotais, je pleurais comme un enfant qu'on mène par force à l'école [1]. » La confusion de ces phrases correspond chez Casanova à un illisible, à des lectures simultanées et divergentes qui ne cessent de lui brouiller la perception de sa ville natale : le Grand Canal noyé de larmes...

Pour Casanova, le lieu de Venise a d'abord à voir avec une problématique de l'oubli. Son amour pour cette ville s'étant développé avec son amour de la liberté, et être libre étant synonyme de pouvoir partir, c'est comme ville à quitter que Venise s'impose le plus sûrement dans son texte. Ville dont on s'éloigne en pleurant de la tristesse du départ, mais dans la joie de se retrouver libre. La bizarre comparaison de l'enfant conduit de force à l'école et qui surgit là, alors que Casanova vient de réussir l'exploit de s'évader, si elle semble discordante dans le contexte, peut prendre sens lorsqu'on se rappelle le premier départ de Casanova : Sa mère l'emmène

---

1. *Histoire de ma vie*, vol. 4, p. 321.

enfant pour aller à l'école à Padoue. Ils quittent
Venise dans un burchiello, par le canal de la Brenta.
Venise lui apparaît pour la première fois comme une
ville séparée de lui. Elle est très vite pour lui, plutôt
que lieu de retour (avec tout ce qui s'attache de certitude et de nostalgie apaisée à une telle notion), un
pont entre deux départs. Comme lieu de retour
Venise sera toujours aléatoire et peut-être même
redoutée ou détestée, comme le suggère cette
curieuse « plaisanterie » de Casanova. En mai 1783
le secrétaire de France à Venise rapporte : « La
semaine dernière, il est parvenu aux inquisiteurs
d'État une lettre anonyme qui porte que le 25 de
ce mois un tremblement de terre plus terrible que
celui de Messine détruira Venise de fond en comble.
Cette lettre a "transpiré" et répand ici une terreur
panique... L'auteur de la lettre est un certain Casanova qui l'a écrite de Venise et a trouvé le moyen de
la glisser dans le paquet même de l'ambassadeur. »
   En même temps, pour Casanova, Venise est partout et c'est sous cette forme mobile qu'il la préfère.
Car tout lieu, s'il y trouve l'occasion de danser la furlane, peut devenir Venise. Transfiguration brève,
mais dont l'intensité vaut pour un long séjour dans
la ville natale. Avant de lire Casanova, je ne connais-
sais de cette danse que les images sages des tableaux
de Pietro Longhi. Maintenant, à travers le discours
des *Mémoires* qui n'omet jamais de rappeler que la
furlane est « la danse nationale la plus violente »
et « la danse vénitienne par excellence », je vois
un déchaînement rythmé entre deux masques :
l'homme et la femme se font face, hors d'haleine. À
un moment que Casanova nomme « la ronde du ballet », la femme s'élève très haut, plane, saisie soudain d'une mystérieuse apesanteur. Ainsi, pendant

un carnaval à Milan : « Cette danse étant dans le nombre de mes petites passions, écrit Casanova, j'invite l'inconnue à la danser avec moi ; et tout le cercle nous ayant applaudis, nous dansons la seconde, et c'eût été assez, si une jeune fille sans masque sur le visage, habillée en bergère, jolie comme un cœur, ne m'eût engagé à danser la troisième. Elle la dansa supérieurement. Elle fit et défit trois fois à double reprise le grand cercle, planant si bien qu'elle parut ne pas toucher terre [1] » ; ou, à Constantinople : « ... la belle se tenant debout et immobile, et ne donnant le moindre indice de lassitude, paraissait me défier. À la ronde du ballet, qui est ce qui fatigue le plus, elle paraissait planer : l'étonnement me tenait hors de moi-même. Je ne me souvenais pas d'avoir vu danser si bien ce ballet dans Venise même [2]. » Il pensera plus tard, en quittant Constantinople, que cette furlane dansée avec une esclave vénitienne était tout ce que sa mémoire érotique gardait de ce voyage.

Danser, parler, faire l'amour, sont pour Casanova des comportements profondément identiques. Ils requièrent une même souplesse. Ils brûlent pareillement.

Le latin, l'oiseau d'amorce

Cette heureuse circularité mêle langues vivantes et langues mortes : le latin fait partie de la danse. Il faut dire qu'à l'époque de Casanova la langue latine était d'une subtile vivacité. Non au premier plan,

1. *Ibid.*, vol. 8, p. 167.
2. *Ibid.*, vol. 2, p. 88.

mais secondant d'un lieu d'entente toujours possible les errances les plus solitaires. Le latin était
le fond linguistique commun sur lequel reposait
un cosmopolitisme multiple auquel les voyageurs
s'abandonnaient sans justification autre que celle,
plutôt vague, d'apprendre « dans le grand livre du
monde ». Casanova est pour ce livre, comme pour
tous les autres, d'une avidité insatiable. C'est dire
qu'il écrit et parle latin couramment. Il a appris cette
langue, enfant, de l'abbé Gozzi ; mais il ne va pas
l'utiliser longtemps dans un sens strictement litur-
gique...

Dès son premier retour à Venise, elle lui sert pour
séduire sa mère et éblouir l'assistance, ravie de la
petite joute verbale à laquelle se livrent, en latin, un
homme de lettres anglais et le jeune écolier. Celui-
ci, par un pentamètre bien tourné, désarme son
interlocuteur : « Ce fut mon premier exploit littéraire, et je peux dire que ce fut dans ce moment-là
qu'on sema dans mon âme l'amour de la gloire qui
dépend de la littérature [1]. » C'est peut-être de ce
moment de triomphe enfantin que Casanova prit la
manie des citations latines. Il en parsème généreu-
sement tout ce qu'il écrit : Pour se protéger derrière
une autorité supérieure, pour rappeler qu'il est un
homme cultivé, et surtout pour le plaisir toujours
aimable de faire servir la langue de l'Église aux
jouissances les plus mondaines : gloire littéraire,
coquetterie d'orateur, scénario érotique, etc., encou-
ragé en cela par l'Église même. Le sermon que Casanova, encore adolescent, récite dans l'église Saint-
Samuel (sa chère grand-mère est aux anges) lui vaut,
en guise d'offrandes pieuses, des corbeilles de billets

---

1. *Histoire de ma vie*, vol. 1, p. 22.

doux. Dans la Venise du xviiie siècle, il n'y a jamais loin de la chaire au boudoir, du couvent au casin (sous leur guimpe de basin les religieuses ont les seins fardés). Cette contiguïté, ce passage flottant, se dit très bien dans « l'erreur » que fait quelquefois Casanova lorsqu'il traduit l'italien *sottana* (jupon) par le français « soutane » (Casanova, de même qu'il pense inutile la distinction entre vrais et faux charlatans, ne se soucie pas, en linguistique, de se méfier des « faux amis »).

Cette belle confusion joue pleinement dans l'épisode viennois de « l'oiseau d'amorce ». Casanova, alors âgé de quarante-deux ans, vit à Vienne dans « la plus grande tranquillité ». Un jour, écrit-il, « une jolie fille de douze à treize ans entre chez moi, hardie et timide, en tapinois... Je lui demande ce qu'elle veut, et elle me répond en vers héroïques latins... Elle me dit qu'elle était Vénitienne, ce qui me mettant plus encore en curiosité, me fait dire dans notre beau dialecte que les espions ne pouvaient pas la soupçonner d'être venue faire dans ma chambre ce qu'elle m'avait dit parce qu'elle était encore trop jeune. À cette objection, après avoir un peu pensé, elle me dit huit à dix vers des priapées dans lesquels elle disait que le fruit un peu acerbe piquait le goût plus que le mûr. Il n'en fallait pas davantage pour me mettre en ardeur [1]... ». Casanova se laisse piéger et la petite fille, qui illustre bien l'expression « parlez latin [2] », l'attire au repaire d'un vieil ennemi. Cette histoire, assez sordide, de règlement de comptes, entre des tricheurs qui n'entendent

---

1. *Ibid.*, vol. 10, pp. 239-240.
2. « Parlez latin », selon Littré, se dit à quelqu'un qui raconte quelque chose de leste.

ensemble que le langage des coups, charme par les exercices de récitation latine de la petite Vénitienne. Tout le texte des *Mémoires* de Casanova est ainsi émaillé, autant que de citations latines, de portraits de petites filles. Et, peut-être, au même titre. J'imagine quelque chose d'analogue et de pareillement biscornu dans le lien qui, pour Lewis Carroll, rattache les formules de logique aux photographies de petites filles. J'en saisis un écho dans cette étrange formulation, par exclusion d'une catégorie. Lewis Carroll disait en effet : « J'aime les enfants, sauf les garçons... »

Les petites filles

Le truand qui envoie à Casanova sa fillette « en oiseau d'amorce » connaît son adversaire. Il sait que Casanova ne résiste pas aux charmes des enfants qui ne sont pas des garçons... En visite à sa fille Sophie, qui a été mise dans une pension près de Londres, Casanova se dit « extasié » à la vue de la délicieuse Sophie (elle lui plaît d'autant plus qu'elle est particulièrement petite pour son âge) et de ses amies. Comme il nous en avertit lui-même, on se tromperait si l'on mettait cette exaltation au compte de l'amour paternel. À moins de définir celui-ci comme simplement incestueux. Pour Casanova, père et fille s'aiment d'amour sexuel, tandis que père et fils sont « dans une naturelle contradiction ».

Les petites filles sont, de sa part, l'objet d'une prédilection affirmée. Un point où il s'associe à d'autres libertins qui ont le même goût — association à but pratique bien sûr. Mais à leur différence, peut-être, cette préférence maintient tout le champ du possible. Casanova aime tout et, *entre autres plaisirs*, dans un émerveillement incessant, le dévoilement d'un corps d'enfant. C'est l'aspect miniature qui l'excite.

Il y a au XVIIIᵉ siècle un engouement pour les miniatures et automates. Ces fantasmes de la réduction *et* de l'intégralité ont pu aller loin : le public, en effet, s'est pendant quelque temps beaucoup ému de l'idée scientifique qu'une goutte de sperme contenait, infiniment miniaturisé mais parfaitement constitué, le petit être qui allait en naître. Tout le problème étant de se procurer un microscope suffisamment puissant... Casanova, plus modéré dans son goût des corps minuscules, aime assister à la reprise, en des gestes malhabiles et complaisants, de scènes normalement jouées dans un naturel et une spontanéité supposés. Maladresse, décalage, maniérisme, répétition des mouvements excessivement précautionneux avec lesquels une petite fille couche sa poupée. Casanova, avec ses jeunes amantes, joue à la poupée, remonte des automates.

C'est pourquoi la séquence du *Casanova* de Fellini qui nous présente l'apparition d'une géante brumeuse et maternelle est purement du domaine fellinien. On ne trouve nulle part dans le texte de Casanova de signes d'une fascination pour des corps immenses avec des seins comme des montagnes et des sexes comme des gouffres, que l'on approche pour y disparaître. « Approcher » est encore trop actif et laisse entendre l'existence d'une manœuvre concertée, alors qu'il faut imaginer la présence d'une géante qui soudain occupe tout l'horizon, et dont les formes volumineuses vont nous engloutir avec la tranquille sûreté d'une marée montante... La scène casanovienne, ne serait-ce qu'en terme de démesure, est d'ordre inverse. Loin de vouloir se perdre dans des corps trop grands, Casanova aime s'amuser avec des femmes lilliputiennes. Il jouit à la fois de leur docilité et de leur indifférence, de leur beauté parfaitement dessinée et qu'il peut enclore tout entière dans ses deux mains. Le plaisir, chez Casanova, a cette constance extrêmement rare de n'être jamais décevant bien que toujours cernable.

Si la rencontre avec la géante est peu casanovienne, la danse avec l'automate, dans le même film de Fellini, touche à une vérité textuelle de Casanova (sans doute par hasard puisque Fellini a, de bout en bout, détesté lire Casanova dont les *Mémoires*, dit-il, lui répugnent autant que « du sperme froid »). Roland Barthes raconte comment cette séquence a fait sur lui, spectateur, un effet de réveil dans le courant de somnolence où le déroulement du film l'avait plongé (le film dans son ensemble est du côté du corps de la géante, il tend à provoquer un sentiment d'impuissance, la résignation d'une déprise) : « J'étais triste, le film m'ennuyait ; mais lorsque Casanova s'est mis à danser avec la jeune automate, mes yeux ont été touchés d'une sorte d'acuité atroce et délicieuse, comme si je ressentais tout d'un coup les effets d'une drogue étrange ; chaque détail, que je voyais avec précision le savourant, si je puis dire, jusqu'au bout de lui-même, me bouleversait... ce visage peint et cependant individuel, innocent : quelque chose de désespérément inerte et cependant de disponible, d'offert, d'aimant, selon un mouvement angélique de "bonne volonté" [1]. »

Il me semble que ces mots pourraient s'appliquer

1. Roland Barthes, *La Chambre claire*, Paris, Gallimard, Le Seuil, coll. « Les cahiers du cinéma », 1980, pp. 177-178.

exactement aux jeux de Casanova avec les petites
filles. Il les déshabille, les examine, les caresse, les
prend sur ses genoux, leur fait poser la main sur son
sexe... Elles sont plus ou moins adroites et intéres-
sées à ce qu'elles font, mais elles doivent toujours
mimer un minimum d'application et « de bonne
volonté », savoir agir en automate — pour mériter
leur salaire et peut-être aussi parce que le jeu réellement les intrigue. « Tout le monde a vu, écrit Stendhal (manifestement en vacances d'amour-passion),
des petites filles de trois ans s'acquitter fort bien des
devoirs de la galanterie. » Ce n'est sans doute pas
uniquement pour leurs performances galantes que
Casanova aime tant les petites filles mais aussi pour
l'air d'absence avec lequel elles s'exécutent (cette
docilité mécanique avec laquelle, à l'école, les
enfants apprennent à réciter *Phèdre* ou *Le Cid*) : pour
leur innocence entendue non comme une disposition fondamentale au bien, mais comme une incompréhension du mal qu'elles font. Dans l'intérêt de
Casanova pour les amours enfantines et vénales, il
n'y a nul symptôme de l'attirance coupable qui porte
Dostoïevski vers le même péché.

Les petites filles casanoviennes n'expriment rien,
ni amour ni reproche. Elles sont l'emblème vivant
de la toute jeunesse et d'un corps sans trace. Elles
sont l'incitation même au désir, si celui-ci a pour
première donnée la nouveauté. C'est pourquoi les
Mémoires de Casanova projettent pour tout avenir
les retrouvailles avec la petite fille d'une ancienne
amie qu'il vient de retrouver à Trieste. « Au commencement du Carême elle partait avec toute la
troupe, et trois ans après je l'ai vue à Padoue où j'ai

fait avec sa fille une connaissance plus tendre [1]. » Ce
sont là les derniers mots des *Mémoires*. Fin abrupte,
non conclusive, ni réflexive, mais où se retrouvent
plusieurs éléments qui eurent un rôle décisif dans
l'existence de Casanova : le théâtre, les petites filles,
et la ville de Padoue qui fut la première ville « étrangère » où il vécut enfant, y apprenant, entre autres,
le latin et la souffrance d'amour. Sa mère vagabon-
dant de par l'Europe avec sa troupe de théâtre [2].

Du bruit de paroles anglaises

> *Nous nous mettons à table, et j'entends*
> *du bruit de paroles anglaises...*
>
> CASANOVA

Dans cet univers de correspondances, où une transition est toujours possible et sur lequel reposent
toutes les envies séductrices de Casanova, il y a un
noyau de résistance insécable, un intraduisible
absolu : « L'île qu'on appelle Angleterre. » Une île
qui n'offre aucune chance de furlane et ne se définit

---

1. *Histoire de ma vie*, vol. 12, p. 238.
2. Zanetta Casanova (née Farussi), dite la Buranella, fut une
comédienne bien connue de son temps. Elle fit partie de la troupe
d'Imer qui joua Goldoni. Celui-ci la rencontra pour la première fois
à Vérone. Zanetta Casanova, écrit-il dans ses *Mémoires* était « une
veuve très jolie et très habile... qui jouait les jeunes amoureuses
dans la comédie ». Elle chantait aussi les intermèdes avec beaucoup de grâce (bien qu'elle ne connût pas une note de musique, précise Goldoni).
Le champ des voyages de Zanetta Casanova est aussi vaste que
celui de son fils, puisqu'on note ses séjours à Londres, Vérone,
Saint-Pétersbourg, Dresde, Varsovie... On a dit que sa beauté,
comme celle de Casanova, avait disparu tout à coup aux environs
de quarante ans.

que dans la différence (le voyage casanovien n'est pas à la recherche de la différence. L'exotisme n'est pas son propos). L'eau qui l'entoure et celle qu'on y boit ne ressemblent à aucune autre et les bateaux qui y mènent, et avec lesquels il a immédiatement des difficultés de location, échappent à la nomination : *paquebot, paq-bot, paquet-bot*... tout sauf *packet-boat*. Il y a quelque chose de tordu, bancal, pied-bot dans la façon dont Casanova aborde le continent anglais...

Casanova hait l'Angleterre et la langue anglaise. Celle-ci lui est phonétiquement inaccessible. Elle équivaut pour lui à quelque dialecte africain. Parlant d'un joueur anglais, Casanova écrit, dans un mépris très audible : « Il vint à la banque ne me disant pas autre chose que *oudioudouser*, et il joua, excitant ses deux amis à faire la même chose [1]. » On a reconnu, bien sûr, la formule de politesse : *How do you do, sir ?*... L'anglais est précisément sans douceur à l'oreille vénitienne de Casanova. Cette langue l'effare et l'effraie, lui provoque un mouvement de découragement.

À Londres pour la seule fois de sa vie, Casanova qui ne supporte plus la solitude, met une petite annonce dans un journal. Il faut effectivement qu'il soit à bout de ressources imaginatives pour arriver à cette forme anonyme d'appel, exceptionnelle à cette époque.

L'anglais existe comme une limite douloureuse certes, mais notable. Et Casanova, avant d'être obligé de s'enfuir, sous la menace d'être arrêté et pendu, ne se dérobe pas à son horreur. Il est prêt à aller jusqu'au bout. Au sommet de ses infortunes londoniennes, il est sur le point d'aller se jeter dans

1. *Histoire de ma vie*, vol. 7, p. 12

la Tamise, une rivière qui ne ressemble à aucune autre, ou davantage à un cimetière qu'à une rivière...

Le silence allemand

Cette existence fatale attribuée à la langue anglaise n'est pas même le fait de l'allemand, qui est également une langue que Casanova n'aime pas, mais d'un dégoût si radical qu'il n'en tente aucune transcription. La langue allemande, qu'il parle très mal, juste assez pour se disputer avec son entourage, n'intervient jamais dans le texte des *Mémoires*. Elle fait l'objet d'un non-dit définitif. L'écriture étant un des modes de surdité qu'il lui oppose.

Le silence sur la langue allemande et sur le contexte allemand de sa vie au château du duc de Waldstein, répond à la conscience d'une gravité accrue de sa situation en langue étrangère. Car cette fois Casanova sait ne pas être simplement de passage. Il y a un irrémédiable qu'il ne cesse de maudire et qui n'est peut-être pas tant l'allemand que le choix ou la résignation de s'être arrêté quelque part. La Bohême ou la fin du voyage. Pour Casanova cesser de voyager ne peut être que désastreux. C'est ainsi que la mort vous saisit (ce n'est peut-être pas complètement un hasard si la famille Brockhaus, qui possède le texte original de Casanova, en a bloqué l'édition depuis si longtemps : son manuscrit immobilisé à Leipzig continuait le destin de Casanova renfermé à Dux).

Casanova exprime sa hantise de l'immobilisation dans un article sur le mot *paralyser*. Il s'y oppose de toute son hostilité au vocabulaire de la France révolutionnaire et de toute sa fureur contre cette demi-mort qu'est la vieillesse.

« PARALYSER. C'est le seul mot qui ait fait fortune, même hors de France, par la raison qu'il ne sonne pas mal, et qu'il a une étymologie grecque. Un grand nombre d'honnêtes écrivains s'en servent de la meilleure bonne foi du monde, et je me trouve toujours seul dans mon avis, quand le propos vient, et que je le fronde, car je ne peux pas le souffrir, mais je n'en démords, et je n'en démordrai jamais. Si on avait le mot *affaiblir*, quel besoin avait-on du verbe *paralyser* ?... Si on avait besoin d'un nouveau mot, non synonyme, fait pour dire un peu plus qu'*affaiblir*, que ne l'a-t-on pas pris de nous, quand ce n'aurait été que par droit de représailles ; car le riche ayant de tout temps volé le pauvre, nous avouons franchement d'avoir, en fait de langue, volé les Français tant que nous pûmes... Je conclurai enfin par dire, que le mot *paralyser* exprime trop. Ce mot semble tuer, tandis qu'*affaiblir* laisse un reste de vie. La vieillesse, par exemple, a affaibli tous mes membres, et tout mon individu, qui comme une chemise de toile parfaite, dont toutes les parties vieillissent également toutes ensemble, jusqu'à ce qu'elle tombe tout entière en lambeaux, parviendra lentement à sa fin. Si elle les avait *paralysés*, je me verrais paralytique, peu différent d'un mort, ce que je ne suis pas, quoique généralement affaibli [1]. »

Pour Casanova les mots créent les choses. Les mots peuvent tuer. Ce qui donne au ton de son examen critique du *Nouveau Dictionnaire français de Snetlage* une véhémence très personnelle. On sent

---

1. Casanova, *À Léonard Snetlage*, Paris, Librairie A. Thomas, 6, place de la Sorbonne, 1903, pp. 48-50.

que chaque mot est un combat. Les réflexions de Casanova, tout en s'adressant à la pensée, suscitent l'image de l'aventurier acculé dans son dernier repaire et qui se défend sauvagement : il n'en démord pas.

Casanova écrit ses *Mémoires* avec, à l'arrière-plan, le sentiment d'une reddition, la colère de s'être laissé piéger. Il lui importe donc de ne pas pactiser avec l'ennemi, de ne pas parler sa langue.

Cet ennemi a deux visages : l'un, visible, tout proche : sa vie de tous les jours, où l'on parle allemand. Casanova y est cerné de sons désagréables et perturbants. L'échange entre Casanova et les domestiques du château est d'insultes.

L'autre, invisible, plus lointain, mais constamment présent à l'esprit de Casanova est la France révolutionnaire, où l'on parle un français qu'il ne veut pas admettre, qu'il ressent comme une menace de paralysie ou de mort.

Son arrêt à Dux est corollaire — indépendamment de tout problème d'argent, de fatigue et de vieillesse — d'un changement survenu dans la carte de l'Europe et de ce que Paris après avoir été pour lui la capitale de tous les jeux et de toutes les impostures, donc le lieu même de l'accueil, est devenu maintenant synonyme d'une condamnation à mort : « Je ne reverrai plus Paris, ni la France ; je crains trop les exécutions d'un peuple effréné [1]. » Que Casanova ait été exclu de Paris, comme de nombreuses villes d'Europe, sur ordonnance royale, ne change rien à cette vision : il pouvait toujours se reconnaître comme partenaire, un partenaire perdant, à l'occasion... L'interdiction n'avait de toute

---

1. *Histoire de ma vie*, vol. 3, p. 178.

façon pour lui qu'une valeur momentanée, accidentelle. Et non essentielle, comme lorsqu'elle émane du Paris de la Révolution.

Paris barré de l'espace de ses déplacements, Casanova n'a plus qu'à s'immobiliser.

Casanova et la Révolution

Le fantôme liberté

Rien dans le récit de la vie de Casanova n'annonce la Révolution française. Il s'inscrit ainsi dans l'apolitisme général qui précède l'événement. Comme l'écrit Robert Darnton : « Il est vrai que la censure empêche les discussions politiques sérieuses dans les publications telles que *Le Journal de Paris*, seul quotidien français... Mais les sujets les plus passionnants, ceux qui provoquent des débats et excitent les passions, les articles qui ont une valeur de nouveauté aux yeux des journalistes contemporains sont le magnétisme, les vols en ballons et les autres merveilles de la science populaire. Les *bulletins à la main* qui échappent généralement à la censure et sont distribués clandestinement n'accordent guère d'attention à la politique sauf en cas de scandales retentissants comme l'affaire du Collier de la reine ou d'événements spectaculaires comme les lits de justice [1]. »

1. Robert Darnton, *La Fin des Lumières, le mesmérisme et la Révolution*, Paris, Librairie académique Perrin, 1984, p. 47.

La Révolution, cette date qui sera posée comme historiquement inaugurale, qui désormais orientera le temps et sous l'instance de laquelle il faudra réinterpréter tout ce qui vient *avant*, est vécue par Casanova comme accidentelle et certainement réversible. Elle est une crise, non un commencement. Elle surgit comme un désastre venu de nulle part mais hélas ! dangereusement localisé à Paris. Qu'elle se soit produite en France, lieu d'élection de Casanova et théâtre de son libertinage, aggrave encore son caractère scandaleux. Comme si c'était l'horizon même de sa vie qui se trouvait soudain supprimé. Et, de fait, tout ce qui n'a cessé de faire sa jouissance est massivement désigné comme opposé au Bien public : jeux du paraître et de l'imposture, énergie du coup de théâtre, fièvre de l'inégalité, immoralité de la prédation ou de la chance... avec leur versant d'indifférence aux notions d'égalité, de fraternité, et même de liberté. La liberté à l'œuvre dans les *Mémoires* n'est pas celle des lois révolutionnaires. Et si, selon la formule de Saint-Just : « La servitude consiste à dépendre de lois injustes ; la liberté de lois raisonnables ; la licence de soi-même », Casanova est purement licencieux, dans le sens anarchisant que dénonce Saint-Just aussi bien que dans une acception plus directement sensuelle.

On imagine sans mal combien la vision révolutionnaire des femmes, et l'idéal de vertu républicaine sous lequel on les pense, pouvaient déplaire à Casanova ou lui sembler incompréhensibles et quelle dut être sa stupeur à lire, par exemple, ces lignes d'une feuille du Salut public (de septembre 1793) : « Femmes ! voulez-vous être républicaines ? aimez, suivez et enseignez les lois qui rappellent vos époux et vos enfants à l'exercice de leurs droits ; soyez glorieuses des actions éclatantes qu'ils pourront compter en faveur de la patrie, parce qu'elles témoignent en votre faveur ; soyez simples dans votre mise, laborieuses dans votre ménage ; ne suivez jamais les assemblées populaires avec le désir d'y parler, mais que votre présence y encourage quelquefois vos enfants ; alors la patrie vous bénira parce que vous aurez réellement fait pour elle ce qu'elle a le droit d'attendre de vous. »

Pareille exhortation à la modestie, à l'effacement, à la muette générosité, avait de quoi le laisser songeur. Non seulement parce qu'il avait toujours aimé regarder et écouter des femmes et que leur absence d'un lieu public entraînait aussitôt pour lui la désaffection de ce lieu, mais surtout parce que le système sacrificiel dont se soutenait cet idéal lui était inconcevable. Il y a dans la passion révolutionnaire un emportement d'abstraction, un détachement de soi-même et de sa propre vie, qui lui est totalement étranger. Casanova a le culte des grands hommes, à condition qu'ils soient vivants. Avec des morts, même panthéonisés, il arrête le dialogue...

La femme épouse et mère est supposée se vouer à son mari et à ses enfants qui, eux-mêmes, n'existent que pour le sacrifice de leur vie. On regarde ensemble en direction de la Mort. Les veuves, ayant enfin réalisé l'essence de leur féminité, se recueillent en silence devant des monuments (ou, d'après une image chère à Saint-Just : les amis se promènent ensemble dans les cimetières)... Dans un tel univers même la physiologie diffère : de la très grande pâleur d'une femme, Casanova n'oserait plus conclure avec la même certitude qu'autrefois à un excès de masturbation. Elle serait plutôt due, dans l'optique patriotique, à un excès de maternité. Or cette « maternité surhumaine », qui fait selon

Michelet la for :e et la beauté des femmes de la Révolution, n'éveil e aucune sympathie de la part de Casanova. No:1 qu'il ait comme Sade un discours violemment ar timaternité, symétriquement opposé à l'idéologie natrone romaine. Casanova n'aime pas l'odeur de nourrice (c'est même, avec le port des culottes roires, une des rares choses qui le dépriment se uellement), mais ce n'est là qu'un dégoût qui ne l'engage vers aucune théorie particulière. Il lui arrive de rencontrer des femmes qui ont des enfants (de lui, ou d'autres hommes) : il n'en tire pas de conclusions — ni péjoratives ni glorifiantes. Il n'en pense rien. Il est toujours prêt à aider une femme qui a décidé d'avorter. Autrement, il laisse être... Cet absentéisme peut apparaître comme une limite, je lui trouve plutôt un caractère allégeant. Car il ne s'autorise d'aucun pouvoir de juridiction et ne fait peser sur sa partenaire aucun discours. Casanova ne prétend pas connaître les femmes au sens où il penserait quoi que ce soit sur elles, ou à leur place. Il ne fait qu'essayer de rendre compte d'un certain nombre d'épisodes de plaisir où elles figurent...

L'intolérance entre l'esprit révolutionnaire et le mode d'être de Casanova est radicale. Il ne peut exister de l'un à l'autre que des rapports d'exclusion. Et, de même que la Révolution refuse en son entier l'Ancien Régime, de même Casanova le défend sans restriction. Il va jusqu'à affirmer, lui qui en fut plusieurs fois victime (mais qui chaque fois réussit à échapper à l'incarcération) : « Hélas ! heureux temps des lettres de cachet, tu n'es plus [1]... » Du point de vue de Casanova, très conscient du carac-

---

1. *Histoire de ma vie*, vol. 9, p. 304.

tère systématique de l'entreprise révolutionnaire, le changement ne peut se faire partiellement. Son totalitarisme répond à celui de ses ennemis. Pour lui aussi « tous les crimes se tiennent ». Et il ne cessera pas de les vouloir tous ensemble et pour toujours. Le désir de circularité sur lequel repose l'écriture des *Mémoires* — que tout ce qui s'est passé depuis la naissance de l'auteur, et même avant elle, recommence, dans un temps qui ne connaisse ni le progrès ni la destruction — s'étend à l'ensemble d'une société. Casanova aime totalement l'Europe où il a vécu et c'est elle qu'il s'efforce de redire. La Révolution pour lui est hors texte. Cette musique d'éternel retour sur laquelle écrit Casanova (il ne conte un épisode que porté par le souhait implicite qu'il revienne encore et toujours : il est vêtu du même habit de velours pailleté, la femme lui sourit comme alors...), cette acceptation, ce vœu de retour du même, expliquent en partie l'absence de la mort dans ses récits — tout à l'opposé de l'hypothèse de cauchemar sur laquelle s'ouvre le roman de Milan Kundera *L'Insoutenable Légèreté de l'être* : « Si la Révolution française devait éternellement se répéter, l'historiographie française serait moins fière de Robespierre. Mais comme elle parle d'une chose qui ne reviendra pas, les années sanglantes ne sont plus que des mots, des théories, des discussions, elles sont plus légères qu'un duvet, elles ne font pas peur. Il y a une énorme différence entre un Robespierre qui n'est apparu qu'une seule fois dans l'histoire et un Robespierre qui reviendrait éternellement couper la tête aux Français [1]. »

1. Milan Kundera, *L'Insoutenable Légèreté de l'être*, Paris, Gallimard, 1984, p. 9.

Casanova condamne le mouvement révolutionnaire mais en s'attachant à ne lui donner qu'un minimum de présence narrative. La Révolution, comme la vieillesse, n'apparaît dans le texte casanovien qu'en incises, en l'espèce d'anathèmes. Jamais descriptivement (ce serait leur donner trop de poids), mais dans la seule tonalité d'une déploration sans fin. « Fatale et infâme révolution ! » gémit Casanova à intervalles variables, non d'après la logique de son texte, mais au gré de ses humeurs actuelles, du fond de colère et de tristesse sur lequel il écrit — un fond continu, qui entrave plus ou moins la poursuite de son récit : le dernier tempérament de Casanova est mélancolique.

Que la Révolution s'origine à Paris contribue à son caractère inacceptable. Pourtant, pour Casanova, cela n'est pas dépourvu d'une certaine concordance avec la mentalité des Français. « Cette nation est faite pour être toujours dans un état de violence [1]. » C'est pour l'achèvement de son libertinage que Casanova a préféré la France : formellement, il reconnaît la même rigueur dans la phase révolutionnaire. La France l'étonne pour son extrémisme. La versatilité politique ou affective du peuple français est souvent soulignée par Casanova, non sans fascination : « Ô nation heureuse et sublime, et supérieure à tous les préjugés, à laquelle nulle espèce d'insulte n'a la force de faire horreur ! Elle déterre en riant les morts, elle mange la chair humaine, elle la trouve exquise, et elle donne le surnom de *raccourci* au trop bon roi Louis XVI, comme elle a donné celui de *bien-aimé* à son prédécesseur [2]. »

---

1. *Histoire de ma vie*, vol. 5, p. 16.
2. *À Léonard Snetlage*, op. cit., p. 43.

Il est un événement qui lui semble marquer signi-
ficativement cet écart entre les sentiments des Français pour leurs rois, c'est celui de l'attentat de
Damiens (5 janvier 1757). Casanova qui était allé à
Versailles pour « se présenter » au cardinal de Bernis, se trouve être là au moment de l'attentat. Il est
immédiatement arrêté comme suspect avec une
vingtaine d'autres personnes : « Nous étions là, et
nous nous regardions sans oser nous parler ; la surprise nous tenait tous accablés, chacun, quoique
innocent, avait peur [1]. » Casanova, avant de s'émouvoir du destin de Louis XV, tremble d'abord pour lui.
C'est typique de tous les récits de Casanova qui ne
rapporte un événement historique qu'autant que cet
événement le concerne de près. Il n'a jamais le
moindre doute sur qui est l'acteur principal de la
scène... Il y a chez Casanova une certitude du *pour
soi* qui suffirait à lui rendre insensés tous les discours révolutionnaires sur le désintéressement et
qui, plus largement, explique l'absence de proportions objectives du monde qu'il traverse. Celui-ci est
variable et difficilement transposable, comme si
l'échelle de mesure vivante et mouvante sur laquelle
il était fondé ne permettait aucun ajustement
— était, littéralement, sans commune mesure.

L'attentat contre le roi c'est d'abord pour Casanova, bien convaincu du rapport flottant qui lie le
crime au châtiment, la peur d'être remis sous les ver-
rous. C'est ensuite, dès qu'il est libéré, le plaisir
émoustillé d'être l'un des premiers informés de ce
qui vient de se passer à Versailles. Dans l'ensemble,
donc, un événement heureusement mémorable.

---

1. *Histoire de ma vie*, vol. 5, p. 15.

Tout autre est le supplice de Damiens. Casanova, pour faire plaisir « aux dames », loue une fenêtre sur la place de Grève (où l'on avait construit des écha- faudages qui, sous le poids de la foule, s'effondrèrent pendant le supplice) : « Nous eûmes la constance, de rester quatre heures entières à cet horrible spec- tacle [1]... » Il nous en épargne la narration, lui-même n'ayant pu en soutenir la vue. « Au supplice de Damiens, j'ai dû détourner mes yeux quand je l'ai entendu hurler n'ayant plus que la moitié de son corps ; mais la Lambertini et Mme XXX ne les détournèrent pas [2]... » Leur insensibilité n'est rien comparée à la réaction de certaines spectatrices qui eurent le bon cœur de plaindre les chevaux...

À la fenêtre de Casanova se joue un autre spec- tacle — c'est du moins celui auquel il voudrait s'arrê- ter. Pour ne pas voir Damiens en train d'être écar- telé, il regarde son ami Tiretta en train de baiser la Lambertini : « Étant derrière elle, et fort près, il avait troussé sa robe pour ne pas y mettre les pieds dessus, et c'était fort bien. Mais après j'ai vu en lor- gnant qu'il l'avait troussée un peu trop... J'ai entendu des remuements de robe pendant deux heures entières... » Casanova « substitue ainsi à une scène affreuse un tableau plus approprié à l'histoire de sa vie [3] ». Substitution, tableau écran (d'autant plus fonctionnel que la Lambertini n'est pas une femme mince). On peut aussi se demander si, plus encore que visuelle, la tentative d'esquive de Casanova ne

1. *Ibid.*, vol. 5, p. 55.
2. *Ibid.*, vol. 5, p. 55.
3. *L'Attentat de Damiens, Discours sur l'événement au XVIIIe siècle*, sous la direction de Pierre Rétat, Lyon, Éd. du C.N.R.S., 1979. En ce qui concerne Casanova et l'affaire Damiens, cf. chap. 12 (Jean- Claude Bonnet).

porte pas sur les cris. Tous les témoignages s'accordent à noter l'atrocité des hurlements de Damiens et comment *pendant plus de deux heures* ces cris donnèrent l'impression de « souffrances sans exemple ». Plus de deux heures, c'est-à-dire exactement le temps durant lequel Casanova se veut uniquement absorbé par un bruit de froissement de robe...

Cette scène que Casanova juge « plaisante » ne s'insère pas dans le cadre d'un supplice — même si, pratiquement, Tiretta profite de l'encadrement de la Lambertini. Elle est du domaine du grotesque. On trouve dans Sade de nombreuses scènes de jouissance, qui s'articulent sur un spectacle de supplice. Les cris des suppliciés y sont conducteurs de plaisir. Ce n'est pas le cas pour cette scène rapportée par Casanova. Elle doit apparaître comme fortuite (comme est fortuite la façon « contre nature » dont Tiretta a abusé de son amie. Ce pourquoi le lendemain elle boude et va se plaindre à Casanova...). Elle n'a avec les souffrances de Damiens qu'un lien de simultanéité. Le supplice pourrait être supprimé, devrait l'être... Au jeu de l'éternel retour, Casanova a encore réussi à sauver *tout* son univers : Au lieu de regarder par la fenêtre, il se décale d'un cran, et regarde ce qui se passe à sa fenêtre.

La brève arrestation de Casanova à la suite de l'attentat manqué contre Louis XV est sans conséquence judiciaire, mais elle n'est pas insignifiante dans l'attitude de Casanova dans l'affaire Damiens. À la différence d'une opinion publique qui prend passionnément parti pour la culpabilité de Damiens, Casanova qui sait qu'il aurait aussi bien pu être pris pour le coupable, ne ressent aucun enthousiasme pour le rite expiatoire d'une purification spectaculaire. La question de la sauvegarde et de la guérison du corps social ne le concerne pas. Il ne cherche jamais son salut à travers des idéaux collectifs. Son principal souci, au contraire, est de ne pas être inclus, *par erreur*, dans des stratégies qu'il ignore. Par là, sa répugnance à assister au supplice de Damiens (dont le frappe surtout l'injuste démesure : Damiens est tenaillé, brûlé, écartelé, alors qu'il a à peine blessé le roi : « Il ne lui avait que piqué légèrement la peau, mais c'était égal [1]... ») rejoint sa nausée de la guillotine.

La vindicte publique qui s'exprime pendant l'affaire Damiens pour que soit effacée la souillure du régicide lui est aussi étrangère que les voix révolutionnaires qui réclament des exécutions pour qu'advienne une « France régénérée ». Attitude d'étranger qui traverse un pays en voyageur, et ne participe pas (sinon en spectateur dégoûté) au meurtre fondateur ou conservateur d'une collectivité. Mais aussi, effet d'une position intellectuelle qui, entre vice et vertu, n'est pas sûre de la répartition. « Est-ce la vertu qui se mit à l'entreprise de régénérer la France, ou le crime qui se détermina à bouleverser l'État, sous le prétexte de le délivrer de la tyrannie [2] ? » interroge Casanova.

Sur un mode un peu différent, mais en posant aussi la question de la place du crime dans la Révolution, Sade dans *La Philosophie dans le boudoir* et plus précisément dans le pamphlet « Français encore un effort... », se demande comment la République, régime de la Loi, peut surmonter la corrup-

---

1. *Histoire de ma vie*, vol. 5, p. 55.
2. *À Léonard Snetlage, op. cit.*, p. 89.

tion du régime qui l'a précédée et la violence d'où
elle est née — ou encore, comment faire pour distinguer deux types de violence, l'une criminelle,
l'autre instaurant le règne de la Vertu. Sade suggère
la possibilité d'une indistinction. Alors, l'État répu-
blicain ne saurait se maintenir qu'au prix d'une
continuelle escalade criminelle, d'une insurrection
perpétuelle : perspective désastreuse pour le législa-
teur, mais délicieuse pour le philosophe libertin...
   Pour Casanova, plus libertin que philosophe, et
qu'aucune excitation mentale ne distrait de son
point de vue immédiat, l'avenir de la Révolution,
qu'il tende vers une violence accrue ou atteigne finalement à un équilibre heureux, ne lui procure pas de
plaisir. Dans la première hypothèse parce que l'anarchie instituée lui déplaît. Dans la seconde, parce
qu'il est trop vieux pour pouvoir connaître cette
étape d'harmonie. Dans la résolution contre-révolu-
tionnaire de Casanova, il y a un élément de constatation simple et décisif qui est *le temps d'une vie
humaine*. Appliqué à lui-même ce critère rend fort
improbable la visée d'un Futur qui consolerait des
sacrifices présents. Ce souci du temps à vivre, son
importance affirmée, sépare viscéralement le vieux
Casanova du lyrisme sacrificiel d'une jeunesse révolutionnaire impatiente de prouver qu'elle ne le
compte pour rien. Casanova tient autant à la vie qu'à
ses principes. Pas vraiment par rigorisme, plutôt
dans une sorte de prolongement de l'amour de soi :
« Je suis trop vieux pour que j'espère de pouvoir
quitter les miens (mes principes), si par hasard ils
étaient faux. D'ailleurs je les aime. » Nul enthousiasme, donc, de la part de Casanova, ni affectif ni
philosophique. Seulement des accès de fureur
impuissante.

La haine de Casanova pour le peuple est véhémente, agitée. Ce n'est pas la morgue tranquille de l'aristocratie. Elle ne repose pas sur le sentiment intime d'une supériorité tel celui qui permet à Voltaire de considérer Damiens comme « un insensé de la lie du peuple ». Elle est combative. Le peuple — sa misère, la dureté de son travail — le menace comme l'image intolérable d'un sort qui pourrait être le sien. Casanova est sans distance par rapport au peuple : il ignore également le privilège de naissance et le surmoi humaniste. Et lorsque avec la Révolution les hiérarchies se renversent et que le peuple prend le pouvoir, Casanova est encore plus furieux (il est, de toute façon, extrêmement colérique) : pour la menace directe que ce bouleversement représente pour lui, pour ce qui ne lui paraît être qu'une nouvelle duperie. « Le peuple roi » à ses yeux est seulement victime de nouveaux maîtres : les orateurs, les journalistes qui le manipulent. « *Une révolution était nécessaire.* C'est le langage des représentants qui règnent aujourd'hui en France faisant semblant d'être les ministres fidèles du peuple maître de la République. Pauvre peuple ! Sot peuple qui meurt de faim et de misère, ou qui va se faire massacrer par toute l'Europe pour enrichir ceux qui l'ont trompé [1]. » (Casanova a une intolérance particulière à l'idée de nécessité à laquelle il ne reconnaît de validité que pour le monde physique ; pour le reste, pour l'édifice instable des désirs et des actions, il croit de toute son âme au hasard.)

Casanova aime l'aventure sur un mode solitaire. Les problèmes posés en termes de classe sociale ne l'intéressent pas. L'aventure politique, qui s'initie à

---

1. *Histoire de ma vie*, vol. 5, p. 96.

la Révolution et ouvre un champ d'action où les lignes de force se dessinent entre influences des partis et ambitions personnelles, ne l'attire pas. Casanova, au contraire d'un Cagliostro, n'est pas un homme de parti ni d'idéal. Il a tout au plus des complices qu'il oublie aussitôt le coup accompli.

La lettre à Léonard Snetlage : Un dernier autoportrait

Dans un curieux texte intitulé *À Léonard Snetlage, Docteur en Droit de l'Université de Gœttingue* et rédigé par « Jacques Casanova, Docteur en Droit de l'Université de Padoue » (comme le fait remarquer Félicien Marceau : « Coïncidence bizarre : à deux lettres près, ce Snetlage est l'anagramme de Seingalt [1]... »), celui-ci s'attaque à ce qui lui paraît être l'instrument majeur de la tromperie révolutionnaire : le langage. La ferveur populaire est animée par les discours des orateurs et par les feuilles des journalistes. Or, pour Casanova, les journalistes « n'écrivent que pour soulager leur haine [2] ». Quant aux orateurs, qui s'épuisent à convaincre ceux qui sont déjà convaincus, leur rapport à la parole ne le séduit pas. S'il se flatte d'avoir été un beau parleur, il s'est rarement servi de la parole pour le déploiement d'une vérité mais plutôt comme performance gratuite et théâtralement conçue.

Le livre de son « confrère » le Dr Snetlage était un *Nouveau Dictionnaire françois, contenant les expres-*

---

1. Félicien Marceau. *Une insolente liberté, les Aventures de Casanova*, Paris, Gallimard, 1983, p. 336.
2. *À Léonard Snetlage, op. cit.*, p. 97.

sions de nouvelle création du Peuple françois.
Ouvrage additionnel au Dictionnaire de l'Académie
françoise, ou à tout autre Vocabulaire. Casanova,
parce qu'il aime les mots nouveaux et a souvent
déploré le conservatisme de la langue française, est
très intéressé par la Révolution comme événement
linguistique. De plus, en tant qu'étranger, le français
fut d'abord pour lui une langue du dictionnaire. Ce
« nouveau dictionnaire » a donc toute chance de
retenir son attention. D'ailleurs, le dictionnaire
comme genre littéraire plaît à Casanova (n'oublions
pas qu'écrire « un dictionnaire des fromages » a été
longtemps un de ses projets...).

La critique que Casanova fait du dictionnaire de
Snetlage comporte une objection de base quant aux
véritables auteurs des mots de la Révolution : « Les
nouveaux mots, dit-il, sont créés non par la nation
française, ni par le peuple, mais par les orateurs et
par certains ineptes journalistes [1]. » Concrètement,
elle s'exerce contre des mots présentés par Snetlage
et qui lui paraissent inadmissibles soit par défaut
d'euphonie, soit pour leur signification. Mais il en
est aussi qu'il est prêt à adopter. La *Lettre à Léonard*
Snetlage n'est pas seulement une condamnation.
Entre *abri* qu'il n'aime pas et qui lui semble une
aberration (quand on connaît la vie errante de Casanova, on n'est pas surpris de cette antipathie) et *télé-*
graphe qui « comme mot nouveau correspondant à
un sujet tout neuf » le satisfait, Casanova nous offre
un texte changeant, tantôt pointilleux et un brin
ennuyeux (tantôt digressif et amusant ce dont il se
justifie dès les premières pages par l'affirmation :
« Ce qu'on appelle la philosophie des langues, mon

1. *Ibid.*, p. 14.

cher confrère, ne consiste que dans ces minutes »).
Mais, dans tous les cas, ne serait-ce que par le choix
des mots qu'il commente, aussi parlant qu'un autoportrait.

Pour cette valeur d'autoportrait, et parce que la
Lettre à Léonard Snetlage est introuvable dans les
librairies, je propose ici quelques extraits de cet
ouvrage (le travail de Casanova porte sur soixante-
trois mots).

Après *Abriter*, Casanova s'insurge contre :

Abstractivement. À quoi bon, je vous prie, cet
adverbe qui ne dit pas plus qu'*abstraitement*, et qui
n'est pas plus commode ? Je n'ai pas trouvé dans
votre liste *concrétivement*, dont le mérite n'est pas
moindre.

...

Alarmiste. Vous ne trouverez pas mauvais, cher
confrère, que je saute autant de mots qu'il me plaira,
malgré que cela ne voudra jamais dire que je les
approuve. *Alarmiste*, en attendant, me semble un
mot berneur, qui ne me paraît pas fait pour être pris
au sérieux.

...

Anarchiste. Rien n'y est nouveau que la forme, qui
semble indiquer un professeur, ou fauteur d'anarchie, et l'anarchie devenue corps de métier. Ce fut
une institution nécessaire, métaphysiquement sanc-
tionnée par l'Assemblée législative, à laquelle la
France doit son bonheur, et sans laquelle elle
n'aurait jamais eu la gloire de devenir république.

Apitoyer. Mot pitoyable.

...

Déhonté. Dévergondé, et *impudent* valaient mieux, je crois.

...

Égalité. Vous en parlez en savant. Mais je suis sûr que cette égalité constitutionnelle, instituée pour base du nouveau gouvernement, est et sera toujours une énigme pour toute la nation régénérée, et que le peuple, toujours gai, malgré la misère qui l'opprime, doit en plaisanter partout dans tous les moments. Il doit être fort curieux de la signification de ce mot, ne voyant devant ses yeux à chaque moment que des inégalités.

Embrigadé, embrigadement. Mots qui font rire. Vous et moi, un dictionnaire latin, italien et espagnol à la main, nous aurions pu enfanter mille mots véritablement dignes d'être incorporés à la belle langue française, à la place de toutes ces expressions baroques, qui me semblent mériter votre mépris plutôt que vos commentaires. Le grand-conseil de la nation nous aurait récompensé notre peine, nous envoyant par procuration un diplôme de fraternisation.

Électriser. J'aurais envie de trouver à redire à ce mot, employé métaphoriquement [1], mais j'aime mieux me taire, car il me déplaît moins qu'*enthousiasmer*, qui est cependant français, et digne de l'être depuis longtemps.

...

Incarcérer. On disait *emprisonner*, qui apparemment a vieilli. Mais, forgeant des mots de cette façon, devient-on plus riche ou plus pauvre ? C'est une question à l'égard de ce mot *incarcérer* ; car à

---

1. *Électriser*, à cette époque, ne s'entend pas sans allusion au médecin viennois Mesmer.

moins qu'on ne francise *carcere*, pour remplacer *prison*, on n'en trouvera pas l'origine en français. *Carcère* cependant serait bon avec un accent grave sur la seconde syllabe, et voyant qu'il ferait rime à *Galère*, le comité d'instruction publique le trouverait utile, et déciderait après si on doit lui donner l'article masculin, ou féminin.

Incriminer. C'est un mot qui donne la plaisante idée de l'inoculation du crime. Elle ne serait pas difficile, soit au physique, soit au moral ; mais l'opérateur mériterait l'anathème. Il vaudrait mieux penser à une inoculation propre à innocenter le pauvre genre humain, qui n'est désormais devenu que trop coupable.

Louangeur. C'est un mot expressif, qui est français depuis longtemps, et qui me plaît, parce qu'il a un son *spernatif*. Son seul défaut est d'être ignoble, mais à l'heureuse époque, où on a aboli la vaine noblesse, ce défaut ne peut pas lui nuire.

...

Motion. Il est de bonne prise comme *Club*, *Comité*, *Pamphlétaire*, et plusieurs autres. Les Anglais, toujours généreux, n'en demanderont jamais la restitution à leurs courageux voisins, et ils leur laisseront aussi l'empire de la mer, s'ils parviennent à le leur reprendre

...

Paralyser. (Cf. chapitre précédent.)

...

Comité [1]. ... Le moyen de me taire, je vous prie, trouvant que vous faites dériver le mot *Comité* de *commission* !

---

1. Il semble que Casanova ait du mal à se soumettre à l'ordre alphabétique.

Les Français prirent aussi ce mot, comme plusieurs autres, aux Carthaginois modernes, qui n'étant pas Africains, vous disent par mon canal que la racine de ce mot est une autre. Voici ce que j'ai appris chez le Dr Maty au Musée britannique, l'an 1763, du savant Johnson, auteur du Lexique, dont on critique la trop vaste érudition. *Ne quid nimis.*

Le mot Comité m'a-t-il dit, ne dérive pas du verbe *commettre*, même dans l'acception où on l'applique aux péchés capitaux, véniels, et à toutes sortes de fautes. Quelqu'un croit qu'il vient du mot latin *comitia* que les Romains tenaient dans le Fore, dont Aulu-Gelle parle assez savamment ; mais je n'en suis pas persuadé. D'autres dirent que ce mot vient de *comis* qui en latin signifie *doux*, d'où vient *comitas*, qui veut dire *affabilité*, *politesse*, *urbanité* : et cette dérivation n'est pas vraisemblable, car nos Comités ne sont guère *doux*, ni extrêmement *polis* : du moins ils ne s'en piquent pas. S'il m'est donc permis de vous déclarer ce que je pense, je vous dirai que ce mot vient du *mal caduc*, que le peuple français appelle *mal de Saint-Jean*, et Hippocrate *épilepsie*. Les Romains, qui ne se souciaient pas de parler grec, l'appelèrent *morbus comitialis* ; et c'est de là, à ce que je crois, que notre mot *Comité* tire son origine ; ... les mêmes Romains appelaient *homines comitiales* tous les grands disputeurs, chicaneurs, et harceleurs jusqu'au point que leur mâchoire saisie les faisait tomber étendus comme morts sur la dure...

Comité du Salut public. Son nom aurait pu être l'Égide. L'affreuse *Gorgone*, sculptée en bas-relief sur marbre noir au-dessus de la porte de la salle, aurait animé cette belle devise : *Salus populi suprema lex esto.*

...

Comité du Commerce. On aurait pu l'appeler Mercure, et mettre à sa porte la statue de ce dieu, portant des ailes au front et aux pieds, et une bourse à la main...

...

Présumable, prétentieux. Ils sont insoutenables, et je suis sûr que les abeilles ne s'y arrêteraient pas dessus.

Mais Casanova ne fait pas que refuser les mots de la France nouvelle. Il y en a aussi, en très petit nombre, qui lui semblent acceptables. Lesquels ? Ceux qui, à travers les bouleversements politiques, continuent de dire son univers. Par exemple, Casanova aime bien *Franciades* parce que le mot lui évoque une délicieuse recette de cuisine (« Imaginez-vous, mon cher confrère, ma surprise, quand j'ai appris par les gazettes qu'on avait donné aux nouvelles Olympiades le nom de ma délicate entrée. J'ai soupiré et l'eau me vint à la bouche »). Dans le même esprit de malentendu on peut penser que *La Marseillaise* lui rappelle le jeu de cartes du même nom qu'il mentionne, parmi beaucoup d'autres, dans ses *Mémoires*...

Il se montre favorable, sans l'adjuvant d'un double sens à :

Phraser. C'est un mot qui ne me déplaît pas. En Italie, nous avons *fraseggiare, e fraseggiatore*, ainsi vous pourriez aussi suggérer *phraseur*.

...

Urgence est nouveau. C'est l'abstrait d'*urgent* qui n'est pas nouveau, et qui vient du latin *Urget præsentia Turni*. Je voudrais qu'on eût fait beaucoup de mots de cette espèce, car c'est très vrai que la langue française manque d'abstraits. C'est dommage que ce mot fasse rime à *ambulance*.

Versatilité est aussi un excellent abstrait.

...

Et, comme par hasard, il « approuve très fort, par exemple, *immoral*, et *immoralité*... des mots de cette espèce sont tous français, malgré qu'on ne les trouve dans aucun dictionnaire, et qu'aucun classique ne s'en soit jamais servi. Le bon sens et le génie de la langue française les ont adoptés, même avant leur naissance [1] ».

Je citerai, pour finir, cette formule pour laquelle Casanova dit avoir une tendresse particulière et qui ne lui vient certainement pas de ses fréquentations avec des docteurs en droit : « *Brider la lourde sans tournante* est une phrase mignonne aux oreilles de tous les honnêtes gens... [2] »

1. *À Léonard Snetlage, op. cit.*, p. 20.
2. *Ibid.*, p. 112. Les « honnêtes gens » ont bien sûr compris qu'il s'agissait « d'ouvrir la porte sans clef ».

Le Bien-Aimé

L'opposition de Casanova au nouveau vocabulaire de la France révolutionnaire vise à la fois les mots eux-mêmes et leurs contexte et mode d'utilisation : que ces mots, dans le cadre d'une assemblée nationale, face à un public anonyme, soient dirigés, au nom de la vérité, vers la conquête ou le renforcement d'un pouvoir politique. Au lieu que, pour Casanova, il n'est qu'un seul ressort à l'envie de parler, c'est l'envie d'être aimé.

C'est pourquoi, au contraire de la vérité révolutionnaire qui, étant essentiellement articulée et démonstrative, se doit de passer par le discours (et l'on sait que tout manque à l'instance discursive est sanctionné), la parole séductrice peut à tout moment s'effacer devant d'autres formes de manifestations, dont la plus évidente est la beauté physique. Cette parole est d'autant plus réussie qu'elle nous rapproche d'un point de défaillance, d'un éblouissement muet face à ce qui nous apparaît comme la représentation même de notre désir : C'est ce qu'est le roi, aux yeux de Casanova.

La tête de Louis XV

Casanova aime les rois, frémit de leur proximité, poursuit l'écho de leurs paroles. Il ne désespère jamais du bonheur d'en rencontrer un, au détour d'une allée, dans les reflets d'une galerie. Un roi imprévisible et hautain qui, sous les yeux subjugués de courtisans, lui ferait la grâce soudaine de son amitié. Alors, il deviendrait, à l'instant, l'objet de toutes les envies, un maillon de toutes les intrigues, et il n'est rien de son comportement qui laisserait indifférent. On commenterait ses reparties comme ses silences et l'on suivrait la moindre de ses initiatives vestimentaires, sûr de pouvoir se rapprocher, par la reprise d'un bon mot ou l'accord d'une nouvelle couleur, de la bienveillance du souverain. Que cela ne se soit jamais produit n'a guère d'importance et, même, correspond mieux à l'inaccessible consubstantiel à la figure du roi. Un inaccessible relatif cependant, car, pour Casanova, l'amour du roi n'est pas une ascèse, il n'est pas une forme de l'amour idéal et ne fonde aucune exigence morale spécifique. Il est partie intégrante d'un espace libertin où le roi représente, par privilège de naissance, puissance de ses richesses et d'un libre arbitre illimité, *le sujet parfait*.

Du maréchal de Biron, Mme d'Oberkirch écrit : « Il avait, pour ainsi dire, la folie de la royauté. Le roi, quel qu'il fût, était son idole, parce qu'il était roi. Son dévouement était si chaleureux, si véritable, qu'on ne pouvait s'empêcher d'en être attendri [1]. »

---

1. *Mémoires de la baronne d'Oberkirch*, Paris, Mercure de France, 1970, p. 360.

L'idolâtrie de Casanova, sertie dans un pur système de frivolité d'où toute idée de fidélité est exclue, ne voit pas dans le roi une Cause à laquelle se sacrifier. Le don, s'il existe, ne peut venir que du roi et récompense les mérites les plus futiles. Ce serait une insolence à la complétude royale que de prétendre, par sacrifice de son temps, de ses biens ou de sa vie, y ajouter quoi que ce soit : sécheresse d'un indépassable égoïsme ou bien rapport profondément juste, et par conséquent politiquement inutilisable, avec ce qui fait la beauté d'un titre ? Aimer le roi c'est, surtout, vouloir *être aimé* du roi, étant bien entendu que le roi n'aime rien d'autre que l'éclat répercuté de sa personne...

Ce n'est pas seulement comme séducteur actif, comme maître des sentiments et de la situation, que Casanova connaît ses plus constants succès. Ceux-ci entretiennent sa réputation. Ils sont orientés vers les femmes et publiquement orchestrés, selon cette loi de la Renommée commune aux héros et aux libertins et qui les conduit à n'oser se dérober à des actes dont la rumeur les précède. Comme l'exprime un personnage de Crébillon fils : « La réputation que mes premières affaires me firent m'en attira nécessairement d'autres [1]... » Mais ces succès d'homme à « bonnes fortunes » sont présupposés et discrètement doublés par la reconnaissance première d'un Maître et Protecteur qui l'assure, sans partage, du titre de favori et de l'indispensable appui de son pouvoir.

Le talent de Casanova à obtenir la place convoitée de favori remonte à son enfance et s'est exercé

1. *La Nuit et le Moment, op. cit.,* p. 94.

d'abord à l'égard du Dr Gozzi chez qui il avait été mis en pension, à Padoue. Triomphe complet, puisqu'il lui faut quelques jours pour occuper le lit du bon abbé et moins de six mois pour vider son école des autres élèves, dégoûtés d'une partialité aussi éhontée. « Ils désertèrent tous parce que j'étais le seul objet de ses attentions [1]. » Les amours furtives de l'enfant et de la petite Bettine, sœur de l'abbé, se déroulent dans la chambre de l'abbé, au pied de son lit « fort large ».

Cette place ambiguë entre le fils adoptif et la courtisane, aux devoirs incertains mais aux avantages évidents, il ne cessera de l'occuper, durant la majeure partie de sa vie d'adulte (depuis l'année 1746 où il a alors vingt ans, jusqu'en 1767, date de la mort de son protecteur) auprès d'un patricien vénitien : M. de Bragadin qui lui fournira un indéfectible soutien financier, politique et affectif. Séduit par la vivacité d'intelligence du jeune Casanova, le Dr Gozzi en avait fait le dépositaire de tout son savoir, un savoir sérieux mais limité. Avec Bragadin, dans l'échange des connaissances, c'est Casanova qui occupe maintenant la place du sujet supposé savoir (et celui-ci laisse toute latitude au champ de la supposition...).

Passionné de sciences abstraites, Bragadin est fasciné par l'habileté cabalistique de Casanova (l'usage que fait Casanova de ses procédés cabalistiques pour « aboutir » auprès de quelqu'un dépasse parfois ses espérances. Par exemple, avec Esther, la fille d'un banquier hollandais : celle-ci en vient vite à se passionner davantage pour les combinaisons arithmétiques qu'il lui enseigne que pour la routine des effu-

---

1. *Histoire de ma vie*, vol. 1, p. 19.

sions amoureuses). La liaison avec le vieux patricien
prépare sur un mode moins théâtral, plus régulier,
l'histoire avec Mme d'Urfé. Dans les deux cas, acci-
dentellement avec le patricien [1], d'une façon plus
concertée avec la duchesse d'Urfé, Casanova se
trouve être celui par qui mourir et renaître — ou
encore, par-delà toute mise en scène charlatanesque
et toute question de crédulité abusive, celui qui fait
reculer la peur de mourir, simplement parce qu'il est
jeune et qu'il ne pense qu'à s'amuser... La jeunesse
pour Casanova est plus qu'un âge qu'on traverse, elle
est le mode d'être sur lequel il a fondé son art de la
réussite. C'est sans doute pourquoi il sait en faire
une disposition communicative. C'est, en effet,
autour d'une envie de jouer — à interpréter les
oracles, prédire l'avenir, perdre la tête sur des coïncidences — que se cristallise l'engouement de Bragadin pour son jeune ami. Et, dans la juste circularité d'un plaisir sans profit, l'argent qu'il lui paye est
immédiatement reversé et perdu sur les tables de
jeu.

Bragadin : c'est aussi une association de trois céli-
bataires, désormais retirés de la galanterie, qui
vivent dans un mélange d'exaltation de sciences
occultes et de sagesse épicurienne. Casanova — et
l'agitation qu'il introduit dans le vide de leur vie retirée — est un luxe des sens, une dernière fredaine.
Celui-ci, d'ailleurs, est bien décidé à ne pas céder sa

---

1. Casanova rencontre Bragadin quelques minutes avant qu'il
tombe, sous ses yeux, victime d'une attaque de paralysie. Le sénateur est sauvé grâce à la vivacité de réaction de Casanova qui
réveille, en toute hâte, un chirurgien. Mais il comprend, non moins
vite, qu'il ne doit pas quitter le chevet du malade. Et il oppose aux
soins besogneux (et en l'occurrence dangereux) du médecin, les
injonctions de son inspiration.

place. Ce qu'il exprime très clairement lorsque M. Dandolo, l'un des trois Messieurs, songe à se remarier : « Sachez enfin », déclare-t-il à un interlocuteur favorable à ce mariage, « que tant que je vivrai avec ces trois amis, ils n'auront d'autre femme que moi. Quant à vous, mariez-vous si vous voulez ; je vous promets de ne pas vous contrecarrer ; mais si vous voulez que nous soyons amis, abandonnez le projet de me les débaucher [1]. »

Ainsi entretenu par cette digne triade, il arrive à Casanova d'avoir des ambitions plus hautes et de rêver de tenir dans une cour le rôle incontesté qui est le sien auprès de ses trois maris : d'être, pour l'Europe entière, la Favorite. Projet teinté d'ironie et non dénué de provocation, puisqu'il fait appel à ses prétentions d'astrologue, à ses momeries d'alchimiste, à toute sa « savante charlatanerie » pour gagner l'esprit d'un roi. « L'idée de devenir célèbre en astrologie dans mon siècle où la raison l'avait si bien décriée me comblait de joie. Je jouissais, me prévoyant recherché par les monarques, et devenu inaccessible dans ma vieillesse [2]. »

Casanova fait ce rêve, précisément à un moment où les philosophes s'entendent à vouloir insuffler dans l'esprit des monarques le goût de la vérité et à traiter ceux qu'ils jugent récupérables en individus raisonnables. Par exemple, Frédéric de Prusse ou Catherine de Russie dont l'étrangeté rassurait et permettait le décollage de l'utopie. Une fois posé le caractère absolument inhabitable de leur pays, on peut commencer à raisonner. Diderot, le 29 décembre 1773, écrit de Saint-Pétersbourg :

1. *Histoire de ma vie*, vol. 3, p. 285.
2. *Ibid.*, vol. 7, p. 37.

« J'aurai fait le plus beau voyage possible quand je serai de retour [1]. » Mais à un moment aussi où, comme le montre Marc Bloch dans son livre *Les Rois thaumaturges*, la foi dans les pouvoirs miraculeux du roi était toujours vivante dans la conscience du peuple. C'est ainsi qu'au lendemain du sacre de Louis XV, il y aurait eu plus de deux mille malades à se presser au parc de Saint-Rémi de Reims, où le roi accomplissait le rite guérisseur du toucher. On retrouve à peu près la même affluence pour la cérémonie thaumaturge qui suit le couronnement de Louis XVI, bien qu'elle ait beaucoup perdu du prestige qui lui était attaché sous Louis XIV, et qui dépassait alors les frontières du royaume de France. Marc Bloch peut lire cette décadence, cette montée du scepticisme, dans le passage de l'indicatif au subjonctif de la formule consacrée (et dans une interversion des membres de la phrase). Le traditionnel : « Le Roi te touche, Dieu te guérit », devenant avec Louis XV : « Dieu te guérisse, le Roi te touche. »

En liaison avec cette montée du rationalisme, ou, plus certainement, par l'effet d'une étourderie personnelle qui l'empêche de s'attarder sur l'éventualité de son triomphe comme astrologue royal, Casanova ne réussira que des coups privés. Il n'interviendra dans la vie d'un roi que très indirectement, et dans le domaine du plaisir ; mais c'était là la seule forme et le seul lieu de pouvoir qui l'attiraient. Un pouvoir frappé à l'effigie de l'Aveugle Fortune.

Casanova obtient très tôt, au cours de son séjour à Corfou, la réputation de s'y connaître en princes (avec ce qu'une telle formule signale de définiti-

1. *Lettres à Sophie Volland*, Paris, Gallimard, 1930, t. III, p. 248.

vement « Verdurin »). L'incident qui le révèle comme
spécialiste en la matière le porte d'abord au comble
de l'indignation. Il s'agit en effet de rien moins que
de son propre domestique, un certain « La Valeur »
qui profite d'une maladie vraie ou prétendue (et d'un
effritement généralisé des valeurs), pour se faire
reconnaître comme le prince de La Rochefoucault.
Pour notre auteur, le scandale est total, aussi bien
d'un personnage « ivrogne, sale, libertin, querelleur
et un peu fripon » qui se proclame prince, que d'un
Casanova lui-même libertin, joueur, et pas mal fripon, qui se serait fait quotidiennement habiller et
coiffer par un de La Rochefoucault. La plupart des
nobles de la colonie française se laissent prendre à
l'imposture, pour la plus grande fureur de Casanova
qui ne décolère pas de tout le temps que dure cette
affaire — le temps de recevoir un démenti de Paris
qui confirme l'opinion de Casanova et rétablit l'univers dans l'excellence de sa hiérarchie (une hiérarchie aussi évidente que la gloire littéraire lorsqu'elle
se manifeste, dans l'éclat de ses rayons lumineux,
aux yeux de Raymond Roussel).

Au sommet, il y a les rois. Au-dessous, les princes.
Mais encore au-dessus de tous les rois, il y a
Louis XV. « Le Bien-Aimé », le meilleur des rois,
parce que le plus joli, le plus irrésistiblement gracieux. On le voit et l'on n'y tient pas. On est immédiatement conquis. Par quoi ? Un air de grandeur,
ou de bonté ? Le sentiment d'une intelligence supérieure ? Non, simplement, mais l'effet n'en est pas
moins ineffaçable, par un geste de tête qui n'est qu'à
lui.

« J'entre dans une galerie, et je vois le roi qui passe
se tenant appuyé avec un bras à travers les épaules
de M. d'Argenson. La tête de Louis XV était belle à

ravir, et plantée sur son cou l'on ne pouvait pas mieux. Jamais peintre très habile ne put dessiner le coup de tête de ce monarque lorsqu'il la tournait pour regarder quelqu'un. On se sentait forcé de l'aimer dans l'instant. J'ai, pour lors, cru voir la majesté que j'avais en vain cherchée sur la figure du roi de Sardaigne. Je me suis trouvé certain que Madame de Pompadour était devenue amoureuse de cette physionomie, lorsqu'elle parvint à se procurer sa connaissance. Ce n'était pas vrai, peut-être, mais la figure de Louis XV forçait l'observateur à penser ainsi [1]. »

La version de l'édition Laforgue, d'une écriture nettement plus réussie que celle de Casanova qui, dans ce passage, accumule les maladresses autour d'un indicible, le charme unique et irreprésentable du roi de France, nous donne : « J'enfile une galerie au hasard et je vois le roi qui passe, ayant un bras appuyé de tout son long sur les épaules de M. d'Argenson. "Oh ! servilité, pensai-je en moi-même ; un homme peut-il se soumettre ainsi à porter le joug, et un homme peut-il se croire si fort au-dessus des autres pour prendre des allures pareilles !"

« Louis XV avait la plus belle tête qu'il soit possible de voir, et il la portait avec autant de grâce que de majesté. Jamais habile peintre n'est parvenu à rendre l'expression de cette magnifique tête quand ce monarque la tournait avec bienveillance pour regarder quelqu'un [2]... »

1. *Histoire de ma vie*, vol. 3, pp. 154-155.
2. Casanova, *Mémoires* (version Laforgue), édition établie par Robert Abirached et Elio Zorzi, Paris, Gallimard, 1958, coll. « Bibliothèque de la Pléiade », t. I, p. 661.

Laforgue, qui volontiers en rajoute dans la lubricité de détails esquivés, et dans tout ce qui peut prêter consistance au mythe hétérosexuel et démocrate
d'un Casanova également amoureux de toutes les
femmes, n'hésite pas à trahir « de tout son long » le
texte initial lorsque Casanova s'y met en scène jouissant à la seule vue d'un roi, et d'un roi alangui sur
l'épaule d'un ami. La dernière pensée qu'il puisse
alors concevoir (en admettant que l'on continue de
penser en état de ravissement) est bien celle d'une
indignation humaniste. La réflexion que Laforgue
attribue à Casanova lui est certainement venue à
l'esprit à partir du contraste, pour lui gênant, entre
ce qu'il savait des rapports de d'Argenson avec les
philosophes et la scène évoquée par Casanova. Mais,
pour celui-ci, la vision si frappante du roi avec
M. d'Argenson le fait seulement dériver vers l'amour
de la Pompadour. Il (re) voit la scène par les yeux
enamourés de la favorite, c'est-à-dire d'un point de
vue aussi étranger que possible à la critique.

La fausseté radicale de cette pensée rajoutée ne
choque pas moins, car elles sont dans la même perspective morale, que la suppression du mouvement
du cou, où réside, au regard de Casanova, la séduction inouïe de Louis XV. Laforgue le remplace par
une expression de visage (la bienveillance) dont
Casanova ne se soucie nullement, convaincu comme
il l'est, que les rois n'ont rien à exprimer. Que la censure porte précisément sur le cou est peut-être, en
plus d'une incompréhension grossière, un réflexe de
bourreau. Laforgue substitue aux fantasmes amoureux de Casanova, dès qu'ils s'égarent du bon objet
(à plus forte raison s'ils se fixent sur un roi), des
scènes de guillotine. Et, réciproquement, si l'on se
souvient que l'apparition de Louis XV est écrite par

Casanova dans sa peur et sa haine de la Terreur, il n'est pas indifférent que tout son désir d'aimer soit comme obnubilé par la tête du roi et par la façon merveilleuse dont elle bouge sur son cou.

Pour Casanova, avec la mort des rois, ce n'est pas tant un système politique que sa propre économie désirante qui s'effondre. Dans le premier cas, la catastrophe serait surmontable pour un aventurier comme lui ; dans le deuxième, elle l'atteint en un point où aucune modification n'est supportable. C'est peut-être le point fixe d'*une infranchissable extériorité*, telle qu'elle triomphe dans ce témoignage d'Antoine Hamilton sur les amours de cour : « Il suffisait alors que le roi jetât les yeux sur une jeune personne de la cour pour ouvrir son cœur aux espérances, et souvent à la tendresse ; mais, s'il lui parlait plus d'une fois, les courtisans se le tenaient pour dit, et ceux qui avaient eu des prétentions ou de l'amour retiraient très humblement l'un et l'autre pour ne lui offrir plus que des respects [1]. » Le sacrifice est de règle et indicatif d'un bon choix. C'est l'inverse qui serait inquiétant, de trouver aimable une femme que n'élirait pas le regard du roi. Le courtisan se le tient d'autant plus « pour dit » que rien n'est explicitement formulé. Il doit, avec la femme aimée, de la même attention qu'elle, interpréter les signes. Son évincement, garant de l'amitié du roi, n'a pas le sens d'une oppression subie, ni de l'automutilation expiatoire dont s'exaltent les lettres de Saint-Preux à Julie. C'est un effacement à

---

1. Antoine Hamilton, *Mémoires du comte de Gramont*, in Romanciers du XVIIIe siècle, Paris, Gallimard, 1960, coll. « Bibliothèque de la Pléiade », t. I, p. 81.

temps, dans un ballet réglé. Non un exil douloureux
sur l'autre rive du lac, la plus austère, la plus déserte.
Et, quand bien même il ferait l'erreur, tel précisément le comte de Gramont, de se retirer avec un
léger contretemps, il y a toujours la possibilité de
passer dans une autre cour. Il y reprend le pas où il
l'avait laissé, instruit de ne plus se tromper sur la
prééminence de la personne à qui l'on fait sa cour.
Gramont s'en va en Angleterre, et Hamilton, son
beau-frère, biographe fort troublé des succès de son
proche parent, écrit : « Il fit d'abord sa cour au roi,
et fut de ses plaisirs. Il trouvait si peu de différence
aux manières et à la conversation de ceux qu'il
voyait le plus souvent, qu'il ne lui paraissait pas qu'il
eût changé de pays [1]. »
   Ce mouvement glissant d'une cour à une autre
dans le déroulement d'une seule phrase ou la souplesse d'une même révérence fait l'admiration de
Casanova, qu'il s'agisse de l'imperceptible d'un
déplacement spatial, ou du lisse d'une continuité
temporelle : celle qu'incarne par exemple le personnage de Mme d'Urfé, en qui Casanova remarque,
avec bonheur, « toute l'aisance de l'ancienne cour du
temps de la Régence [2] ». Indissociable de la complexité de l'escroquerie dont Casanova se rend coupable auprès de Mme d'Urfé (et que ses héritiers
dénonceront publiquement), il y a indéniablement,
entre les deux acteurs, un courant d'émotions réci-
proques et disparates. Mme d'Urfé succombe au
pouvoir d'un individu surgi de nulle part, « goule
noire [3] » de toutes ses fantaisies mythologiques ;

1. *Ibid.*, p. 89.
2. *Histoire de ma vie*, vol. 5, p. 106.
3. C'est le nom qu'il porte au cours de leurs cérémonies secrètes

tandis que Casanova ne cesse d'être impressionné
par le passé nobiliaire de sa partenaire. À travers les
« arbres de Diane », de Saturne ou de Mars qu'il lui
obtient (et qui, personnellement, le laissent aussi
froid que le ferait une arborisation naturelle), c'est
l'invisible prestige de son arbre généalogique qu'il
contemple, et l'impact des cours successivement
honorées, de génération en génération, par sa famille.

La *naissance* de Mme d'Urfé est la magie dont
s'éprend l'irrémédiable manque à naître de Casanova. Elle est ce qui la lui fait voir, non seulement
« belle bien que vieille », mais aussi belle parce que
vieille, et rayonnante de l'image superposée de plusieurs rois.

La beauté de Mme d'Urfé est de même essence que
celle du comte Branicki, avec qui il se bat en duel
en Pologne : elles relèvent de l'inaltérable. Il a ainsi
autant de facilité à admettre la demande d'immortalité que lui adresse Mme d'Urfé, que d'horreur à
l'idée d'avoir tué le comte Branicki. D'où sa joie à le
revoir vivant, après qu'il l'a seulement blessé.

Le comte fait ouvrir à deux battants les portes de
sa chambre. Moment précieux à la mémoire de
Casanova, car c'est du miracle d'une porte qui
s'ouvre, de l'abolition d'obstacles donnés comme
surnaturels, et avec lesquels Casanova n'a aucune
envie de ruser ni d'ironiser, que s'annonce la présence royale. L'improbable de leur ouverture, le fait
que, si fort soit-on, on se retrouve devant leur surface close aussi démuni qu'un tout petit enfant, se
matérialise par leur multiplicité. La première porte
devant laquelle on attend n'est qu'un écran aux mille
autres portes, couloirs et salles vides qui séparent du
roi. Mais, il suffit d'un signe de celui-ci pour qu'elle

s'ouvre, comme d'elle-même, et, avec elle, toutes les autres. Le temps de l'attente bascule dans un comblement immédiat. L'accueil de Casanova à l'ambassade de France à Soleure par le marquis de Chavigni, pour lequel il s'est paré, dit-il, comme pour aller à Versailles, reprend la vision paradisiaque des deux battants largement ouverts : « J'y vais à l'heure indiquée, on ne m'annonce pas, je vois, d'abord qu'on m'eût ouvert les deux battants, le beau vieillard me venir au-devant, et je l'entends me dire les plus obligeantes paroles de cour [1]... » Dans ce moment d'évanescence parfaite, le nom même disparaît. Ce qui transporte tout d'un coup, et fugitivement, dans l'état de ceux qui en ont un. Puisque c'est de ne pas avoir de nom qui encombre, obligeant au souci perpétuel de s'en faire un.

Selon cette optique du tout ou rien, étrangère à l'idée d'une conquête progressive (telle qu'elle s'exerce, par exemple, dans l'univers de Kafka, avec la certitude jamais déçue d'un Rien final, indéfiniment reportée de guichet en guichet), l'effort n'est pas à refaire à chaque fois. L'espace à parcourir, quand a été donné l'ordre d'ouvrir, tient dans un cillement : « Braniski était en robe de chambre d'un glacé d'or, couché sur un lit, le dos appuyé sur des oreillers à rubans couleur de rose. Pâle comme un cadavre, il ôta son bonnet [2]. »

Dans un univers suspendu à la toute-puissance d'un décret, la moindre altération, éraflure dans le glacé d'or, signe le deuil de tous les plaisirs. La république, pour Casanova, est d'abord le sabordage de son imaginaire. Ce sombre avenir, il aurait pu le pré-

---

1. *Histoire de ma vie*, vol. 6, p. 109.
2. *Ibid.*, vol. 10, p. 197.

dire, non d'après les rois à qui il ne fut pas présenté
— Louis XV, le roi d'Espagne ou le roi d'Angleterre
(quand il demande à être présenté à ce dernier, on
se contente de lui éclater de rire au nez), ceux-là
demeurent conformes à leur beauté — mais d'après
ceux qui, hélas, eurent la condescendance de
l'admettre.

Là, les portraits sont souvent assez froids, peu
aimables et facilement rancuniers. C'est qu'il tombe
du pur ravissement au difficile régime de sa susceptibilité. Les entretiens avec des personnages couron-
nés se déroulent sur un fond certain d'irritation,
dont le raccourci le plus juste se trouve dans cette
exclamation de dépit causée par l'indifférence de
Mme F. à son égard : « Je n'étais rien. C'était trop. »
Il pourrait la reprendre pour nombre de ses entrevues princières. Ainsi avec la princesse de Monaco
(la page des *Mémoires* se brouille, tout à coup,
d'images *Jours de France*) qu'il voit à Menton, avec
son mari. Le couple le traite avec un mépris non
déguisé, que Casanova leur rend en résumant ainsi
sa « conversation » avec la princesse. « Elle cherche,
écrit-il, les lieux communs du catéchisme de la
noblesse à l'article présentation [1]... » Casanova est
d'autant plus outré de ce mépris que le titre d'Altesse
dont il gratifie le souverain monégasque est nouveau
pour lui. Lorsqu'il fréquentait le prince à Paris, on
ne s'adressait pas à celui-ci à la troisième personne.
Or, en ce qui concerne les altesses, on ne change pas
de personne. Surtout pas dans ce sens-là. C'est
s'exposer à un défaut total de crédibilité. Il ne reste
que l'arrogance d'une prétention peu fondée.

1. *Ibid.*, vol. 9, p. 36.

Casanova n'aime guère plus le roi de Prusse, non pour une inconséquence formelle, mais pour la chute de leur entretien qui, véritablement, l'atterre :

« Il entre dans un péristyle à double enceinte, et il s'arrête devant moi, me regardant de la tête aux pieds et des pieds à la tête, puis, après avoir un peu pensé : "Vous êtes, me dit-il, un très bel homme. — Est-il possible, Sire, qu'après une longue dissertation toute scientifique Votre Majesté puisse observer sur moi la moindre des qualités qui brillent sur ses grenadiers ?" [1] »

Casanova, dépité d'une appréciation aussi déplacée, qui de la part d'un souverain choque comme une trivialité (de plus c'est au sujet de se réjouir de la beauté du roi, non à celui-ci de s'abaisser à considérer la sienne), se venge en nous donnant le petit tableau ridicule d'un roi à ce point déchu de toute grandeur, qu'il en est à se chipoter avec son gouverneur pour une histoire de pot de chambre mal nettoyé. La scène, à laquelle il dit avoir assisté « avec la brillante croix de son ordre en sautoir, et un élégant habit de taffetas », tendrait à insinuer qu'il y a quelque chose de pourri dans le royaume du Grand Frédéric. Pensée funeste et à laquelle Casanova ne cède pas de gaieté de cœur. Il a fallu d'abord que Frédéric contredise le prestige de sa propre image. On peut lire dans la vénération des icônes propre à Casanova (avec les prolongements superstitieux et malicieux qu'elle a dans son esprit) la persistance d'un trait de famille. Son frère, François, fut en effet un peintre de batailles talentueux et reconnu, que protégeait, à la cour de l'impératrice Marie-Thérèse, le prince Kaunitz.

1. *Ibid.*, vol. 10, p. 70.

Mais il est chez les rois un autre défaut majeur (bien qu'il ne soit pas à classer dans le registre sanglant des insultes personnelles), c'est celui de la simplicité. Un roi simple est un spectacle décourageant, dans la mesure, précisément, où il prétend appauvrir l'élément spectaculaire au profit d'une utilité qui n'aurait besoin, pour s'affirmer, d'aucun supplément d'apparat. C'est pourquoi Catherine de Russie fait relativement peu d'effet sur Casanova. L'acuité et l'application d'esprit de l'Impératrice philosophe ne sont pas des qualités qui lui rendent incomparable la présence royale — encore moins lorsqu'elle s'incarne en une femme. La Raison comme dénominateur commun aux deux sexes ne l'intéresse pas. Au contraire de Diderot qui, bien convaincu du genre masculin de cette déesse prétendument asexuée, peut écrire, dans une lettre à Sophie Volland : « Nous aurions bien des femmes, mais nous n'en voulons point, parce qu'il est trop rare que ce soient des hommes. » C'est bien là, en effet, un de leurs plus sûrs inconvénients...

Loin de vouloir se protéger de ce défaut, ou de chercher à y remédier par l'exercice de la discussion philosophique, Casanova y voit la césure d'un plaisir positif. Là où l'édition Laforgue parle du « beau sexe » selon la formule consacrée par toute une tradition d'amants semblables et de pédagogues libidineux, Casanova dit seulement « le sexe différent du mien ». Ce qui n'engage que lui et ne demande à l'autre, détaché de toute appartenance communautaire, que de respecter les formes de sa différence, le caprice ou les lois de ses distances.

Ainsi, faute de le convaincre absolument comme souveraine, Catherine le séduit quand même pour les baisers sur la bouche qu'il lui voit échanger avec des demoiselles de sa noblesse. À nouveau témoin d'un infranchissable, il retrouve, au dessin de lèvres qui, pour lui, ne s'animeront que pour parler, l'abîme de la fascination.

Celle-ci survit difficilement à sa rencontre avec le roi de Pologne. *N'ayant rien de mieux à faire* [1], il est allé rendre visite au prince Adam : « ... Un quart d'heure après, je vois un beau seigneur qui entre, et tout le monde se lève. Le prince Adam me nomme, et tout de suite il me dit d'un ton très froid : — "C'est le roi." Cette façon de mettre un étranger vis-à-vis d'un monarque n'est pas faite, c'est certain, pour lui ôter le courage, ni pour faire que la majesté l'éblouisse, mais c'est toujours une surprise et le trop de simplicité démonte [2]. »

Présentation sans éblouissement. Le roi peut être regardé en face. Il a des proportions humaines et peut s'inscrire, comme tout le monde, dans un agencement de moyens et de fins. Casanova, désenchanté, lui demande un emploi — qu'il n'obtiendra pas. Mais un refus ne suffit pas pour réintroduire l'exaltation d'une démesure.

Car, c'est de cela qu'il s'agit : d'un monde investi d'un incommensurable, de sorte que la mondanité soit à la fois l'émotion du plus immédiat et le frôlement, à l'infini, d'une existence hors nature. Ce dédoublement de l'humain, cet envol vers le fantastique, mais *dans* et *par* le respect le plus pointilleux des règles d'une étiquette, s'accommodent de toutes les déviations de la personne royale puisqu'elle est ce par quoi il n'y a pas de norme en soi. Un roi peut

---

1. C'est, note Casanova, la phrase favorite des grands seigneurs polonais.
2. *Histoire de ma vie*, vol. 10, p. 164.

être femme, enfant ou fou. Tout, sauf ce module de
la raison mathématique : un homme simple.

Cela apparaît clairement dans le film de Visconti, *Ludwig*, élégie à la mort d'un roi ou à sa dépo-
sition au nom du Bien public et de la logique psy-
chiatrique. Louis II de Bavière, encore prêt à
démissionner tant qu'il reste confronté à des exigences pratiques (ne serait-ce que pour se reconnaître incapable de les assumer), ne devient totalement roi, dans une identification sans faille, à ses
propres yeux comme à ceux du peuple, qu'à partir
du moment où il décroche de toute fonctionnalité et
s'élève, de château en château, à la pure réalisation
de son inutilité. Ses châteaux, construits de plus
en plus haut, au prix de dépenses fabuleuses,
témoignent de cette assomption aussi solitaire que
dispendieuse. Dans la perte de tout vis-à-vis, s'instaure, vide, le triomphe de la volonté royale. Au sommet des nuages, dans un tourbillon de voûtes et de
volutes, sous un croulement d'or et de pierreries,
s'effondrent toutes les justifications. Les financiers
condamnent une économie aberrante, les médecins
diagnostiquent un cas de paranoïa avancée, les politiques en profitent. Personne n'est très content
cependant. Comme si le germe de monstruosité
contenu dans les efflorescences baroques du roi fou
continuait d'infester le bon sens de leur décision.
S'incliner devant un roi, c'est s'incliner devant le
représentant d'un pouvoir disproportionné, adorer
un principe d'irrationalité. C'est se prosterner
devant l'image, toujours trop grande ou trop petite,
palais de légende ou miniature précieuse, en
laquelle il est impossible de se reconnaître. C'est
pourquoi, si Casanova estime pour presque rien sa

présentation au roi de Pologne, celle au roi de Naples ne le déçoit pas : « Le lendemain de bonne heure le duc me fit dire que si je voulais aller baiser la main au roi avec lui, je devais m'habiller en gala. J'ai mis un habit de velours ras couleur de rose, brodé en paillettes d'or, et j'ai baisé la main du roi, toute malade d'engelures. Il avait alors neuf ans [1]. »

On peut relier cette belle scène, où s'illustre si bien le *Rien* manifeste sur lequel repose la majesté royale, à ce qui est dit, par Hamilton, de Mlle Stewart, favorite du roi Charles II : « Elle avait un caractère d'enfance dans l'humeur, qui la faisait rire de tout ; et son goût pour les amusements frivoles, quoique naturel, ne semblait permis qu'à l'âge de douze ou treize ans. Tout en était, hors les poupées. Le colin-maillard était de ses passe-temps les plus heureux. Elle faisait des châteaux de cartes quand on jouait le plus gros jeu chez elle, et l'on n'y voyait que des courtisans empressés autour d'elle, qui lui en fournissaient les matériaux, ou de nouveaux architectes qui tâchaient de l'imiter [2]. »

Visconti met dans la bouche de Wagner, à un moment où celui-ci est en colère contre Ludwig, cette imprécation : « C'est le dernier des héritiers lunatiques d'une famille de lunatiques... » Le mot est particulièrement bien choisi puisque Ludwig (fort wagnérien en cela) est adepte de la nuit et fervent de son astre. Mais, plus largement, il désigne le seul sens possible d'une inclination pour les rois : une adhésion au règne du lunatique.

C'est lui que Casanova salue en baisant la petite

1. *Ibid.*, vol. 7, p. 217.
2. Antoine Hamilton, *Mémoires du comte de Gramont, op. cit.*, p. 113.

main gercée du roi de Naples, c'est à son édification que contribuent les courtisans du roi d'Angleterre, lorsqu'à quatre pattes avec la jeune Stewart, ils ajoutent une carte à ses constructions éphémères. Châteaux de Versailles, de Buckingham ou de Bohême, châteaux de cartes... Chacun sait que c'est la part la plus déraisonnable de soi qui rêve d'y régner. La part du roi. Une case vide, sans doute. Mais, sans elle, comment continuer le jeu et, surtout, avoir envie d'y jouer ?

Le dessert aux figures des souverains

Durant son séjour à Cologne, Casanova donne libre cours à l'un de ses principes d'existence préférés (et qui suffirait, sans compter tout le reste, à le mettre au ban de la pensée bourgeoise) : faire une dépense « enragée », dépenser plus qu'il n'a. « Dites-moi seulement ce que vous voulez dépenser. — Plus qu'on peut [1] », répond Casanova.

Dans ce cas précis, sa fureur de dépense s'exprime par un déjeuner de vingt-quatre couverts, offert en hommage à une dame et en insolence à son protecteur, un vieux général bougon — offert, plus indirectement, en démonstration de son savoir gastronomique et amoureux, et de l'inadmissible gratuité dont il s'inspire.

Casanova, lors de ce repas, ne s'assoit pas à table. Il « saute » d'une invitée à l'autre, la servant de ses propres mains et « mangeant debout » ce qu'elle lui donne. Version mobile et gourmande, du retrait du magicien par rapport aux spectacles qu'il déploie, et

---

1. *Histoire de ma vie*, vol. 6, p. 49.

dont Saint-Germain, qu'on ne vit jamais manger aux
dîners et soupers qu'il charmait de sa parole, est le
modèle le plus rigoureux.

Le dîner de Cologne, somptueux, « ambigu », est
surtout constitué d'une grande abondance d'huîtres
et d'un dessert qui couvre toute la table. Les huîtres
qui sont un leitmotiv de la nourriture et de l'érotisme de Casanova, ne donnent pas lieu ici à une
énumération détaillée ni comptabilisée ; encore
moins à l'événement romanesque, sensuellement
renversant, de leur consommation. Elles sont, au
contraire, aspirées dans un plaisir d'ivresse. Avalées
sans y penser dans la griserie d'un pétillement léger.
« Les huîtres d'Angleterre ne finirent qu'à la vingtième bouteille de vins de Champagne [1]. »

Le dessert est précédé d'un « énorme plat de
truffes en ragoût » englouti comme les huîtres avec
la facilité d'une coupe de champagne (sauf que Casanova fait servir les truffes avec du marasquin). Il y
a, à l'arrivée du dessert, un temps d'arrêt. Une pause
bien compréhensible à la suite du mouvement de
voracité collective orchestré, avec autant d'autorité
que de jubilation, par Casanova, mais qui se justifie
aussi comme hommage respectueux aux figures
représentées par les gâteaux. « Le dessert fut magnifique, écrit Casanova. Tous les portraits des souverains de l'Europe y étaient. On fit des compliments
à l'officier qui était là qui, touché de vanité, dit que
tout cela résistait aux poches et pour lors on empo-
cha [2]. »

Potlatch superbe. On brave l'indigestion, on se
repaît, on se gave de rois. On s'en fourre plein les

1. *Ibid.*, vol. 6, p. 50.
2. *Ibid.*, vol. 6, p. 51.

poches. On retrouve au retour, collés aux doublures de son habit, des morceaux de Louis XV ou de Catherine, on s'y poisse les doigts, en grignotant distraitement... Surpris d'être encore capable d'avaler quelque chose et d'en apprécier le goût.

Si Casanova voit dans le baiser l'ébauche d'une dévoration totale de la personne aimée, on peut croire qu'il satisfait, dans cette scène de délectation « régivore », dans le baroque dessert aux figures des souverains, le désir de tous les baisers qu'il n'osa jamais, même en pensée, leur donner.

Dux ou l'utopie
des Mégamicres

Les deux premières années de sa retraite à Dux, Casanova écrit le récit d'un voyage utopique : l'*Icosameron ou Histoire d'Édouard et d'Élisabeth qui passèrent quatre-vingt-un ans chez les Mégamicres, habitants aborigènes du protocosme dans l'intérieur de notre globe*.

Au cours d'un naufrage, deux adolescents, le frère et la sœur, sont engloutis dans le gouffre du Maelstrand. Protégés par les parois de la caisse métallique dans laquelle ils se sont réfugiés, ils traversent diverses variations atmosphériques pour aboutir au centre de la Terre.

Pour Casanova, comme plus tard pour Jules Verne, la Terre est creuse et son centre n'est pas de feu. Il est même relativement hospitalier. On y respire sans difficulté et il y règne une lumière continue, violente et solaire, selon Casanova [1], argentée et triste (« d'une blancheur claire et sèche ») selon Jules Verne. Ici, s'arrêtent les similitudes, car l'espace où parviennent le Pr Lidenbrock et son

1. L'ombre y est un privilège de riches. Les pauvres et les prisonniers sont exposés à une clarté implacable.

neveu Axel n'est habité que de monstres marins et d'espèces animales paléolithiques (le seul humain entrevu est un géant terrifiant, tenant plus du singe que de l'homme et, à sa vue, les explorateurs s'enfuient). Alors que le monde où Édouard et Élisabeth échouent est extrêmement peuplé et policé : la société des Mégamicres est cultivée, délicate, subtilement hiérarchisée (détail essentiel à l'imagination de Casanova). Même là, le déplacement casanovien se fait sur un fond de sociabilité. Les premiers problèmes auxquels ses personnages sont confrontés n'ont rien à voir avec le choc d'un état sauvage, ils sont d'ignorance des convenances. Édouard et Élisabeth n'échappent aux plus grands périls que pour retrouver des angoisses mondaines : comment remercier, se tenir à table, accepter les compliments, etc. Dans Jules Verne les héros, à peine sauvés d'un danger redoutable, se jettent dans le suivant : après la soif, c'est l'horreur d'être perdu dans des labyrinthes obscurs, puis la panique d'une tempête, la peur d'être noyé, avant de souffrir les tourments d'une chaleur intenable... Aucun répit, et surtout pas sous la forme d'un divertissement de salon. Cette insécurité totale est marquée par une démesure de principe : les personnages de Jules Verne rencontrent des êtres et des paysages aux proportions gigantesques, en face desquels ils ont autant d'existence que des moucherons ; au contraire, les jeunes gens de Casanova paraissent des géants aux yeux des Mégamicres qui, bien que doués de facultés mentales très développées, ne dépassent jamais la taille d'enfants, « ils ne sont pas plus grands qu'une de vos jambes ». La petitesse du peuple indigène fait que le voyage d'Édouard et d'Élisabeth, s'il n'est pas sans inquiétude, ne se déroule pas sous le signe de la peur. Les deux adolescents anglais sont sûrs d'eux et ne trouvent presque que du déjà connu. Cette grande taille a une valeur rassurante (le lecteur ne tremble jamais pour le sort des deux héros), mais elle crée aussi le malaise d'une claustrophobie. Comme si la gêne dont Édouard et Élisabeth souffrent, enfermés dans leur caisse de plomb, ne cessait pas de les accompagner pendant tout leur séjour souterrain — gêne doublement justifiée : l'intérieur de la Terre est clos et son espace n'est pas adapté aux dimensions humaines.

Physiquement, les Mégamicres sont très jolis. En miniature, ils nous ressemblent tout à fait (pourquoi inventer un modèle plus heureux ?), ils sont, en plus, multiplement colorés. « La disposition des couleurs était remarquable. Les rouges avaient des grands yeux bleus avec l'iris rouge, et la prunelle verte, ils avaient les lèvres et la langue vertes... leurs ongles étaient verts comme leurs paupières... et ils ont au milieu le tétin vert. » Les rouges appartiennent à la classe supérieure. Ils dominent « les colorés » (les verts et les jaunes), qui gagnent, de leur moindre poids social, un surcroît de séduction. « Ces colorés sont "sans conséquence". Les verts sont si jolis qu'à notre goût ils sont plus séduisants que les rouges. Ils ont les cheveux, les sourcils, les lèvres, la langue et les ongles couleur de rose, et leurs yeux à fond blanc avec l'iris rouge et prunelle verte, pétillants et fendus à merveille, sont intéressants au point qu'ils obtiennent tout ce qu'ils veulent... Les rouges disent qu'ils sont dissimulés et qu'ils ne peuvent s'en cacher quand ils dansent [1]. »

---

1. *Icosameron ou Histoire d'Édouard et d'Élisabeth*, Spolète, Éd. Claudio d'Argentieri, 1928, t. II, p. 173.

Les rouges sont toujours prêts à faire des folies pour ces verts sans conséquence...

Inférieurs aux rouges qui représentent la caste des nobles, il y a les colorés et, encore au-dessous, les bigarrés (ceux-là n'ont aucun avenir mais ils peuvent faire rire et sont eux-mêmes de bonne humeur). La couleur est une donnée de naissance, mais elle ne se déduit pas de la couleur des parents. Des rouges peuvent engendrer des bigarrés ou l'inverse. La place que le Mégamicre est destiné à occuper dans la société est fixée par le hasard et elle ne peut être remise en question. Au centre de la Terre, pas la moindre trace de désordre. La société où arrivent Édouard et Élisabeth ignore l'ambition et la guerre. Quoique hiérarchisée (et bariolée) elle ne pratique pas l'esclavage. Cette « bonne » société selon Casanova réserve aux étrangers venus de la surface de la Terre un accueil très mitigé, dont les écarts suivent une division tripartite entre la noblesse, le clergé et le tiers état : les deux adolescents sont immédiatement acceptés et chéris par les nobles (d'abord ceux de la province où ils atterrissent, puis ceux de la cour), ils suscitent de la part du clergé une suspicion et une malveillance voilée et sont manifestement « l'objet de la haine et de la terreur de tout le peuple ». Mais cette haine est finalement impuissante. La carrière d'Édouard et d'Élisabeth est irrésistiblement honorifique et prolifique. Le récit de Casanova se donne pour euphorique.

Plaisir des yeux, la société mégamicre est également un plaisir des oreilles. Son langage est un chant, il est composé des six voyelles : *a, e, i, o, u,* ou, à l'exclusion des consonnes refusées pour leurs sonorités trop brutales. Cette musicalité élimine de même les questions de sens. On ne parle pas pour dire quelque chose (dernière des grossièretés) mais seulement en fonction de la tonalité du lieu. La conversation est un jeu d'harmonie. « Celui qui commence à parler donne le ton au discours, et à la voix de toute la compagnie, et en donnant ce ton il détermine la signification d'une grande quantité de mots. Il n'est permis dans l'assemblée à qui que ce soit de changer de ton : celui qui le change veut insulter ou faire rire : on chasse de la compagnie le premier ; on applaudit le second. Celui qui donne le ton est le maître de la maison, excepté le cas qu'il y ait une personne à laquelle il veuille céder cet honneur... À la cour, le ton ne peut être donné que par le roi, et il arrive souvent que sa majesté étant occupée, et tardant à paraître, la journée arrive à la moitié sans que personne ait pu parler que par la langue muette [1]. » Très loin au centre de la Terre, sous le feu des volcans, et par-delà toutes les spéculations des géologues, règne une société mélodieuse, figée dans un rituel de cour. À certaines heures, l'intensité musicale de ses silences fait vibrer le sol sous nos pas.

L'atmosphère d'un mauve pâle, la gaieté de couleur des habitants (un rassemblement de population doit avoir l'aspect d'un parterre de fleurs : touches vertes de leurs paupières, vif *punk* de leurs cheveux roses...), le charme de leur musique vocale, tout concourt à donner de l'intérieur de la Terre une vision désirable. Ah ! tomber avec Édouard et Élisabeth en ce centre paradisiaque et se réveiller aux sons d'une langue chantante !... L'utopie des Mégamicres dessine un espace de l'harmonie : « Le monde intérieur est le paradis terrestre, le jardin d'Éden. »

1. *Ibid.*, t. II, p. 92.

C'est du moins ce que Casanova voudrait croire et nous faire croire. Pourtant en dépit de la beauté des couleurs et de la musique des mots, rien dans ce lieu n'inspire le désir d'y rester. Cette répugnance à demeurer transparaît involontairement de l'utopie casanovienne, celle-ci ayant été écrite d'abord en remerciement au duc de Waldstein pour son hospitalité (les vrais sentiments de Casanova sur sa retraite sont parfaitement résumés dans sa phrase : « Le comte fit une folie à m'arrêter ; mais celle que j'ai faite à y consentir fut beaucoup plus grande »). Tout au long de cette longue fiction Casanova s'efforce de chanter la sagesse du bonheur en repos, contre les égarements des humains condamnés à errer, « chassés » sur la surface de la terre. Mais son chant est peu convaincant. Cette concavité fœtale, prétendument heureuse, en laquelle les Mégamicres baignent sur un mode indifférencié (ils n'ont pas de cordon ombilical, précise Casanova), dans l'ignorance des angoisses de la mort (celle-ci correspond à une date exactement prévue, aussi naturelle et sereinement envisageable que la date d'une naissance), produit un évident effet d'ennui et une sensation d'horreur.

L'ennui est dans la monotonie des paysages, si semblables que les Mégamicres n'éprouvent pas l'envie de voyager. Le centre de la Terre est sans diversité. La plupart de ses habitants meurent à l'endroit où ils sont nés, sans avoir été traversés du désir d'aller voir ailleurs. Il faut ajouter que la première raison de se déplacer (dans une optique libertine), à savoir faire des rencontres, n'existe pas : un Mégamicre est allié dès le début de sa vie à son « Inséparable », sorte de double nourricier qu'il/ elle

adore automatiquement. Les Mégamicres n'ont pas
d'histoires d'amour. Ils sont d'ailleurs tous du même
sexe ou plutôt hors sexe. L'intérieur du globe terrestre est uniformément asexué, le libertinage est
un jeu de la superficie. On pourrait imaginer
qu'Édouard et Élisabeth vont introduire quelques
étincelles de lubricité dans ce désert érotique. Nullement. C'est ici que le désintérêt du lecteur vire
à l'accablement... Faute de compagnie allogène,
les deux jeunes Anglais s'unissent sexuellement.
L'inceste est consommé sans problème et sans plaisir. « Le moindre repentir, le plus petit remords
n'apporta aucune altération à la sérénité de nos
âmes », déclare Édouard. Cette innocence, ajoute-
t-il, fut confirmée par la fécondité d'Élisabeth. Une
fécondité sans répit. Tous les neuf mois la jeune fille
met au monde des jumeaux, un garçon et une fille
qui eux-mêmes se multiplient par deux, etc., jamais
un impair. L'utopie casanovienne est un délire de
l'état enceint, et de la table de multiplication. (À la
même époque où il écrit l'*Icosameron*, Casanova
s'attaque au problème mathématique de la duplica-
tion du cube. On peut lire un très ancien signe de
ce goût de la multiplication dans le premier vol
auquel se livre Casanova enfant : « Ayant observé sur
une table un gros cristal rond brillanté en facettes,
je fus enchanté le mettant devant mes yeux de voir
tous les objets multipliés. Me voyant inobservé j'ai
saisi le moment de le mettre dans ma poche [1]. ») Élisabeth vit constamment enfermée dans sa chambre
et dans la gestation de ses deux prochains jumeaux.
On comprend que la suite ininterrompue de ses
grossesses n'en fasse pas un personnage très mobile

---

1. *Histoire de ma vie*, vol. 1, p. 7.

(ni volubile : Elisabeth est à peu près muette, on peut fantasmer tout au mieux sur la longueur de ses cheveux). Mais, de plus, où sortir quand on est au centre de la Terre ? Où est le dehors ?

Édouard et Élisabeth n'échappent à la mort accidentelle que pour tomber dans l'infini de la reproduction. L'énumération de leur descendance n'ouvre à l'imagination aucune perspective aventureuse (les petits Mégamicres qui pourtant sont eux-mêmes des êtres de la répétition n'en reviennent pas d'une telle endurance physiologique). Et l'on peut se demander s'il n'aurait pas été préférable qu'elle se noie dès les premières pages dans un splendide naufrage plutôt que d'aller languir en perpétuelle accouchée dans le ventre de la Terre.

Car, finalement, si l'on suit la trajectoire du récit de Casanova, que trouve-t-on à des milliers de kilomètres sous nos pieds ? Une boule de feu, un océan de lumière, un sphinx surdoué ? Non, simplement une maternité anglicane. Édouard et Élisabeth, lorsqu'ils parviennent à sortir du Paradis (leur sortie comme leur chute est un effet de hasard), abandonnent derrière eux un peuple de géants, dont le nombre et les dimensions sont une menace pour les mignons Mégamicres à taille d'enfant. Le couple quitte cette immense descendance sans regret apparent. Il s'éloigne avec la même indifférence de la perfection qui règne « là-bas »... Au pays des Mégamicres la nature est toute bonté. Ses jardins toutefois ont deux défauts que Casanova dénonce vivement :

1) Ils sont infestés de serpents (animal dont il avait horreur), qui empêchent les Mégamicres de cueillir les fruits.

2) Les jardiniers, parce qu'ils sont en rapport avec

les reptiles sacrés (les Mégamicres craignent et adorent les serpents, ils ne les tuent pas), sont d'une insupportable arrogance.

Comment croire et s'attacher à un paradis imparfait ? On y demeure plus par obligation que par conviction. Édouard et Élisabeth font bonne contenance autant qu'ils le peuvent. Ils se comportent, n'était ce débordement d'enfants envahissants, en invités bien élevés. Ils sont ravis de l'accueil, mais ne tiennent pas à s'attarder. Dès qu'ils en ont l'occasion, ils préfèrent retourner au « malheur » d'où ils viennent.

Dans l'*Icosameron*, au contraire de ce qui se passe dans le roman de Jules Verne où la descente est difficile et exige savoir, vouloir et courage, mais où le retour est accidentel et purement subi [1], c'est la remontée qui est véritablement voulue (elle correspond dans le texte aux chapitres les plus réussis) — la descente n'ayant été rien d'autre qu'une chute aveugle. En effet, pour atteindre au centre de la Terre, Édouard et Élisabeth n'ont eu qu'à se laisser tomber : une telle démarche ne suffit pas pour en faire des explorateurs. Dans le récit casanovien, l'exploit est uniquement dans le sens du retour vers la surface de la Terre. Elle seule vaut la peine de souffrir. L'utopie de Casanova renvoie par absence au seul prix de ce qui est. Lorsque Édouard et Élisabeth émergent sous un ciel de pluie, à nouveau exposés aux intempéries, à l'insécurité, au temps destructeur (réinstallés dans leur village natal, ils vieilliront à vue d'œil), on a le sentiment qu'ils

1. Le Pr Lidenbrock était fermement décidé à continuer ses recherches...

retrouvent quelque chose de beaucoup plus passion-
nant que tous les jardins d'Éden imaginables.

Le paradoxe d'un paradis qui est (presque)
exhaustivement décrit comme tel et qui ne suggère
en fait que l'envie de s'en faire expulser est encore
plus évident si l'on décèle aussi, à l'intérieur du récit
de Casanova, une composante de répulsion.

La seule question sérieuse qui se pose aux deux
rescapés est : comment se nourrir. L'utopie des
Mégamicres est obsessivement centrée sur la nourriture. En tombant dans cette société étrangère ils
découvrent un curieux mode d'alimentation. Les
Mégamicres, qui ont des dents non pas coupantes
mais en forme de boules blanches, se nourrissent
exclusivement de bouillies qui sont de plusieurs couleurs et qui « se conservent sur la table dans le même
degré de chaleur par une eau chaude qui est enfermée dans le corps du plat... À chaque mets, le
convive suce le lait de son voisin, qui le lui rend, et
qui décemment doit toujours être son inséparable...
La bouillie est leur manger, le lait qu'ils s'entre-
donnent est leur boisson [1] ». Cette nourriture infantile avec allaitement mutuel n'est pas pour inspirer
de l'appétit (malgré les dénégations de Casanova qui
nous répète que ces « mets de farine » sont exquis).
C'est pourquoi tout l'effort d'Édouard va être d'avoir
accès au jardin et de pouvoir manger les fruits
défendus afin d'être libéré de la dépendance et de la
honte de devoir téter des Mégamicres sans réciprocité de service. Le peu d'intérêt gastronomique de
ces fades bouillies et de ces étranges tétées (la première fois qu'ils boivent ainsi au sein des Méga-

1. *Icosameron*, t. II, p. 26.

micres — et ils en épuisent plusieurs — ils sont comme drogués et s'endorment d'un sommeil comateux) se teinte vaguement d'horreur quand surgit le soupçon que le lait pourrait bien être du sang : « Le repas dura une heure et je crois que nous n'aurions pas fini, si lorsque les derniers nous quittèrent nous n'eussions avec effroi observé quelques gouttes de lait qui tombèrent de leurs mamelons sur nos poitrines. La couleur nous fit croire que ce fut du sang. Cette vue calma notre insatiable appétit [1]. »

Le soupçon reste suspendu tout au long de leur séjour souterrain sans recevoir de preuve avérée. Il contribue à les éloigner de la boisson (lait ou sang) et, par là, de la communauté des Mégamicres. Les gestes par lesquels les Mégamicres se désaltèrent les uns les autres et auxquels on peut prêter quelque douceur quand on les pense comme d'allaitement, font un autre effet sur l'imagination si l'on se dit que toutes les fois au cours d'un repas où les participants s'étreignent, c'est pour se sucer le sang. L'image du don maternel est remplacée par celle de l'avidité du vampire. Et c'est elle qui finalement se révèle la vraie. L'horreur est dévoilée dans toute son étendue au sortir de la Terre, quand les personnages sont en mesure de la considérer comme du passé.

Édouard et Élisabeth accompagnés d'un Mégamicre fidèle (il va leur pêcher du poisson, des huîtres dont ils reconnaissent avec joie le goût oublié) sont sur le chemin du retour. Chaque jour leur apporte de nouveaux tourments : « Le douzième jour il s'éleva un vent qui venait du côté de la flamme (du volcan), chaud et puant au point qu'il nous causa un

1. *Ibid.*, t. I, p. 225.

fort vomissement... Le vomissement causa à ma
femme un violent mal de tête, dont elle se trouva
bientôt soulagée par une copieuse saignée du nez :
elle en remplit le quart d'une jatte ; mais ce qui nous
surprit fut la volupté, et le plaisir avec lequel notre
bigarré but en cinq reprises tout ce sang encore
chaud [1]. » Cette scène de sang, qui est une variante
d'un souvenir personnel raconté dans les *Mémoires*
(Casanova est dans la posture d'Élisabeth, le Mégamicre bigarré est « joué » par une noble espagnole
dont le vampirisme est à la fois plus indirect — il
prend la médiation de la magie — et plus meurtrier),
fait virer tout l'univers des Mégamicres du côté du
répugnant. L'innocence de leur nourriture végéta-
rienne, infantile ou sénile, était déjà en soi quelque
chose de peu désirable pour le vieux Casanova
qu'affligeait la perte de ses dents (Casanova est
indiscutablement un être carnassier. Se souvenant
d'une nourriture qu'il ne peut plus manger, il écrit :
« J'avais alors trente dents, dont il était difficile d'en
avoir de plus belles. De ces trente dents il ne m'en
reste aujourd'hui que deux : vingt-huit sont parties
avec plusieurs autres outils [2]. »). Elle devient absolument exécrable quand il apparaît qu'elle ne se soutient que d'une quotidienne et abondante consommation de sang frais.

C'est peu de dire que Casanova écrit un récit utopique guère entraînant, ni intellectuellement ni sensuellement. Dans ce monde de la sédentarité et de
la régularité, une seule chose sans doute le faisait
vraiment rêver : l'éternelle jeunesse des habitants du
centre de la Terre (elle suffisait peut-être à galvani-

---

1. *Ibid.*, t. V, p. 288.
2. *Histoire de ma vie*, vol. 1, p. 118.

ser son énergie). Pour le reste, il y a peu de point d'adhésion entre son goût de l'aventure et cette fiction d'un univers intégralement programmé, rarement événementiel.

Alors pourquoi avoir écrit l'*Icosameron* ? Sans doute pour réagir immédiatement et par un travail intense à l'ennui qui, aux premiers temps de sa retraite, menace de le terrasser. Mais dans le cas de l'*Icosameron*, au contraire de ce qui se passe avec l'écriture des *Mémoires*, c'est l'ennui ambiant qui est le plus puissant. Il pénètre ce texte d'imagination, au point que, si je m'interroge sur la place de Casanova dans ce tableau exotique, j'ai d'abord du mal à le situer, car je ne peux le voir ni avec les petits Mégamicres buveurs de sang ni avec les deux grands enfants procréants... Il est peut-être seulement, très fugitivement, dans les quelques phrases dédiées à une variété de chevaux aussi racés que mélancoliques : « Leurs chevaux sont fort chers, et très cher leur entretien : ils mangent des herbes, vieillissent facilement et meurent tous de mélancolie. C'est le seul animal qui ne rende aucun son de voix, effet, disent les Mégamicres, de son humeur hypocondriaque [1]. »

Je vois Casanova enfermé dans le même champ clos, il se meurt de silence et d'ennui avec les chevaux...

---

1. *Ibid.*, t. II, p. 43.

Le voyage dans les langues (qu'elles soient uto-
piques ou réelles) n'a de sens que comme aventure
érotique. Cette dimension venant à manquer, le
déplacement est une erreur, et l'apprentissage de la
langue du temps perdu (dans l'univers asexué de
l'*Icosameron*, la langue chantante a le statut décora-
tif d'une musique de supermarché ou d'aéroport ; ou
bien, dans la société « régénérée » de la France révolutionnaire, les mots sont définis dans l'optique de
la Vérité et non selon l'angle variable de la séduction).

Le voyage dans les langues est un voyage libertin.
Qu'est-ce à dire ? Le mot a plus d'un usage. Que
signifie-t-il appliqué au texte casanovien ? De ce
libertinage qui fut l'unique raison de vivre (et de parler) de Casanova, quels sont les traits essentiels ?

C'est un libertinage sans cruauté. Il ne suit pas la
division bien connue et multiplement romancée
(Sade, Laclos, Kierkegaard) du libertin et de la victime. Ce qui ne veut pas dire qu'il soit un libertinage
indistinct, fondu dans la confusion du monde. Il
implique un principe de lecture et la répétition d'un

scénario, mais selon une répartition des rôles incertaine, puisqu'elle suit la division des joueurs et des non-joueurs et que la mobilité est la condition même du jeu.

Les séductions casanoviennes sont des histoires sans lendemain. Casanova veut jouir, seulement jouir... « Dévirginer », posséder ou marquer des signes de son plaisir lui sont également indifférents. Il veut jouir, à tout propos, sous tous les prétextes, en tout lieu... En carrosse ou en gondole, dans les lazarets, les estaminets, sous les yeux des valets ou des libertins de qualité... C'est dans l'indifférence qu'une autre forme de cruauté est à l'œuvre (« pourquoi m'accabler d'indifférence », pleure Manon Balletti dans une lettre à Casanova), une cruauté qui, d'être sans objet, se conçoit comme irresponsable — et qui n'est, en fait, qu'un élément secondaire dans la problématique plus vaste de l'amour et de l'oubli.

II

L'AMOUR CHARLATAN

Inscrire l'oubli

La fortune, Madame, est journalière.

CASANOVA

Partir

Dans le temps libertin les premières heures du jour ne se donnent à voir que dans des circonstances bien précises qui, à elles seules, font événement. Le lever de soleil n'en étant pas un, non plus que les phénomènes accompagnateurs de l'aube. L'unique notation de rosée dans tout le texte de Casanova, qui pourtant n'a pas manqué de traverser matinalement des campagnes, concerne les yeux d'une jeune Romaine, Mariuccia, dont il écrit : « Ses yeux noirs, très fendus et à fleur de tête, et toujours remuants, avaient sur leur superficie une rosée qui paraissait un vernis du plus fin émail. Cette rosée imperceptible que l'air dissipait facilement reparaissait toujours fraîche au rapide clignotement de ses cils [1]. »

L'aube du libertin n'ouvre pas la journée. Elle est

1. *Histoire de ma vie*, vol. 7, p. 201.

un interstice entre une nuit de plaisir et un sommeil réparateur — un rai de lumière dont l'éclat naissant permet de mieux goûter la nuit.

Casanova a l'art des départs. Il sait prendre, ni trop tôt ni trop tard, « le beau moment de partir ». Jamais prémédités, ses départs s'exécutent rapidement, à peine sous l'effet d'une décision. Cette légèreté suffirait à distinguer le système de Casanova (si l'on peut appeler système sa détermination à se laisser aller où le pousse le vent qui souffle) de celui de Don Juan.

La pièce de Molière évoque, dès les premières paroles échangées entre Sganarelle et Gusman, l'écuyer d'Elvire, la surprise provoquée par le départ imprévu de Don Juan. C'est sous le choc de ce départ, immédiatement perçu comme un signe à interpréter, que débute le dialogue. Il ne peut donc qu'annoncer une demande d'explication. La fureur d'Elvire, son énergie à retrouver son séducteur, fait réponse au geste de s'éloigner d'elle qui, si négatif soit-il, lui est destiné. Fuir une femme, c'est encore s'adresser à elle. Et celle-ci ne s'y trompe pas, qui aussitôt emboîte le pas, se met en campagne, sans même prendre le temps de changer de costume. Don Juan, de son côté, doit d'autant plus multiplier les masques et les déguisements. Mais tous deux accomplissent le même parcours, se gâchent pareillement le voyage.

Casanova, au contraire, retranche ses départs du cours de ses amours. Ils n'en sont pas la conclusion et n'ont, d'ailleurs, aucun poids psychologique. Au plus, ils lui permettent de constater son absence de regrets : « Je suis parti avec la joie dans l'âme sans rien regretter. » Une telle formule ne doit pas se relier à la forfanterie d'une déclaration d'infidélité, mais plutôt à la forme vide d'une impatience. Détaché de ce qu'il quitte, Casanova utilise la possibilité du départ non comme une ruse d'infidélité, mais pour le répit d'un bilan. Il ne joue pas, non plus, de l'alternative : partir ou rester, avec ce qu'une telle incertitude implique de chantage affectif. Casanova aime à tirer les leçons d'un séjour. Leçons toutes pratiques, puisqu'elles tiennent essentiellement à l'examen de l'état de sa fortune et de sa santé.

Aux plus beaux jours correspondent abondance de bijoux, tabatières, lettres de change, habits et dentelles, et pas le moindre symptôme vénérien — cette santé s'entend comme une invitation au voyage pour Casanova qui appelle volontiers son sexe son « coursier ». Aux plus sombres jours, tels ceux qui suivent son retour d'Angleterre, s'attachent dettes et dénuement, maigreur squelettique et prolifération syphilitique.

Ses réflexions, de toute façon, ne portent en rien sur la qualité de ses amours récentes, mais seulement sur ses chances prochaines, sur ses atouts dans la poursuite du jeu. Et, si ses arrivées exigent le plus grand éclat, ses départs, par contre, visent au minimum d'effets. L'ellipse serait même leur forme idéale. À l'inverse du libertinage selon Choderlos de Laclos (que Vailland a pu schématiser d'après le modèle meurtrier de la corrida), la rupture, ici, n'est pas une figure décisive. À aucun moment elle n'est voulue par Casanova comme blessante ou seulement marquante. Qu'on le pleure en son absence ne renforce pas son sentiment d'existence. Il ne s'en fait nulle gloire. L'invisible de cette vie sans lui lui est aussi inimaginable qu'au rêveur un rêve où il ne serait pas. C'est dire que, profondément et malgré sa sociabilité facile (ou plutôt grâce à elle), Casanova ne voyage que seul. Quand il lui arrive d'être accompagné, c'est d'une femme qui a envie de partir en même temps que lui, non d'une qui ne pourrait rester sans lui. Coïncidence mobile, arrangement passager. Ainsi avec cette jeune fille rencontrée la veille à Breslaw dans la salle d'attente d'une baronne et à qui il avait aussitôt proposé « dans toutes les sages règles de l'étourderie » qu'elle devienne sa gouvernante. Contre toute raison, elle accepte et, le lendemain matin, est au rendez-vous. Casanova écrit : « La glace à ma droite étant baissée, je vois un paquet qui entre, je regarde, et je vois la demoiselle, dont en vérité je ne me souvenais plus [1]. »

Dans l'univers de Casanova, la liberté de déplacement est également le partage des femmes. Elle n'est pas le fait du seul séducteur qui après s'être attaqué avec plus ou moins d'habileté et d'opiniâtreté à la vertu d'une femme, l'abandonne à la sédentarité de son existence et à la fixité de sa douleur. Qu'elle soit ou non aventurière de métier importe peu. Il semble que Casanova révèle en toute femme sa disposition à en jouer le personnage. Non qu'il leur enseigne didactiquement l'exigence du libertinage : toute forme de préméditation et de comportement de principe lui déplaît. En ce sens, il est, encore une fois, à l'opposé de Don Juan à qui les femmes ne se livrent qu'après avoir elles-mêmes osé l'acte de trahir. Comme l'écrit Shoshana Felman « il est important de noter que, pour toutes les femmes séduites, accepter la promesse de mariage donjuanesque n'a été possible qu'au prix d'une rupture de promesse de

1. *Ibid*, vol. 10, p. 215.

leur part [1] ». Plus cette rupture est moralement
pénible, plus sera fort leur attachement à la promesse de Don Juan et plus elles donneront prise au
poison de sa trahison.

Il y a au contraire, chez Casanova, comme une terreur ou un total ennui de cet enchaînement de ruptures, dont il voit très justement qu'elles constituent
un lien aussi fortement linéaire que la fidélité la plus
obstinée. Son travail inverse, à la fois secrètement
dissolvant mais d'une innocence imparable, est de
ne jamais mettre en question un lien préexistant, de
se contenter de le neutraliser, face à l'insouciance et
au caractère absolument présent de son désir. Il ne
demande pas une rupture de contrat, mais simplement de céder à une tentation immédiate et de s'abstenir, le temps d'un plaisir, de toute référence à la loi.
Ni lui obéir ni la transgresser : évoluer entre les
mailles trop lâches de son filet — s'y faufiler, ou plus
ironiquement, une fois la jouissance obtenue, faire
quelques menus raccommodages, et même ajouter
une maille de plus...

Casanova n'est certes pas « l'épouseur du genre
humain » (Molière, *Don Juan*), mais il est un grand
découvreur d'époux. Ajoutant à la satisfaction de
jouir de la reconnaissance de la mariée, celle de vérifier, une fois de plus, combien tout — même les serments les mieux écrits — relève de l'art divin du
coup de théâtre. Si Casanova enseigne quelque
chose, ce n'est pas comment transgresser un ser-
ment, mais comment s'en passer. Ses amours,
cependant, ne se déroulent pas sur l'annonce avouée
de son infidélité, sur le programme cynique de leur

---

1. Shoshana Felman, *Le Scandale du corps parlant*, Paris, Le
Seuil, 1980, p. 57.

fin. Elles s'accordent librement tout le lyrisme des serments d'amour, mais ceux-ci s'entendent dans le pur enthousiasme d'une énergie exclamative. D'une façon très subtile, puisqu'elle est entièrement dépourvue de contenu, Casanova communique aux femmes qu'il aime le désir de surprendre et de se laisser surprendre, celui d'être prise au plaisir que l'on donne, comme d'être persuadée par l'effet de ses propres arguments. Et lorsqu'elles se décident à l'aimer, c'est en connivence avec cette vérité narcissique qui permet à Casanova de se dire d'abord « prévenu en sa faveur » et donc d'autant plus enclin à se vouer à celle d'autrui.

L' « enseignement » de Casanova serait plutôt d'ordre musical. Entre une femme et lui se chante un duo. Ils prennent ensemble le ton du monde.

Il n'y a pas, chez Casanova, de départs tragiques. On y pleure souvent et en abondance, mais dans les limites de la courte nuit qui précède le départ et non sans surveiller son partenaire du coin de l'œil pour ne pas donner le ridicule de continuer seul trop longtemps. En matière de pleurs (comme de sperme) Casanova donne volontiers l'exemple — histoire d'entraîner l'autre et lui-même dans de soudains débordements. Alors, caresses et pleurs se succèdent, se mêlent et s'intensifient jusqu'à ce brouillage dernier, ce vertige de perdition qu'est l'instant de la séparation. Puis, c'est le silence retrouvé, un moment de bonheur informulé auquel on croyait ne pas s'attendre. Mais la scène peut être rapidement interrompue comme en témoigne ce bref dialogue : « "Hélas ! je t'aime encore (gémit Casanova). — Ne pleure pas, mon cher ami, car en vérité je ne m'en soucie pas." Ce fut cette raison qui me faisant rire me fit cesser de pleurer [1]. »

Ce brusque passage des pleurs au rire est une juste indication du plan émotif sur lequel Casanova pratique ses départs. L'important pour lui est que ce soit le rire qui l'emporte. Et l'on comprend vite, à la lecture de ses *Mémoires*, qu'il était expert en ces bonds hors du malheur, en ces rétablissements (de justesse parfois), dans la sphère unique du plaisir. « J'ai envoyé à l'enfer la tristesse [2] », écrit-il dans son récit, à un moment où, tout jeune homme et sur la route de sa brève carrière ecclésiastique, il vient de perdre son argent au jeu et de se découvrir « les vilaines marques de la même maladie » dont il y avait à peine deux mois qu'il était remis. Cette valeur absolue du plaisir contre toute espèce de résignation mélancolique est telle que l'on peut se demander si, dans la narration de son expulsion (hors de Paris qu'il est sommé, sur décret du roi, de quitter en vingt-quatre heures), l'amertume de l'événement n'est pas adoucie et peut-être même annulée par le texte de la lettre alléguant pour seule raison le bon plaisir royal. La notice d'extradition, en dépit de la peine réelle que Casanova en ressent, se transforme magiquement en une lettre personnelle où le roi, par une sorte de redoublement de caprice, se plairait à l'entretenir de la souveraineté de son bon plaisir. Qu'il en soit la victime ne l'intéresse que secondairement, sur le fond d'un accord essentiel.

On observe la même réaction lorsqu'il se trouve confronté au départ d'une femme encore plus habile à disparaître que lui. Ici aussi, comme à la lecture

1. *Histoire de ma vie*, vol. 2, p. 259.
2. *Ibid.*, vol. 1, p. 166.

d'un décret marqué du sceau du roi, il sait reconnaître l'énigme d'un pouvoir extérieur à sa volonté et, en l'occurrence, supérieur. La transcendance est indiscutable quand la femme rencontrée appartient à un ordre religieux et que les moments (mondains et peccamineux sans relâche) qu'elle a passés avec Casanova ne sauraient intervenir dans la suite de son emploi du temps.

Ce qui est le cas, par exemple, avec la « seconde M. M. », une jeune religieuse venue à Aix-en-Savoie pour y accoucher clandestinement et dont Casanova, à la faveur de sa ressemblance avec la première M.M., tombe amoureux, jouissant auprès d'elle de tous les plaisirs possibles, y compris celui de la téter (en parfaite illustration du tableau de Jean-Jacques Lequeu *Et nous aussi, nous serons mères*...). Sur ordre de la supérieure du couvent elle doit, du jour au lendemain, quitter Casanova. Celui-ci se lève à la pointe du jour pour la regarder partir. « À un quart de lieue d'Aix, j'ai vu mon ange qui allait à pas lents, et les deux béguines qui au nom de Dieu me demandèrent l'aumône. Je leur ai donné un louis, et le bon voyage. M. M. ne me regarda pas [1]. » Le secret libertin tire l'essentiel de sa beauté de n'ouvrir sur aucun pathétique. Quels que soient les égarements dont il se constitue, ils n'entament pas le tableau suivant qui peut avoir, s'il le faut, la simplicité d'une image pieuse...

Et même lorsque le décret n'émane pas d'aussi haut que d'une souveraineté royale ou divine, mais seulement de la bouche d'une femme, Casanova se soumet, le plus souvent, avec une étonnante souplesse à l'ordre qui lui signifie la fin d'une liaison. Il

1. *Ibid.*, vol. 7, p. 15.

ne discute pas, sachant d'expérience qu'on lui opposerait une nécessité trop objective pour être modifiable ou une raison trop irrationnelle pour être discutable. Comme si, sans aller jusqu'à la scène (figure définitivement ignorée du discours amoureux selon Casanova), même un effort d'élucidation était inutile. Peut-être parce que, pour lui, tous les événements psychologiquement douloureux se heurtent à cette maxime fondamentale : on ne discute pas avec la malchance, on se contente d'essayer de la déjouer.

Jouer

Jouer... déjouer... Le jeu est la folie propre au XVIIIe siècle... La passion du jeu, qui pointe déjà au siècle précédent, favorisée par l'oisiveté de la cour de Versailles, s'étend à toutes les couches de la société, déborde le cadre aristocratique à l'intérieur duquel elle s'exerçait. Elle triomphe avec le déclin du règne de Louis XIV, vers 1680. Avec cette expansion du jeu, c'est aussi l'art de tricher (de savoir « plumer la caille sans la faire crier » selon Goldoni) qui s'affine et se perfectionne... Désormais tout le monde s'adonne au jeu, hommes et femmes, riches et pauvres, nobles, bourgeois, fermiers, militaires perdent en quelques heures châteaux, commerces, terres... l'héritage de plusieurs générations, le travail de toute une vie. Le jeu bouleverse la répartition des fortunes, le prix de leur acquisition. Il conduit à un « encanaillement » généralisé. Comme l'écrit la princesse Palatine dans une lettre : « On veut avoir du monde pouvant jouer gros jeu, et les gens de haute lignée ne sont pas les plus riches. On joue donc avec toute sorte de racaille pourvu qu'ils aient de l'argent... »

Cette fureur du jeu a son foyer naturel en Italie et, plus précisément, à Venise. Les grands joueurs (et les meilleurs « Grecs [1] ») se recrutent parmi les Vénitiens. C'est que la république de Venise ne traite pas le jeu en activité parasite, mais lui confère la dignité d'une source de revenus officielle. Le jeu est à Venise « une manière d'institution publique qui, par l'impôt, rapporte annuellement quelque cent mille écus pour la seule salle du Ridotto [2] ». Le Ridotto était ouvert jour et nuit. Tous les jeux de hasard s'y pratiquaient. Les patriciens avaient le droit d'y tenir banque dans leur costume officiel (toge noire, dite la *veste*). Les autres y allaient masqués. Sur la plainte des familles désespérées par l'ampleur et le nombre de ruines qu'entraînait le jeu, le Grand Conseil ferme le Ridotto en 1774. Cela, loin de résoudre le problème, ne fait que disséminer dans toute la ville les lieux où l'on joue : le peuple joue dans les tripots, dans les cafés (il y a, à cette époque, deux cents cafés toujours ouverts)... Les gens plus riches louent des *casini*. Il est alors courant qu'une femme et son époux aient chacun le leur, sinon plusieurs... À l'intérieur même des théâtres il y a des salles de jeu où les spectateurs se rendent, entre les répliques d'une comédie ou deux airs d'opéra...

Mais Venise n'est qu'une représentation extrême de ce qui se passe dans toutes les grandes villes d'Europe, certaines ayant leur spécialité : ainsi Gênes a un goût particulier pour le biribi, à Londres

---

1. Le « Grec » est celui qui est « habile à corriger la fortune ».
2. Maurice Vaussard, *La Vie quotidienne en Italie au XVIIIᵉ siècle*, Paris, Hachette, 1959, p. 180.

c'est le pari qui domine (les gens parient sur tout, et en particulier sur les combats de coqs ou d'hommes), ou bien en Hollande, c'est la bourse : Bernardin de Saint-Pierre écrit : « Quelquefois on y marchande des villes, des provinces ou des couronnes... » Sans oublier l'étonnante bourse des tulipes...

Casanova illustre parfaitement l'empire de cette passion, et ses *Mémoires* peuvent se lire comme une encyclopédie de tous les jeux possibles.

Aussi multiples et variés que les prénoms de femmes, ou que les noms de villes, les noms de jeux ponctuent ses récits. Litanies de nuits blanches, de matins de chance, de périodes de « guignon » (la fin de son séjour à Corfou se résume ainsi : « J'ai appris ce que c'était un homme en guignon... »). Casanova a autant de plaisir à jouer (« ponter ») qu'à tenir la banque. Son excitation à miser sur une carte n'est pas moindre que celle qu'il éprouve à « tailler » (« couper », distribuer) les cartes.

Tout lui plaît : *tric-trac, brelan, tontine, quinze, passe-dix, bassette, hoca* (jeu de hasard qui a été introduit en France par Mazarin et ses nièces), *trente-et-quarante, vingt-et-un, lansquenet* (jeu de cartes apporté en France, au moment des guerres de Religion, par les mercenaires allemands), *piquet, pour-et-contre, échecs, dames, hombre, barcarole, marseillaise, primiera*... Jeux de cartes ou de dés, de commerce ou de hasard... Mais il a une prédilection pour les jeux de hasard, où gagner est plus une question de goût du risque que de mémoire ou de calcul.

C'est pourquoi deux jeux reviennent dans ses *Mémoires* avec une fréquence obsédante :

— *le biribi* (dit aussi « biribi-la dupe »), jeu de

hasard qui se joue entre un banquier et un nombre illimité de joueurs. D'un nombre égal de numéros, le banquier en tire un qui est le seul gagnant. Le joueur qui a misé sur ce numéro reçoit soixante-quatre fois sa mise. L'excédent des enjeux est pour le banquier ;

— et surtout : *le pharaon* que Casanova adore... Le pharaon est la rage du XVIIIᵉ siècle (Voltaire qualifie Paris de « grand jeu de pharaon »). On y joue avec des cartes françaises, entre un banquier et un nombre indéterminé de pontes qui peuvent miser à droite ou à gauche. Le banquier retourne alternativement ses cartes à droite ou à gauche. La plus forte fait gagner le côté où elle est posée. Le banquier double la mise de ce côté et ramasse les mises du côté opposé.

Casanova a passé plus de la moitié de sa vie à jouer au pharaon...

Tricher

Il faut lire en témoignage de cette rage de jouer le très joli livre d'Ange Goudar, aventurier et ami de Casanova, qui publie en 1758, à La Haye, chez l'Habile Joueur, rue du Hasard, *L'Histoire des Grecs ou de ceux qui corrigent la fortune au jeu*. Il pose ce principe de base que « le plus honnête joueur est un fripon ; et que cela ne diffère que du plus ou moins », et il développe méthodiquement les différents modes de tricherie selon le jeu pratiqué (la multiplication des jeux rend le travail de ces spécialistes de plus en plus difficile, ce qui oblige à créer des « écoles de duperie »...).

Ainsi pour la roulette : « Un Grec géomètre trouva

un moyen. Il fit faire une roulette où les cases d'une couleur étaient plus grandes que celles de l'autre », ou pour le lansquenet : « On mettait dans chaque jeu une carte plus large que les autres », ou pour le pharaon : « On changea les tours grossiers dont les anciens Grecs s'étaient servis en tours d'adresse de nouvelle invention. Mais comme ce jeu est entièrement combiné à l'avantage du banquier, et est lui-même une espèce d'honnête friponnerie, on le réduisit à trouver des pontes, c'est-à-dire des dupes... »

Mais « la dextérité », sans se contenter des données mêmes du jeu, peut mener à des conduites plus inventives : par exemple, la machine du trente-et-quarante (due à un Grec à imagination), « c'est un tuyau de fer-blanc, que les Grecs mettent le long du bras, qui contient deux jeux de cartes qui se glissent dans leur main ».

L'ordre des Grecs réserve une place de choix aux femmes : « Outre les *Louisons*, les *Fanchons*, les *Janetons* et les *Marions*, il y avait aussi les dames titrées dans l'ordre. *Mme la Marquise du Pharaon* était de celles-ci. Il y avait trente ans qu'elle faisait parler d'elle dans Paris, quoiqu'elle en eût à peine quarante. C'était un de ces génies prématurés chez qui la débauche prévient l'âge... Elle avait levé chez elle une banque de pharaon, où il n'y avait point de prédilection dans les injustices : tout le monde y était également dépouillé... » Goudar cite d'autres dames titrées parmi lesquelles *la Baronne de la Dupe*, *Mme la Vicomtesse du Berlan*, et cette Grecque « à talents » surnommée *la Religieuse* : « Elle avait d'abord eu une vocation si décidée pour devenir Grecque que, dans son séjour au couvent, elle avait filouté toutes les religieuses au jeu de l'oie... »

Pour reprendre les classifications de Goudar,

Casanova fut certainement un Grec titré (au moins *un Marquis du Pharaon*). Il se définissait aussi comme « voyageur » et « duelliste » (en opposition aux « Grecquillons », « sédentaires » et « poltrons »). Mais, surtout, il fut assez habile pour que son appartenance à cette vaste nation ne puisse jamais être prouvée...

Pour une morale de l'irresponsabilité

La dominante *c'est la faute à pas de chance* n'est pas pour favoriser les tortures morales et les implications de responsabilité. L'irresponsabilité est bien la formule de base du comportement casanovien. Est-ce à dire, comme le pense R. Abirached (« De quoi témoignent ces éclipses et cette frivolité sinon d'une radicale impuissance à assumer les charges d'une vie d'homme [1] ? »), qu'elle signifie un défaut de sens moral, une dérobade systématique face à une exigence reconnue ? On peut aussi y lire, au lieu d'une solution de facilité, d'un immoralisme invertébré, un signe d'allégeance à une *éthique différente* qui, excentrée des bornes de l'individu et de son pouvoir d'action, se soumet sans restriction aux aléas d'une combinatoire « supérieure ». Ou du moins ressentie comme telle, non parce qu'une volonté supérieure s'exprimerait à travers elle (encore que Casanova ait toute sympathie pour la notion de Providence), mais surtout parce que, en regard de sa complexité formelle, il est impossible d'évaluer le poids véritable d'une action et même de lui assigner

---

1. Robert Abirached, *Casanova ou la dissipation*, Paris, Grasset, 1961, p. 123.

un auteur. L'irresponsabilité généralisée qui domine tous les récits de Casanova est celle d'un joueur. L'Europe entière vécue aux dimensions d'une salle de jeu. Ce qui loin d'être une réduction doit s'imaginer comme une incessante démultiplication des possibles, à la faveur de ce décollement imperceptible qui nous fait, de nos actes, les complices occasionnels. Cette coïncidence s'inscrit dans la chance d'un moment. Il suffit pour l'effacer de la malchance du suivant.

Casanova ne voit pas dans le jeu une sorte de raccourci de la vie, l'intensification, sur quelques secondes, d'un processus normalement réparti sur de nombreuses années. Au contraire du joueur de Dostoïevski, Casanova n'utilise pas le jeu comme mode démoniaque d'accès à une réalité quotidiennement neutralisée par la croyance en une efficacité (bonne ou mauvaise) des efforts volontaires et de leurs enchaînements de conséquences. Le jeu, pour Casanova, ne révèle rien par-delà la vie quotidienne, aucun secret de perdition, aucune fatalité inhumaine. C'est la vie elle-même qui n'existe que dans et par le jeu [1].

Modèle et réalité, le jeu est l'instance suprême. Celle qui, en tant que passion dominante, affaiblit toutes les autres : « Les jeux de hasard étant permis partout, l'amour filé ne pouvait pas avoir grande force [2] » (« l'amour filé » dont la meilleure expression nous est évidemment fournie par Pénélope). Ou encore, comme l'écrit Hamilton : « J'avais senti

---

1. Le fait que la loterie ait été interdite sous la Révolution est certainement, aux yeux de Casanova, un argument de plus contre le nouveau gouvernement français.
2. *Histoire de ma vie*, vol. 2, p. 100.

pétiller mon argent au moment qu'il avait lâché le mot de cartes et de dés [1]. » Le jeu est une ivresse, une pulsion irrésistible. Exclusif de l'amour passion, le jeu s'inscrit par rapport à l'amour libertin dans une même chaîne. Car c'est l'argent gagné au jeu que Casanova a le plus de plaisir à dépenser pour une femme et, réciproquement, les faveurs de cette femme favorisent sa chance au jeu. Les deux se provoquent et se répondent dans l'insouciance de l'avenir et l'euphorie d'une jouissance imméritée. En cas de discordance, si la malchance au jeu devance la fin d'aimer, l'amoureux s'incline et laisse le joueur aller tenter sa chance ailleurs. Cette dominante du jeu sur les intrigues amoureuses (à tel point qu'il arrive à Casanova de les traduire en langage de jeu, parlant par exemple d'aller « se refaire » auprès de Thérèse ou de Marion) n'interdit pas tout souci de responsabilité. Simplement, il s'agit d'une responsabilité flottante et que n'importe qui peut assumer si les circonstances font qu'il (ou elle) se trouve là, et que la situation l'inspire.

La responsabilité, comme le désir, est une question de rencontre. Elle n'exige pas plus que celui-ci la persistance d'une mémoire, la consistance d'un sujet. L'éthique libertine n'ignore pas complètement le problème de la responsabilité, elle le pose autrement, à partir d'une indifférenciation des acteurs, qui leur permet de se remplacer. Le dernier survenant reprend la scène où son prédécesseur (« le responsable ») l'a laissée. C'est l'un des services que se rendent mutuellement les libertins que ce rôle de doublure (mais en référence à quel acteur véri-

1. Antoine Hamilton, *Mémoires de la vie du comte de Gramont*, *op. cit.*, p. 38.

table ?) qu'ils acceptent occasionnellement de jouer les uns pour les autres. La règle d'infidélité indissociable des hasards de la fortune s'adoucit de l'assurance d'une continuité, retorse, certes, et tracée en pointillés selon des espacements irréguliers, puisque là suite de l'aventure est confiée aux imprévus de l'amitié et de la résistance de constitution de la personne abandonnée.

Ainsi des amours d'un joueur acharné et grand libertin, Crosin, encore nommé : Croce, della Croce, de la Croix d'Espagne, etc., au gré de cette liberté patronymique propre aux aventuriers et qui décèle un rapport à la responsabilité quelque peu flou. Le Nom du Père y est renvoyé à l'incidence d'un épisode de parcours. Il n'est guère plus décisif qu'une mauvaise mise. Ce dont témoigne clairement ce départ soudain de Crosin qui, obligé de quitter Spa et la jeune femme qu'il a mise enceinte, s'en remet aux bons soins de Casanova : scène qui se répète plusieurs fois dans les *Mémoires*, avec ou sans l'élément d'une paternité aussi légèrement jouée et perdue. Et, à chaque fois, Casanova y prend la place fidèle et traîtresse de substitut : « Mon cher ami, me dit-il, un de deux : ou me tuer dans l'instant, ou partir tel que je suis sans retourner un seul moment à la maison. Je vais à Varsovie à pied, je sais que tu auras soin de ma femme, car tu l'adores et tu lui rends justice. C'est à toi à lui donner l'affreuse nouvelle que ma destinée m'oblige à la laisser. Assure-la que si je vis, je me remettrai en fonds et la rejoindrai... Après ces paroles il m'embrasse en versant toujours des larmes, et il s'en va sans manteau, sans autre chemise dans sa poche, en bas de soie, une canne à la main, et il me laisse là immobile, pétrifié et au désespoir de devoir aller donner cette affreuse nouvelle à une femme grosse qui adorait ce malheureux qui, cependant, l'aimait. [1] »

Sans lui réserver la curiosité fascinée et envieuse qu'il a pour Saint-Germain, Casanova est lié à della Croce par une sympathie de partenaire, non dépourvue d'admiration. Il est intrigué par le caractère mystérieux d'une force de séduction dont il est bien placé pour apprécier les effets. Interrogation de professionnel : l'autre saurait-il quelque chose à quoi lui-même n'a jamais pensé ? Ce professionnalisme ne s'oppose pas à une approche plus esthétique. Casanova aime la nudité des départs de son ami. Non moins que de la maîtresse que cet ami lui laisse, il tombe amoureux d'une silhouette qui s'éloigne en bas de soie, une canne à la main...

Il reconnaît en Croce un puriste, quelqu'un qui vit le départ sans pittoresque inutile, dans sa seule solution de rechange au suicide. Partir ou se suicider. Si les joueurs se remplacent volontiers auprès d'une amante abandonnée et négligent, chose rare dans le monde libertin, d'évaluer la situation en fonction de leur amour-propre, c'est sans doute qu'ils estiment, tel le jeune homme de *Point de lendemain* de Vivant Denon, « qu'il n'y a point de mauvais rôle pour de bons acteurs » et que l'essentiel est que le spectacle se poursuive. Cette continuité n'est en rien contradictoire avec la ténuité ou la brièveté du rôle. Ce sera donc de bonne grâce qu'on accepte toutes les propositions de personnages à jouer, parfois dans une ignorance totale de l'ensemble de la pièce. Qu'il s'agisse de suppléer à l'absence d'un amant ou bien, comme dans le texte précité de Denon, de se laisser prendre par un mari maussade pour l'amant en titre

---

1. *Histoire de ma vie*, vol. 10, p. 293.

d'une dame, se faisant jeter à la place de ce dernier, de façon qu'il reçoive, *lui*, quand il arrivera au château conjugal, un accueil pleinement confiant... Aucune vertu dans tout cela, aucun goût du sacrifice. Rien de plus qu'une complaisance, un sens amusé et amoureux de l'à-propos. Sur la scène du plaisir, tous les rôles sont beaux à condition qu'on n'excède pas les bornes de son personnage, qu'on ne s'oublie pas au point de se croire irremplaçable, ou encore d'infléchir la pièce dans le sens d'une tragédie.

Pour Casanova, le départ de son ami est plus un geste d'élégance qu'une marque de démission. Il ne fuit pas ses responsabilités. Il passe la main à qui se trouve, pour le moment, être en chance. La chance, hélas ! ne suit pas le nouveau couple. Et Casanova qui, d'après les recommandations de Crosin, a conduit Charlotte à Paris, a la douleur de la voir mourir quelques jours après l'accouchement.

Le cadavre de Charlotte n'était pas compris dans la pièce. Le rideau tombe. Reste un homme vieilli, frappé d'une peine qu'il a du mal à surmonter et condamné, s'il ne la surmonte pas, à abandonner définitivement le théâtre. « Quand je fus seul, écrit Casanova, j'ai vu que si je n'oubliais pas Charlotte j'étais un homme perdu [1]. »

Cette disparition purement subie et qui échappe à toute interprétation hédoniste n'ouvre pas sur un nouveau tableau avec redistribution des rôles (ou des cartes). La mort, chez Casanova, est l'événement antithéâtral absolu, l'inconvertible même. Elle est la limite du libertinage. Ce dont aucune autre rupture, même cruellement infligée, ne se rapproche. C'est

1. *Ibid.*, vol. 10, p. 309.

pourquoi l'injonction d'oublier, parce qu'elle porte, avec la mort de Charlotte, sur un souvenir douloureusement persistant, doit s'entendre sans réserve émotive ni distance mondaine. Casanova en la proférant, sait qu'il lui faut compter avec le temps — un temps qui, au contraire du temps libertin inépuisable en commencements et peu sensible aux dénouements, ne mène qu'à la mort.

Henriette

Si la souffrance du deuil est ressentie comme une menace mortelle, celle de l'amant abandonné est toujours réparable. Elle ne s'accompagne pas de ressentiment et n'enlaidit pas la figure aimée. C'est pourquoi Henriette demeure, de toutes les images de femmes qui animent les *Mémoires*, l'une des plus belles. Elle est l'héroïne d'un récit parfait dans l'ordre de la mythologie de Casanova :

La rencontre est tumultueuse, le déroulement de leurs amours uniforme et heureux avec pour moment fort la découverte du talent de violoncelliste d'Henriette. Le dénouement a la netteté d'une césure.

Henriette, malgré la facilité avec laquelle s'opère son transfert de la protection d'un officier hongrois à celle de Casanova, reste jusqu'à la fin une présence à la fois offerte et secrète, dont les décisions dépendent de données sur lesquelles Casanova n'a pas prise. Et c'est sans doute la limite stricte d'un interdit (« ... je te prie de ne pas être curieux de mon histoire », déclare-t-elle à Casanova) qui rend encore plus précieux le prix de sa possession physique. Faire l'amour avec Henriette est un plaisir unique et qui, à se répéter, ne diminue pas. Il maintient intact, sans aucun commencement de réponse, l'émerveillement de cette question : quelle est donc cette femme ?

Phrase à se dire dans un jardin, la nuit, seul et perdu dans la volupté de ses pleurs et de ses peurs...

Une des forces du récit de Casanova est qu'il pose dès l'abord, dans la plus grande clarté visuelle et avec le plus profond détachement intérieur, l'impossible de l'identification d'une femme. Et cela dans l'intensité érotique, sans que s'ébauche jamais la tentation d'un renoncement. Le texte des *Mémoires* est sous-tendu d'une curiosité insatiable pour le sexe féminin. Cette curiosité est vécue comme insensée et ne devant pas espérer l'ombre d'un apaisement. Ce qui donne à tous ses récits la grâce particulière d'être à la fois non conclusifs et jamais déceptifs. C'est dire que l'érotisme de Casanova, sans déprécier l'acte sexuel, en faisant même l'objet de tous ses désirs et de ses procédés, n'y voit nullement un point final, ni même le moment d'une révélation. Celle-ci, rêve ou projection, précède.

La première rencontre d'Henriette est d'un corps caché sous les draps. C'est de sa curiosité pour ce drapé, pour tout ce qu'il laisse à imaginer, que naît l'amour de Casanova. Le dévoilement progressif de la beauté réelle d'Henriette n'ajoute rien. Il est intéressant de noter que, voulant saisir par l'image filmique « l'énigme » de la femme et de son plaisir, Antonioni (dans *Identification d'une femme*) ne nous donne finalement à voir, au plus près du corps désiré, qu'un froissement de drap, une mouvance sans dessein assignable. Écran d'un drap tendu sur une jouissance dérobée que l'on retrouve, autrement

formulée, dans cette déclaration de Casanova :
« L'amour, ma chère, donne carte blanche. Ni écriture ni garants... »

S'agissant d'Henriette, c'est une vérité qu'il est superflu de lui rappeler. Le seul fragment de son passé qu'elle permette à Casanova de connaître (par l'intermédiaire de l'amant qu'elle est en train de quitter) lui raconte, en abîme, la fin prochaine d'une histoire qu'il n'a pas encore commencée. En plus d'un effet certain de redoublement de séduction de la part d'Henriette, Casanova (et avec lui le lecteur ou la lectrice) succombe à la fascination de ce premier narrateur : il avait été d'abord intrigué par la silhouette très féminine d'un jeune officier qui partageait avec un militaire plus âgé une chambre située vis-à-vis de la sienne. Récit fait à Casanova en latin, car c'est la seule langue par laquelle puisse s'exprimer l'actuel compagnon d'Henriette. Ce qui introduit à cette belle scène où Casanova, faisant office de traducteur, fournit à l'officier hongrois le dernier volet de son histoire, à savoir l'imminence de son abandon et les clauses précises qu'il lui faudra observer. « Je désire, me dit-elle, qu'il laisse que j'aille me loger toute seule où bon me semblera, et qu'il m'oublie au point de ne pas s'informer à Parme de ce que je suis devenue, et de montrer ne pas me connaître si par hasard il me rencontrait quelque part [1]... » Casanova traduit fidèlement la sentence de séparation, non sans remarquer combien ces « terribles paroles » étaient dites « d'un ton aussi sérieux que doux, et sans nulle émotion ». On pourrait mettre au compte de l'incommunication linguistique l'extrême formalisme de cette rupture. Mais trois mois plus tard,

---

1. *Ibid.*, vol. 3, p. 28.

lorsque Henriette lui signifiera à son tour la fin de
la romance, il se heurtera à la même déclaration. Et
bien qu'il comprenne le français, il n'en sera pas
moins victime de cette douceur sans réplique. Casanova, la mort dans l'âme, obtempère. Il conduit lui-
même Henriette à Genève, déterminé pour des rai-
sons inconnues comme le lieu de leur séparation.
C'est le plein hiver. Elle part à la pointe du jour.
Casanova fixe longtemps la route vide.

  « Ne pouvant partir que le lendemain, j'ai passé
tout seul dans ma chambre une des plus tristes journées de ma vie [1]. » L'infortune, comme la fortune, est
journalière. Et la très grande distance temporelle
qui sépare Casanova du vécu de ses *Mémoires* ne
l'empêche pas de continuer d'évaluer les événements
en fonction de malheurs ou de bonheurs concrètement cernables : une semaine, une journée, un quart
d'heure de malheur... Cette précision, cette obstination à se rappeler tous les détails d'un bon ou d'un
mauvais quart d'heure, loin de les relativiser, leur
conserve tout le vibrant d'une émotion actuelle. Elle
est juste à l'opposé d'une émotion romantique qui
se réfère à des unités temporelles aussi vastes et
indéterminées qu'une éternité. Mais, là où le libertin parle en termes d'aménagement et d'emploi du
temps, le romantique suit les mouvements de son
âme.

  En réalité, la soumission de Casanova à l'instance
d'effacement d'Henriette n'est pas parfaite. Il y a
bien, de la part de Casanova, une tentative de rébel-
lion. Pour lui, la loi d'oubli posée par Henriette (« un

  1. *Ibid.*, vol. 3, pp. 75-76.

plaisir » que les circonstances l'ont forcée à demander...) ne va pas de soi.

« *Oubliez-moi* est bientôt dit, s'indigne Casanova. Sachez, madame, qu'il se peut qu'un Français soit le maître d'oublier, mais qu'un Italien, si je le mesure par moi, n'a pas ce singulier pouvoir [1]. » Ce rappel de sa nationalité ne contredit pas son penchant pour la langue française, mais il indique que Casanova n'eut jamais envie de devenir français, qu'il tenait à sa différence d'origine et au caractère qui s'y attachait. Le frontispice de l'édition Brockhaus le dit clairement, qui affiche au nom d'auteur : *Jacques Casanova de Seingalt, Vénitien*. Et les milliers de pages qui suivent ne cherchent en rien à gommer l'empreinte d'une nationalité. Jusqu'à la fin de sa vie, alors même que ses déplacements seront limités, Casanova continuera de se considérer comme un voyageur ; jamais comme un immigré soumis à des contraintes d'adaptation. Casanova veut maîtriser la langue française dans l'exacte mesure où cette maîtrise n'est pas exclusive de ses italianismes. Italianismes soigneusement corrigés par l'édition Laforgue, comme pour confirmer ce jugement de Casanova qui remarque « qu'entre toutes les langues vivantes, qui figurent dans la république des lettres, la française est la seule que ses présidents condamnèrent à ne pas s'enrichir aux dépens des autres [2] ».

C'est donc aussi « l'immoralisme » d'une économie parasite et, plus largement, d'un mode de vie aventurier, que Casanova défend dans le choix complexe d'une adhésion linguistique (et même d'une adoration), qui serait une manière de parler son

1. *Ibid.*, vol. 3, p. 34.
2. *Ibid.*, vol. 1, préface p. XX.

étrangeté. C'est bien la langue française, mais parlée par un Vénitien, que Casanova cherche à imposer — sa langue française. Casanova conduit ses amours dans les règles du libertinage, mais à la condition que ces règles souffrent toutes les exceptions de sa sensibilité particulière. L'épisode « Henriette » manifeste les limites de « francité » de Casanova : il doit à l'avantage de parler français sa première complicité avec Henriette, mais parle en tant qu'Italien dès qu'il est question d'un affrontement. Or celui-ci porte sur l'un des points essentiels de la philosophie du libertinage : *oublier*.

Les mots sur la vitre

La demande d'oubli telle qu'elle est formulée par Henriette à son premier compagnon de voyage avant d'être, dans les mêmes termes, répétée à Casanova, est un des principes de base de la politesse libertine. *Oubliez-moi* n'est pas une exigence tragique mais le simple rappel d'une clause implicite dans le contrat de la rencontre libertine. Il ne peut obtenir de réponse négative, sauf si l'on fait la faute de l'entendre dans un registre psychologique. D'où la tranquillité avec laquelle Henriette passe de l'impératif au futur : « Je suis sûre que le capitaine est mon ami... Il m'oubliera [1]. » Dans l'univers libertin les partenaires doivent être assurés de la réciprocité de leur pouvoir d'oublier. La promesse d'oubli, qu'il serait inconvenant d'exprimer tout haut, mais à laquelle l'autre a toujours le droit de nous référer, est fondamentale : c'est d'elle que dépend la possi-

1. *Ibid.*, vol. 3, p. 33.

bilité de poursuivre le jeu — de l'interrompre pour
le poursuivre avec un autre — et donc la discontinuité nécessaire à l'entrelacs des désirs et des récits.
L'oubli libertin est lié à la temporalité du moment.
Le moment est un présent absolu, ignorant de ce qui
précède, peu soucieux de l'avenir : île flottante d'une
délicieuse inconsistance comme le dessert du même
nom...

Selon Crébillon fils, il n'y a pas à se forcer à
oublier. Le libertin oublie spontanément et il est
aussi facilement oublié. Ses agissements ne laissent
aucune trace. « Comment voulez-vous qu'avec ce
qu'on a à faire dans le monde, des gens que le
hasard, le caprice, des circonstances ont unis
quelques moments, se souviennent de ce qui les a
intéressés si peu ? Ce que je vous dis, au reste, est
si vrai, que soupant il y a quelque temps avec une
femme, je ne me la rappelais en aucune façon, que
je l'aurais quittée comme m'étant inconnue, si elle
ne m'eût pas fait souvenir que nous nous étions
autrefois fort tendrement aimés.

« Cidalise. — Je m'étonne que ce soit elle qui vous
ait reconnu. L'on prétend que nous oublions beaucoup plus que les hommes ces sortes d'aventure [1]. »

S'ensuit une courte discussion et l'on conclut, en
matière de manque de mémoire, à une exacte égalité des sexes. Chacun oublie autant, c'est-à-dire
complètement. Car l'injonction *oubliez-moi* porte
sur un oubli total. Il faut qu'il ne reste rien qui inter-
fère avec les images suivantes. Ce don d'amnésie
latent, aimablement tenu à la disposition d'autrui,
se préoccupe peu de vraisemblance psychologique.
Il y a là une inversion de notre notion moderne de

---

1. Crébillon fils, *La Nuit et le Moment, op. cit.*, p. 16.

l'oubli. Pour les libertins c'est le souvenir agréable
qu'il faut savoir « refouler », et c'est la personne que
l'on ne parvient pas à oublier qui est en droit de se
sentir offensée. Il y a, bien sûr, dans les *Mémoires* de
Casanova des exemples d'oublis involontaires (ainsi
lorsqu'il rencontre une *virtuosa* florentine qui, écrit-
il, « me fit cent caresses, me disant que je l'avais
aimée quand j'étais encore enfant et abbé. Elle me
dit des circonstances qui me démontrèrent la chose
très possible, mais je n'ai jamais pu me rappeler sa
figure [1] ») ; mais ceux-ci témoignent seulement
d'une limite. Ils n'acheminent vers aucun possible.
On peut même suspecter ces mauvais oublis, ces
trous narratifs, d'être dus à une erreur de gérance
de la présence amoureuse, à une fixation déplacée
qui a empêché le juste fonctionnement de l'oubli.

Casanova nous dépeint en la Valville, comédienne
dont il fait la connaissance lors de son séjour à
Pétersbourg, un parfait modèle en l'art d'oublier :
« Les filles françaises, qui se sont sacrifiées à Vénus,
ayant de l'esprit et quelque éducation, sont toutes
dans le goût de la Valville ; elles n'ont ni passion, ni
tempérament, et par conséquent elles n'aiment pas.
Elles sont complaisantes, et leur projet est un seul
et toujours le même. Maîtresses de dénouer, elles
nouent avec la même facilité, et toujours riant. Cela
ne vient pas de l'étourderie, mais d'un vrai système.
S'il n'est pas le meilleur, c'est du moins le plus commode [2]. »

Mais d'Henriette à la Valville, beaucoup d'années
sont passées, et « la commodité » qui en vient à

1. *Histoire de ma vie*, vol. 10, p. 84.
2. *Ibid.*, vol. 10, p. 156.

régner sur le style de ses aventures (non sans rapport avec l'incommodité majeure d'avoir vieilli) ne représente pendant longtemps pour Casanova qu'un pis-aller auquel il s'en remet par fatigue. Car c'est là l'ambiguïté difficile à soutenir du non-système casanovien et qui, si on l'ignore, fait de Casanova un vulgaire coureur de femmes, un crétin quelque peu chevalin également dépourvu de la rigueur philosophique du vrai libertin et de la délicatesse de sensibilité de l'amoureux. Or Casanova joue les deux, avec une semblable conviction et sans accepter l'ordre d'une prééminence ni la morale d'exclusion qui sépare ces deux registres.

Du libertinage, il refuse le système contradictoire avec l'émotion et le fond de pessimisme, clairement décelable chez Crébillon fils par exemple, dans cette définition de l'amour : « Ce qu'alors les deux sexes nommaient amour, était une sorte de commerce où l'on s'engageait, souvent même sans goût, où la commodité était toujours préférée à la sympathie, l'intérêt au plaisir, et le vice au sentiment [1]. » L'élaboration du plaisir libertin serait d'autant plus fine qu'elle reposerait sur un système privatif : manque de mémoire ou manque d'objet. En effet, il n'est jamais précisément déterminé si le libertin oublie facilement, selon une technique réfléchie du détachement ou, plus prosaïquement, parce qu'il n'y a rien dont se souvenir. Casanova de toute la vigueur de son appétit, s'insurge contre une telle perspective nihiliste mais aussi de toute la force d'une liberté qui le fait désirer être amoureux, dans le temps même où il se sait incapable de le demeurer.

---

1. Crébillon fils, *Les Égarements du cœur et de l'esprit*, Paris, Gallimard, 1977, p. 50.

Contre l'interdit de la philosophie libertine, Casanova veut aimer. Il est suffisamment jouisseur pour cela et pour avoir reconnu que si la philosophie pose des normes au plaisir — en particulier à celui de « perdre la tête » —, il vaut mieux se passer de philosophie. Casanova se dit, après avoir rêvé qu'il fait l'amour avec Henriette, « amoureux à la perdition ». C'est dans un rapport au rêve et à son antériorité sur le réel, que vient s'ancrer la démesure du sentiment amoureux. Henriette est unique, et Casanova veut l'aimer dans la croyance en l'irremplaçable. Naïveté et folie amoureuse qui le font s'indigner à l'idée d'obéir à l'ordre d'oubli imposé par Henriette. Mais elles coexistent avec une sagesse qui lui fait trouver cruellement superflue la prophétie écrite sur une vitre de la chambre d'hôtel où il revient, seul, après avoir assisté au départ de l'aimée : « *Tu oublieras aussi Henriette.* Elle avait écrit ces mots à la pointe d'un petit diamant en bague que je lui avais donnée [1]... »

Beaucoup plus discret et coûteux que d'écrire avec un rouge à lèvres (cette écriture grasse conviendrait mal, d'ailleurs, à la minceur hermaphrodite et à la brièveté stylistique d'Henriette). Plus durable aussi. Inscrite dans la transparence du verre, lisible sur la surface même du paysage que découpe la fenêtre, la phrase d'Henriette renvoie Casanova à un inconsolable provisoire, à une certaine dérision de son chagrin. Tandis que « l'oubliez-moi » libertin rappelle à la souveraineté du moment et que son intermittence est incompatible avec la continuité de la mémoire, le « tu oublieras aussi Henriette » éloigne de l'instant présent au profit d'une durée si constamment

---

1. *Histoire de ma vie*, vol. 3, p. 76.

oublieuse que la souffrance actuelle n'a aucune chance d'y résister. Henriette est véritablement intraitable en matière de rapprochements sentimentaux. Il émane de son personnage un courage froid et une netteté de comportement qui en font une des héroïnes les plus désirables de Casanova. Plus exactement elle est la distance même du désir. Sa disparition, telle celle de l'inconnue du film de Hitchcock (*The Lady vanishes*), ne laisse place qu'à une inscription sur une vitre de chambre d'hôtel ou de train (comme dans le film de Hitchcock), lieux de passage et d'anonymat où prend encore plus de relief la marque d'une signature. Mais là où celle-ci est le point de départ d'une piste (dans le cas du film de Hitchcock), elle est, au contraire, pour Casanova le point où toute recherche doit cesser.

S'il ne revoit jamais Henriette, Casanova retrouvera souvent la trace de sa disparition. Il la retrouve d'abord littéralement lors d'un arrêt à l'auberge des *Balances* (le 20 août 1760), après la rupture avec sa plus récente « gouvernante » qu'il laisse dûment épousée d'un honnête M. Lebel. « M'approchant de la fenêtre, je regarde par hasard les vitres, et je vois écrit avec la pointe d'un diamant : *Tu oublieras aussi Henriette*. Me rappelant dans l'instant le moment dans lequel elle m'avait écrit ces paroles, il y avait déjà treize ans, mes cheveux se dressèrent... Me comparant avec moi-même, je me trouvais moins digne de la posséder que dans ce temps-là. Je savais encore aimer, mais je ne trouvais plus dans moi la délicatesse d'alors, ni les sentiments qui justifient l'égarement des sens, ni la douceur des mœurs, ni une certaine probité ; et ce qui m'épouvantait, je ne me trouvais pas la même vigueur. Il me semblait cependant que le seul souvenir d'Henriette me la rendait toute [1]. »

Cette paradoxale inscription d'un nom gravé dans la prédiction de son oubli touche au plus juste du mouvement d'aimer caractéristique de Casanova qui, par-delà la clôture du boudoir libertin et la fixation obsessionnelle de l'amour passion, veut l'horizon d'une quête illimitée. De ce point de vue la rencontre libertine suit les mêmes règles que la rencontre picaresque. Ce dont témoigne cet ordre de Roland à Gil Blas : « ... Mais écoute bien les paroles que je vais te dire ; qu'elles demeurent gravées dans ta mémoire ! Oublie que tu m'as rencontré aujourd'hui et ne t'entretiens jamais de moi avec personne [2]... » Gil Blas, comme Casanova, appartient à un univers où ne se grave que ce dont il est convenu de ne plus parler.

Henriette est particulièrement chère à Casanova, pour la force d'un désir amoureux dont elle concrétise l'une des figures les plus heureuses dans la dynamique des *Mémoires*. Comme l'illustre le choix de l'auberge des *Balances* le prénom d'Henriette est en parfaite position d'équilibre entre l'unicité d'une personne aimée et la pluralité de toutes les autres (Stendhal lui aussi a fréquenté cet hôtel ; mais, apparemment, faute d'avoir obtenu la chambre de Casanova, il a manqué le message sur la vitre). La puissance d'oubli exigée par Henriette est une capacité d'aimer qui ne s'estime qu'au présent, jamais sous le signe du deuil ni de la nostalgie. Elle est tout à l'opposé

1. *Ibid.*, vol. 6, pp. 222-223.
2. Le Sage, *Gil Blas de Santillane*, in Romanciers du xviiie siècle, *op. cit.*, p. 636.

de l'inscription rêveuse, dans la poussière du sol, des initiales des femmes aimées par Stendhal : « La plus grande passion est à débattre entre Mélanie 2, Alexandrine, Métilde et Clémentine 4 [1]. » La question est de déterminer celle qui occupa le plus exclusivement et douloureusement son attention avec un maximum de frustration sexuelle (« dans le fait je n'ai eu que six de ces femmes que j'ai aimées », les autres étant à compter au nombre des « maîtresses adorées et qui vous comblent de rigueurs »).

Ces prénoms, manifestement, ne portent pas leur envers d'oubli. Ils ne prennent aucun risque à être écrits du bout d'une canne dans la poussière. Ils ont pour corollaire la terrible mémoire des amants malheureux, qui est aussi leur plus sûre possession. Car il est probable qu'ils perdraient quelque chose s'ils s'accordaient la distraction d'un plaisir.

Ce n'est pas comme un défaut mais comme la menace d'un affaiblissement morbide que Casanova considère l'inaptitude à oublier, à passer d'une femme à une autre. Car c'est bien de préserver un sens du passage qu'il s'agit. Le laconisme d'Henriette (le contenu de sa dernière missive se réduit au mot d'*Adieu*) permet le rebondissement du discours, l'invention de nouveaux épisodes.

Henriette, décidément exemplaire, fournit elle-même un très bel épisode, sans sortir du retrait de son « oubli ».

Il est cinq heures et demie du soir sur la route de Marseille, Casanova est accompagné de la jeune Marcoline (dont il dit : « Il me paraissait en la possédant de voyager avec le bonheur à mon côté. ») Ils

---

1. Stendhal, *Vie de Henry Brulard*, Paris, Gallimard, 1981, p. 39.

se disposent à rouler toute la nuit pour arriver le matin en Avignon, mais à l'entrée d'Aix-en-Provence le timon de la voiture se brise. Casanova accepte l'hospitalité des habitants du château le plus proche, qui se trouve être la propriété d'Henriette. Celle-ci vient à sa rencontre tout encapuchonnée à cause de la violence du mistral (Casanova n'est pas sensible au temps qu'il fait, sauf pour les incidences sur la dramaturgie de ses amours. S'il se souvient que ce soir-là il faisait grand vent, ce n'est pas pour le mouvement des arbres, mais pour la tempête dans les boucles de Marcoline — et, lui répondant en secret, pour le visage invisible d'Henriette sous son capuchon). L'étonnant de cette rencontre, qui avait été tant souhaitée par Casanova, est qu'à aucun moment il ne reconnaît Henriette, ni quand il se penche sur elle pour la relever d'une chute, ni, plus tard dans la soirée, quand il va prendre de ses nouvelles dans la chambre où elle s'est alitée, souffrant d'une entorse : « Elle était couchée dans un grand lit au fond d'une alcôve que des rideaux de taffetas cramoisi rendaient encore plus obscure [1]. »

Tout se passe comme s'il suivait à la lettre l'ordre qui lui avait été donné il y a longtemps de ne pas la reconnaître si le hasard venait à le remettre en sa présence. Cet aveuglement consenti est peut-être un hommage à l'énergie de plaisir dont continuent de vivre, en son absence, les femmes dont il est séparé. Un accord difficile, mais entier, sur leur don d'infidélité. Dans le monde de Casanova, il est finalement insignifiant de se revoir ou non. Ce qui compte, par-delà la diversité des partenaires et de leurs goûts, c'est la complicité d'un savoir. Ainsi avec

[1]. *Histoire de ma vie*, vol. 9, p. 80.

Mlle Vésian, jeune orpheline qu'il « lance » dans le monde : « Après sa sortie de l'hôtel de Bourgogne, je ne lui ai jamais parlé : quand je la voyais en diamants, et qu'elle me voyait, nos âmes se saluaient [1]. »

Dans la lettre d'Henriette que Marcoline remet à Casanova, après qu'ils ont atteint Avignon et donc qu'il est trop tard pour qu'il puisse revenir sur ses pas (comportement étranger à Casanova : ses retours, à l'exception de ceux qui se rapportent à Venise, ne peuvent qu'être accidentels, purs effets de coïncidence) il n'y a rien d'autre qu'une adresse et un prénom. La lettre elle-même est blanche.

Si Henriette décide de passer la nuit avec Marcoline, ce n'est pas contre Casanova. Et, lorsqu'en réponse à la phrase de Casanova qui se déclare non garant du sexe de l'individu qu'elle admet dans son lit, elle assure « très clairement, qu'elle ne risquait que de gagner [2] », il ne faut pas y lire une déclaration de compétitivité, un défi, mais plutôt la continuation de cette pièce érotique dont elle a déjà joué plusieurs morceaux avec Casanova, et toujours sans aucune garantie d'identité. Car la première fois qu'elle apparaît à Casanova, elle est habillée en militaire dans un uniforme « de caprice, et très élégant ». De son côté, Casanova se désigne alors, fémininement, du nom de famille de sa mère : Farussi.

Suite de déguisements où les changements de sexe font partie d'un plus à gagner en termes de dédoublements, dérobades et retrouvailles surprises. On doit aussi, et d'abord, oublier de quel sexe on est. Et

1. *Ibid.*, vol. 3, p. 195.
2. *Ibid.*, vol. 9, p. 82.

l'on se trouvera plus tard d'autant plus charmé de se souvenir de la diversité des rôles que cet oubli a rendue possible.

Multiplication des images, circulation des diamants : Henriette offre à Marcoline une bague de quatre pierres de première eau, de deux ou trois carats chacune (pour qu'elle puisse à son tour signer sa disparition ?).

L'oubli libertin est une licence provisoire que l'on accorde à soi-même et à autrui pour multiplier la chance des rencontres. En ce sens, il est bien ce qui a permis à Casanova d'accumuler l'exceptionnel matériau de ses *Mémoires*, ou encore, sans fatigue ni redite, d'aimer vivre.

Souvenirs fétiches

Ce don de l'oubli, ne serait-ce que parce qu'il se déploie sous la forme de Mémoires, n'est pas opposé au pouvoir du souvenir. Il y a même une continuité profonde pour Casanova entre l'oubli systématique qu'il pratique durant les deux premiers « actes » de sa vie [1] et le travail de récollection qui constitue l'occupation majeure du dernier. Car la question n'est pas tant d'un rapport temporel que de la permanence d'une suprématie : *celle du principe de plaisir*. Casanova choisira donc d'abord la plénitude du présent contre les entraves de la mémoire, pour s'absorber plus tard dans un tissage de ses souvenirs aussi oublieux que possible de la réalité qui l'entoure.

Écrire ses Mémoires est pour lui une activité radicalement nostalgique qui ne tend nullement à présenter un ensemble où la succession des années pas-

---

1. Réfléchissant sur son séjour à Londres, il écrit : « Ce fut la clôture du premier acte de ma vie. Celle du second se fit à mon départ de Venise, l'an 1783. Celle du troisième arrivera apparemment ici où je m'amuse à écrire ces Mémoires. La comédie sera alors finie, et elle aura eu trois actes... »

sées se trouverait reliée au moment où il écrit. Celui-ci n'intervient jamais à l'intérieur du texte comme une finalité ni dans l'accomplissement d'un sens qui, si horrible soit-il, suivrait la ligne inéluctable d'un déclin. Il est le pôle répulsif, aussitôt frôlé que rejeté, contre lequel se substantifie le souvenir. « Je déteste ma vieillesse, où je ne trouve du nouveau que dans la gazette [1] », écrit rageusement Casanova. L'ici et maintenant est le terme négatif de toute comparaison. Ce triste quotidien englobe pareillement le vide des journées et la bêtise des jardiniers allemands. Après avoir évoqué, dans l'enthousiasme de la réminiscence, les lits de gazon des jardins de la villa Ludovisi à Frascati, si propices à ses amours avec Lucrezia, il est ramené au château de Waldstein, lieu d'élection de *ce qui n'est pas* : « Ici, dans le jardin de Dux, j'ai vu un lieu dans ce goût ; mais le jardinier allemand n'a pas pensé au lit [2]. »

Casanova écrit ses Mémoires pour ne pas cesser de croire au plaisir. Un plaisir impitoyablement détruit, à chaque fois que lui revient, malgré toutes ses précautions, la conscience de son présent. L'entreprise réussit lorsqu'il est emporté par la diachronie de son récit au point de ne plus rien savoir du temps du calendrier : « J'en parlerai dans vingt ans... » Il se replace alors à cette époque où ses amantes étaient si jeunes qu'à les retrouver après une absence elles lui apparaissaient grandies et embellies.

Les feuillets de l'histoire de sa vie lui sont autant d'images fétiches de sa jeunesse. Il met à les rédiger et à vivre en leur compagnie la même ferveur qu'il

1. *Histoire de ma vie*, vol. 1, p. 138.
2. *Ibid.*, vol. 1, p. 239.

avait pu mettre autrefois à confectionner avec les cheveux de Mme F. un fin cordon qu'il porte autour de son cou. Avec le reste des cheveux (auquel il ajoute de l'ambre, du sucre, de l'angélique, de la vanille, etc.) il fabrique des dragées d'amour qu'il se plaît à consommer sous les yeux curieux de sa « déesse » (il a, en effet, beaucoup de mal à se résoudre à lui avouer « qu'il mange avec plaisir ses cheveux »). Cette gourmandise, où la frustration d'une autre possession est contrebalancée par une jouissance de sensualité immédiate (liée à son art de confiseur), n'est pas sans rapport avec la façon dont il confie à l'art de l'écriture le pouvoir de lui resti-tuer le goût de ses amours disparues. Il s'agit pour lui qui écrit ses Mémoires de mâcher et remâcher ses plaisirs passés, pour qu'ils adoucissent l'amer-tume de sa vieillesse...

Pourtant, ne dramatisons pas. Il est également vrai que Casanova n'a jamais cessé d'éprouver les effets de sa séduction et que celle-ci, par-delà l'artifice d'une division tripartite, éclaire indéfecti-blement toutes les phases de son existence. Il y a bien une vision désastreuse et par contraste de sa vieillesse, versant sombre et acariâtre d'un paysage tout couleur de rose, mais il ne faut y accorder qu'une crédulité relative. Ce tableau commode des âges de la vie permet à Casanova de s'épancher à loi-sir en jérémiades, radotages et mauvaises humeurs de toutes sortes. Coexistante de sa prodigieuse envie de plaire, il existe chez Casanova une ardeur belli-ciste et une force de résistance contre son entourage de plus en plus nette au fur et à mesure qu'il vieillit, tandis qu'il réserve au temps des Mémoires, au pré-sent de leur écriture, toute sa part d'allégresse. Cet aspect vivant de sa séduction ne passe pas inaperçu de la femme de Da Ponte. Celui-ci nous confie à la suite de sa dernière rencontre avec Casanova : « Ma femme avait été stupéfaite de la vivacité, de la faconde et de toutes les manières de ce vieillard extraordinaire. Après avoir pris congé de lui, elle désira connaître tous les détails de sa vie [1]... » Ce qui la saisit en sa présence, cette envie d'en savoir plus et de participer, au moins par le biais du récit, à ses aventures [2], n'est que l'écho de l'impatience et de la fébrilité dont s'animait Casanova lui-même à l'impact théâtral d'un événement de sa vie. Ce n'était donc pas pour avoir vécu que Casanova continuait de séduire, suscitant l'admiration protectrice qu'il est d'usage d'accorder aux petits exploits des vieillards prodiges, mais pour une intensité présente, une avidité dont la tonalité de ses *Mémoires* nous convainc justement.

Rencontres avec Lorenzo Da Ponte

En réponse à la demande de sa femme, Da Ponte entreprend de lui conter quelques narrations détaillées de la vie de son débiteur et ami. Histoire d'aider à passer le temps et surtout que le lecteur n'aille pas le confondre, lui, avec un aventurier de l'espèce de Casanova, sous le prétexte hâtif qu'ils seraient tous deux vénitiens et contemporains.

---

1. Da Ponte, *Mémoires et livrets*, Paris, Librairie générale française, 1980, p. 197.
2. Ils viennent, tous les trois, d'être renversés en pleine route, un des chevaux qui tiraient leur équipage s'étant emballé. Da Ponte est furieux pour les frais que cet accident lui occasionne, tandis que Casanova se paie de deux sequins sur la vente de l'équipage endommagé, pour laquelle il a servi d'intermédiaire.

Le portrait débute par l'affirmation globale des nombreux vices de Casanova et de ce qu'il lui en coûtait pour les nourrir. Des vices au lieu d'enfants, ou de leur équivalent d'aspirations morales. Dès lors tous les forfaits auxquels il est conduit pour leur donner satisfaction sont sans excuses. En parler même n'est moralement pas recommandé, mais il faut avouer qu'il en est de pas banals... Et Da Ponte de nous raconter l'épisode avec Mme d'Urfé sous les couleurs d'une affaire entre un gigolo et une vieille dame réticente. Celle-ci, convaincue par son miroir, aurait d'abord refusé les avances de Casanova. Il aurait alors tout simplement proposé de la rajeunir, en mettant à l'œuvre son « savoir » magique. Ce qui est une complète méconnaissance de l'affaire, puisqu'il fallait d'abord un goût partagé des sciences occultes pour qu'une intrigue se noue entre Casanova et Mme d'Urfé. L'un et l'autre ne voyaient dans l'épreuve sexuelle qu'un élément dans un projet beaucoup plus rare quant aux ressources imaginatives qu'il impliquait.

La banalisation du propos, sur le même fond de rationalisation et de moralisation continues, touche, hélas ! l'ensemble des *Mémoires* de Da Ponte. À partir de données objectives proches de celles de Casanova, il aboutit à un livre plat qui décourage tout plaisir voyeuriste comme toute velléité d'identification.

Entre Casanova et Da Ponte, qui, depuis leurs jeunesses vénitiennes jusqu'à leurs séjours viennois, ont de nombreux points de coïncidence, il y a cette coupure nette du départ de Da Ponte pour les États-Unis où il passe les trente dernières années de sa vie. Menacé d'être enfermé pour dettes, celui-ci s'est enfui *in extremis* d'Angleterre (encore un séjour anglais funeste !). Après un voyage atroce, il débarque à Philadelphie et se met en quête de travail. Arrêtons-nous une minute sur cette pensée : le librettiste du *Don Giovanni* de Mozart, gagnant sa vie comme épicier dans une petite ville de Pennsylvanie. « Je laisse à toute personne de bon sens, écrit-il, le soin de se représenter combien je pus rire de moi-même chaque fois que ma main de poète était amenée à peser deux onces de thé ou à mesurer quelques centimètres de tabac à chiquer pour un savetier ou un charretier [1]. » On ne peut s'empêcher de rattacher le caractère besogneux d'une telle fin — quand il échappera à l'épicerie, ce sera pour donner des leçons d'italien — à la tonalité moraliste, conjugale, absolument antidonjuanesque de ses *Mémoires*, qui sont un monotone plaidoyer pour la vertu non récompensée. Message qui, ainsi que le fait remarquer Julia Kristeva, est déjà à l'œuvre, bien qu'irrésistiblement transformé par la musique mozartienne, dans le texte du livret de *Don Giovanni* où « le point de vue du narrateur est le point de vue du moraliste, c'est-à-dire de la victime, en l'occurrence : de la femme séduite [2] ». La fin victimale de Da Ponte est en parfaite continuité avec son écriture. Elle sanctionne, entre « les deux directions qui constituent le mythe de Don Juan : le sens et la séduction, le "message" et la virtuosité [3] », la volonté malheureuse de s'en tenir à la première.

Casanova, qui adore l'opéra, n'entend que ce qui est du côté du chant. Il ne comprend rien à la

1. Da Ponte, *op. cit.*, p. 297.
2. Julia Kristeva, *Histoires d'amour*, Paris, Denoël, coll. « L'Infini », 1983, p. 188.
3. *Ibid.*, p. 188.

notion de nécessité. Le sérieux des préceptes vertueux, qu'ils lui enseignent la loi de la fidélité ou celle du travail, lui reste inaudible. Ce pourquoi, d'ailleurs, il ne s'y oppose même pas. Le Nouveau Monde pour lui n'existe pas — pas plus que l'univers du travail. Le plus bas qu'il condescende dans ce domaine, très fugitivement (et dans une honte telle qu'il préfère rompre avec toutes ses anciennes connaissances), est de jouer du violon dans un orchestre de Venise...

Ce ne sont évidemment pas les innombrables mensonges de Da Ponte (de ce point de vue il fait échec à tout souci de vérification) qui font la nullité de son texte ou l'ennui lisible de sa vie, mais l'arrière-fond toujours visible d'un souci de disculpation et de conformisme, préoccupation qui le conduit à une récriture des événements dans le sens d'un enchaînement rigoureux (à la manière dont on parle d'un hiver rigoureux), de causes et d'effets, de mauvaises gens et de pauvres victimes. Ce récit en oblique, où tout ce qui est dit doit aussi pouvoir servir de pièce à conviction dans l'élaboration d'un dossier, implique une hiérarchisation dans l'importance des « documents » présentés. Les détails ne valent que pour l'unité supérieure dont ils font partie.

Ainsi pris dans un emboîtement de nécessités, les quelques épisodes qui se rapportent à Casanova n'ont pas d'intérêt ; à l'exception, peut-être, d'un incident « puéril », une vétille que Da Ponte, pour la rendre compréhensible, est obligé de rattacher à la constante d'un trait de caractère. « Peu de temps avant les événements qui me forcèrent à abandonner Venise, une discussion puérile sur la prosodie

latine m'aliéna son amitié. Jamais Casanova ne
convenait d'un tort [1]. »

Le charme de cette anecdote, qu'il faut lire entre
parenthèses, puisqu'il est difficile de lui donner
une suite — c'est, d'ailleurs, cela même qu'elle
raconte —, s'il est inhabituel chez Da Ponte, est
typique des écrits de Casanova dont la progression
s'ordonne sur l'éclat d'un détail, l'émoi d'une vision
« pour soi ».

Une voilette de blonde noire

Le privilège du « pour soi », du plus près, au
contact même de la peau, triomphe, chez Casanova,
dans la précision du détail vestimentaire. Celui-ci,
par la richesse et la minutie de sa notation, contraste
avec le formalisme des dialogues qui ont, le plus
souvent, l'allure brusque et pressée d'interrogatoire
policier. S'agissant de dialogues amoureux, l'effet de
caricature est encore plus poussé. Ils sont traités en
simples formalités dont il n'y a guère plus à attendre
que le soulagement de s'en être acquitté. Le relief du
vêtement s'oppose également à la banalité des descriptions érotiques. Dans celles-ci le souci affiché de
décence s'y traduit par une adhésion soutenue aux
métaphores les plus stéréotypées. Souci de décence
ou indifférence réelle ? Le luxe descriptif du vêtement doit se lire pour lui-même ; non comme l'excès
déplacé d'une nudité interdite, mais comme le support véritable de l'histoire d'une vie et de son inscription immémoriale.

Se parer est avec (se) parler l'une des activités

1. Da Ponte, *op. cit.*, p. 200.

favorites de Casanova. On peut même penser que sa
parole était surtout conçue pour souligner et ponc-
tuer certains « moments » de son habillement. Et
que c'est de sa beauté, qu'il se pavanait, toujours
conscient de l'importance d'un plissé ou de l'élégance d'un parement. Cette attention passionnée à
la perfection du costume suffisait à éloigner Casanova d'une Révolution faite à l'instigation de « sans-
culottes », et dont la nouvelle répartition des rôles
sociaux devait aboutir à l'effacement de l'habillement masculin, réduit à servir de fond sombre à la
floraison multicolore et changeante, délicieusement
insignifiante, des robes de femme. Ainsi livrées aux
regards des hommes et à l'assurance de leur produc-
tivité économique, il n'y a pas à s'étonner que les
femmes aient à ce point compté sur les revues de
mode pour leur procurer du nouveau et l'excitation
d'une image à regarder : la leur ou celle d'une autre
mais en termes d'images peu importe l'appartenance
(ce que savait Casanova et qu'il n'eut de cesse de
fêter).

Au contraire de l'homme de notre société en perpétuel costume de deuil (deuil de son ramage ou
d'une femme qui veuille bien lui en prêter un), Casanova n'est jamais habillé pour le malheur. Je risque-
rai même que c'est à cela qu'il le reconnaît, à ce qu'il
s'allie systématiquement au ridicule d'une faute
d'élégance — ou, plus exactement, au désastre soudain d'une élégance qui n'a plus lieu d'être. À
Londres, lorsque au retour d'un bal chez la Cornélis, auquel assistait la famille royale, il est arrêté et
jeté à la prison de New Gate, son habit de cour
devient objet de risée. « À mon entrée dans cet
enfer, une foule de malheureux dont quelques-uns
devaient être pendus dans l'huitaine, fêtèrent mon

arrivée, bafouant en même temps ma parure [1]. » La
fête se renverse. Ne serait-ce que pour le faste de son
accoutrement, Casanova n'a pas de compagnon de
malheur. Le luxe effréné de son habillement, premier atout dans son ambition continuelle de « trancher du grand [2] », s'il provoque l'hilarité des autres
prisonniers qui y voient l'échec d'une imposture, a
pour Casanova le criant d'une erreur judiciaire. En
dehors de toute question d'innocence ou de criminalité, il lui paraît scandaleux qu'on ne veuille pas
s'apercevoir qu'un homme en habit de gala ne fait
pas un coupable convenable, encore moins un pri-
sonnier possible. C'était déjà ce qui, par le même
effet de discordance vestimentaire, avait donné à
son arrivée aux Plombs les allures d'une grossière
méprise qui auraient dû suffire à le faire relâcher
aussitôt — à supposer que ses juges aient eu assez
d'intelligence pour conclure, par déduction, que si
ce n'était pas lui qui s'était trompé de costume
(chose peu vraisemblable !), c'était assurément eux
qui s'étaient trompés de personne. Faute d'un tel raisonnement, ils font enfermer Casanova dans un
cachot sordide, tombeau de toutes les élégances :
« J'ai placé là mon beau manteau de bout de soie,
mon joli habit mal étrenné, et mon chapeau bordé
à point d'Espagne avec un plumet blanc [3]. »

L'étonnant est qu'il sera effectivement sauvé par la
force de cette frivolité ; un gardien viendra lui ouvrir
la porte de la cour du palais des Doges (ultime obstacle de sa difficile évasion) après l'avoir pris pour

---

1. *Histoire de ma vie*, vol. 9, p. 344.
2. Au sens de « prendre des airs de... ». *Histoire de ma vie*, vol. 9,
p. 344. Cette prétention frise souvent la provocation en duel.
3. *Histoire de ma vie*, vol. 4, p. 205.

un fêtard attardé qu'il aurait, la veille, enfermé par erreur. Même dans le genre traditionnellement discret de l'évasion, Casanova ne renonce pas à son bel atour : « J'ai mis mon joli habit qui dans ce jour-là assez froid devenait comique... J'avais l'apparence d'un homme qui après avoir été au bal, avait été dans un lieu de débauche où on l'avait échevelé [1]. » La méprise du gardien confiant dans les apparences rétablit l'injustice d'un système qui les ignore. Dans le monde de Casanova, le système judiciaire ne saurait l'emporter longtemps sur celui de la mode. De même pour le système économique. Notons que l'unique initiative de Casanova comme chef d'industrie (et non plus comme « chevalier d'industrie ») concerne une fabrique de soie peinte. Casanova, peu sensible à la loi du profit (le profit ne lui plaît que hors la loi et maintenu dans l'espace de l'imprévisible), est d'abord séduit par « la beauté des feuillages d'argent et d'or » des modèles d'étoffe qu'on lui présente. Puis par l'esprit légèrement faussaire ou mythomane de l'aventure, puisqu'il s'agira de vendre ces soies fabriquées et peintes en France pour des soies importées de Chine. L'initiative avorte rapidement et l'idée de cette manufacture, après qu'il en a épuisé toutes les ramifications libertines (au seul feuillage qui l'intéresse durablement), lui cause des bouffées d'ennui.

Au plaisir jamais décevant de s'habiller et de se montrer (les costumes, comme les spectateurs, varient à l'infini), Casanova ne connaît d'égal que celui, transitif, d'habiller et de montrer une femme. Éléonore et Clémentine, qu'il a connues au château de Saint-Ange, près de Turin, sont pour moi des figures peu marquantes, absorbées dans ce qu'on devine de la platitude de leur existence. De Clémentine on retient surtout, hors son prénom désaltérant, qu'elle faisait l'amour avec un abandon émouvant et qu'elle aimait beaucoup lire. En revanche, il n'y a rien de vague dans le souvenir des robes qu'il leur offre : « Une était de satin à raies vert pomme, et couleur de rose garnie de fleurs de plume ; et l'autre bleu céleste parsemée de bouquets de cinq à six couleurs, garnies de mignonnette à grosses boucles qui faisait le plus joli effet [1]. »

Cette précision de revue de mode n'est à rattacher à aucune femme particulière. La robe, ici, ne vaut pas métonymiquement pour la singularité d'une femme aimée. Au contraire de ce qui se passe dans Flaubert ou dans Proust, Casanova ne se souvient pas d'une robe pour le désir qui le liait à une femme. Et la force de son amour ne se mesure pas à la sensualité détaillée de ses descriptions. Celles-ci existent en soi (et en soie, qui, avec le satin et le velours, est le tissu préféré de Casanova). Elles appellent le lecteur non à partager un regard amoureux, mais à vouloir acheter la même robe pour lui, pour elle, pour une passante. La femme surgit, peut-être et par contiguïté, dans le prolongement d'un dessin à raies vert pomme. Ou bien dans la surprise d'un travestissement réussi.

Ainsi de l'arrivée de M. M. qu'il a d'abord désirée en habit de religieuse et qui lui apparaît maintenant

---

1. *Ibid.*, vol. 8, p. 269. Littré m'apprend que la mignonnette est un genre de dentelle. Il n'y a donc point de mignonnette sans le travail d'une mignonneuse : corps de métier plus qu'exsangue aujourd'hui

en habit d'homme, dans un costume « à la française ». « Assis sur un tabouret, j'examinais avec
attention toute l'élégance de sa parure. Un habit de
velours ras couleur de rose, brodé sur les bords en
paillettes d'or, une veste à l'avenant brodée au
métier, dont on ne pouvait rien voir de plus riche,
des culottes de satin noir, des dentelles de point à
l'aiguille, des boucles de brillants, un solitaire de
grand prix à son petit doigt, et à l'autre main une
bague qui ne montrait qu'une surface de taffetas
blanc couvert d'un cristal convexe. Sa baüte de
blonde noire était tant à l'égard de la finesse que du
dessin tout ce qu'on pouvait voir de plus beau [1]. » Au
détail de tant de splendeurs Casanova se sent
défaillir. Et l'on peut rêver que « la blonde noire »
est ce qui achève de lui tourner la tête et que, des
années plus tard, entendre dire que l'impératrice
Catherine II était une blonde qui s'était fait teindre
en noir (« bagatelle mais qui est cependant remarquable », note-t-il à juste titre !) dut lui causer le
même plaisir chavirant.

Cette autonomie visuelle du costume qui n'est pas
le signe d'un affect, mais la promesse d'un jeu
d'habillage et de déshabillage, évoquerait plutôt ces
planches en carton coloré où est représentée, à côté
d'un personnage gracieux et peu habillé, toute une
garde-robe à découper, dont chaque élément viendra
successivement se poser sur le petit mannequin. Les
vêtements portent aux épaules des languettes qui,
repliées, permettent à la robe, à l'imperméable, au
costume de plage ou de tennis de ne pas tomber de
la silhouette cartonnée. Plaisir patient de cette
vision en aplat de toutes les virtualités vestimen-

1. *Histoire de ma vie*, vol. 4, p. 48.

taires d'une personne. L'enfant y passe des journées entières. Casanova y dépense des fortunes.

C'est, en effet, par séries ou au nombre de trousseaux complets que Casanova préfère acheter des vêtements de femme. Pour la candide C.C. : « J'achète une douzaine de gants blancs, une douzaine de bas de soie, et des jarretières brodées avec des agrafes d'or, que je mets d'abord au haut de mes propres bas [1]. » Si Casanova goûte jusqu'au ravissement la transformation d'une religieuse en brillant officier ou celle, inverse, d'un jeune militaire en femme du monde, il ne se prive pas lui-même de secrètement s'émouvoir en fille vierge. Et dans la scène de défloration qui suit le cadeau des agrafes d'or, il n'est pas sûr que Casanova occupe autre chose qu'une place décorative.

Ou, pour cette garcette de Maton : « J'ai passé toute la matinée, écrit Casanova, à lui ordonner tout ce qui lui était nécessaire. Robe, chemises, bas, jupes, bonnets, souliers, et tout enfin, car elle n'avait rien [2]. »

Dans le fait de « nipper » une femme, Casanova peut déployer le talent démiurgique d'un costumier et, plus modestement, jouir des avantages secondaires du métier de femme de chambre : fonction dont il se réclame souvent auprès de la femme qu'il aime. Le vêtement alors est surtout prisé pour ses ouvertures — la profondeur de son décolleté ou la complexité d'un laçage compliqué — mais guère plus résistant que ne l'exige le degré de sophistication de l'intrigue. Il faut noter que, à la différence du schéma séducteur commun, la prédilection de

1. *Ibid.*, vol. 3, p. 251.
2. *Ibid.*, vol. 10, p. 220.

Casanova pour l'habillage est beaucoup plus marquée que son intérêt pour les gestes de dénudation qui, dans les *Mémoires*, s'embarrassent peu de détails. Qu'est-ce à dire ? que la nudité, pas plus que le spectacle de la nature, ne requiert un regard admiratif ? Qu'elle doit se concevoir non comme l'ambition finale d'un vêtement qui ne serait fait que pour être enlevé (et plus il serait réussi, plus il ouvrirait rapidement sur sa suppression, selon l'idéal d'un *strip-tease* permanent), mais plutôt comme une sorte de degré zéro du vêtement. Pour Casanova, entre le nu et le vêtement, c'est ce dernier qui constitue le terme « marqué », celui qu'hallucine et déploie le désir, qu'alimente le manque. « La mise à nu » renvoie au constat désabusé du pareil au même. Ou encore, c'est par ce qu'il montre plutôt que par ce qu'il cache que le vêtement attire Casanova. D'où le fait que les *Mémoires* déçoivent également une lecture transgressive et une lecture furtive de la sexualité. La dénudation intervient visuellement comme un spectacle particulièrement pauvre dont le vêtement nous divertit heureusement. Elle ne révèle rien d'autre qu'une certaine tendance physiologique à l'uniforme. Contre l'ennui du nu, la spécificité du désir s'attache à toute forme de bizarrerie (Casanova aime les monstres autant que les flots de dentelles), ou identifie la connaissance d'un corps à l'élégance détaillée de son vêtement. En ce sens, c'est l'habillage et non le déshabillage qui est véritablement signe d'intelligence sexuelle. Lorsque l'habillage est réussi, la question du déshabillage ne se pose pas. Elle va de soi, dans l'élision d'une nouvelle parure. C'est même sur un ultime habillage que culmine la scène d'amour entre Casanova et la seconde M.M. Non comme dernier degré d'affolement, mais parce qu'est venu s'inscrire là le détail le plus distrayant : « Je tire alors hors de mon porte-feuille un petit habit d'une peau très fine et transpa-rente de la longueur de huit pouces, et sans issue, qui avait à guise de bourse à son entrée un étroit ruban couleur de rose. Je le lui présente, elle le contemple, elle rit, et elle me dit que je m'étais servi d'habits égaux à celui-là avec sa sœur vénitienne, et qu'elle en était curieuse. "Je vais te chausser moi-même, me dit-elle, et tu ne saurais croire combien la satisfaction que je ressens est grande [1]." »

L'unique fois où, dans le texte de Casanova, l'idée fixe de la dénudation l'emporte sur les mille et une digressions de l'habillement (qui sont d'autant plus libres qu'elles s'inventent sur des écarts minuscules — tout se jouant toujours à la mignonnette près) conduit droit à la catastrophe. Et c'est, presque, la fin de l'histoire de Casanova.

Dans l'affrontement entre Casanova et la Char-pillon, celle-ci triomphe d'une butée du désir de Casanova sur l'impossible qu'elle lui révèle. L'inac-cessible de sa nudité ne faisant qu'un avec l'envers d'un mauvais vêtement, c'est-à-dire d'un vêtement clos : la longue chemise de nuit dans laquelle la Charpillon se recroqueville comme dans un sac (« je la trouve pire que vêtue [2] »). Les nombreuses déchi-rures que Casanova y fait (s'il le pouvait il réduirait la chemise, la femme, et toutes les mères et tantes qui la maquerellent en une même charpie !) ne lui procurent pas la moindre ouverture. Du vêtement au nu, il n'y a pas de passage, sinon comme saut dans

1. *Ibid.*, vol. 7, p. 9.
2. *Ibid.*, vol. 9, p. 298.

la mort. C'est seulement d'être parlée dans le vêtement que la nudité s'avère désignable, donc accessible. La chemise de la Charpillon est une invite au
suicide. La mise au défi « déshabillez-moi » est sans
solution de rechange. Casanova se décide pour la
noyade. Les poches lestées de plombs, il se dirige
lentement vers la Tamise. Il est sauvé par un libertin léger, très léger...

C'est peut-être en réponse au sentiment obscur
d'avoir été victime d'un mécanisme plus que d'une
hostilité personnelle (la Charpillon avoue qu'elle
avait l'intention de le faire souffrir avant même de
le connaître et sans raison particulière), que les
idées de vengeance de Casanova, en cette occasion,
ont tendance à faire appel à l'infaillible d'un mécanisme. Chose rare chez lui qui a plutôt la tendance
inverse de se jeter à corps perdu dans la vengeance,
dans un mouvement de jouissance analogue à celui
dont on voulut le priver. Mais cette fois, c'est comme
un mort que Casanova conçoit sa vengeance.

Il y a d'abord, bien qu'il la rejette immédiatement,
la proposition d'un ami qui vient lui présenter un
fauteuil à violer : « Ce fauteuil que vous voyez a cinq
ressorts qui sautent tous les cinq en même temps
d'abord qu'une personne s'y assied. Leur jeu est très
rapide. Deux saisissent les deux bras de la personne
et les tiennent étroitement serrés ; les deux autres,
plus bas, s'emparent de ses genoux, les écartant on
ne saurait davantage, et le cinquième élève le derrière du siège de façon qu'il force la personne assise
au croupion.

« Après m'avoir dit cela, Goudar s'assied, les ressorts jouent, et je le vois pris au bras et pour le reste
dans la posture où un accoucheur mettrait une
femme à laquelle il voudrait faciliter l'accouche-

ment. "Faites asseoir ici, me dit-il, la Charpillon, et votre affaire est faite [1]." »

L'horreur a des limites, comme le suggère à nos oreilles effarées l'adoucissement d'un conditionnel (« on ne *saurait* davantage... ») dans le boniment trop présent du démonstrateur convaincu.

Casanova refuse le fauteuil. Ce n'est pas au nombre des ressorts ni à l'automatisme du déclic que se remonte son imagination. L'évidence du fonctionnement de la machine, bien qu'elle lui garantisse la sûreté du piège, n'accroche en rien son envie de vengeance. Il préfère s'en remettre à un mécanisme plus incertain et à des effets plus troublants. Ce pourquoi il écarte le fauteuil et se procure un perroquet à qui il enseigne, en français, cet aphorisme familial : « Miss Charpillon est plus putain que sa mère » que l'oiseau ira propager sur les toits et les places de la capitale. À la grande joie du public, la Charpillon comprise, qui trouve l'histoire désopilante.

La préférence de Casanova pour la performance du perroquet, outre qu'elle correspond à l'un des traits de sa personnalité qui était d'avoir une prodigieuse mémoire littérale, illustre son goût certain pour le bruit. Quelle qu'en soit l'origine. Le bruit, en effet, et c'est là ce qui le rend si sympathique à Casanova, a l'avantage de couvrir et de brouiller l'idée de remonter à sa cause. Le bruit ne favorise pas les idées claires ni, plus généralement, toute attitude marquée de la volonté de savoir. Blessé au cœur de son amour-propre, Casanova confie à la publicité d'un numéro d'attraction foraine le soin de rétablir

1. *Ibid.*, vol. 9, p. 302.

son image. Loin d'enfouir l'affaire ou de sadique-
ment vouloir la régler entre cinq ressorts, c'est en
donnant le plus d'éclat à cet épisode intimement
pénible qu'il s'en libère.

Un éclat détaché de tout sujet vrai : le perroquet
est un très beau simulacre.

Briller

L'élégance selon Casanova n'est pas essentiellement soumission à un modèle, et son opposé n'est
pas du côté de la faute de goût. Si Casanova aime à
suivre la mode c'est, d'abord, en tant qu'elle émane
du caprice royal [1] et de ce condensé de tous les plaisirs que représente la cour. Être à la mode est l'un
des signes les plus repérables de l'appartenance à la
cour de Versailles. Mais c'est aussi comme expression privilégiée du moment, contre l'esprit de conséquence et de continuité, que la mode est une instance indiscutée. Celle qui correspond le mieux à
une structure temporelle fondée sur la nouveauté de
l'instant et sa profondeur d'oubli. Il y a entre la mode
et Casanova un accord si total, une telle complicité
d'existence, qu'il ignore à son égard les angoisses
d'un provincial ou d'un étranger, et peut ne l'utiliser

---

1. Du caprice ou de la nécessité... La baronne d'Oberkirch
raconte comment la reine Marie-Antoinette lance une nouvelle
coiffure : « À la suite de ses couches, les cheveux de la reine sont
tombés ; elle a adopté alors une coiffure dite à l'enfant. Cette coiffure basse à été prise successivement par la cour et par "la ville" »
(*Mémoires de la baronne d'Oberkirch*, Paris, Mercure de France,
1970, p. 20). Chute soudaine, avec celle des cheveux de la reine, du
niveau de toutes les coiffures féminines qui avaient irrésistiblement
tendance à toujours s'élever davantage, dans une parfaite indifférence au visage et au corps qui les supportaient.

que pour assouvir son goût dominant qui est, incontestablement, de briller.

La beauté d'une toilette est équivalente à son éclat.
L'élégance sobre, les gammes en camaïeu, les sophis-
tications opaques sont à ses yeux choses nulles
— de l'ordre de l'invisible. Sur la scène où il évolue,
il n'y a que deux pôles : le brillant et le néant. Le premier l'attire à proportion exacte de l'horreur que lui
cause l'autre.

« Je me suis mis un habit de velours ras cendré,
brodé en paillettes or et argent, une chemise à man-
chettes de cinquante louis de point à l'aiguille, et
mes diamants en montres, tabatières, bagues et
croix de mon ordre... et avec Marcoline qui était
brillante comme une étoile, je suis allé à une heure
et demie chez les ambassadeurs [1]. » La peine de la
séparation (Casanova remet Marcoline à l'ambassadeur de Venise qui rentre dans sa patrie, tandis que
lui-même continue son voyage vers l'Angleterre) en
est supprimée. On ne saurait souffrir et briller en
même temps. En revanche, on ne peut ainsi fulgu-
rer sans désirer et provoquer le désir.

De sa rencontre avec une très jolie Mme X. il écrit :
« Elle me fit d'abord des questions sur Paris, puis sur
Bruxelles, où elle avait été élevée, sans avoir l'air
d'écouter une réponse. Mes dentelles, mes breloques, mes bagues, la tenaient distraite [2]. »

Le but de l'élégance casanovienne est à la fois de
faire voir et d'aveugler, d'en « imposer » et de détourner l'attention. Le critère de ses choix vestimentaires
est, sans réticence, le voyant ; mais porté à un tel
degré d'incandescence qu'il devient déplacé d'y lire

1. *Histoire de ma vie*, vol. 9, p. 110.
2. *Ibid.*, vol. 6, pp. 41-42.

une forme de vulgarité — qu'il devient même impossible d'y lire quoi que ce soit, et qu'il convient avec la dame de Cologne de se laisser distraire. Sous couvert de cette distraction, le séducteur poursuit son projet. L'inattention de son interlocutrice le garantit d'un succès qu'il préfère devoir à l'éclat de ses breloques plutôt qu'au contenu de sa parole.

Le désir que Casanova tend à communiquer par l'apprêt de sa parure n'est de l'ordre d'aucune révélation à soi-même, encore moins d'un regard sur l'autre. Il est dans un accord d'absences, un engourdissement sous une lumière d'artifice.

À la figure « Habit » dans les *Fragments d'un discours amoureux*, Roland Barthes associe la toilette vestimentaire à des connotations plus funèbres que festives, et même particulièrement déprimantes. Après avoir rappelé l'usage banalement scatologique du terme de « toilette » et son emploi, moins connu mais beaucoup plus intolérable à un imaginaire amoureux, dans le langage de la boucherie et de la charcuterie (une membrane graisseuse qui protège certains morceaux !), il écrit : « C'est comme si, au bout de toute toilette, inscrit dans l'excitation qu'elle suscite, il y avait toujours le corps tué, embaumé, vernissé, enjolivé à la façon d'une victime. En m'habillant, je pare ce qui, du désir, va être raté [1]. »

Vision inverse de celle dont s'inspire le rituel d'une toilette libertine. Vision tragique d'une parure destinée à décorer ce qui, de notre attente, va être sacrifié. Vision qu'ignore absolument Casanova dans la mesure où, pour lui, la parure *est* le désir. Sans

---

1. Roland Barthes, *Fragments d'un discours amoureux*, Paris, Le Seuil, coll. « Tel quel », 1977, p. 151.

au-delà. Tout se passe dans l'étonnement d'un regard clignotant et qui cède sous la pression d'un éclat trop fort. La relation de désir chez Casanova est aussi un jeu paresseux. Il s'agit seulement d'accepter la nuit.

Cette approche éblouie d'un autre, en même temps exposé et supprimé, irradié dans le feu de ses diamants, implique un idéal vestimentaire inconnu de l'érotisme moderne. L'attention aux échancrures, aux ouvertures (encolures, braguettes, etc.), n'a de sens qu'en fonction d'un vêtement conçu comme habité et animé d'un corps. Ce que Roland Barthes souligne du charme d'une chemise ouverte ou de manches retroussées ne fait qu'un avec la conscience douloureuse d'une parure vouée à son fiasco. Le regard amoureux s'épuise à traverser l'inconsistance d'un tissu vers l'utopique dévoilement de l'être aimé. Pour Casanova, au contraire, c'est d'un vêtement vide et de l'émoi de ce vide — dont l'élégance du vêtement constitue l'inépuisable raffinement — que naît et se satisfait le désir. Le vêtement est désiré pour son brillant et pour son vaporeux. Aussi importantes que les pierres, ce sont les plumes et les dentelles qui font la beauté d'une toilette. L'intouchable dont participent les descriptions vestimentaires de Casanova n'est pas celui d'un déshabillé de boudoir, il se motive d'une violence plus ancienne et sans réciproque, telle celle qui rayonnait des manteaux d'or et de plumes que portaient les rois incas.

La nuit

C'est sur fond de nuit qu'une parure brille le mieux, tandis que la lumière du jour l'éteint. Celle-ci, plus adaptée à l'éclairage d'un panorama qu'aux subtilités d'un effet de moire, n'éveille pas d'intérêt de la part de Casanova. Pas la moindre notation de lumière naturelle chez lui. Venise n'est qu'un labyrinthe de palais, de couvents et de casinos où l'on se rend masqué, à la nuit tombée. Dans cette optique le soleil sur le Grand Canal ne fait ni chaud ni froid. Il faut être singulièrement dépassionné pour le remarquer, ou bien peintre. À lire les *Mémoires* de Casanova, on apprécie dans toute sa primeur l'invention dix-neuviémiste du voyage touristique, avec sa rubrique obligée : l'Italie, qui comme chacun sait : « Doit se voir immédiatement après le mariage. Donne bien des déceptions. » Pour ne rien dire des Italiens « tous musiciens, traîtres [1]... »

S'il arrive à Casanova de parler de lumière du jour, ce n'est jamais qu'antithétiquement et pour désigner exactement son contraire : l'éclairage brillant d'un salon. Enthousiasmé des promesses d'avenir d'une de ses jeunes amantes, il déclare : « C'était une fille que j'allais mettre à la lumière du jour et à laquelle j'allais donner l'éducation du grand monde [2]. » Il va donc lui désapprendre la régularité du rythme solaire et l'initier à la vanité des reflets nocturnes. C'est dire qu'il va lui apprendre, accessoirement, à

1. Cf. Flaubert, *Dictionnaire des idées reçues.*
2. *Histoire de ma vie*, vol. 10, p 214.

le quitter sans hésiter pour la seule perspective d'une plus belle robe.

Le jour russe

Casanova n'aime pas la Russie où il reconnaît peu d'art de vivre hors celui de fabriquer des poêles géniaux (de même que Venise posséderait, selon lui, le privilège de savoir creuser les meilleurs puits). Une certaine rudesse de comportement lui déplaît : « L'esprit des Russes, note-t-il, est énergique et frappant. Ils ne se soucient d'adresse ni de tournure ; ils vont violemment au fait [1]. »

Mais, plus géographiquement et non sans lien avec ce qu'il déteste d'une mentalité trop directe, il ne peut s'accommoder d'un pays où règne, par périodes, un jour continu : « C'était vers la fin du mois de mai où on ne voit plus de nuit à Pétersbourg. Sans le coup de canon qui annonce que le soleil est descendu sous l'horizon personne n'en saurait rien. On peut y lire une lettre à minuit, la lune ne rend pas la nuit plus claire. C'est beau dit-on, mais cela m'ennuyait. Ce jour continuel dure huit semaines. Personne n'allume durant ce temps-là des chandelles [2]. » Et, comme il entend dire que le même jour implacable ne sévit pas à Moscou, il part aussitôt pour cette ville, impatient de retrouver la nuit.

1. *Ibid.*, vol. 10, p. 136.
2. *Ibid.*, vol. 10, p. 125.

La bagatelle d'une syphilis

*C'est donc à vous que je dois être recon-
naissant du présent qu'elle m'a fait ?
— C'est une bagatelle, et d'ailleurs vous
pouvez guérir, si cela vous amuse.*

CASANOVA

*Syphilis. Plus ou moins, tout le monde
en est affecté.*

FLAUBERT,
Dictionnaire des idées reçues

Toute rencontre érotique se double du spectre
d'une maladie vénérienne, plus ou moins mortifère
selon la tristesse d'âme des amants ou la faiblesse
de constitution des partenaires. Spectre lui-même
double, mais dont la dualité — entre blennorragie et syphilis — a fait longtemps question. Au
XVIIIᵉ siècle, comme nous l'apprend Pierre de
Graciansky, la confusion persiste : « Même une
approche expérimentale ne trancha pas le problème.
Hunter (1767) s'inoculant lui-même vit à la fois évoluer syphilis et blennorragie et entretint la confusion. Il fallut l'expérience d'Hernandez (1812) inoculant la seule gonorrhée non suivie de syphilis à dix-

sept forçats du bagne de Toulon pour apporter un argument scientifiquement décisif [1]. » Ces hommes s'étaient sans doute vus condamnés au bagne et à une blenno... De toute façon, la morale s'en trouve réconfortée qui, fondée sur le postulat d'une indistinction entre culpabilité et mal vénérien, triomphe au XIXe siècle et domine encore de nos jours. L'expérience d'Hernandez affiche la perniciosité de ce raisonnement : si la maladie vénérienne prouve la culpabilité, à un certain degré de culpabilité reconnue, il devient insignifiant d'en être ou non atteint. On peut donc vous l'inoculer sans scrupule.

C'est au début du XXe siècle (1905) que le tréponème pâle, germe responsable de la syphilis, est isolé et identifié. Sa pâleur, sans doute, ne suffisant plus à le dérober à l'acuité des méthodes modernes de dépistage.

Pour en revenir à Casanova, dont la science n'est pas de l'ordre des préoccupations majeures, il n'eut qu'à s'en remettre au hasard des pulsions pour faire connaissance avec le problème. C'est ainsi que, par le beau jour anniversaire de ses dix-huit ans alors qu'il est enfermé au fort de Saint-André, au large de Venise, il attrape sa première maladie vénérienne. Il la doit à une Grecque, qui s'offre à lui en échange d'une lettre de demande d'avancement pour son mari. Ce « lugubre accident », par sa nouveauté, a sur le jeune homme un effet épouvantable. « Mon lecteur ne saurait se figurer ni le chagrin ni la honte que ce malheur me causa. Je me regardais comme un homme dégradé [2]. »

1. Pierre de Graciansky, *Les Maladies vénériennes*, Que sais-je ? n° 58, p. 10.
2. *Histoire de ma vie*, vol. 1, p. 140.

Il consulte un « spagiriste », praticien de la médecine hermétique de Paracelse, et guérit en six
semaines. À cette première atteinte d'un mal qu'il
devait rencontrer souvent au cours de ses aventures [1], Casanova répond avec toute l'intelligence
pratique et la rapidité qu'il met à se défaire d'un
gêneur ou à se venger d'un ennemi. Lorsque son
corps rencontre les germes de la maladie, il réagit
vivement, dans une sorte de chaleur combative, non
comme à un poison lent (sur le mode de l'intériorisation et du ressentiment). Il réagit, de plus, en
connaisseur, avec la curiosité quasi professionnelle
qu'il eut toute sa vie pour la médecine, qui avait été,
ne l'oublions pas, son premier choix de carrière :
« Ma vocation était celle d'étudier la médecine pour
en exercer le métier pour lequel je me sentais un
grand penchant, mais on ne m'écouta pas ; on voulut que je m'appliquasse à l'étude des lois pour lesquelles je me sentais une aversion invincible... *Si on
y avait bien pensé, on m'aurait contenté en me laissant devenir médecin, où le charlatanisme fait encore
plus d'effet que dans le métier d'avocat* [2]. » Sa prédilection pour la médecine, conçue comme lieu d'élection du charlatanisme (et il faut voir ici une allusion aux succès « médicaux » de Cagliostro, rival

---

1. *Ibid.*, vol. 6, p. 157. Casanova s'émerveille que son valet n'en
soit qu'à sa première vérole tandis que, dit-il, « j'étais peut-être à
ma vingtième. Il est vrai que j'avais quatorze ans de plus que lui ».
Pour nous rassurer ou nous décevoir, une note de l'édition Brockhaus nous indique : « Le Pr. Von Nothafft (*Sexuelles und
Geschlechtskrankheiten* in *Casanovas Memoiren*, Dermatologische
Wochenschrift, vol. 57, n° 46, 47, pp. 1339-1351 et 1366-1383) énu-
mère huit infections survenues chez Casanova jusqu'en 1760.
D'ailleurs il croit que Casanova a beaucoup exagéré non seulement
à cet égard mais aussi dans les descriptions de sa vie libertine »
2. *Ibid.*, vol. 1, p. 51.

honni de Casanova), se vérifiera plus d'une fois dans
son existence. Pour ne citer qu'un exemple, c'est
comme médecin ou comme magicien que Casanova
s'impose au sénateur Bragadin. En matière de carrière, peu importent les années d'étude.

Malade, Casanova met à se soigner un talent de
guérisseur qui, chez lui, est indissociable de la justesse de sensation du jouisseur. C'est dans une telle
harmonie que réside le secret de la force de son tempérament, qui lui permet de survivre là où beaucoup
d'autres meurent. Ainsi d'un ami, Patu, dont Casanova nous dit : « Il aimait le beau sexe autant que
moi mais malheureusement pour lui, il n'avait pas
un tempérament si fort que le mien, et il paya de sa
propre vie [1]. » Dans le cas de Casanova, il semble
que l'amour du plaisir puisse inclure la maladie qui
en est, parfois, la conséquence. Non dans une soumission à un enchaînement de cause à effet, mais
plutôt dans une confusion entre les deux — comme
si à un niveau profond d'unité (en regard de laquelle
il est indifférent d'isoler la cause véritable) plaisir et
maladie ne se contrariaient pas. Le risque de la
maladie n'excite pas au plaisir, en un jeu infantile
avec la punition, mais ce risque, puisqu'il existe, doit
être affronté et accepté avec le désir.

La maladie vénérienne est un danger parmi
d'autres. Il est surtout désolant par sa banalité.
Casanova, lorsqu'il descend en Calabre, dit redouter
davantage la tarentule et le chersydre : « La maladie
qu'ils donnent me paraissait plus épouvantable que
la vénérienne [2]. » Mais encore pires peut-être et,
selon Casanova, favorisées par l'affaiblissement psy-

1 *Ibid.*, vol. 3, p 137.
2. *Ibid.*, vol 1, p. 197.

chique consécutif au traitement par le mercure (qu'il considère comme un métal impur et très dangereux), il y a les crises de dévotion fanatique, la bigoterie aiguë : « ... dans ces six semaines, j'ai gagné avec la compagnie de de La Haye une maladie beaucoup plus mauvaise que la v..., et dont je ne me croyais pas susceptible... Je remerciais Dieu de bonne foi de s'être servi de Mercure pour conduire mon esprit auparavant environné de ténèbres à la lumière de la vérité [1]. » La vérole n'est donc nullement le mal absolu, celui halluciné par le XIXᵉ siècle et dont la marque est l'équivalent d'une malédiction d'existence qui, pour être à ce point entière, rejoint celle de l'artiste [2] !

C'est d'ailleurs dans un espace relationnel que Casanova situe le phénomène vénérien, non — ce qui est sa première erreur, qu'il ne renouvellera plus — au sens où il verrait dans la maladie un fléau, punition ou haine qui lui serait personnellement destiné, mais plutôt sur un mode économique. La transmission infectieuse fait partie d'un circuit d'échanges plus complexes, à l'intérieur duquel elle peut avoir des fonctions diverses, pas nécessairement négatives. En tant qu'accident de parcours, parfois des plus fâcheux, il est vrai qu'elle immobilise un temps le voyageur, mais c'est peut-être pour le rappeler au réel de ses amours.

N'entraînant vers aucun délire masochiste de déchéance et d'exclusion de la communauté, la maladie vénérienne dans l'univers de Casanova est essentiellement guérissable. La syphilis au

1. *Ibid.*, vol. 3, p. 81.
2. Sur les rapports entre la syphilis et l'écriture au XIXᵉ siècle voir le livre de Patrick Wald Lasowski, *Syphilis*, Paris, Gallimard, 1982.

xviiie siècle, en dépit de moyens médicaux très arti-
sanaux (ou à cause d'eux, car la cure, lorsqu'elle ne
se déroulait pas sous le régime carcéral de l'hôpital,
était très personnalisée, et beaucoup de chirurgiens
gardaient leurs recettes secrètes), ne fait pas de
ravages mortels massifs. Il faut attendre les guerres
de la Révolution puis les guerres napoléoniennes
pour qu'elle atteigne l'envergure des anciennes épi-
démies de peste. Mais alors ce n'est plus l'aménagement du plaisir, ni sa dissipation, qui lui servent de
toile de fond.

Bagatelle, la maladie vénérienne nous est aussi
présentée sous le jour d'une comédie de Molière.
Lors d'un premier passage dans le petit port italien
d'Orsara, Casanova a « contaminé » (il emploie souvent aussi le verbe « gâter » qui n'est pas sans
charme par sa connotation d'un pourrissement par
trop d'amour) la gouvernante du prêtre chez qui il
logeait. Non par une négligence délibérée incompatible avec son code de l'honneur (« m'examinant
alors, j'ai cru voir, que moyennant certaines attentions, je pouvais me tirer d'affaires sans risquer
de devoir me reprocher une iniquité impardonnable [1] »), mais plutôt par certaines inattentions...
Toujours est-il que des années plus tard, repassant
par Orsara, il est abordé par le médecin de l'endroit
qui, à son grand étonnement, l'invite à dîner et le
traite comme son bienfaiteur : grâce à lui et à son
bref séjour chez le prêtre hospitalier, sa clientèle
s'était rapidement multipliée. Après l'en avoir remer-
cié et avec tout l'optimisme du commerçant, il lui
demande s'il se porte bien maintenant...

1. *Histoire de ma vie*, vol. 1, p. 167.

Idéologiquement, cette dissémination, avec son corollaire d'enrichissement soudain, n'était pas pour déplaire à Casanova. Bien sûr, il ne se serait jamais permis de la provoquer volontairement. Mais il faut rappeler ici que l'involontaire est le domaine privilégié de Casanova, celui dans lequel il est, sans le savoir, passé maître.

Les misérables laides coquines

Dans bien des cas, plus qu'un spectre ou une éventualité, la maladie vénérienne apparaît comme très prévisible, selon un automatisme qui n'a rien pour exciter l'imagination, bien qu'il n'empêche pas l'acte pour autant.

Casanova s'adresse à son valet Leduc : « Je lui ai dit qu'il pouvait aller se promener par Grenoble ne se rendant à la maison qu'à l'heure de servir à table. "J'irai prendre la v... — Je te ferai guérir à l'hôpital." Hardi, insolent, malin, libertin, mais obéissant, secret et fidèle, je devais le souffrir [1]. » Du maître au valet, qui volontiers joue au maître et pour la parodie de noblesse l'égale aisément (car il est moins impressionné), il y a plus qu'une résignation de fait. Leduc au service de M. le Chevalier de Seingalt, c'est tout un programme d'intrigues et une entente si totale que Casanova peut utiliser l'opportunité d'une vérole de Leduc — qui la doit à la « complaisance » d'une laitière — pour prétendre à une substitution d'acteurs. À savoir que ce ne serait pas lui mais Leduc que l'horrible F. aurait infecté. Elle-même

1. *Ibid.*, vol. 7, p. 25.

s'étant glissée à la place de l'adorable femme avec laquelle il croyait, dur comme fer, être en train de faire l'amour. Imbroglio douteux. Le grand vent, l'obscurité, un éclairage trompeur, tout est prétexte à Casanova pour ne pas reconnaître avec qui il est. Il a une propension irrésistible à la méprise, comme si n'importe quel imprévu valait toujours mieux que le non-événement qu'est nécessairement ce à quoi l'on s'attend.

Dans ce cas-là, l'interchangeabilité des personnages masculins (Casanova ou Leduc) renvoie à celle des femmes. Fin de la sublimation. Retour au régime habituel. En effet, bien qu'il tente tout pour nous persuader et se persuader du contraire, il ne contredit jamais à la règle de pluralité, ennemie du principe d'unicité de l'histoire d'amour, selon laquelle aucune femme ne réussit à exclure les autres. Au regard du libertin aimer une femme, c'est vouloir les aimer toutes et, dans une sorte de dévoration scopique infinie, ne pas cesser de les voir.

Contrastant avec les efforts de mise en scène et les ruses inventées pour séduire une personne qui se donne comme inaccessible, le retour à une jouissance à la fois proche et indifférenciée quant au sujet qui la procure, apparaît comme une chute, dont la maladie est le signe indéniable. D'où le ton de déploration avec lequel Casanova décrit, à chaque fois, l'intrusion, en plein idéalisme amoureux, de symptômes vénériens bien faits pour dégoûter l'ange de ses pensées. Sauf que l'on peut s'interroger sur *le rapprochement systématique* des deux séries d'événements : se consumer d'amour aux pieds de sa déesse en n'obtenant jamais que des marques d'indécision et attraper en quelques minutes, d'une personne qui n'est le support d'aucune métaphore divinisante, une vérole décisive.

À chaque rechute, loin de s'inquiéter de leur fréquence, Casanova surenchérit sur le caractère inexplicable du phénomène (comment, alors que l'on rêve ou que l'on parle si « haut », peut-on aller chercher son plaisir si « bas » ?) faisant en sorte de ne pouvoir jamais faire le lien avec ce qu'il nomme lui-même « l'inexplicable » du désir.

C'est donc rituellement qu'au lendemain d'une visite à une prostituée Casanova se retrouve avec « les vilaines marques » de la maladie dont souvent il vient à peine de guérir.

En un premier temps, continuant de se soumettre à cette attirance de lourdeur et de nuit à laquelle il a cédé, il se noie dans le sommeil, ce « frère de la mort ». Car la passivité n'est pas causée par la maladie mais, à l'inverse, continuellement évoquée à l'origine de toute l'histoire, de sa dérisoire fatalité. Chez Casanova, ce ne sont pas les histoires d'amour qui relèvent d'une nécessité fatale, mais les passages auprès des prostituées — où il se retrouve sans pouvoir se rappeler comment il y est allé.

Le plus bel exemple de cette suppression magique du déplacement, et du minimum d'effort volontaire qu'il implique, peut se lire dans la topologie de ses amours à Corfou, avec leur terminaison fatale dans le cabinet voluptueux de Mellula. Dans l'espace mental de Casanova, le boudoir de Mellula jouxte (ou contamine) la chambre de Mme F., si bien qu'il lui suffit de sortir de chez cette dernière pour être sur le balcon de Mellula, sa partenaire dans le tableau de son apparition au clair de lune. L'évidence de la continuité spatiale étant en parfaite contradiction (une contradiction qui, comme dans les rêves, n'infléchit en rien la suite du récit) avec la séparation absolue que Casanova voudrait maintenir entre son adoration pour Mme F. et son coït avec Mellula.

On retrouve exactement, lors de la visite de Casanova à Dresde auprès de sa mère, la même disposition en vis-à-vis : un lieu de Vertu et un lieu de Vice se font face, et Casanova saute magiquement d'un balcon à l'autre... Durant son séjour à Dresde il est logé à l'hôtel *Stadt Rom*, qui est en face de l'*Hôtel de Saxe* où habite sa mère.

Casanova ne s'installe à l'hôtel *Stadt Rom* que le temps de prendre une syphilis. Il se transporte ensuite à l'*Hôtel de Saxe* juste pour faire tache dans le tableau des retrouvailles familiales et s'entendre dire par son frère : « Cette aventure ne te fait pas honneur. » — en un tête-à-tête final d'où s'est éclipsée, non souillée mais peu aimée, la figure de la mère. Son portrait dans l'ensemble de *Histoire de ma vie* est inexistant. Casanova répond au délaissement de sa mère durant son enfance par le silence. Il n'accorde dans son texte qu'un minimum de présence à Zanetta, comme s'il voulait s'en tenir au temps réel — rapides visites entre deux spectacles — qu'elle lui avait accordé...

Face au reproche de son frère, Casanova, en l'occurrence, n'arguë d'aucun système de défense et se montre même tout prêt à insister sur le déshonneur, sur une incurable, une invraisemblable lâcheté. Les preuves abondent et les lieux où il expérimente cette faiblesse. Ainsi à Chiozza, « ce fut le troisième jour que ce fatal moine me présenta à un lieu où j'aurais pu aller tout seul, et où pour faire le brave, je me suis donné à une misérable laide coquine [1] », ou à Corfou, avec Mellula, « docte dans son métier, elle m'étale ses charmes, elle s'empare de moi, et comme un lâche je me laisse entraîner dans le précipice [2] », ou à Mantoue, en compagnie de deux filles de joie dégoûtantes, « une des deux catins s'empare de moi, elle me fait rire, je la laisse faire, et je fais. Après le vilain exploit je retourne à la banque... Le lendemain je me suis trouvé malade en conséquence du mauvais quart d'heure que j'ai passé avec la coquine à la grande garde de la place Saint-Pierre ; je me suis parfaitement guéri en six semaines par la seule boisson de l'eau de nitre ; mais devant me soumettre à un régime qui m'ennuyait extrêmement [3] ».

Les scènes avec les prostituées sont, dans les récits de Casanova, quasiment elliptiques, non par pudeur ou pour effacer des images désagréables mais par souci d'exactitude. Elles disent justement cette absence à soi-même et cette précipitation dans l'étrangeté réciproque caractéristiques des « amours de débauche ». Tous les rites étant balayés par cette exigence : en finir le plus vite possible. Par rapport à la brièveté du temps de jouissance, la longueur de la cure à endurer peut sembler disproportionnée. Cet après-coup du « mauvais quart d'heure » se reverse rétrospectivement, pour Casanova, sur l'ensemble des moments précédents — à la faveur peut-être de son inhabileté au maniement des expressions toutes faites. Comme si chaque fois qu'il en surgit une, au détour de son écriture, il était en même

1. *Ibid.*, vol. 1, p. 163.
2. *Ibid.*, vol. 2, p. 171.
3. *Ibid.*, vol. 2, pp. 283-284.

temps ravi de la connaître (en preuve de sa grande familiarité avec le français) et incapable de lui résister, de l'assouplir à ce qu'il croit être son intention véritable. Cette « fatalité » langagière et la profonde drôlerie qui l'anime ne faisant qu'un, précisément, avec son rapport aux prostituées.

De la mise en équation entre le plaisir et son prix, le libertin ne conclut pas que celui-ci n'en vaut pas la peine, ni selon l'optique culpabilisante du xixᵉ siècle que la peine seule donne son prix au plaisir, mais seulement que guérir est chose superflue. Ou plutôt c'est la formule même de l'équation qui est récusée : Le plaisir ignore le calcul et la sanction d'une évaluation. Volontiers du côté de la perdition à condition que celle-ci ne prouve rien, le libertin se soucie aussi peu de payer que d'expier. La maladie vénérienne n'est qu'une « petite incommodité ». Formule désespérante pour beaucoup d'écrivains du siècle suivant qui, dans la paix de leurs tombeaux, pourraient en venir à penser que, peut-être, ils étaient morts pour (presque) rien.

Se soigner devient négligeable. Comme le déclare O. Neilan à Casanova : « À quoi bon guérir d'une ch..., tandis qu'à peine guéri on en attrape une autre ? J'ai eu dix fois cette patience ; mais il y a deux ans que j'ai pris mon parti[1]. » Ou comme le pense la mère du jeune Richard qui a demandé à Casanova quelques louis pour se faire soigner : « J'ai fait ce qu'il a voulu, écrit Casanova, mais quand sa mère sut de quoi il s'agissait, elle me dit qu'il valait mieux lui laisser celle qu'il avait, qui était sa troisième, car elle était sûre qu'après en être guéri, il

1. *Ibid.* vol. 2, p. 285.

irait en attraper une autre. Je l'ai fait guérir à mes dépens ; mais sa mère avait raison. À l'âge de quatorze ans son libertinage était effréné [1]. » Bel exemple de prévoyance maternelle ! À un certain degré de libertinage, la distinction malade/non-malade s'estompe. La maladie alors est la norme. Ou bien, on n'est plus jamais assez sain pour tomber malade. On devient comme les eaux du Gange dont on a pu dire qu'elles étaient trop polluées pour que les microbes y survivent.

Cet état sans alternance, perpétuellement désirant, mais dans la monotonie du pire (« le cloaque » nommé par O. Neilan dans le passage précité, et qui nous semble pouvoir traduire en langage casanovien « l'apathie » libertine du philosophe sadien), élimine également la honte du plaisir et la pose héroïque en face d'un plaisir recherché pour son risque (moralité ultime d'un code chevaleresque bravant tous les contextes et que Roger Vailland s'attache à définir comme spécifiquement français : « Les amours d'occasion comportent des dangers. Le Français cependant répugne à certaines précautions. C'est qu'un plaisir devient bas si l'on n'accepte pas d'en courir les risques d'un cœur léger [2] »). Pourtant, cet au-delà de l'immoralisme, cette crise systématique dans laquelle se tient, frôlant la destruction finale, « le libertin excessif », ne sont pas habituels à Casanova. Il les traverse occasionnellement. Il se prête à tous les excès mais n'en fait pas une ligne de

---

1. *Ibid.*, vol. 5, p. 193.
2. Cf. Roger Vailland, *Le Regard froid*, Paris, Grasset, 1963, p. 23. Sous le titre « Le carnet de comptes d'un homme heureux », ce livre consacre un chapitre à un épisode de jeu des Mémoires. Vailland appelle Casanova : « Ce Vénitien tellement français... »

conduite. Peut-être parce qu'il faut pour cela, pour cette décision dans l'abjection, une certitude hautaine inconnue de Casanova — la même qui, revenue de la vanité de la filiation d'un Nom, jouit d'autant plus de la transmission ignoble de la vérole...

Si Casanova ne dépasse pas les distinctions du bien et du mal, de la santé et de la maladie, et ne situe aucun enjeu symbolique dans leur transgression réfléchie, c'est sans doute qu'il se sait pris de naissance, passivement, passionnellement, dans un corps à corps sans répit, profondément amoureux, avec la maladie. Elle est ce qui surgit à nouveau dès qu'il s'abandonne (les scènes de débauche, pour lui, sont des moments d'abandon), menaçant son intégrité mais aussi lui redonnant corps. Un corps indifférent aux doubles extrêmes de la sainteté et de l'ignominie, de la gloire et de la putréfaction, un corps tout entier dans la violence du relatif : corps qui passe et que l'on se passe, de main en main, de mère en fille, de prêtre en libertin, de fille en chirurgien... D'où l'absence de fascination qui préside à ses rapports avec les prostituées. Elles sont l'intimité même. Et s'il y a quelque chose en elles qu'il fuit *comme la peste* ce n'est pas tant la maladie que la misère, dont la déchéance physique n'est qu'une des formes. Le métier que fait la prostituée, il le connaît assez pour ne pas voir en ses avatars malchanceux des motifs à l'exaltation ou à l'humiliation. Ce sont les lieux communs de la profession. Dépourvues de fascination, et de son corollaire de terreur, ses rencontres avec les prostituées le sont, également, de cruauté. Elles reposent sur un mélange de fatalisme et de dureté. Une sympathie sans larmoiement, analogue à celle que l'on se réserve pour soi-même, en cas de besoin. C'est sur ce mode, pas précisément humanitaire et par là même plus sûr, que les femmes savent pouvoir compter sur Casanova et que sa générosité est, par principe et efficacité, indissociable de sa vénalité. Lorsque Casanova retrouve une ancienne amie, actuellement dans une mauvaise passe, il n'y a pas, d'elle à lui, une demande s'adressant au client supposé payer, mais de lui à elle, dans la fragilité et l'insécurité d'un monde qui leur est commun, l'offre d'une aide passagère, à charge de revanche. Car chacun sait qu' « il n'est pas bien difficile dans ce monde, quand on court les aventures, de se faire pendre pour des bagatelles, quand on est un peu étourdi et qu'on n'y prend pas bien garde [1] ».

Entre eux, l'état des fortunes s'estime au premier coup d'œil. Dans le monde de Casanova il n'y a pas de richesse cachée. On porte tout sur soi et, aux époques florissantes, on étincelle. Il n'y a pas non plus de misère secrète ni de mal invisible. La maladie vénérienne se voit, s'exhibe. Souvent, les libertins se montrent les uns aux autres leurs symptômes en signe de bonne foi pour obtenir l'argent nécessaire à des soins.

Casanova a d'abord aimé la Corticelli pour son rire. Il l'a séduite avec tant de faste que les postillons ont pu croire à un enlèvement princier. Mais, quelques années plus tard, il la retrouve à Paris misérable, syphilitique « entre les mains des raccrocheuses qui rôdent la nuit par la rue Saint-Honoré [2] ». Épisode réduit à l'horreur d'une planche médicale. Le détachement du désespoir tient lieu d'objectivité. Pour mieux convaincre Casanova de

1. *Histoire de ma vie*, vol. 10, p. 35.
2. *Ibid.*, vol. 9, p. 148.

La bagatelle d'une syphilis 279

l'aider à la soigner elle se déshabille. (« Elle me dégoûte en me faisant voir sa maladie [1]. »)

Après l'avoir semoncée pour ses fautes de conduite (elle a fait dans la carrière de la galanterie des erreurs tactiques graves), il la remet à son chirurgien, Fayet. Il a déjà fait cela pour d'autres de ses connaissances, comme pour son ami Clari, « un comte de Bohême, dit-il, qui m'avait été recommandé par le baron de Bavois, et avec lequel je me trouvais presque tous les jours, se trouva dans ces jours-là si rempli du suc venimeux que nous appelons en Italie mal français qu'il eut besoin d'une retraite de six semaines. Je l'ai mis chez le chirurgien Fayet [2] ».

La discontinuité dont se scandent les *Mémoires* de Casanova, si elle est peu propice au sentiment d'une évolution, manifeste nettement l'impact d'une chance ou d'une malchance subite, le ravage d'une maladie. Mais celle-ci, plus que l'engrenage d'une histoire ou de l'Histoire (comme dans *Nana* de Zola), n'est souvent due qu'à une imprudence, à une étourderie...

La visibilité de la maladie est aussi ce qui, dans un rapport de tromperie, peut la trahir. Quand il ne s'agit pas directement des organes sexuels, c'est le linge souillé qui joue le rôle de dénonciateur. Les deux ensemble donnent le « hideux hôpital » que Casanova découvre en soulevant la chemise de Maton — trop tard, puisqu'elle l'a déjà contaminé, et qu'il se trouve logé à la même enseigne... Mais il y a des dénouements plus heureux, soit par la franchise de la partenaire, du style : « Voyez cette che-

1. *Ibid.*, vol. 9, p. 139.
2. *Ibid.*, vol. 5, p. 226.

mise, et jugez de l'état où je suis [1]« , soit par intervention de la divine providence qui permet à
Casanova de lire sous forme de graffiti la menace
d'une blennorragie qui le touche de très près. L'avertissement, venant d'un prédécesseur soucieux que
s'interrompe la chaîne des transmissions, est clair :
« Ce 10 août 1760. Raton m'a donné il y a huit jours
une ch... p... cordée qui m'assomme [2]. »

Moins concrète, plus métaphysique, dans un
esprit analogue à celui de la séparation entre Casanova et Henriette, elle aurait pu prédire : « Tu n'es
pas près d'oublier Raton. » Drôle de prénom,
Raton... pas foncièrement encourageant. S'il ne
s'enjolivait, à l'imagination lectrice, de « ce petit air
effaré » avec lequel la jeune fille avait approché
Casanova et l'avait conquis.

Après l'avis du graffiti, plus question d'être séduit.
La maladie vénérienne n'apparaît nimbée d'aucune
aura maléfique. Elle réduit la personne à un cadrage
précis. Vision en gros plan de l'organe malade. Neu-
tralité des images scientifiques ou pornographiques.
Langage visuel direct identique au message du graffiti. Celui-ci est à ce point sans ambiguïté que, pour
restaurer l'ombre d'un doute, il n'y a que l'hypothèse
invraisemblable d'une autre Raton, à laquelle Casanova préfère ne pas s'attacher : « Je n'imagine pas
qu'il y ait deux Raton ; je remercie Dieu ; je suis
tenté de croire aux miracles ; je retourne dans ma
chambre d'un air fort gai, et je trouve Raton déjà
couchée ; tant mieux. La remerciant d'avoir ôté sa
chemise qu'elle avait jetée dans la ruelle, je vais la
prendre et elle s'alarme. Elle me dit qu'elle était sale

1. *Ibid.*, vol. 10, p. 233.
2. *Ibid.*, vol. 6, p. 204.

de quelque chose de fort naturel ; mais je vois de quoi il s'agissait. Je lui fais des reproches, elle ne me répond rien, elle s'habille en pleurant, et elle s'en va [1]... »

Un aveu déplacé

Chez Casanova, on lave seul son linge sale. De même que la guérison est indissociable d'un exercice de solitude, les révélations sanieuses sont synonymes de ruptures. Il (ou elle) s'en va. L'histoire, brève par définition, s'arrête là : les amours vénales ne sont jamais riches en arborescences psychologiques. La maladie vénérienne, dans ce cas, ne change rien. Elle accompagne et renforce l'effet disruptif de l'union avec une prostituée. Est-ce à dire que l'une et l'autre, la maladie et la prostituée, n'ont qu'un rôle secondaire dans le système de Casanova ? Que les « chemises scandaleusement sales », les draps souillés, les taches de « la peste », les linges puants, ne sont que l'envers déplorable, somme toute négligeable (un phénomène d'époque), des habits de dentelles et de soie que Casanova arbore pour briller dans le monde et se faire aimer de ses femmes ?

On pourrait le croire au ton de stupeur indignée sur lequel il a l'habitude de raconter « les fatales circonstances » responsables de ses multiples rechutes. En réalité, il ne s'étonne pas tant par rapport à lui que par contraste avec l'élévation sentimentale et morale de la liaison qui l'occupe alors, et qui se brise net à l'apparition des premiers symptômes. La mala-

1. *Ibid.*, vol. 6, p. 204.

die vénérienne est un motif indiscutable de rupture, suffisant pour autoriser toutes les dénégations : « Ce ne fut ni amour, ni imagination, ni mérite de l'objet, qui n'était certainement pas digne de me posséder, qui me fit prévariquer ; mais indolence, faiblesse, et condescendance [1]... » Ainsi survit la ligne idéale d'une idylle absurdement interrompue Presque toutes les histoires d'amour de Casanova, les plus éthérées, les plus courtoises, se soldent d'une maladie inexcusable. Leur temps de guérison, de trois à six semaines, répondant approximativement à la durée habituelle de ses amours.

Un des dénouements les plus « réussis » de ce point de vue est, nous l'avons vu, celui par lequel s'achève la liaison de Casanova avec la noble Mme F. à Corfou. Liaison peu gratifiante pour lui, car elle ajoute aux réticences d'une mésalliance des alternances de ruses et de violences liées aux aléas d'une vie conjugale que l'on pourrait qualifier, littéralement, « de galère » (même si elle ne manque pas d'apparat ni d'hommages publics). Telle est, en résumé, l'histoire de Mme F. : « M. F. l'avait épousée le même jour qu'il était parti de Venise sur sa galère et dans ce même jour elle était sortie du couvent où elle était entrée à l'âge de sept ans [2]. » Casanova a le talent de saisir en une phrase la qualité d'une vie, son génie ou sa limite insurmontée. De préférence à l'individualité d'un personnage, toujours incertaine, et qui, de plus, ne lui paraît peut-être pas une unité de mesure intéressante, il sait fixer une configuration d'événements qui produisent le portrait unique d'une existence.

---

1. *Ibid.*, vol. 2, p. 171
2. *Ibid.*, vol. 2, p. 100.

Ce peu de plaisir en partage, cette tristesse d'emploi du temps, Casanova l'entr'aperçoit rapidement, mais sûrement, au cours d'une séance érotique, où se superposent, comme souvent dans les récits casanoviens de ce type, le bienséant de métaphores banales et de dialogues désincarnés et, indicibles, mais devant à tout prix être communiquées, puisque c'est surtout cela qu'a retenu la mémoire amoureuse de Casanova, la sensualité originale d'un mot, la bizarrerie d'un geste ou d'une expression du corps. « J'ai cru de voir, écrit Casanova, quelque chose de plus qu'une fureur : j'ai vu un acharnement [1]. »

La déclaration de maladie vénérienne de la part de Casanova tient lieu de contamination effective. La terreur rétrospective qu'éprouve alors la dame à l'idée de « ce qui se serait passé si... », lui suffit en réparation de son inutile constance à s'immoler dans le rôle de chevalier servant. Au compte rendu détaillé de ses états amoureux succède sans transition (et pour cause !) celui de son état de santé sur lequel il se montre aussi informatif que possible. Et l'information porte. Elle introduit dans un dialogue parfaitement policé, conçu pour qu'il ne s'y puisse rien dire (les dialogues amoureux de Casanova sont des modèles d'anonymat et d'ennui), le scandale d'un phénomène corporel précisément décrit :

« Ma maladie, mon ange, est très peu de chose. C'est un flux égal à l'écoulement qu'on appelle fleurs blanches. Je ne bois que de l'eau de nitre ; je me porterai bien dans huit ou dix jours, et j'espère...
— Ah ! Mon cher ami ! -– Quoi ? — N'y pensons

---

1. *Ibid.*, vol 2, p. 166

plus, je vous en conjure [1]. » Même effet d'effarement
que si tout à coup le prince charmant se transfor-
mait en un crapaud.

Dans la cour qu'il fait à ses « déesses », on perçoit,
à travers un ton d'enchantement superlativement
maintenu, des accents d'une froideur et d'une
absence d'amitié qui ne s'entendent jamais dans les
relations, pourtant souvent injurieuses, de ses
amours vénales. Peut-être parce que si indéfen-
dables qu'elles puissent apparaître, elles contiennent
toujours un minimum d'adresse à autrui et même de
don, comme le souligne ironiquement la belle
Grecque : « Cette femme, quand je fus assez bête
pour lui reprocher sa vilaine action, me répondit en
riant qu'elle ne m'avait donné que ce qu'elle
avait [2]... »

Notons que les histoires d'amour que Casanova
conclut par l'aveu d'infidélité bête et brutal que
représente une maladie vénérienne sont le plus souvent des histoires « honnêtes ». Comme si, pour
mettre fin au *non* indéfini et voluptueusement dis-
tillé que la femme oppose à ses tentatives (jeu auquel
il se fatigue plus vite qu'elle, et qui, si par hasard il
se renverse en un *oui* massif et définitif, lui fait carrément horreur), il devait rompre le charme de
l'interdit, et faire chuter toute l'histoire à un point
de grossièreté irrécupérable. Passer sans transition
de l'exaspération de l'amour courtois et de ses
finesses diplomatiques à une satisfaction honteuse,
certes, mais indéniable. Le passage chez la prostituée restitue la suprématie de l'immédiateté libertine sur l'attente du temps amoureux. En ce sens, il

---

1. *Ibid.*, vol. 6, p. 174.
2. *Ibid.*, vol. 1, p. 140.

guérit. Et la guérison effective à laquelle Casanova s'oblige n'est peut-être que la forme paradoxale d'un « retour à soi » plus profond. Tomber malade, oublier : dans les deux cas le sujet retourne au circuit familier de ses plaisirs, à une identité changeante et discontinue, mais qui constitue son plus sûr moyen de durer. Guérir d'une maladie vénérienne est une obligation à laquelle Casanova ne se soustrait jamais, non seulement par souci d'hygiène, mais aussi parce que, au contraire du libertin qui occupe une place fixe dans le trafic du plaisir, il fait partie de sa circulation et subit, au même titre que la prostituée, la fluctuation de hausses et de dévaluations.

Incapable de la dissociation mentale qui ferait de la maladie vénérienne, selon qu'on la subit ou qu'on l'inflige, deux réalités différentes, l'une du côté de l'impuissance victimale, l'autre de celui de la jouissance — ou trouvant cette distinction peu intéressante, — Casanova n'inscrit pas la transmission du mal dans une mise en scène perverse. Au contraire de ce client de la Duvergier, dans l'*Histoire de Juliette*, qui a pour « unique passion » de communiquer son venin :

Juliette qui déjà avait pensé que la mine sombre de ce « chaland » ne présageait rien de bon, est justement confirmée dans ses pressentiments lorsque, s'étant retournée juste à temps (l'homme, en supplément de son goût dominant, ne manque pas d'être un « sectateur de Sodome »), elle aperçoit « un engin absolument couvert de pustules... de verrues... de chancres, etc., symptômes abominables et malheureusement trop réels de la maladie vénérienne dont est rongé ce vilain homme ». Juliette s'échappe. Elle est remplacée par « une petite novice de treize ans que ce libertin trouva propre à le dédommager. On lui banda les yeux, elle ne se douta de rien, et, huit jours après, il fallut l'envoyer à l'hôpital où ce scélérat fut la voir souffrir [1] ».

Un esprit non philosophe pourrait interpréter qu'il ne la voit souffrir que ce qu'il souffre lui-même et qu'en l'occurrence le visiteur n'est pas mieux loti que la patiente. Ce serait le point de vue de Casanova qui ne distinguerait pas la souffrance aveugle de l'un, de la jouissance lucide de l'autre, et réduirait la dichotomie sadienne à deux personnages atteints d'un même mal et susceptibles d'un même traitement ! Alors que, dans le système sadien, précisément fondé sur l'interdit d'une réciprocité entre libertins et victimes, la transmissibilité de la maladie ne vaut que par l'usage libertin qui en est fait. Elle ne saurait créer aucun lien. Cette révulsion à l'idée d'une contamination égalitaire est telle que Sade, à la fin de *La Philosophie dans le boudoir*, va jusqu'à poser l'idée inverse d'une guérison par la communication du mal — à condition qu'il y ait une aussi grande distance que possible entre l'état de santé et la disposition au plaisir des deux sujets.

« Dolmancé, *de sang-froid.* — J'ai là-bas un valet muni d'un des plus beaux membres qui soient peut-être dans la nature, mais malheureusement distillant le virus et rongé d'une des plus terribles véroles qu'on ait encore vues dans le monde. Je vais le faire monter... *(Tout le monde applaudit ; on fait monter le valet. Dolmancé au valet :)* Lapierre foutez cette femme-là ; elle est extraordinairement saine ; cette

1. Sade, *Histoire de Juliette*, O.C., Paris, Pauvert, 1967, t. XIX, pp. 220-221.

jouissance peut vous guérir : le remède n'est pas sans exemple [1]. »

Dans sa scénographie érotique, Casanova n'est pas celui qui passe la maladie mais celui qui la *reçoit*. Non selon une fatalité victimale pour laquelle il n'a aucun penchant, mais parce qu'il y voit un rôle plus imprévu, plus événementiel (peut-être aussi, parce qu'il est quelqu'un qui adore recevoir, des gens, des lettres, des cadeaux...). En tout cas, quand il tombe malade, c'est sans réticence, de la même fougue dont il était tombé amoureux. Il se guérit d'une dépossession par une autre. Sauf que la seconde, dans la mesure où elle ne l'éloigne pas du « pays de son corps », le ramène en lieu sûr... Pour utiliser la belle formule de Casanova qui parle, s'agissant de son corps, de « remettre le pays en équilibre ».

Il y a, d'ailleurs, un rapport proportionnel entre la gravité de la crise amoureuse et la morbidité de la maladie. Et ce n'est pas seulement le commencement de la vieillesse qui lui rend presque mortelle la syphilis qu'il ramène d'Angleterre, en 1764. C'est qu'elle fait suite à l'échec de sa mésaventure avec la Charpillon dont les refus ne renvoient pas à un système de prudence mais tendent à l'exclure, lui, de son propre monde. La syphilis, qu'il attrape d'une fille anglaise quelque temps après sa rupture définitive avec la Charpillon, ne remplit pas alors la fonction habituelle de mettre le dernier mot à une histoire qui traîne en longueur ou risque de se refermer sur lui. D'abord parce qu'il n'a pas un rôle actif dans la rupture et, surtout, parce que la Charpillon n'est

1. *Ibid.*, t. XXV, pp. 310-311.

pas femme à s'effaroucher d'une maladie vénérienne. Elle vit comme Casanova.

Cette fois, la maladie est tout entière contre Casanova. Si elle satisfait une de ses intentions, ce ne
peut être que celle, neuve pour lui, de vouloir mourir. Ni ruse ni coup de théâtre, la syphilis l'atteint en
pleine affliction : il ne sait pas où aller et se voit dans
un délabrement de santé qui, écrit-il, « me rendait
douteuse la guérison, ... maigri, avec la peau jaune,
tout couvert de glandes imbibées d'humeurs celtiques qu'il fallait que je pensasse à fondre [1]... ». La
singularité de cette syphilis qu'il ne fait pas entrer
dans la liste galante de ses innombrables véroles
(elle relève plutôt de la catastrophe), est soulignée,
et aggravée, de l'expression curieuse « d'humeurs
celtiques » qui la relie, plus qu'à un simple phénomène de transmission sexuelle, aux mystérieux
maléfices de l'île d'Angleterre...

Il quitte enfin cette île de malheur et s'arrête
quelques jours plus tard à Wesel, chez le Dr Pipers.
Son état a encore empiré au point qu'il n'ose en faire
la description au lecteur de peur de le « révolter ».
Ce blanc narratif, ce cache sur son corps malade,
traduit une répugnance à être vu très rare chez Casanova, plus souvent habité de la passion contraire.
Ainsi, quand il s'échappe de la prison des Plombs, il
va se cacher chez le chef des sbires parti à sa
recherche, bel effet d'insolence, mais aussi désir
d'être vu, et que les efforts des épreuves surmontées
soient anéantis en un clin d'œil. Et, plus tard, la douleur qu'il ressent à être devenu vieux est inséparable
de cette blessure renouvelée : ne plus être pour personne un plaisir des yeux. Le narcissisme de Casa-

---

1. *Histoire de ma vie*, vol. 10, p. 34.

nova, qui constitue jusqu'au bout son principal ressort d'énergie (c'est en lui que s'inscrit sa volonté d'écrire), est également générateur d'une éthique qui proscrit tout ce qui ne tend pas à charmer autrui. Or, Casanova, celtique jusqu'au bubonique, n'est pas charmant...

« Dans une chaise à porteurs je suis arrivé chez lui, tenant un mouchoir devant mon visage, honteux de me montrer à la mère et à la sœur de cet honnête médecin, qui était là en compagnie de plusieurs filles que je n'ai pas osé regarder [1]. » Le geste du pestiféré est une triste caricature du masque de carnaval, la maladie ne réservant aucune perspective heureuse de dévoilement. Le retranchement de Casanova dure le temps de sa cure. Mais il n'est pas total car Casanova résiste moins bien à l'ennui qu'à la syphilis. C'est là un signe de grande santé, mais pas nécessairement au sens où Marc Rampati peut qualifier Casanova « d'amant solide et sain au milieu des sigisbées malades du XVIIIᵉ siècle ». Il serait plutôt un terrain d'élection pour toutes les maladies de son siècle ne leur offrant ni résistance ni hostilité, et même ne se dérobant à aucune occasion. Casanova a une merveilleuse promptitude à s'aliter et à se proclamer officiellement malade, au moindre symptôme ou à la moindre raison d'avoir des symptômes. Ce serait leur absence qui, parfois, l'inquiéterait...

Cette facilité ne fait qu'un avec sa sûreté à guérir qui, elle-même, ne se comprend que par le principe d'impureté auquel Casanova ne se soustrait jamais.

Ce n'est pas comme le héros sadien, par la contamination de son mal et par la jouissance de son for-

1. *Ibid.*, vol. 10, p. 39.

fait qu'il retrouve la santé (une santé qui n'est conce-
vable que par sa criminalité), mais sans velléité
d'agression, en se laissant au contraire « contami-
ner » par la santé, dans une proximité voilée avec
l'innocence. Si le séjour chez le médecin de Wesel
guérit Casanova, ce n'est pas seulement à cause de
la « ptysane sudorifique et des pilules mercurielles »
qu'on lui fait prendre, mais par cet adoucissement
à sa solitude que lui procure la présence régulière,
autour de son alcôve, d'un petit groupe de jeunes
filles (la sœur du médecin avec deux ou trois filles,
ses « bonnes amies ») occupées à travailler et bavarder ensemble.

Étrange inversion du schéma sadien du libertin
penché sur le lit de souffrance de sa victime et qui
enregistre avec une attention morbide la terrible
évolution de son mal. Inversion et diffraction. Le
tableau casanovien du gisant syphilitique veillé par
des anges courbés sur leur tambour à broder n'a pas
de centre. Le malade et les jeunes filles séparés par
un voile ont l'obligeance de s'ignorer. Les jeunes
filles ont demandé à se tenir dans cette chambre
pour la seule commodité de sa fenêtre sur rue. Casanova a accepté, heureux de pouvoir rendre ce petit
service. Et s'il reprend le goût de vivre à la fraîcheur
de leurs voix, il n'a garde de croire qu'aucun de leurs
propos puisse lui être adressé. De part et d'autre, nul
émoi transgressif. Personne ne soulève le voile. Non
pour le crime que cela serait, mais pour son absence.
Syphilis et broderie gentiment coïncident.

Bettine

J'évoquerai ici (en modèle de cette heureuse fusion entre les « symptômes révoltants » et la grâce d'aimer, entre les épanchements par pertes blanches et ceux de l'âme) l'histoire enfantine des amours de Casanova et de Bettine. Histoire initiatrice à laquelle la grande jeunesse et la partielle ignorance des acteurs, loin de la doter d'éléments de mièvrerie, confèrent au contraire une violence particulière. Histoire extrême dont, dans la suite de sa vie, Casanova ne se rapproche que par approximation, éclats affaiblis, et dont la maladie vénérienne constitue certainement la *mimesis* la plus réussie. Crise dans laquelle Bettine mit toutes ses forces et les brûla toutes, dans une dépense somptueuse qui renvoie le reste de sa vie à une triste parenthèse.

Bettine est la première femme (elle a treize ans et Casanova dix) à confronter Casanova à l'indécidable de sa vérité, quand celle-ci, clairement mensongère, s'arme de toute la force de conviction du corps. Voici l'épisode : Bettine, profitant de l'absence de son frère le Dr Gozzi, prêtre chez qui Casanova a été placé en pension, a donné rendez-vous à son jeune amant. Casanova qui se pense le seul concerné par une telle invite, attend toute la nuit, transi de fatigue et de froid, d'inquiétude puis de rage impuissante. (Notons que jamais plus, dans la suite pourtant diverse de ses aventures, Casanova n'attendra en vain.) Cette longue veille, sous la neige, à la porte de son amie est brutalement interrompue par un fort coup de pied dans le ventre que lui envoie au sortir de la

chambre de Bettine son camarade Candiani (un cos-
taud).

Traîtrise indéniable s'il en fut, mais à l'impossible
démenti de laquelle Bettine se donne à corps perdu.
Avec une audace et un talent qui emportent immédiatement la rancune de Casanova et font de lui, tout
au long du spectacle de possession ou de folie si
ingénument monté par la petite fille, son plus fidèle
admirateur. Les délires, jeux de mots et insolences
de Bettine, que les grandes personnes et les différents représentants du Savoir hésitent longtemps à
décréter « obsédée » ou « affectée de maladie naturelle », mettent Casanova dans un état de bonheur
poétique qu'il sait être la plus juste réponse « au
désordre » de son amie. (« Rien n'était si joli que le
désordre de Bettine le lendemain [1]. ») Vouloir établir un diagnostic et trancher entre le diable et la
démence lui paraît curieusement méconnaître la
qualité du génie ici déployé, dans une libre équiva-
lence entre la vérité et la feinte, l'être et le semblant.
D'où son enthousiasme (et sa jalousie) lorsque entre
en scène le père Mancia, dont les pratiques exor-
cistes sont manifestement à la hauteur d'inspiration
de Bettine. « Tout occupé à regarder, et à examiner
ce moine, j'étais comme transporté hors de moi-
même [2] », reconnaît Casanova.

C'est sans doute de manquer la sincérité de ce
ravissement, ou de ne pas y voir une réconciliation
suffisante, qui pousse Bettine à ne pas se contenter
d'un succès artistique et à vouloir aussi le triomphe
d'une scène d'explication. « Après avoir essuyé ses
larmes, elle fixa ses beaux yeux dans les miens,

1. *Ibid.*, vol. 1, p. 38.
2. *Ibid.*, vol. 1, p. 37.

croyant y discerner les marques visibles de sa vic-
toire ; mais je l'ai étonnée lui touchant un article que
par un artifice elle avait négligé dans son apolo-
gie [1]. » À bout d'arguments, Bettine se tait, puis
recommence à pleurer. Mais cette fois, ses larmes
ne font plus partie du spectacle. Elles sont tout ce
qu'elle trouve à dire, au même titre que cette
exclamation de « pauvre malheureuse ! » qu'elle
hoquette, entre ses sanglots. Cette défaite théâtrale
et rhétorique d'une enfant dépassée par les forces
qu'elle a mises en jeu — ce que le père Mancia, d'un
mince sourire de ses lèvres carmin, avait tout de
suite marqué — se conclut d'une petite vérole.

L'attention passionnée et amusée que Casanova
avait portée à l'effronterie de la folie de Bettine
redouble, mais dépouillée de toute distance ironique. Ce n'est plus l'inventivité d'esprit de Bettine
qui l'émeut, ce sont les métamorphoses hideuses de
son corps auxquelles il s'unit avec une ferveur et une
tension sensuelle sans relâche, se reconnaissant,
comme dans la phase de ses provocations endia-
blées, pour son vrai destinataire. Et, de fait, il
demeure son seul public, devant lequel elle se
change, progressivement, en monstre...

« La pauvre Bettine fut tellement couverte de cette
peste que le sixième jour on ne voyait plus sa peau
sur tout son corps nulle part. Ses yeux se fermèrent,
on dut lui couper tous les cheveux, et on désespéra
de sa vie lorsqu'on vit qu'elle en avait la bouche, et
le gosier si plein qu'on ne pouvait plus lui introduire
dans l'œsophage que quelques gouttes de miel. On
n'apercevait plus dans elle autre mouvement que la
respiration. Sa mère ne s'éloignait jamais de son lit,

1. *Ibid.*, vol. 1, p. 47.

et on me trouva admirable lorsque j'ai porté près du même lit ma table avec mes cahiers. Cette fille était devenue quelque chose d'affreux ; sa tête était d'un tiers plus grosse ; on ne lui voyait plus de nez, et on craignait pour ses yeux quand même elle en échapperait. Ce qui m'incommodait extrêmement, et que j'ai voulu constamment souffrir, fut sa puante transpiration [1]. »

Étonnante continuité, dans une mobilité des rôles essentielle chez Casanova, entre l'enfant qui fait sagement ses devoirs près du lit de Bettine frappée de la petite vérole, et, des années plus tard, à Wesel, le libertin atteint de syphilis que des jeunes filles, installées auprès de son lit, veillent tout en faisant leurs travaux de couture.

Telle que Casanova en décrit les effets sur le corps de Bettine, la petite vérole n'est pas d'une puissance dévastatrice moindre que son aînée. On peut même dire qu'en comparaison avec les descriptions répétées de maladies vénériennes qui se déclarent, sans répit, au rythme de ses déclarations d'amour, c'est la maladie d'enfance qui, ainsi narrée dans toute l'horreur de son évolution et de son intériorisation jusqu'au viol de la gorge (alors que pour la maladie vénérienne Casanova ne nous donne le plus souvent que les signes annonciateurs, le reste tombant dans le non-dit d'une routine), participe de l'aura unique de la Peste.

Les maladies vénériennes peuvent sans doute être traitées en bagatelles pas seulement à cause de leur banalisation par le nombre, mais par référence inconsciente à la seule mortalité sérieusement assumée de la maladie de Bettine.

---

1. *Ibid.*, vol. 1, p. 49.

Mortalité déjouée dans une contiguïté totalement acceptée. Comme si confronté au fléau absolu, Casanova, non seulement ne se détournait pas, mais, par l'effet d'une tendresse renversante, le fondait dans l'atmosphère d'une fin d'après-midi studieuse. « Le dixième et onzième jour l'on craignait à tout moment de la perdre. Tous ses boutons pourris devenus noirs suppuraient et infectaient l'air : personne n'y résistait excepté moi que l'état de cette pauvre créature désolait [1]. »

C'est sous la peste noire et dans une puanteur de charnier, que Casanova, enfin débarrassé de tous ses rivaux, connaît l'étendue de son amour pour Bettine. Non sur le mode d'une ascèse sacrificielle, mais selon la révélation barbare d'une jouissance dont la peste serait précisément l'objet.

1. *Ibid.*, vol. 1, p. 49.

Pudeurs de Laforgue

Rien de mieux que la peste pour en finir avec le lisse de la peau, l'intouchable des belles images. Rien de mieux pour libérer un monde d'odeurs et de suppurations où viennent sombrer les schémas séducteurs également satisfaisants pour les intelligences critiques habiles à dessiner des stratégies, et pour les imaginations salaces d'autant plus en éveil qu'est soigneusement voilée la présence de détails « sales ». Le mythe d'un Casanova séducteur, indéfectiblement conquérant du « beau sexe » (et non dans l'attirance indifférenciée de tout ce qui lui fait plaisir, avec ce que peut avoir de monstrueux et de joyeusement polymorphe, un tel éclectisme), a beaucoup à voir avec la version des *Mémoires* récrite par le Pr Laforgue et, longtemps, la seule accessible au public.

Les diverses censures et corrections auxquelles se livre Laforgue portent l'empreinte d'un idéal esthétique et moral beaucoup plus délicat, et restrictif, que celui de Casanova. Il semble que, en deçà de toute considération stylistique, Laforgue ait d'abord entrepris une opération visant à nous offrir de Casanova une vision plus présentable. Il a donc supprimé les épisodes qui lui paraissaient trop choquants. Ainsi, comme le souligne Félicien Marceau, *tout* ce qui touche à l'homosexualité est gommé, en particulier une scène qui se déroule à Constantinople entre Casanova et un ami turc : « ... Il est sans importance que l'épisode d'Ismaïl ait eu lieu à une date ou à une autre, ou même qu'il n'ait pas eu lieu du tout. L'important, c'est que Casanova l'ait raconté, qu'il en ait convenu et qu'il l'ait conclu par cette phrase : "Je ne me suis jamais de ma vie trouvé ni si fou ni si transporté" (II, 93) [1]. » Ce qui est censuré là ce n'est pas une prédilection définie, mais l'attitude générale de Casanova, qui toujours désire ne rien exclure (notons que l'épisode homosexuel avec Ismaïl filmé par Fellini sera finalement éliminé au montage et n'apparaîtra pas dans son *Casanova*). Il s'agit d'un autre épisode, en Russie, cette fois. En rentrant chez lui, Casanova subit une scène de jalousie de sa jeune maîtresse Zaïre. « En l'attendant, elle a lu dans les cartes et, dit Casanova, elle y a tout vu : "La garce, le lit, les combats et jusqu'à mes égarements contre nature" (II, 121). Égarements, le mot, je crois, définit assez bien l'attitude de Casanova en la matière. Un égarement, rien de plus, qui ne l'intéresse pas particulièrement, qui n'est pas dans sa trajectoire mais pour lequel il n'a pas d'objection de principe, moins encore de répulsion, qu'il n'a garde de condamner et pour lequel, à l'occasion, il pourrait même faire un détour [2]. »

Outre qu'il exerce des censures précises sur le comportement sexuel de Casanova (et celles men-

---

1. Félicien Marceau, *Une insolente liberté, les Aventures de Casanova*, *op. cit.*, p. 84.
2. *Ibid.*, p. 85.

tionnées ci-dessus ne sont pas négligeables !), le travail de Laforgue tente de nous donner une autre image du corps de Casanova :

Une image qui est plus du côté de la sécheresse de la science moderne (Casanova qui continue de se définir par la théorie des humeurs est de sensibilité médiévale) et, rhétoriquement, de l'allusion. On suggère le corps, c'est assez... Laforgue nous dessine, en pointillé, un corps retiré du mouillé des humeurs et de ce vertige de liquéfaction dans lequel il se tenait et se défaisait indéfiniment. Sperme, sang, larmes, sueurs : Casanova ne cesse de jaillir, de s'écouler, de salir.

Ces débordements plus ou moins poisseux, toujours d'une indiscrète abondance, dégoûtent le Pr Laforgue. Il les trouve sans doute, bien à tort, en contradiction avec l'adresse à « la bonne compagnie » dont se targue Casanova dans sa préface : « Je ne saurais me procurer un amusement plus agréable que celui de m'entretenir de mes propres affaires, et de donner un noble sujet de rire à la bonne compagnie qui m'écoute, qui m'a toujours donné des marques d'amitié et que j'ai toujours fréquentée. Pour bien écrire, je n'ai besoin que de m'imaginer qu'elle me lira... »

Les répugnances de Laforgue sont indissociables des préjugés de décence et de distinction que les rêveries nostalgiques de la bonne société du XIXe siècle prêtent à l'aristocratie de l'Ancien Régime. Ainsi, dans *Lucien Leuwen*, l'image stendhalienne de Mme de Chasteller est d'une chasteté qui appelle l'évanescence, ce que le héros finit par réaliser en s'enfuyant, définitivement, de Nancy. La blondeur immaculée de Mme de Chasteller décourage à ce point toute emprise physique que l'on a le sentiment de ne pouvoir mériter de l'approcher qu'au prix d'un évanouissement réussi. Le travail de gommage accompli par Laforgue, qui n'a évidemment rien de commun avec la beauté et la rapidité d'écriture de Stendhal, correspond sur un mode caricatural à une certaine idée de l'imaginaire amoureux, selon laquelle l'amant s'émeut d'un profil entrevu au souffle des rideaux, mais s'enfuit horrifié à la vue d'une tache (de sperme ou de sang). Et si, pour Casanova, la possibilité et l'évocation de telles traces étaient indispensables à la résurgence de la mémoire érotique, ou dans le présent du désir au passage à l'acte ?

Les refus de Laforgue portent avec une insistance compréhensible sur la sueur. En effet, avec du sang et, encore mieux, avec des larmes, on peut toujours faire d'assez jolis motifs. À condition, surtout pour les larmes, qu'elles soient utilisées avec une certaine sobriété, suggérant plutôt que traduisant, en volumes d'eau, la force d'une douleur. Dans Casanova, au contraire, nombreuses sont les scènes où l'on a l'impression inverse d'une douleur, sinon en deçà de son coefficient en larmes, du moins exhaustivement « liquidée » par sa manifestation même. Processus inverse du système stoïcien et de toutes ses sagas héroïques, où les larmes se distillent à un haut degré de concentration. Elles se transmuent en une essence d'amertume et de désespoir si puissante qu'il suffit d'une goutte pour signifier la dévastation d'un malheur sans retour. Dans l'univers de Casanova où le stoïcisme n'a jamais pénétré, où l'on revient de tous les malheurs, et où l'on fait des essences un usage diluvien, les larmes pleuvent « à verse » ; avec cette indifférence à normaliser les effets de trucage que l'on observe chez les cinéastes plus soucieux de poésie que de naturalisme (chez

Sternberg ou Fellini précisément). À propos de la
Corticelli qui vient de lui faire le récit de son infortune, il écrit : « Après cette horrible histoire, elle mit
sa tête dans un mouchoir sale pour ramasser un torrent de larmes. » La pauvre, elle pleure une telle
quantité de larmes qu'elle peut les mettre en ballu-
chon. Image bizarre, cassée. Casanova accole la précision plate du mouchoir à l'expression « torrent de
larmes », qu'il emploie avec un respect heureux de
sa totalité : pas de larmes sans torrent... La vérité de
l'expression toute faite (il y a bien sûr dans ce trait
stylistique de Casanova un lien avec son goût
ludique des formules magiques) se vérifie également
dans une scène avec une jeune Romaine, Barbaruccia. Celle-ci, enceinte, s'est enfuie de la maison
paternelle et est venue se réfugier chez Casanova. Il
n'a d'autre intimité avec la jeune fille que de prendre
des leçons de français avec elle (ce qui n'est pas rien,
mais enfin...). Il lui propose d'abord de la raccom-
pagner chez son père : « Elle me répond pleurant *à
verse* qu'elle aimait mieux que je la mette dans la
rue, et que je l'y abandonne... Quelles larmes ! Trois
mouchoirs dans une demi-heure en furent imbibés.
Je n'ai jamais vu des pleurs pareils jamais disconti-
nués ; s'ils furent nécessaires à la soulager de sa douleur, il n'y a jamais eu au monde une douleur égale
à la sienne [1]. » Casanova n'éprouve aucun émoi
sadique pour quelqu'un qui pleure en telle abondance, mais plutôt une fascination pour quelqu'un
capable de se répandre sur un mode aussi dispen-
dieux. Notons que l'incident va lui coûter sa carrière
ecclésiastique et lui faire quitter « le grand trottoir

1. *Histoire de ma vie*, vol. 1, pp. 268-269.

de l'église » pour la multiplicité des chemins de traverse...

Sur les larmes, donc, Laforgue n'apporte que des
retouches secondaires (assouplissant les formules
par exemple) ; il n'en tarit pas l'écoulement. Ce qu'il
va essayer de faire avec la sueur. Liquide ignoble et
qui irrigue de manière envahissante le texte de Casanova, au lieu d'invisiblement suinter comme il se
doit. Connotant l'effort physique et le sud, la sueur
est aussi étrangère que possible au minutieux travail
de récriture auquel se livre, des années durant,
Laforgue, « Français, professeur à Dresde, qui
accepte cette longue besogne pour améliorer son
ordinaire [1] ». Encore que métaphoriquement (c'est-
à-dire précisément dans le sens de ses corrections)
il dût plus d'une fois conjuguer le verbe à son propre
usage. Pour Casanova, au contraire, *suer* est tout ce
qu'il y a de littéral, et ses manifestations non moins
que les occasions — qu'elles soient dues à la chaleur,
à la peur, au plaisir — relèvent de l'ordre du notable.

Voyons Casanova sous les Plombs : « C'était le
temps de la pestilentielle canicule ; la force des
rayons du soleil qui dardaient sur les plombs qui
couvraient le toit de ma prison, me tenait comme
dans une étuve ; la sueur qui filtrait de mon épi-
derme ruisselait sur le plancher à droite et à gauche
de mon fauteuil où je me tenais tout nu [2]. »

Les changements légers, mais significatifs, intro-
duits par Laforgue donnent le texte suivant : « Nous
étions dans la canicule : la force des rayons du soleil

---

1. Gérard Bauër, préface aux *Mémoires* de Casanova, Paris, Gallimard, 1958, coll. « Bibliothèque de la Pléiade », t. I.
2. *Histoire de ma vie*, vol. 4, p. 215.

qui dardaient d'aplomb sur ma prison me tenait comme dans une étuve, au point que la sueur qui découlait de mon pauvre corps mouillait le plancher à droite et à gauche du fauteuil sur lequel j'étais forcé de me tenir nu [1]. »

C'est évidemment « pestilentielle » et le rapprochement de cet adjectif avec « canicule » qui sont raturés, au mépris du danger très réel qui, pendant les chaleurs estivales, unissait la peste et Venise. Le refus du Pr Laforgue en face du texte de Casanova est l'analogue de la dénégation obstinée avec laquelle le Pr Aschenbach, dans le roman de Thomas Mann *La Mort à Venise*, repousse tous les signes avertisseurs de la peste.

Dans la familiarité de Casanova avec la peste, il y a une donnée vénitienne et, plus largement, une donnée d'époque qui faisait de la peste le régime normal de certains lieux. Ainsi, à son arrivée à Constantinople, Casanova se réjouit de sa chance « La peste ne circulait pas dans la grande ville dans ce moment-là, chose fort rare. » C'est l'absence de peste qui est remarquable. Une telle accoutumance de pensée avec le Fléau est essentielle à la compréhension, par exemple, de l'épisode avec Bettine. C'est la même intolérance déjà démontrée à l'égard de la « pestilentielle canicule » de Venise, qui oblige

---

1. La Pléiade, t. I, p. 974 (pour l'adaptation de Laforgue je me réfère à l'édition des œuvres complètes dans la Bibliothèque de la Pléiade). On notera le passage « des plombs » qui couvrent la prison et la rendent si chaude en été et glaciale en hiver (et qui lui donnent son nom) à l'expression « d'aplomb » utilisée par Laforgue ! Cette forme poétique de fidélité au texte original fait penser à la technique de mensonge d'Odette de Crécy (dans *Un amour de Swann*) qui est toujours soulagée quand elle peut inclure dans son invention du moment un fragment de vérité indéniable par quoi, bien sûr, elle se trahit.

Laforgue à remplacer « la puante transpiration » de
Bettine par « l'odeur de sa transpiration ». Le lecteur
restant libre de s'imaginer que celle-ci puisse être
douce...

Dès sa préface, Casanova déclare, en guise d'avertissement sur sa sensualité (il a d'abord rassuré le
lecteur sur le chapitre de la religion, il peut donc
pour le reste y aller franchement) : « Pour ce qui
regarde les femmes, j'ai toujours trouvé que celle
que j'aimais sentait bon, et plus sa transpiration
était forte plus elle me semblait suave. Quel goût
dépravé ! Quelle honte de se le reconnaître, et de ne
pas en rougir ! [1] » C'est bien le jugement implicite de Laforgue qui récrit : « Quant aux femmes,
j'ai toujours trouvé suave l'odeur de celles que
j'ai aimées [2]. » Correction déodorante, comme si
Laforgue, à chaque transpiration, mimait pour son
compte les pâmoisons de la reine d'Angleterre, victime d'un danseur trop passionné de son art. On a
reconnu la célèbre anecdote du danseur Poussatin,
par ailleurs aumônier de l'armée catalane : « Poussatin fit des merveilles devant la reine ; mais comme
sa danse était un peu vive, elle ne put supporter
l'odeur que son agitation violente répandit dans son
cabinet. Les dames lui demandèrent quartier. Il y
avait de quoi vaincre tous les parfums et toutes les
essences dont elles étaient munies. » Scène typique,
non seulement du folklore catalan au XVIIIᵉ siècle,
mais aussi de la façon combative dont on usait,
alors, des parfums. Un parfum discret ne pouvait
qu'être un parfum vaincu. Leur surenchère condui-
sait à des sommets olfactifs, avec parfois de beaux

1. *Histoire de ma vie*, préface, pp. XV-XVI.
2. Édition Laforgue, La Pléiade, préface, p. 7.

triomphes. Casanova aime à s'en souvenir : « Et je suis retourné sur le théâtre, où les exhalaisons de ma pommade m'attiraient des compliments de tous les jeunes officiers [1]. »

Mais si Laforgue peut raturer des mots et même des phrases, il doit respecter, de plus ou moins près, la suite des séquences. Or celle qui introduit à l'odeur des femmes est particulièrement accablante. Casanova a « enchaîné » de l'odeur des fromages à celle des femmes. En effet, sa passion pour les premiers était telle qu'il eut longtemps le projet d'écrire un dictionnaire des fromages (par contraste, combien apparaît éthérée, délicieusement aseptisée, la passion classificatoire de Rousseau pour la botanique !). Mais il y renonça, et à la place, écrivit ses Mémoires...

Odeurs des canaux de Venise, corps en sueur, offert, ouvert, ruisselant. Le touriste nauséeux se détourne. Il retourne au musée pour y regarder Guardi ou Canaletto. Le lecteur incommodé s'éloigne. Il croit bien apercevoir que Casanova, sous le toit brûlant des Plombs, s'est dénudé, mais à cette distance... La terreur d'une promiscuité s'est évaporée dans un brouillage d'humanité. L'image gigantesque de ce corps transformé en fontaine se réduit, chez Laforgue, à l'expression supposée d'un apitoiement sur soi-même : « Pauvre corps... »

Oui, mais de quel corps s'agit-il ici ?

Si l'on passe des sueurs chaudes aux froides, de la canicule aux glaciations paniques, c'est un traitement de la peur par libre expansion plutôt que par rétraction que suggère le mode de réaction de Casanova. En effet, il ne se refuse jamais à la peur. Au

---

1. *Histoire de ma vie*, vol. 6, p. 43.

même titre que le désir, la peur fait partie des violences qui le subjuguent sans scrupule ni retenue,
qui l'inondent : « J'étais seul et très content de l'être
pour me jeter sur le lit et laisser sortir de mon corps
une sueur froide effrayante [1] » ou « L'avocat partit et
me laissa pétrifié. Sa narration me mit dans un si
fort orgasme qu'en moins d'une heure il me parut
que tous les fluides de mon individu cherchaient une
issue pour évacuer la place qu'ils occupaient [2]. »
Casanova se perçoit comme éminemment liquide.
La pétrification de même que le dessèchement sont
chez lui des phases éphémères et mal tolérées, des
états prémonitoires de la mort. La question de s'en
sortir pour Casanova est purement éjaculatoire. Des
orgasmes de peur à ceux de plaisir Casanova manifeste la continuité d'un « être au monde » irrémédiablement giclant.

Ce contre quoi Laforgue s'efforce de se (et de
nous) protéger par des détournements euphémiques
ou, plus radicalement, lorsque ça ne lui semble pas
nuire au sens général du récit, par des suppressions.
Dans les deux cas les exemples sont nombreux
puisque c'est toute l'écriture de Casanova qui est
reprise en ce sens. Ainsi dans un charmant passage
où Casanova raconte comment pendant un bal,
Juliette, célèbre courtisane de Venise, et lui-même,
abbé à la mode, échangent leurs vêtements. L'opération traverse un moment délicat, et indélica-
tement résolu : Casanova, comme d'habitude, en
fout partout. Il écrit : « Je veux lui donner un baiser, elle ne veut pas ; à mon tour je m'impatiente, et

1. *Ibid.*, vol. 10, p. 31.
2. *Ibid.*, vol. 6, p. 79.

malgré elle les éclaboussures de mon incontinence paraissent sur la chemise [1]. »

Laforgue n'a pas de mal à raffiner sur l'élégance de l'énoncé. Si « incontinence » est à la rigueur admissible, « éclaboussure » fait très vilain et anéantit les efforts de décence auxquels prétendait le reste du récit, la bavure linguistique reproduisant exactement la nature même de l'incident. Rien de tel dans la version de Laforgue qui, au contraire, couvre l'impromptu de Casanova d'une formule sans défaut : « Je veux lui donner un baiser ; elle s'y refuse, je m'impatiente et malgré elle je la rendis témoin du terme de mon irritation [2]. » Témoin à charge, évidemment (Juliette déteste Casanova depuis qu'il a osé publiquement critiquer ses larges mains et ses grands pieds). La décharge est entièrement du fait de Casanova (dans tous les sens du terme, puisqu'il va jusqu'à faire passer la culpabilité du « malgré moi » auquel on s'attendait, à un « malgré elle » étonnant). On peut imaginer que Casanova qui, dès leur première rencontre, n'a pas aimé le ton supérieur de Juliette, éprouve une satisfaction particulière à tacher celle dont il se plaît à rappeler le surnom disgracieux de « Cavamacchie » (« la Dégraisseuse »)...

Laforgue, pour mieux nous garder d'une proximité éclaboussante, renforce la distance par rapport au lecteur en faisant passer la scène du présent au passé simple. L'emploi du passé historique, joint à la connotation juridique du terme de « témoin », confère à la scène un caractère global de dignité que ne parvient pas à troubler l'irruption légère d'une

---

1. *Ibid.*, vol. 1, p. 105.
2. Édition Laforgue, La Pléiade, t. I, p. 106.

« irritation ». Mais, il arrive que, dans son acharnement à réduire le corps d'humeurs de Casanova à la
netteté d'un dessin ou à la propreté d'un squelette,
Laforgue ait recours à une censure plus directe.

Par exemple, lors de cet épisode à Marino, où
Casanova s'est arrêté en compagnie d'un avocat
napolitain, de sa femme Lucrezia et de sa belle-sœur.
Dans la nuit, un grand désordre se produit à la suite
d'une attaque surprise de l'armée espagnole par les
troupes allemandes. Le mari inquiet va voir dans
l'auberge ce qui se passe. Casanova, qui n'évalue les
événements historiques que d'après le seul critère de
son plaisir, profite des quelques minutes qui lui sont
accordées pour rejoindre Lucrezia. Il montre à
l'occasion une rapidité de prestidigitateur, doublée
hélas d'une vigueur de lutteur qui brise net le lit où
dorment les deux sœurs. « L'avocat étant à la porte
avec un clavier, elle me prie au nom de Dieu d'aller
me coucher, car son mari, me voyant dans l'état
épouvantable où je devais être, devinerait tout. Sentant mes mains poisseuses, j'entends très bien ce
qu'elle voulait me dire, et je vais vite dans mon lit [1]. »

L'édition Laforgue coupe, parce qu'elles sont trop
sales, les mains de Casanova. Car le comble du sale
c'est, bien sûr, le poisseux, c'est-à-dire le sale plus le
collant. C'est la fin du comportement civilisé, le
début d'une histoire d'épouvante ou d'une crise exis-
tentielle, quand on tend une main qui ne peut plus
se décoller... On trouve donc seulement chez
Laforgue : « Le mari étant revenu, et le bruit d'un

---

1. *Histoire de ma vie*, vol. 1, p. 215. L'avocat est muni d'un clavier parce que Casanova a, dans un premier élan, avant de faire
s'effondrer le lit, cassé la serrure...

clavier nous ayant avertis que la porte allait s'ouvrir, force nous fut de revenir chacun dans son lit [1]. »

C'est encore le registre du poisseux qui est sanctionné dans le passage de la « cérémonie » avec Mme d'Urfé que Casanova a su convaincre de l'enchaînement immanquable des événements suivants : en conséquence de son union avec Casanova, elle mourra puis renaîtra sous la forme masculine à laquelle elle aura, préalablement, donné naissance en mourant. Rien de plus simple. Casanova ne s'épargne pas : « J'entre en lice, je travaille une demi-heure, grondant, en sueur, et fatiguant Séramis sans pouvoir parvenir à l'extrémité, et ayant honte de la tricher ; elle nettoyait mon front de la sueur qui sortait de mes cheveux mêlés à la pommade et à la poudre [2]. » Cette substance pommadeuse, dont Casanova moins préoccupé aurait certainement su faire un onguent miraculeux, n'apparaît pas dans le texte de Laforgue. Il conserve seulement le geste « d'essuyer », moins compromettant que « nettoyer ». Et il supprime « grondant » qui doit lui sembler un détail bien trivial quand il s'agit de faire magiquement l'amour. Or, c'est manquer à la fois les deux : l'amour et la magie...

Faire l'amour ou pratiquer la magie, ce n'est pas évoluer dans une abstraction d'odeurs, de matières et de bruits, mais au contraire, s'enfoncer, se perdre en eux. Et dans l'excès d'une dépossession trouver les principes d'une manipulation. Le savoir charlatanesque de Casanova, dont la performance sexuelle n'est qu'un élément, ne peut exister que sur la base d'une richesse sensuelle foncièrement non exclusive.

---

1. Édition Laforgue, La Pléiade, t. I, p. 202.
2. *Histoire de ma vie*, vol. 9, p. 65.

L'univers corporel de Casanova inclut tous les détails choquants. C'est même de la détonnation de leur mise en présence qu'il obtient ses plus fortes excitations en même temps que ses ruses les plus sûres. Car l'habileté de Casanova — en tant que joueur, amant, guérisseur ou charlatan — mêle un aveuglement animal, une soumission absolue à l'assouvissement de son plaisir, et une intelligence des composantes à l'œuvre, une parfaite lucidité des effets. Chien et magicien, subtil et forcené, Casanova a obtenu tous ses succès de n'oublier jamais l'accord indissoluble des extrêmes.

Les censures de Laforgue modifient le texte de Casanova en fonction d'une grille de valeurs qui lui est étrangère. Elles le confrontent, entre autres, à des notions d'élégance qui n'y sont pas reconnues, car c'est l'usage en grandes quantités de crèmes, de poudre, de mouches et de parfums (et tant pis si tout cela tourne parfois à la bouillie), qui est élégant dans le contexte casanovien (et qu'il y en ait moins, et même plus du tout, prive les personnages de ce qui fait le bonheur de leur corporéité), qui efface ce qu'il y a de brigand, de vainqueur et de menaçant dans la figure de Casanova. En refusant que s'inscrivent pestes purulentes, bains de sueur et jets de foutre, c'est la dynamique vitale et fantasmatique de Casanova, avec son ancrage ancestral dans le fantastique, qui est barrée. Si l'on ignore le relais entre ses déperditions effrénées et la faim « canine » qui le dévorait (la prédilection de Casanova pour cet adjectif que l'on trouve couramment sous sa plume est systématiquement interdite par Laforgue), quelque chose dans le rythme de ses aventures se trouve perdu. En même temps que l'harmonie, nouvelle à nos yeux, qui pouvait lier la santé et la maladie, la beauté et la saleté, l'innocence et la peste, on perd de vue la rapidité avec laquelle Casanova passait de l'une à l'autre.

Rapidité qui ne dépendait d'aucune urgence extérieure mais qui lui faisait vivre l'alternance de ces états comme la traversée des modes successifs d'une même souplesse. Ce sont d'ailleurs des appréciations chorégraphiques que suggère à Casanova la gestualité particulière aux habitants de Bologne : « C'est un dommage que, soit l'air, soit l'eau, soit le vin, on y contracte un peu de gale. Ce qui produit aux Bolonais le plaisir de se gratter, qui n'est pas si indifférent qu'on le pense, lorsque la démangeaison est légère. Les dames principalement dans le mois de mars remuent leurs doigts pour se chatouiller les mains avec des grâces enchanteresses [1]. » Les mutilations de Laforgue cassent l'émergence d'une frénésie, entravent le rythme d'une danse : branle, chatouille, chacone ou furlane...

Le sens de l'équité qui entraîne Laforgue à vouloir remplacer les éléments supprimés, pour l'essentiel des notations concrètes, par des considérations générales, vaguement philosophes, l'éloigne encore plus du texte original.

Ce colmatage par fragments de « bon sens » tels que « le besoin rend industrieux » ou « mais, hélas, tout n'est point rose dans le plaisir [2] » ou « le cœur de l'homme est un abîme », etc., ralentit la succes-

---

1. *Ibid.*, vol. 7, p. 264.
2. Cela en cas de découverte de symptômes vénériens, systématiquement représentés par Laforgue par des allégories. Par exemple : « Je m'aperçus avec horreur que j'avais trouvé *un serpent* caché sous les roses. » Le serpent pour désigner le mal vénérien est une image typique des écrivains du XIXe siècle et qui n'est jamais employée par Casanova.

sion des événements. Il introduit des temps morts, accordés à titre posthume à Casanova, pour y rétablir la sagesse réflexive dont il avait cru pouvoir se passer de son vivant. En contresens du fonctionnement de la pensée de Casanova, qui jamais ne double ni n'arrête l'action, mais surgit dans son mouvement même. En hostilité inavouée à l'impudeur d'un corps si parfaitement amoureux de lui-même et du monde qu'il ne trouve rien à retrancher de ses manifestations, et que vêtements et sécrétion lui paraissent également mémorables en regard d'une écriture tout entière consacrée à son éloge...

La farce du bras mort

Je n'associe donc pas cette version déformée du texte initial de Casanova et la généralisation de sa publication à une sorte de continuité ironique avec le goût des déguisements pour lesquels Casanova eut toute sa vie un si fort penchant. Ce n'est pas dans le sens d'un ajout parodique qu'il faut situer l'adaptation de Laforgue, mais plutôt dans celui d'une violence castratrice. C'est pourquoi je choisirai de le lire symboliquement dans le creux de cette peur récurrente qui, insérée dans des épisodes différents, revient toujours à la mutilation d'un bras ou d'une main coupée.

Même si l'on ignore sa reprise, quelques chapitres plus loin sous la forme d'un cauchemar, on est frappé, dès la première lecture, du « tour sanglant » très singulier, qu'au cours d'un séjour à la campagne chez son ami Fabris, Casanova inflige à un seigneur grec, en représaille de « la niche » spectaculaire qu'il s'était permise à son égard (il se vengeait par là de ce que Casanova lui avait « escamoté » une femme de chambre dont il était amoureux). Ce qui caractérise cette escalade de farces, dont l'inventivité est une règle de villégiature, est qu'elles sont supposées faire rire les spectateurs *et* la victime. Il s'agit d'empêcher que le jeu, manifestement dangereux, tourne à un plaisir de persécution. Et c'est peut-être pour ce rire forcé, alors même qu'il est au comble du désarroi et de la fureur, que Casanova en veut surtout à Demetrio. Pour le rire qu'il a du mal à maintenir, en s'enfonçant jusqu'au cou dans le fossé d'eau boueuse où Demetrio l'a fait tomber (il avait fait scier la planche qui servait de pont). Et pour le costume en paillettes et dentelles, « l'habit de lumière » que Casanova porte ce jour-là et qui est, bien sûr, irrémédiablement gâché. Aucune vengeance ne lui paraît satisfaisante : estimée en poids de paillettes une perte pour lui est sans prix. Heureusement, il assiste par hasard à un enterrement qui lui donne une idée...

Armé d'un couteau de chasse, il va déterrer le cadavre, lui coupe, non sans peine, un bras. Puis il retourne à la villa. Le lendemain soir, il se cache sous le lit du Grec. Quand celui-ci s'est endormi il lui tire, à plusieurs reprises, la couverture. À chaque fois, Demetrio, sans vraiment se réveiller, la ramène à lui, jusqu'à ce que ce soit non plus la couverture mais le bras mort que sa main agrippe. Casanova retient le bras de façon que l'autre tire de plus en plus fort et soudain, il lâche le bras mort. Il s'enfuit aussitôt sans avoir entendu aucune réaction de la part du malheureux Grec. Ni exclamation ni cri, encore moins l'éclat de rire vigoureux qui déclarerait la farce excellente. Au matin il apprend le pourquoi du silence qui accueillit sa « pièce » : Demetrio sous le coup de la surprise et de la terreur est tombé paralysé. Il le restera tout le reste de sa vie, comme le note Casanova sans en exprimer de regrets. On sent même qu'il s'étonne de la réprobation unanime de ses hôtes et des autres invités et qu'il s'indigne qu'en dépit d'aucune preuve on ne manqua pas de l'accuser immédiatement sous prétexte que ce crime « lui ressemblait ».

Il faut effectivement conclure à une « ressemblance » profonde pour qu'à aucun moment l'horreur pratique du procédé (l'opération de démembrement, le transport du bras, la manipulation guignolesque) ne le fasse s'interroger sur une démesure possible entre le mal subi et celui infligé. Comme s'il était dans une si routinière proximité avec la mort qu'il ne pouvait se représenter son irruption dans le sommeil d'une personne que comme une plaisanterie un peu forte. La terreur ressentie par Demetrio lui aurait été inimaginable à cause d'une insensibilité coutumière. On pourrait croire en effet à un Casanova-Dracula semeur de mort (au frivole incident d'une chute ridicule et d'un habit abîmé) si nous ne retrouvions plus loin exactement la même « pièce », mais dont il est à la fois l'instigateur et le jouet, dans une duplicité effrayée.

Casanova vient d'être enfermé dans une cellule de la prison des Plombs. Stupéfait et désespéré, il s'est endormi (du sommeil de plomb qui est l'un des titres de renommée de la maison). Il est réveillé par la cloche de minuit. « Sans bouger, couché comme j'étais sur mon côté gauche, j'ai allongé le bras droit pour prendre mon mouchoir, que la réminiscence me rendait sûr d'avoir placé là. En allant à tâtons avec ma main, Dieu ! quelle surprise lorsque j'en trouve une autre froide comme glace. L'effroi m'a électrisé depuis la tête jusqu'aux pieds, et tous mes cheveux se hérissèrent. Jamais je n'ai eu dans toute ma vie l'âme saisie d'une telle frayeur, et je ne m'en suis jamais cru susceptible... mais devenu maître de mon raisonnement, je décide que pendant que je dormais on avait mis près de moi un cadavre ; car j'étais sûr que lorsque je me suis couché sur le plancher il n'y avait rien. Je me figure d'abord le corps de quelque innocent malheureux, et peut-être mon ami qu'on avait étranglé, et qu'on avait ainsi placé près de moi pour que je trouvasse à mon réveil devant moi l'exemple du sort auquel je devais m'attendre. Cette pensée me rend féroce ; je porte pour la troisième fois mon bras à la main, je m'en saisis, et je veux dans le même moment me lever pour tirer à moi le cadavre, et me rendre certain de toute l'atrocité de ce fait ; mais voulant m'appuyer sur mon coude gauche la même main froide que je tenais serrée devient vive, se retire, et je me sens dans l'instant avec ma grande surprise convaincu que je ne tenais dans ma main droite autre main que ma gauche, qui percluse et engourdie avait perdu mouvement, sentiment et chaleur, effet du lit tendre, flexible et douillet sur lequel mon pauvre individu reposait.

« Cette aventure quoique comique ne m'a pas égayé [1] ! »

Cette deuxième représentation de la farce du bras mort dont l'ingéniosité, mesurée à l'économie des moyens mis en œuvre, est encore plus poussée que la première, n'amuse pas plus Casanova que Demetrio. On peut même avancer que dans l'esprit de Casanova sa farce n'avait jamais été conçue comme

---

1. *Histoire de ma vie*, vol. 4, pp. 207-208.

drôle. Payer de sa mort (ou de l'équivalent d'une paralysie) un habit détruit n'est pas dans le système casanovien une aberration. D'abord parce que l'habit n'est pas moins précieux que le corps qu'il revêt. Ensuite parce que la mort, « la mort irréparable » comme l'écrit Casanova, est de toute manière un non-sens. Qu'elle sanctionne un mauvais tour ou un crime ne la rend ni plus juste ni plus compréhensible. Ce refus de la mort, dont rien et surtout pas le temps ne saurait faire admettre la nécessité, se retrouve, aussi survolté, dans sa terreur de perdre un membre. À moins que ce ne soit l'inverse et que la mort ne soit vécue comme la menace d'une castration progressive ou brutale.

Après son duel avec le comte Branicki, Casanova n'envisage pas, malgré le mauvais aspect de sa blessure au bras, l'éventualité d'une amputation. « Il [un chirurgien] me lève l'appareil, il tire le séton, il examine la blessure, la couleur, puis l'enflure livide, ils parlent polonais entre eux, puis tous les trois d'accord me disent en latin qu'ils me couperont la main à l'entrée de la nuit. Ils sont tous gais, ils me disent que je n'avais rien à craindre, et que par là je me rendrais sûr de ma guérison. Je leur réponds que j'étais le maître de ma main, et que je ne leur permettrai jamais cette amputation ridicule [1]. »

Il y a quelque chose de kafkaïen dans cette vision lointaine, à la fois précise et indéchiffrable, de ces trois chirurgiens qui discutent gaiement son amputation, dans cette perception d'une situation qui concerne le narrateur au plus près, mais sur laquelle, par une divergence de langue, de point de vue et de compétence, il a perdu tout droit d'inter-

1. *Ibid.*, vol. 10. p. 194.

vention. Mais ici la dépossession n'est que momentanée. Casanova, au contraire des personnages de Kafka, ne s'en tient pas à la liberté d'un regard distancé sur ses bourreaux. Leur excitation à la décision de son amputation n'est soutenable que s'il se sait encore en mesure de leur refuser ce plaisir. Pouvoir ultime perdu dans l'immensité du monde, mais tout entier contenu dans la force de cette conviction : *Je suis le maître de ma main.*

Déclaration de joueur et de tricheur, habile à « corriger la fortune ». (On connaît les supplices de mutilation des mains qui leur sont réservés.)

Déclaration de libertin déterminé à obtenir son bonheur. Pour Casanova ce n'est pas la hauteur du défi mais la sûreté de son envie qui décide du choix de l'objet : Casanova n'est pas de ceux qui invitent les morts à table et leur tendent une main audacieuse.

LE COMMANDEUR (*à Don Juan*) : Donne-moi la main, en gage.

DON JUAN (*lui tendant la main*) : La voilà !... Horreur !...

LE COMMANDEUR : Qu'as-tu ?

DON JUAN : Quel est donc ce froid ?

À l'écoute de sa peur et décidément fermé au chantage d'une culpabilité, Casanova ne donne pas sa main en gage. Il se la garde. Sinon pour d'autres conquêtes, au moins pour distraire sa vieillesse...

Déclaration d'écrivain reprenant, amusé, des anecdotes de mutilations évitées.

Lorsque Casanova rentre d'Angleterre, malade à mourir d'une syphilis odieusement britannique, il va, dès son arrivée à Calais, se coucher à l'*Auberge du Bras d'or*...

L'imposteur et la dupe
Portraits de Saint-Germain
et de Cagliostro

> *Dis-moi, enfin, s'il t'est possible, mais*
> *aussi tendrement que je l'éprouve pour*
> *toi : Mon Cher Belzébuth, je t'adore.*
>
> CAZOTTE, Le Diable amoureux

Touchant le XVIIIᵉ siècle, la tradition scolaire et l'imagerie rationaliste tendent à polariser notre attention sur le lieu d'émergence d'un nouveau discours : celui des encyclopédistes. Mais l'énergie critique et la clarté de définition dont se réclame le travail des philosophes ne sont que des données très partielles dans la confusion globale d'une époque abusivement étiquetée comme le siècle des Lumières. La secte même des philosophes ne présentait nullement l'uniformité d'un mouvement positiviste. Une personnalité comme Diderot a entretenu toute sa vie des rapports incertains avec le principe de non-contradiction. L'édifice de l'Encyclopédie apparaît secrètement miné et emporté par une musicalité et un libertinage intellectuel irrépressible. Apostrophant le Philosophe, le Neveu de Rameau, conforme à la tradition des mauvais génies, sait immédiatement avertir qu'on ne s'entretient pas avec lui impunément, et qu'on ne se divertit pas de l'immoralisme de ses propos sans témoigner par là d'une coupable connivence : une fois que l'on a fait appel à lui, ne serait-ce que par désœuvrement, pour le prétexte futile de passer un moment, on ne se libère pas simplement de lui par le mépris. Avertissement voilé dans la bonhomie d'une remarque à laquelle le Philosophe ne peut qu'acquiescer : « Vous avez toujours pris quelque intérêt à moi parce que je suis un bon diable que vous méprisez dans le fond, mais qui vous amuse [1]. » Paroles de « bon diable », sans conséquences... Rameau, à la demande de son interlocuteur, commence son premier récit...

Quant à Rousseau, sa solidité polémique, l'extrême cohérence de système du *Contrat social* ou du *Discours sur l'origine de l'inégalité* sont inséparables d'un versant autobiographique et fictionnel bien au-delà de toute norme contractuelle. Il est un point où la raison rousseauiste s'égare en fureurs maniaques, éclate en sombres prédictions, en sanglots d'amour impuissant, ou, joyeusement, en airs d'opéra italien...

Plus généralement, le ton n'était pas à la Raison et si les contemporains des philosophes s'enthousiasmaient pour les effets de lumière, c'était davantage pour ceux, nocturnes, des illuministes que pour le plein jour des performances logiques. Comme l'écrit Gérard de Nerval dans sa préface au *Diable amoureux* : « Les livres traitant de la kabbale et des sciences occultes inondaient alors les bibliothèques... Aussi ne parlait-on plus que d'esprits élémentaires, de sympathies occultes, de charmes, de

---

1. Diderot *Le Neveu de Rameau*, O. C., Paris, Gallimard, coll. « Bibliothèque de la Pléiade », 1965, p. 405.

possessions, de migrations des âmes, d'alchimie et de magnétisme surtout [1]. » Mesmer et son fluide magnétique ravagent les esprits. Pas seulement ceux des femmes qui se convulsionnent à plaisir dans « la chambre des crises », mais aussi ceux, supposés plus sérieux, de gens comme Lafayette, Brissot, Carra, Marat, ou les Roland [2]... Quand il ne s'agit pas de fluide, c'est l'astrologie. (« Dans toute l'Italie, écrit Casanova, nous voyons dans les places publiques des Astrologues mâles et femelles assis sur des tréteaux, appelant le peuple, qui leur donne de l'argent pour savoir ce qui leur arrivera dans ce monde [3]. ») Ou les promesses de l'alchimie qui « tournent toutes les cervelles ». Saint-Germain et Cagliostro sont l'obsession de tout le monde. On vend des bagues, des broches, des éventails à leur effigie. On rêve de s'approprier leurs pouvoirs. Tous les médiateurs sont permis... « Les uns en voulaient aux Anges, les autres au diable, les autres à leur génie, les autres aux Incubes, les autres à la guérison de tous maux, les autres aux Astres, les autres aux secrets de la Divinité, et presque tous à la Pierre Philosophale [4]. »

On lit et relit *Le Comte de Gabalis*. Des textes initiatiques, plus ou moins justement attribués à Saint-Germain, telle *La Très Sainte Trinosophie*, sont fébrilement déchiffrés selon le double impératif d'une

---

1. Gérard de Nerval, préface au *Diable amoureux*, Cazotte, Paris, Terrain Vague, 1960, pp. 20-21.
2. Cf. sur ce sujet le livre déjà mentionné de R. Darnton, *La Fin des Lumières*.
3. Casanova, *Soliloque d'un penseur*, Paris, Librairie de la Société casanovienne, J. Fort Éditeur, 1926, pp. 28-29.
4. L'abbé de Villars, *Le Comte de Gabalis*, Londres, Les Frères Vaillants, 1742, pp. 7-8.

méthode de lecture qui doit être exhaustive (un seul élément négligé risque de compromettre l'ensemble du projet de dévoilement : « Souvenez-vous seulement que tout doit vous servir. Une ligne mal expliquée, un caractère oublié, vous empêcheraient de lever le voile que la main du Créateur a posé sur le Sphinx [1] ») et d'une interprétation finale qu'il faut savoir tenir secrète. On voit comment les deux exigences peuvent faire le jeu des imposteurs. L'une parce que si *tout* doit être interprété il est toujours possible de trouver « un caractère oublié » dont la découverte change radicalement, et selon la convenance du Maître, la portée du message.

Un caractère oublié, ou une signification supplémentaire : la polysémie, à l'encontre de ce qui se passe dans les textes à visée rationnelle, étant en effet essentielle à la compréhension des livres d'ésotérisme. Selon la technique du « dévoilement voilé », ceux-ci présentent des significations manifestes qui ne valent que symboliquement, comme clefs d'un Savoir secret. Ce Savoir s'écrit avec des éléments empruntés à la mythologie grecque, à la légende des templiers (comme c'est le cas pour le livre *Les Noces chymiques de Christian Rose-Croix*), à la kabbale hébraïque (pendant tout le XVIIIe siècle celle-ci est dominante : les calculs prétendument kabbalistiques qui permettent à Casanova une métamorphose sociale aussi ardue que l'est métaphysiquement le grand œuvre alchimique — à savoir « sauter du vil métier de joueur de violon à celui de Seigneur — sont un emprunt à « l'air du temps »).

La seconde parce que le secret, avec l'aura du mys-

---

1. Comte de Saint-Germain. *La Très Sainte Trinosophie*, Bibliotheca Hermetica, 1971, p. 80.

tère qui l'entoure, est l'élément vital du charlatan, au sens où il est essentiel à la pratique de son art ; mais aussi, plus prosaïquement, dans la mesure où, à révéler la nature de cet art, il risque l'emprisonnement, la torture et la mort. Le châtiment peut venir de l'Église et de l'Inquisition (c'est ce qui se passe pour Cagliostro), ou bien des adeptes eux-mêmes attentifs à ce que leurs rites ne soient pas divulgués. C'est ainsi, paraît-il, que l'auteur du *Comte de Gabalis*, l'abbé de Villars, fut trouvé assassiné sur la route de Lyon. Ou que, dans un style plus discret mais néanmoins décisif, Cazotte reçut, à la suite de la publication du *Diable amoureux*, une visite mystérieuse. Sitôt après l'entretien avec l'inconnu, il rejoint la secte des martinistes. On peut penser avec Nerval que « Cazotte dut être d'autant plus porté à réparer la faute qui lui était signalée que ce n'était pas peu de chose alors que d'encourir la haine des illuminés, nombreux, puissants et divisés en une foule de sectes, sociétés et loges maçonniques, qui se correspondaient d'un bout à l'autre du royaume [1] ». Il y avait là un enjeu sérieux, et c'est, paradoxalement, du côté d'un certain sérieux que je poserai la question du rapport de Casanova avec les sciences occultes et leurs plus prestigieux officiants.

Non qu'il y ait cru en tant que pratique spirituelle, ascèse mystique. Le phénomène pour Casanova est sans ambiguïté : tout cela est affaire de charlatanerie, don d'illusionnisme et génie de l'escroquerie. Il est remarquable qu'il ne se présente lui-même pour initié qu'en face d'un public déjà convaincu — et plutôt pour combler une attente que pour forcer un

1. Gérard de Nerval, préface au *Diable amoureux*, *op. cit.*, p. 25.

scepticisme. En face de gens qui ne croient pas, Casanova ne se risque pas. Il propose autre chose (il y a mille façons de s'amuser)... Il ne cherche à en « imposer » que sur demande. Il saisit au passage un rôle disponible déjà dessiné en creux par la crédulité de ses interlocuteurs. L'imposture n'est qu'un raffinement dans le désir de figuration qui est la constante de son rapport au monde. « Figurer » renvoie à une éthique de théâtralité ou de savoir-vivre minimal : le moindre que l'on doive, à soi-même et aux autres... À propos d'une de ses arrivées à Florence, Casanova écrit : « Je ne voulais pas en imposer, mais je voulais figurer [1]. » L'imposture peut toujours se produire, et elle n'est pas obligatoirement préméditée. Elle naît souvent d'une improvisation à partir d'une suggestion, d'un objet, d'un discours venus de l'extérieur.

Avec les paysans de Cesena c'est un objet qui joue l'élément déclenchant. Plus tard, avec Mme d'Urfé, c'est son fanatisme qui suscite les idées de comédie de Casanova. Il faut dire que la force de conviction de la marquise défiait tout projet de démystification, le faisant paraître mesquin et inutile face au déploiement de savoir et d'imagination dont témoignaient la richesse de sa bibliothèque et l'effervescence de son laboratoire. Ainsi, avec elle, ce n'est pas tant la volonté de tromper qui anime Casanova (encore que, par principe, il n'ait rien contre) que le sentiment amusé et complice de l'inutilité de vouloir *détromper*. Cette sorte de tendresse et même d'enthousiasme pour ses « victimes » (ce sont des histoires qui le font bander) dessine entre l'illusionniste et son public, entre l'imposteur et ses dupes, une ligne mouvante selon laquelle l'attribution des

---

1. *Histoire de ma vie*, vol. 7, p. 148.

rôles et le partage des émotions peuvent toujours être remis en question. Ce lieu instable, sans cesse au bord d'un renversement possible, au bord d'une catastrophe ou d'un miracle, est l'espace mental préféré de Casanova : celui qui lui paraît le plus riche en inventivité ludique, en ressources séductrices, mais aussi en vraies terreurs et en jouissances indicibles.

Analysant le passage des *Mémoires* où Casanova entreprend, à partir d'un couteau sacré qu'on lui a montré, de retrouver un trésor enfoui dans une propriété paysanne, Octave Mannoni écrit : « Le jeu consistera à être lui tout imposteur et à rendre l'autre tout crédule. Mais en fin de compte, comme on va voir, c'est Casanova qui tombera à la place du crédule, parce que ce qui le pousse à ce jeu, ce sont ses croyances répudiées [1]. » Mannoni fonde cette affirmation sur un moment de panique qui saisit Casanova quand, après avoir revêtu sa grande tenue de sorcier, tracé le cercle magique et proféré l'invocation rituelle, un orage effroyable se déchaîne. Casanova, complètement trempé dans sa chemise de sorcier, et effaré par la violence des éclairs, n'ose plus bouger de son cercle (qui lui apparaît maintenant comme sa seule protection). À ce moment-là, incontestablement, il croit (mais à quoi ?) et est prêt à tous les repentirs. Casanova, écrit Mannoni, est « rejeté non pas de l'imposture à la vérité — ce qui serait sans doute le salut s'il en était capable — mais de l'imposture à la crédulité. Du "système" à la "puissante idée superstitieuse" [2] ».

Est-ce à dire qu'il passe de l'autre côté et rejoint,

1. Octave Mannoni, *Clefs pour l'imaginaire*, Paris, Le Seuil, coll. « Champ freudien », 1969, p. 25.
2. *Ibid.*, p. 31.

vaincu, le camp des crédules ? Il faudrait pour cela
qu'il y ait pour lui deux camps distincts ou encore
que le réel et l'imaginaire soient deux forces véritablement antithétiques dont l'une aurait barre sur
l'autre d'après une hiérarchie assurée. Or, il n'y a
nulle part chez Casanova une telle adhésion. L'effet
de vérité ne l'intéresse pas, ne lui paraît pas donner
lieu à un langage supérieur à celui de la magie. Une
telle indifférence est conçue par Mannoni comme
une faiblesse. Elle n'est pas une forme de désinvolture mais seulement un signe de peur. Car il est
implicitement postulé qu'on ne se moque pas de la
vérité : Elle existe et il faut compter avec elle. À lire
Casanova pourtant on se sent vaciller (et c'est l'un
des plaisirs de cette lecture). On n'est plus si sûr qu'il
n'y ait de « salut » que par la vérité. Ce qui est sûr
est qu'il s'en est sorti autrement, qu'il a misé son
salut sur d'autres cartes — dont celle de l'écriture.
Alors pourquoi ne pas accepter cet autrement ? Au
lieu de vouloir à tout prix classer le « patient » dans
une case déjà connue. Surtout qu'aucune ne semble
lui convenir. Casanova résiste, ou se dérobe. « On ne
sait guère le situer avec certitude : est-il surtout un
phobique avec une surcompensation ? Est-il un pervers, d'une nature particulière ? Illustre-t-il une
transition entre la phobie et la perversion ? Ici, il va
nous intéresser comme imposteur [1]. » C'est peut-
être à l'approche d'un être absolu de l'imposture,
conçu hors de toute alternance et de tout démenti,
c'est-à-dire ni du côté de la pure superstition ni
du côté d'un machiavélisme froid, mais dans la
conjonction et l'intelligence des deux, qu'il faut rattacher la constatation de l'inclassable psychanaly-
tique de Casanova. Celui-ci, en même temps qu'il

1. *Ibid.*, p. 25.

ignore superbement la vérité (ou pis ne lui accorde aucune place décisive dans son système), exige que soit reconnu le pouvoir de cette ignorance, sa réalité effective, sans faire appel à une instance autre, nécessairement réductrice.

Dans l'épisode de Cesena, il est à noter que Casanova ne présente pas son accès de peur et de crédulité comme une défaillance. Il le raconte sans aucune honte, davantage comme un moment éclatant (c'est le cas de le dire !) dont le caractère inexplicable culmine dans la vision soudaine de l'extrême beauté de la jeune fille de la ferme, Javotte. Vision foudroyante : Casanova écrit : « ... J'ai vu Javotte si jolie qu'elle me fit peur [1]. » Que signifie cet aveu (ou cette déclaration d'amour) ?... Peur de la castration contre laquelle, selon l'interprétation de Mannoni, Casanova perdrait tout à coup ses moyens de défense. Ou bien triomphe persistant du monde de l'apparence qui, comme l'a compris Casanova, ne se laisse manipuler que par celui qui sait, à l'occasion, y succomber ? Ce n'est pas contre sa crédulité enfantine, mais avec elle que Casanova réussit ses plus beaux exploits. C'est donc, aussi, avec elle qu'il lui arrive d'échouer. C'est sans doute pourquoi, dans le récit de sa vie, ce moment de crédulité manifeste ne lui paraît pas significatif. Il ne l'empêche pas de se réveiller le lendemain matin « dégoûté de cette comédie », comme après une nuit d'excès. Vision à jeun et désabusée : Casanova conclut qu'il est temps de partir à cause du danger très vrai de l'Inquisition.

D'ailleurs, Casanova a plus d'une façon de traverser les orages et si celui de Cesena ébranle son sang-froid, la tempête qu'il affronte durant son voyage à

1. *Histoire de ma vie*, vol. 3, p. 3.

Corfou n'entame pas son incrédulité. Pourtant l'épisode est rude... À l'instigation d'un prêtre ennemi de Casanova qui le dénonce comme habité par Satan et par conséquent directement responsable du mauvais temps, l'équipage jette le maudit par-dessus bord. Casanova se sauve de justesse en s'accrochant à une ancre (l'ancre du salut) et revenu à bord il se garde bien de faire opposition à un exorcisme plus bénin : le prêtre brûle publiquement un parchemin magique qu'il avait acheté à Malamocco avant de quitter Venise. Ce parchemin était supposé rendre amoureuses de lui toutes les femmes rencontrées sur son chemin. Casanova assiste amusé, et soulagé de s'en tirer à si bon compte, à l'autodafé de son « grimoire infernal »...

Octave Mannoni situe le phénomène de la croyance dans la dynamique d'une lutte entre une forme imaginaire et la réalité qui la contredit : l'imaginaire ne pouvant l'emporter qu'au prix d'un « déni de la réalité ». Il y a dans toute croyance soutenue un fond d'entêtement à ne pas voir. Comme le souligne Mannoni, une telle attitude de « répudiation » de la réalité, de persistance malgré tout, se trouve parfaitement formulée par la phrase : « Je sais bien mais quand même... » Sans doute cette expression banale traduit bien l'absurde position du crédule dans un monde qui privilégie les preuves expérimentales contre les fantaisies intimes, mais je ne suis pas certaine qu'elle s'applique aussi justement à Casanova. Il faudrait pour cela que le « je sais bien » soit chargé d'une valeur suffisamment importante, et telle qu'elle menace ses propres constructions. Or, l'expérience, chez Casanova, n'apprend rien.

Il me semblerait plus casanovien de dire : « Je ne sais rien mais quand même... », le deuxième membre de la phrase ouvrant sur toutes les permissivités de l'imposture, étant bien entendu que celles-ci s'autorisent d'un savoir nul ou de toute manière invérifiable. C'est ainsi qu'au cours d'une réunion à Mittau, en Pologne, Casanova s'affirme comme géologue et se voit, à la suite de cette « gasconnade », chargé d'une fort sérieuse mission : « Le propos vers la fin du dîner étant tombé sur les richesses du pays qui ne consistent qu'en mines et en demi-minéraux, j'ai osé dire que ces richesses, dépendantes de l'exploitation, devenaient précaires, et pour justifier mon assertion j'ai parlé sur cette manière comme si je l'eusse connue à la perfection tant en théorie qu'en pratique. Si j'avais su, quand j'ai commencé à parler en connaisseur, que j'étais écouté par un vrai connaisseur, j'aurais certainement dit beaucoup moins, car j'étais fort ignorant dans la matière ; mais j'y aurais perdu, car je n'en aurais pas imposé [1]. » (On voit qu'en ce qui concerne l'extraction d'un trésor, Casanova fait indifféremment confiance à la mythologie des gnomes ou à celle des calculs scientifiques : magicien ou ingénieur, il s'en remet à des configurations si vastes qu'il ne lui reste, selon sa formule favorite, qu'à *sequere deum*. On ne peut pas dire ici que Casanova croit savoir. Il sait qu'il ne sait rien et s'amuse du miracle d'imposture qui lui donne ainsi, pour une affirmation risquée au hasard (les jeux d'imposture ne vont pas sans jeux de langage), toute l'assurance d'un spécialiste. Assurance extérieure qu'il tournerait peut-être en certitude personnelle si une contestation s'élevait, si un orage le menaçait. Car le cynisme ou la crédulité ne s'évaluent pas en fonction d'un contenu et n'indiquent

1. *Ibid.*, vol. 10, p. 87.

rien sur l'existence d'un débat intérieur entre Casanova et la vérité : au-delà d'un opportunisme manifeste, ils désignent surtout deux figures d'un même discours uniquement pensé pour impressionner. Discours spectacle où il peut arriver, pour le plus grand succès de l'événement, que le sujet ou l'artiste soit le premier pris dans le tourbillon d'images et d'émotions qu'il a déclenché. C'est un des risques du métier — un métier où la détermination de la part de ruses et d'authenticité est finalement secondaire...

Casanova a porté toute sa vie une attention de professionnel, une jalousie de rival amoureux et haineux aux performances des deux plus grands charlatans de son siècle : le comte de Saint-Germain et Cagliostro. Leurs aventures suscitent en lui un mélange de silence, d'aveux, de faux récits et de vraies passions.

Bien qu'assez rarement mentionnés dans les *Mémoires*, le comte de Saint-Germain surgit à chaque fois dans un jeu d'apparition/ disparition bien fait pour ne pas laisser Casanova indifférent. Comme dans les rêves déformés par leur auteur, il importe peu à la nature du rapport qui liait Casanova à Saint-Germain que les rencontres rapportées par Casanova soient inventées ou que les dates et les lieux en aient été systématiquement faussés. Les réticences et la mauvaise foi avec lesquelles Casanova évoque le comte de Saint-Germain ne nous empêchent pas de lire le déplaisir violent en même temps que l'admiration exaspérée que lui causait la proximité de ce personnage. « Je n'ai jamais de ma vie connu un plus habile et plus séduisant imposteur [1] », reconnaît Casanova.

---

1. *Ibid.*, vol. 5, p. 194.

La séduction de Saint-Germain s'exerçait précisément dans les endroits et auprès des gens que Casanova fréquentait ou rêvait d'approcher. Ainsi, à la cour de Versailles où Casanova, on l'a vu, est assez mal reçu par Choiseul (il n'a d'autre lettre d'introduction que son énergie de narrateur et un épisode vénitien et libertin partagé avec le cardinal de Bernis), le comte de Saint-Germain, lui, n'a aucun mal à s'imposer auprès de la marquise de Pompadour qui le présente à Louis XV. Il sera même admis aux soupers du roi. Sa disgrâce future, à laquelle, d'ailleurs, Choiseul n'est pas étranger, n'abîme en rien l'image précieuse de son intimité avec Louis XV. C'est que le comte de Saint-Germain a des mots d'introduction plus puissants que ceux dont dispose Casanova... Dans son livre sur le célèbre charlatan, Paul Chacornac cite ce passage des *Mémoires* de Mme du Hausset où elle raconte comment le comte de Saint-Germain vint « un jour où la cour était en magnificence chez Mme de Pompadour, avec des boucles de souliers et de jarretières de diamants si fines, si belles, que Madame dit qu'elle ne croyait pas que le roi en eût d'aussi belles. Il passa dans l'antichambre pour les défaire, et les apporter pour les voir de plus près ; et en comparant les pierres à d'autres, M. de Gontaut qui était là, dit qu'elles valaient au moins deux cent mille francs. Il avait ce jour même une tabatière d'un prix infini, et des boutons de manche de rubis qui étaient étincelants.

« Quelques jours après, il fut question entre le roi, Madame, quelques seigneurs et le comte de Saint-Germain, du secret qu'il avait de faire disparaître les taches de diamants. Le roi se fit apporter un diamant médiocre en grosseur, qui avait une tache. On le fit peser, et le roi dit au comte : "Il est estimé six mille livres, mais il en vaudrait dix sans la tache.

Voulez-vous vous charger de me faire gagner quatre mille francs ?" Il l'examine bien, et dit : "Cela est possible, et dans un mois je le rapporterai à votre Majesté." Le comte, un mois après, rapporta au roi le diamant sans tache ; il était enveloppé dans une toile d'amiante qu'il ôta. Le roi le fit peser, et à quelque petite chose près, il était aussi pesant. Le roi l'envoya à son joaillier, sans lui rien dire, par M. de Gontaut, qui rapporta neuf mille six cents livres ; mais le roi le fit redemander, pour le garder par curiosité. Il ne revenait pas de sa surprise, et il disait que M. de Saint-Germain devait être riche à millions, surtout s'il avait le secret de faire avec de petits diamants de gros diamants. Il ne dit ni oui ni non ; mais il assura très positivement qu'il savait faire grossir les perles et leur donner la plus belle eau [1]. »

Saint-Germain ne se donne pas le mal de faire semblant d'être un détecteur de trésor, il est celui qui non seulement possède le trésor mais aussi le secret de sa création. Sa richesse est virtuellement illimitée. On imagine la stupeur de Louis XV et sa folle envie de voir dans les jarretières de diamants du comte la solution aux difficultés financières du royaume... Il y a dans ce qu'on peut lire et fantasmer sur le mystérieux aventurier un hétéroclisme et une liberté d'inspiration sans limites puisqu'on ne lui demande rien de moins que de surmonter la mort [2], non selon le tragique d'une douleur et de son effacement, mais comme si cette richesse inévaluable qu'on lui attribue

1. Mme du Hausset, *Mémoires*, mis en ordre par F. Barrière, Bruxelles, 1825, pp. 143-145, cité par P. Chacornac, *Le Comte de Saint-Germain*, Paris, Éditions traditionnelles, 1977.
2. Le comte de Saint-Germain s'est aussi fait appeler M. de Surmont.

appelait l'éternité d'une vie de dépense. C'est sa richesse qui prouve son immortalité, le secret de la disparition de la mort n'étant qu'un corollaire de la formule qui enseigne celle des taches de diamants.

La silhouette de Saint-Germain, même dessinée par ses hagiographes les plus fervents, est celle d'un homme curieusement inexistant et qui promène à la limite de sa propre légende une ingéniosité et un goût de l'expérimentation qui enchantent tous les espoirs. On ne trouve dans le personnage de Saint-Germain aucun trait de caractère marquant, sauf peut-être celui-ci relevé généralement par tous ceux qui disent l'avoir connu : il parlait trop et manifestait un certain penchant à la vantardise. Étant donné l'étendue des pouvoirs qu'on lui attribuait, le trait est plutôt touchant ! Casanova a toute sympathie pour le versant ostensiblement verbal du mystère Saint-Germain : « Il contait effrontément des choses incroyables qu'il fallait faire semblant de croire, puisqu'il se disait ou témoin oculaire, ou le principal personnage de la pièce [1]. » Une telle effronterie, qui élimine tranquillement les barrières du vraisemblable, était certainement la qualité qu'il comprenait le plus dans l'exercice de son art. Encore que d'autres aspects du large éventail des talents de Saint-Germain ne lui aient pas été complètement étrangers. Ainsi du côté apothicaire ou recettes de vieille femme qui permet à Saint-Germain de fabriquer nombre de remèdes miracles : liqueur pour conserver les cheveux et les empêcher de blanchir, ou thé de longue vie (ou sel de Saint-Germain), son célèbre élixir vital que l'on dit composé d'aromate et d'or...

Il semble que « l'effronterie » verbale de Saint-

1. *Histoire de ma vie*, vol. 5, p. 175.

Germain portait plus volontiers sur de grandes unités délirantes que sur les potions de son invention pour lesquelles il ne promettait que des effets merveilleux, certes, mais sans bouleversements visuels immédiats. L'eau de jeunesse était seulement supposée empêcher de vieillir (c'était déjà pas mal !). Elle ne restituait pas le visage disparu... Cette apparente prudence de Saint-Germain ne servait qu'à exaspérer les plus folles espérances. Par son retrait, il donnait libre champ aux prières de ses adeptes et laissait se révéler chez eux des intensités de croyance jusqu'alors imprévisibles. L'éloquence de Saint-Germain était détachée de tout rapport expérimental. Elle valait pour elle-même et ne fournissait qu'un support légendaire à une pratique à laquelle Saint-Germain se vouait, par ailleurs, avec ténacité.

Il se passionnait également pour des recherches plus réalistes (et qui nécessitaient des connaissances véritables en physique et en chimie), telle la découverte de nouveaux procédés de teinture. Et c'est le chercheur qui finalement l'emporte sur le mondain puisque Saint-Germain finit sa vie à Eckernfoerde, dans le domaine du prince de Hesse qui lui accorde, en même temps que sa protection, l'usage des bâtiments d'une ancienne teinturerie que Saint-Germain fait remettre en état. Il y passe l'essentiel de son temps au point d'y attraper, sous l'espèce d'un rhumatisme aigu, le mal banal qui le conduit à la paralysie et à la mort (en 1784). Mais les excès de sa parole, ou de celle qui se proférait sur son compte, avaient été trop loin pour que cette mort ne soit pas aussitôt démentie et la croyance en l'immortalité du célèbre alchimiste fermement rappelée. Le savant obstiné étant comme la face cachée et mortelle du discoureur léger, et peut-être effrayé d'éprouver que l'on peut tout affirmer et tout faire croire...

La gloire d'un comte de Saint-Germain lui interdit de mourir. En revanche, en cas de renommée moindre et en désespoir de produire un événement inoubliable, la mort peut apparaître comme le seul exploit accessible. C'est dans cet esprit qu'un serveur d'auberge de Leipzig en vint à se suicider. Ses activités de franc-maçon l'ayant incité à s'essayer aux sciences occultes, il ouvre une académie et s'attire un grand public. Vite à bout de fantasmagorie, il ne trouve pour étonner une dernière fois ses adeptes qu'un dernier « tour » : se suicider sous leurs yeux. « Cette nuit », leur dit-il en se levant de table, « nous ne nous coucherons pas, car demain matin à la pointe du jour, avant le lever du soleil, je vous ferai voir quelque chose de tout à fait extraordinaire [1]... » L'auteur de ce récit nous avertit : « Ne pas confondre Saint-Germain avec le suicidé de Leipzig. »

S'il est impossible de parler d'une personnalité de Saint-Germain, il y a cependant une orientation commune à ses activités [2], qui semblent d'abord porter sur des points de frivolité et tendre vers une plus grande beauté (l'immortalité même est conçue comme résultat de l'absorption d'un élixir d'or. On devient immortel comme on tombe amoureux...). Violoniste et compositeur, le comte est aussi peintre. « Il peignait à l'huile, non pas de la première force comme on l'a dit, mais agréablement ; il avait trouvé un secret de couleurs véritablement merveilleux, ce

---

1. Paul Chacornac, *op. cit.*
2. Saint-Germain illustre bien cette idée de Bachelard selon laquelle toute l'alchimie était traversée par une idée de richesse et de rajeunissement.

qui rendait les tableaux très extraordinaires. Sa peinture était dans le genre des sujets historiques ; il ne manquait jamais d'orner ses figures de femmes d'ajustement de pierreries, alors il se servait de ses couleurs pour faire ces ornements, et les émeraudes, les saphirs, les rubis, etc., avaient réellement l'éclat, les reflets et le brillant des pierres qu'ils imitaient. Latour, Vanloo et d'autres peintres ont été voir ces tableaux, et admiraient extrêmement l'artifice surprenant de ces couleurs éblouissantes qui avaient l'inconvénient d'éteindre les figures, dont elles détruisaient d'ailleurs la vérité par leur étonnante illusion. Mais pour le genre d'ornements on aurait pu tirer un grand parti de ces singulières couleurs, dont M. de Saint-Germain n'a jamais voulu donner le secret [1]. » Lignes étonnantes où Mme de Genlis, dans ce qui lui paraît être une limite picturale, désigne très exactement le génie d'illusionniste de Saint-Germain. Peintre du brillant et de l'éclipse des figures, Saint-Germain donnait là une représentation en miniature, sinon de sa vision du monde, dont on sait peu de chose, du moins de son mode d'être, essentiellement discontinu. Saint-Germain intrigue par ses disparitions au moins autant que par sa présence, au point que ses commentateurs doivent toujours se poser à un moment ou un autre de leur ouvrage la question de son existence. Ceux qui concluent à la pure légende loin d'être des sceptiques radicaux sont souvent des gens acquis à la cause d'un autre, par exemple celle de Cagliostro. Ils suspectent le caractère irréprochable de Saint-Germain, sa discrétion de bon ton. Une discrétion et une politesse, une douceur de mœurs — la frugalité et

1. Mme de Genlis, *Mémoires*, Paris, Firmin-Didot, 1928, t. I, p. 26.

la chasteté sont essentielles au personnage de Saint-Germain —, qui lui gagnent la confiance des milieux aristocratiques et lui permettent de s'esquiver d'un salon sans attirer l'attention... Il reparaît un jour, sous un autre nom, dans une autre cour, parlant une autre langue, lisse de toute trace de fatigue et de vieillissement. Ses adeptes lui brodent aussitôt de nouveaux épisodes fabuleux. Broderie d'autant plus réussie qu'elle varie les formes du Vide et qu'au fur et à mesure qu'elle se déploie, se révèle et se voile la merveille du secret de Saint-Germain : le passage du Rien au Tout qui, du mystère de la Création du monde à l'envol d'une colombe de la manche d'un spectateur, n'a cessé de ravir l'esprit des foules. Ou encore : L'impatience du désir qui substitue à l'imperceptible d'une évolution la soudaineté d'une apparition. Le rêve de l'alchimie oppose à la lenteur du travail, au devenir laborieux, une réalisation immédiate, la toute-puissance de l'incantation magique. C'est cette même impatience qui dans *Le Diable amoureux* multiplie les « soudain », « à l'instant », « à peine avais-je fini... » et qui fait naître le retentissement d'un *che vuoi* diabolique, source d'effroi et de désir.

Le comte de Saint-Germain, au contraire de Cagliostro ou de la figure monstrueuse du roman de Cazotte, la tête de chameau à longues oreilles, a une régularité de traits et une élégance effacée qui ne souligne que mieux le brillant des pierreries et crée un effet d'irrepérable bien fait pour brouiller les pistes, confondre les mémoires. Toute sa personne a l'anonymat distingué d'un écrin. Saint-Germain s'habillait le plus souvent en noir et ne sortait que la nuit. Les traces de son existence sont aussi ténues que possible au point qu'on a pu la nier et prendre non pour une antiphrase mais comme désignant la pure vérité l'anecdote (transmise par le comte de Lamberg) selon laquelle « il recevait même à Venise des lettres sur l'enveloppe desquelles il n'y avait que le simple mot, Venise ; le reste était en blanc ; et son secrétaire demandait simplement à la poste des lettres qui n'étaient à personne... » Subterfuge, ou arrogance de qui se sait tellement connu de tout le monde et l'objet de tous les discours qu'il peut se permettre l'absence de nom — comme si au degré de fantastique où il se tenait il ne pouvait plus répondre à aucun nom, les plus grandes villes du monde n'étant plus que les lieux-dits de son habitation passagère.

Le mystère Saint-Germain se trouve définitivement confirmé par l'incendie qui, en mai 1871, détruit le palais de Justice et, avec ce bâtiment, les documents qu'une commission, spécialement désignée par Napoléon III pour enquêter sur la vie du comte de Saint-Germain, avait rassemblés.

C'est comme maître dans l'art du secret et comme figure de l'invisible que Saint-Germain fascine et entraîne vers les conjectures les plus improbables... Ce retrait suppose des appuis politiques que Casanova sans doute lui envie et dont il peut craindre l'ingérence dans ses propres affaires. Surtout que, au moins en ce qui concerne les aventures de Casanova avec Mme d'Urfé qui était une intime de Saint-Germain, celui-ci aurait dû n'avoir aucun mal à obtenir sa disgrâce auprès de la marquise, ou à éveiller la méfiance de cette dernière. Pourtant, s'il a essayé, ses tentatives furent inutiles. Mme d'Urfé « la doyenne des Médées françaises, dont le salon regorgeait d'empiriques et de gens qui galopaient après les sciences occultes [1] » n'a jamais douté de Casanova. Celui-ci était suffisamment ludique pour déjouer les manœuvres hostiles en les incorporant à sa « dramaturgie ». Ainsi, avant la grande cérémonie de la Régénération [2] de Séramis (Mme d'Urfé) par les bons soins du génie Paralis ou Paralisé Galtinarde (Casanova), un oracle dénonce la mauvaise influence du « noir Saint-Germain » et ses projets malsains : repasser à la marquise une maladie vénérienne qu'une Gnomide lui aurait donnée...

De plus, Galtinarde avait pour lui un atout certain, bien que fort profane, et qui ajoutait à toutes ses pratiques « d'initié » une touche de transgression libertine souvent décisive dans la fidélité de ses adeptes. Revenons à ce livre modèle et qui a tant passionné le public du XVIIIᵉ siècle : *Le Comte de Gabalis ou Entretien sur les sciences secrètes*. Avant de livrer son Savoir, le comte de Gabalis, protégé de toute intrusion indiscrète par un labyrinthe de feuillage, prévient son jeune disciple d'une clause fondamentale : « "Il faut", ajouta-t-il tout bas en se baissant à mon oreille, "il faut renoncer à tout commerce charnel avec les femmes". Je fis un grand éclat de rire à cette bizarre proposition... L'affaire est faite depuis longtemps ; je suis assez chaste, Dieu merci [3]. » C'est là une clause que Casanova non seulement ne respecte pas, mais il fait de sa violation un ingrédient indispensable à l'efficacité de ses

1. Gérard de Nerval, préface au *Diable amoureux, op. cit.*, p. 76.
2. Casanova retrouve le même mot de « régénération » s'appliquant à la France de la Révolution. Ainsi Robespierre : « Un système de fêtes bien entendu serait à la fois le plus doux lien en fraternité et le plus puissant moyen de régénération... »
3. *Le Comte de Gabalis, op. cit.*, p. 23.

cérémonies... Sans effusion de sperme, point de philtre magique.

Recopiant dans Paracelse une recette pour faire avorter, Casanova ajoute à la composition de « l'Aroph », à base de safran en poudre, de myrrhe, de miel, etc., une idée de son cru : à savoir que « l'Aroph devait être amalgamé avec du sperme, qui n'aurait perdu, pas un seul instant, sa chaleur naturelle [1] ». Il faut noter que Casanova ne se résout à cette recette qu'après avoir effectué des démarches plus pratiques. Ce comportement suit la philosophie implicite de son rapport à la magie. Sur un fond d'inefficacité constatée, au degré zéro d'un processus d'amélioration, autant s'accorder toutes les illusions et les licences de la théâtralité. Casanova convertit un inchangeable et l'angoisse qui s'y trouve liée en un rite de jouissance... Plusieurs nuits de suite, il rejoint Miss XCV dans un « galetas » du dernier étage de l'hôtel où elle vit, et doctement lui administre l'Aroph...

Comme sorcier Casanova est littérairement du côté du personnage sadien de la Durand pour qui jouir reste finalement le but de toute opération : « "Madame, dis-je à la Durand, quel est cet homme ? — C'est un vieux sylphe, me répondit la Durand, voulez-vous que d'un mot je le fasse disparaître ? — Oui", dis-je.

« La Durand prononça deux effroyables paroles qu'il me fut impossible de retenir, et nous ne vîmes plus que de la fumée. "Faites revenir le sylphe", dit Clairwil.

« Un mot presque pareil et un second nuage le

1. *Histoire de ma vie*, vol. 5, p. 195.

ramenèrent. Cette fois-ci le sylphe bandait, et ce fut le vit en l'air qu'il s'empara de l'enfant [1]. »

Les cérémonies casanoviennes, cruauté en moins, sont très proches de la sorcellerie de l'héroïne de Sade. Quand le nuage se dissipe, il importe que le sylphe bande. Alors il n'y a plus lieu de douter. Conscient des conditions de crédibilité minimales, Casanova sait aussi ne pas opérer seul. Durant la cérémonie de l'union avec Séramis et de sa Régénération, la présence de l'ondine Marcoline est nécessaire parce qu'elle soutient l'ardeur officiante de Goule Noire, et parce qu'elle satisfait au principe de multiplication des plaisirs qui caractérise toutes les pratiques de Casanova (il y a un abîme d'impureté entre les jeunes « pupilles » ou « colombes » qui servent de médium à Cagliostro, et la voluptueuse Marcoline) : « L'ondine enchantait Séramis par l'espèce de caresses qu'elle lui faisait, et dont le duc régent d'Orléans n'avait eu aucune idée ; elle les croyait naturelles aux Génies des rivières ; ainsi elle applaudissait à tout ce que le Génie femelle travaillait sur elle avec ses doigts [2]. »

L'histoire avec Mme d'Urfé se place sous le signe de la richesse et des effets à grand spectacle. La marquise est couverte de bijoux. Au point de vue de Casanova, l'opération est essentiellement de se substituer à Sélénis, la lune, dans l'offrande d'une pleine caisse de pierres précieuses. Cette escroquerie lunaire — Casanova a peu de chances que la véritable destinataire se plaigne — se déroule au bord de la Méditerranée dans les premières heures de la nuit. Séramis jette joyeusement à la mer ce qu'elle

---

1. Sade, *Histoire de Juliette, op. cit.*, t. XXII, pp. 216-217.
2. *Histoire de ma vie*, vol. 9, p. 66.

croit être une caisse de brillants et qui n'est en réalité que du plomb... Toute cette aventure est traversée d'un courant d'allégresse dispendieuse et de débauches d'imagination dont, sans doute, la marquise fait les frais mais pour son plus sûr plaisir. Si la magie ne conduit pas toujours à découvrir un trésor, elle est d'une efficacité beaucoup plus immédiate lorsqu'elle souffle aux gens la folie de jeter leurs richesses à la mer.

Interrogeant le phénomène de l'occultisme au XIXe siècle, Philippe Muray voit en Flaubert un des rares écrivains lucides de son époque, c'est-à-dire parfaitement dépassionné sur ce sujet et sans rêverie d'aucune sorte, ni sur ce monde ni sur un autre. Flaubert, écrit-il, « n'a pas grand-chose à en dire, de l'occulte, puisqu'il a tout de suite découvert à quoi ça servait. À draguer et à baiser. Unique utilité, seule justification : ça raccourcit les avances. Préliminaires par les ondes. Approche dans les nuages et les astres. Les passes magiques de la séduction, l'abordage détourné, l'érection masquée par les nuages. On peut gagner comme ça des heures. La leçon est donnée dans *Madame Bovary* lorsque Rodolphe qui éprouve quelque difficulté à convaincre Emma prend le détour mélodique de la métempsycose : Le jeune homme expliquait à la jeune femme que ces attractions irrésistibles tiraient leur cause de quelque existence antérieure. "Ainsi, nous, disait-il, pourquoi nous sommes-nous connus ? Quel hasard l'a voulu ? C'est qu'à travers l'éloignement, sans doute, comme deux fleuves qui coulent sans se rejoindre, nos pentes particulières nous avaient poussés l'un vers l'autre."

« C'est résumé brutalement dans le *Dictionnaire*

des idées reçues : MAGNÉTISME. Joli sujet de conversation et qui sert à "faire des femmes" [1]. »

Si l'occultisme comme pratique de séduction est couramment mis à l'épreuve par Casanova, c'est parfois pour gagner du temps, mais ce peut être aussi bien pour en perdre... Le détour par l'occulte colorant toute l'aventure au point que sa finalité est multiple (faire l'amour avec une femme, s'enrichir, monter un spectacle surprenant). De Casanova avec la marquise d'Urfé au Rodolphe de la Bovary, il y a toute la différence qui sépare l'imprévu des voyages en carrosses de la linéarité des chemins de fer.

La tonalité fortement libertine des pratiques magiques de Casanova, avec la réciprocité d'un libertinage vécu dans la lucidité d'un jeu de dupes, suffirait à expliquer l'hostilité dont il est l'objet de la part des adeptes de Cagliostro comme de ceux de Saint-Germain. L'enjeu étant généralement pour chacun de ces disciples de défendre Cagliostro contre Saint-Germain, ou l'inverse, mais sur l'accord d'un anathème unanime contre Casanova. Traité de « canaille insigne [2] », de « praticien de l'escroquerie à la magie [3] » ou graphologiquement dénoncé comme « cet aventurier, âme vénale, dont l'écriture démontre la vulgarité, qui s'étale basse, mesquine et méchante [4] »...

Casanova représente d'abord ce dont il importe de démarquer leur Maître pour que celui-ci soit vénéré

1. Philippe Muray, *Le 19ᵉ siècle à travers les âges*, Paris, Denoël, coll. "L'infini", 1984, p. 223.
2. Champigny Des Bordes, *Casanova et la marquise d'Urfé*, Paris, Champion, 1932, p. 5.
3. Paul Chacornac, *op. cit.*, p. 64.
4. Arrus, *La Graphologie simplifiée*, Paris, 1899, p. 49.

comme tel, sans risque de rapprochement avec la personnalité douteuse d'un « chevalier d'industrie ». L'exécration est d'autant plus véhémente qu'à suivre la carte de leurs déplacements et le registre de leurs activités, on ne peut s'empêcher de conclure à des coïncidences répétées. Ainsi d'un séjour en Angleterre où Saint-Germain (en 1745), Casanova (en 1764), Cagliostro (en 1777), ont des démêlés avec la justice qui sont sanctionnés d'un bref emprisonnement. Ces difficultés judiciaires sont aggravées dans le cas de Casanova et de Cagliostro par leur incompréhension de la langue anglaise (Saint-Germain, au contraire, était célèbre pour sa facilité à parler de nombreuses langues étrangères sans accent d'origine. L'impossibilité de lui attribuer une langue maternelle rendant, dans son cas, la notion de « langue étrangère » très flottante). Puis, Cagliostro et Casanova auront la même idée d'aller se refaire en Russie de leur désastreux passage en Angleterre. Casanova est en décembre 1764 à Saint-Pétersbourg, tandis que Cagliostro y arrive deux ans après qu'il a quitté Londres. Le récit de son séjour en Russie comporte l'anecdote originale d'une proposition de « duel aux poisons ». Cagliostro, mis en doute par un médecin ulcéré de ses succès, se serait affirmé prêt à avaler le poison que son adversaire voudrait lui administrer, lui-même ayant à sa disposition des pilules d'arsenic. Mais l'autre, moins fanatique, se prit à douter de l'efficacité de ses contrepoisons... Après Saint-Pétersbourg, la station obligée pour tous les deux est Varsovie, où les alchimistes étaient particulièrement bien accueillis. La trajectoire de Saint-Germain est moins bien connue et semble différente. Il quitte Londres pour se rendre sur ses terres en Allemagne. Son art du retrait était sans doute sous-tendu par une fortune plus solide que celles de Casanova et de Cagliostro qui, tout en brassant par moments de très grandes richesses, furent toute leur vie des errants ; avec, par rapport à l'Italie, la même inhabituelle association qui, pour eux, en fait à la fois le lieu du retour et du malheur (malheur évidemment plus atroce et définitif pour Cagliostro).

Croire en Saint-Germain ou en Cagliostro... Il est rare, en effet, de croire aux deux ensemble, comme s'il fallait que l'un soit la caricature de l'autre, le double mercantile d'un authentique initié, pour l'édification d'un personnage sacré, ainsi purifié de tout élément biographique trouble, de toute anecdote dévalorisante. Pour cette attitude hagiographique celui des deux qui tombe dans le profane peut n'être pas traité avec le dégoût que l'on porte à un déchet (attitude commune à l'égard de Casanova), mais subir un rejet plus nuancé. On voit alors en lui un piètre élève du maître inégalé, un mauvais initié (ce qu'est Cagliostro pour les partisans de Saint-Germain), ou bien son existence est taxée de légendaire et ne relève plus de la croyance mais de l'imagination (il arrive que l'on se débarrasse ainsi de la silhouette élégante de Saint-Germain ; Cagliostro est un personnage beaucoup plus encombrant...). Une solution pour en finir avec la valse de ces hésitations serait de réunir les deux personnages en un seul qui posséderait tous les attributs jusqu'alors diversement distribués selon un éparpillement inutile et qui conduit souvent à des redites gênantes : Les monographies de ces deux mages reprennent, à quelques variantes près, les mêmes anecdotes. Il ne serait d'ailleurs pas inconcevable

que pour se donner plus d'espace (car il était manifestement un homme de spacieuse imagination)
Cagliostro ait inventé Saint-Germain — ou l'inverse !
À moins qu'ils ne soient tous deux des créatures de
Casanova... alors la chute dans le discrédit est totale.
On ne peut plus se raccrocher à rien... car il ne faut
jamais, jamais, croire à Casanova. Il est le charlatan
des charlatans, le menteur le plus avéré, celui qui
vous ferait mettre en doute toute forme de foi. Sur
ce point les commentateurs sont unanimes, les ini-
tiés comme les non-initiés. Il ne fut qu'un escroc,
comme le cafetier de Leipzig, mais sans la dignité
qui oblige celui-ci à se suicider. Ou bien pour ceux,
désormais nombreux, qui ne croient pas en Cagliostro : il ne valait guère mieux que lui, sauf que
Cagliostro *au moins* fut torturé par l'Inquisition et
sut mourir pour ses convictions... Effectivement il
n'y a rien de tel chez Casanova, pas l'ombre d'un
penchant au martyre ni même d'un courage de ses
pratiques occultes. Il est le premier à les dénoncer
comme des duperies et à attaquer ses confrères en
charlatanerie.

En 1786, dans un écrit intitulé *Soliloque d'un penseur*, et qui paraît sous forme de publication anonyme, Casanova, sans le nommer directement (il
n'utilise que le nom de Pelegrini), fait un portrait
hostile et caricatural de Cagliostro. Qu'il ait choisi
ce moment aggrave encore la malveillance et la
lâcheté de son propos, puisque c'est la date où est
posée juridiquement, à propos de l'affaire du collier
de la Reine, la question de l'innocence ou de la
culpabilité de Cagliostro (c'est-à-dire de sa complicité avec Mme de la Motte). Comme l'écrit Casanova :
« Ses biens, sa vie et son honneur dépendent d'une

sentence qui ne peut le déclarer innocent qu'en lui faisant la grâce de le déclarer imbécile [1]. » C'est ce qui va arriver. Mme de la Motte passe aux aveux et reconnaît sa culpabilité, tandis que le cardinal de Rohan et Cagliostro sont déclarés innocents (en mai 1786) et reçoivent au sortir de la Bastille un accueil triomphal. Mais quel que soit l'éclat de cette déclaration publique, l'image du « Grand Cophte » en est irrémédiablement ternie.

Ce libelle contre Cagliostro comprend, en contre-point, un éloge de Saint-Germain : « Quel homme ! On pouvait être sa dupe sans se déshonorer : figure agréable, noble dans ses manières, beau parleur, quoique fanfaron, parlant très bien toutes les langues, grand chimiste, grand musicien, ayant le ton de la bonne compagnie, se montrant rarement, réservé, poli, badin, rempli d'esprit, et tel que ceux qui avaient été ses dupes ne rougissaient pas de l'avouer. Le roi Louis XV qui s'ennuyait partout s'amusait dans le laboratoire que Saint-Germain lui avait monté [2]. » Éloge qui correspond à une admiration véritable, mais aussi auquel il peut d'autant plus s'abandonner que son ami le comte de Lamberg a écrit *contre* Saint-Germain *Le Mémorial d'un mondain*... Casanova « se charge » donc de Cagliostro. L'entreprise lui tient à cœur. D'abord, parce que, bien qu'actuellement dans une mauvaise passe, Cagliostro n'était pas un homme fini. Aux yeux de certains, son procès même accroît son prestige en le montrant victime de la justice royale. S'il est libéré, il peut donc entraver Casanova dans ses propres affaires. Il y a entre les différents aventuriers une

1. *Soliloque d'un penseur, op. cit.*, p. 14.
2. *Ibid.*, p. 35.

véritable guerre de domination *Le Soliloque d'un penseur*, adressé à Joseph II, vise à ne pas perdre la protection de ce souverain, à ce qu'il ne tombe pas sous la coupe de Cagliostro.

Ensuite parce qu'à de nombreux égards Cagliostro est trop proche de lui pour ne pas représenter son double haïssable : « Un charlatan bouffon, ignorant, sans figure, sans nulle culture, qui ne parle que fort mal le jargon de son pays », écrit Casanova, ulcéré par le personnage et par leurs communes origines italiennes et populaires. Pour qui est familier des *Mémoires* de Casanova, il y a une indéniable résonance autobiographique dans ce qu'il fustige du passé de pèlerin de Cagliostro et de sa femme — celle-ci assumant par sa jeunesse et sa beauté le rôle de séducteur dont Casanova se chargeait volontiers lui-même. Ce que Casanova déteste aussi chez Cagliostro, c'est l'aspect couple de son entreprise, la conjugalité indispensable à son succès. Cagliostro ne peut exister sans Serafina. Au contraire, Saint-Germain, comme lui-même, est une figure célibataire. Il faut ajouter au compte d'une troublante proximité et complémentarité dans leurs aventures, le hasard qui fait de Casanova l'introducteur de la loterie à Paris et celui qui à Londres conduit Cagliostro à prévoir « la veille les numéros qui devaient sortir le lendemain à la roue de la loterie ». Entreprise d'égotiste pour Casanova, mais présentée comme celle d'un bienfaiteur et d'un savant quand il s'agit de Cagliostro. Marc Haven écrit : « Cagliostro, tant pour venir en aide à des malheureux que pour expérimenter un système de calculs qui l'intéressait, ayant plusieurs fois indiqué des numéros gagnants dans les tirages de la loterie d'Angleterre, tous, par des supplications, des cadeaux, des objurgations, essaient d'en

obtenir encore et le harcèlent de visites intéres-
sées [1]. »

Autant que cette aura de désintéressement et de
pureté que revendique Cagliostro, son indifférence
à bien parler français (qui s'accorde avec l'idéal de
sainteté du personnage) ne pouvait qu'indigner
Casanova. D'autant que Cagliostro avait su faire de
son « baragouin mi-partie italien et français »
émaillé de citations qui passaient pour de l'arabe un
atout charismatique. On peut penser que si Cagliostro se soucie peu de la forme de son français, c'est
qu'il considère qu'il a quelque chose à dire, une mission à accomplir suffisamment élevée pour que
quelques fautes de grammaire ne l'entament pas. En
effet, la différence essentielle entre Casanova et
Cagliostro est dans la certitude d'une vocation, le
sentiment d'un destin salvateur qui galvanise l'énergie de ce dernier. Le charlatanisme de Cagliostro
n'est pas dépourvu d'une totale bonne foi. C'est elle
qui lui arrachera ses clameurs de douleur du fond
de la prison de Saint-Ange à Rome. C'est elle aussi
qui l'emporte dans un amour irrépressible pour sa
femme (qui le livrera à l'Inquisition en 1791). Cette
confiance d'amoureux et de missionnaire a tout
pour déplaire à Casanova. Elle lui semble une trahison ou une stupidité dans l'art de la tromperie qu'ils
exercent pareillement. À ceci près que Cagliostro
n'en veut rien savoir et sublime ses activités dans le
sens de l'Utile : C'est en premier lieu comme médecin, comme guérisseur que Cagliostro devient

1. Marc Haven, *Le Maître inconnu, Cagliostro*, p. 35.
    Dans un livre plus neutre et plus objectif comme celui de Denyse
Dalbian, *Le Comte de Cagliostro* (Paris, Laffont, 1983), écrit dans
l'optique d'une certaine rationalisation scientifique du phénomène
Cagliostro, aucun processus d'exclusion n'est nécessaire.

célèbre. L'image la plus répandue de lui est celle, christique, de quelqu'un qui soulage les malheureux. C'est accessoirement, et dans la confusion de la foule disparate qui l'entoure, qu'il soustrait quelques fortunes. Ce double jeu, sans doute sincère, exaspère Casanova qui y voit une manière de gâcher le métier et de dissoudre dans des paroles d'Évangile le code ludique et érotique qui lie la dupe à son imposteur.

Contre la philanthropie et l'humanisme fumeux qui caractérisent les discours de Cagliostro, Casanova pose une identité de savoir entre les misanthropes et les imposteurs. Ce sont, dit-il, les deux espèces d'hommes qui connaissent le genre humain. Seulement, à ce sombre savoir, ils réagissent différemment : le misanthrope préfère s'isoler, alors que l'imposteur qui, lui aussi, connaît bien les hommes, mais ne les déteste pas, « croit qu'au lieu de les fuir il vaut mieux d'en tirer parti [1] ». Il est intéressant que Casanova rencontre ici, à propos de quelqu'un qui s'est voulu, dans tous les sens du terme, le guérisseur du genre humain, la question de la haine. Et il me semble qu'il situe à juste titre de son côté, c'est-à-dire dans son attitude purement cynique, simplement aventurière, étrangère à tout fantasme salvateur, non pas un amour de l'humanité mais ce qui est plus sûr, une réelle absence de haine.

Casanova est un personnage essentiellement non réactif, et pour qui le monde existant ne peut faire l'objet que d'un *oui* sans réserve. C'est pourquoi il analyse la division entre dupe et imposteur d'un point de vue plus technique que moral. Elle ne suit pas la coupure entre plaisir et déplaisir (les deux trouvent leur bonheur) ni celle entre bêtise et intel-

1. *Soliloque d'un penseur, op. cit.*, p. 4.

ligence : « Ceux qui croient qu'une dupe ne puisse être qu'un sot, sont dans l'erreur, car il ne s'agit que de sottise partielle : voilà pourquoi un homme d'esprit est plus sujet à devenir dupe d'un imposteur qu'un grand sot... un homme d'esprit, cultivé, plein de confiance dans ses lumières se croit, et donne dedans [dans le panneau] à corps perdu [1]. » La dupe idéale selon Casanova (qui a plus d'une fois réfléchi au problème) croit en ses capacités intellectuelles. Cette intelligence « partielle » la livre aux pleins pouvoirs du charlatan qui, au contraire de sa victime, n'utilise son intelligence qu'en cas de besoin et se sert plutôt, dans un opportunisme systématique, de tous les moyens dont il dispose. Curieusement, ce texte contre Cagliostro peut être lu comme une défense de l'imposture entendue non comme devant servir à transmettre un message ou à faire rêver d'un autre monde, mais comme la liberté de jouer d'une conjonction de forces et d'expérimenter sa volonté de pouvoir. « L'imposteur voyant le genre humain sous ses pieds jouit de sa supériorité. » Jouissance du moment. L'imposteur saisit une occasion, au passage... « L'imposteur peut finir par devenir honnête : la dupe sera la victime de tout jusqu'à son dernier soupir. Je crois que cet axiome n'est pas fait pour consoler les dupes, et qu'au monde il n'y en a pas une seule qui, satisfaite par cet axiome, ressente une véritable satisfaction d'avoir été dupée plutôt que d'avoir fait des dupes [2]. » La dupe est incurable. C'est en quoi il y a chez Cagliostro, avec un véritable génie d'imposteur, une constance de dupe : la foi en ses dires. Elle l'empêche d'entendre la différence de

1. *Ibid.*, p. 8.
2. *Ibid.*, p. 13.

tonalité entre le cardinal de Rohan et Mme de la Motte ou entre Serafina alliée et Sérafina conquise à la cause de ses ennemis.

C'est donc la surdité de Cagliostro, son enfermement dans une lubie messianique que Casanova attaque. En vue de quoi ? D'une suppression des imposteurs et d'une défense de leurs victimes ? Non, on l'a vu, ce serait plutôt l'inverse. C'est finalement comme traître à la caste des imposteurs, ou comme personnage tragique, que Casanova en veut à Cagliostro... Cet étrange plaidoyer contre les belles âmes, et pour l'imposture considérée comme un art de l'improvisation et de « l'attention » à l'autre (aucune situation ne se répète : ce qui vaut pour les paysans de Cesena ne vaut pas pour Mme d'Urfé), ouvre sur une discussion de la peine de mort appliquée aux sorciers.

« Notre siècle, écrit Casanova, se glorifie d'avoir purgé le code criminel de quelques lois qui le déshonoraient : cela peut être ; parmi ces lois on cite celle qui condamnait les sorciers à être brûlés. Elle sévissait, dit-on, contre un crime que la saine raison ne peut admettre [1]... » Par-delà l'attitude provocatrice qui consiste à remettre en question l'abolition des châtiments contre les sorciers, Casanova souligne l'absurdité de l'alternative dans laquelle nous place « la saine raison ». Elle demande de conclure à la véracité ou à la fausseté de la sorcellerie : ou bien les sorciers n'ont aucun pouvoir extraordinaire, ou bien ils possèdent véritablement des dons surnaturels. Il est de toute manière inutile de les châtier : dans le premier cas, ils sont trop inoffensifs pour que l'on songe à les détruire et, dans le second, ils

1. *Ibid.*, p. 26.

ont tout pouvoir y compris celui d'échapper à leur supplice.

Cette logique du vrai ou du faux lui paraît manquer la possibilité d'un troisième terme qui reconnaît aux sorciers un pouvoir : celui du faux-semblant ; ou encore un génie authentique, mais dans le domaine de l'imaginaire. Il n'existe sans doute que des « prétendus sorciers ». Pourtant cette prétention n'est pas sans effet. Selon Casanova, l'ancienne législation, de caractère médiéval, sanctionnait implicitement l'existence d'un pouvoir pensé à la fois comme faux et comme agissant — un leurre. « Il est si vrai que les lois contre les sorciers n'étaient dans leur esprit que contre les soi-disants que j'ose soutenir que si les législateurs eussent cru que ceux qu'ils condamnaient étaient de véritables magiciens, ils ne les auraient jamais condamnés, mais ils leur auraient plutôt donné des appointements pour apprendre leur art, ou pour se concilier leur faveur [1]. »

C'est pour sauver l'empire du soi-disant que Casanova maintient le bien-fondé de la punition des sorciers. Les innocenter revient à considérer comme nulles les entreprises de l'imposture. C'est là le jugement de « la saine raison » où Casanova ne voit, finalement, rien de plus qu'une imposture particulièrement réussie.

1. *Ibid.*, p. 29.

L'enfance, l'absence

La position de Casanova dans *Soliloque d'un penseur* n'est pas isolée dans l'ensemble de ses écrits. Elle correspond à une constante de son attitude. Dès les premières pages de ses *Mémoires*, Casanova affirme à la fois l'importance et l'imposture du pouvoir des sorciers — l'étendue de leur règne sur l'imagination : « Il n'y a jamais eu au monde des sorciers ; mais leur pouvoir a toujours existé par rapport à ceux auxquels ils ont eu le talent de se faire croire tels [1]. » La force de cette conviction a, chez lui, une origine autobiographique précise. Casanova est né de la sorcellerie : des invocations et diableries d'une sorcière de Murano que sa grand-mère est venue consulter pour qu'elle sauve l'enfant de la mort lente en laquelle il s'épuise ou, plus exactement, en laquelle il s'écoule...

Le caractère éjaculatoire et heureux de Casanova (ce qu'il nomme son tempérament sanguin) fait suite à une enfance située sous le signe du sang, non comme ressource de vigueur mais comme la morbidité même. Casanova dit de lui qu'il était un enfant

1. *Histoire de ma vie*, vol. 1, p. 6.

d'un « tempérament pituiteux » et qui appelait la pitié ; nullement l'enfant drôle et « vivant » que le récit de sa vie d'adulte pourrait faire imaginer. Casanova fut un enfant mourant, non de naissance comme Rousseau (« J'étais né presque mourant »), mais au fur et à mesure qu'il grandit. Son dépérissement spectaculaire, obsédant (l'enfant laisse partout des taches de sang), fait réponse au jeu de passe-passe par lequel sa mère Zanetta s'est débarrassée de lui pour aller faire du théâtre à l'étranger : « L'année suivante, ma mère me laissa entre les mains de la sienne [1]... » Le tour est d'autant plus « sanglant » qu'il est parfaitement elliptique : Zanetta Casanova a l'art des départs, elle ne laisse derrière elle rien à quoi accrocher sa peine.

L'inexistence de l'enfance dans l'idéologie du xviiie siècle (la mémoire commence avec l'âge de raison) est redoublée chez Casanova de l'état d'hébétude, d'absence à lui-même et au monde, dans lequel il traverse ces années. Voué à mourir et, pour cela, objet d'aucune attention de la part de ses parents qui ne lui adressent pas la parole, l'enfant cependant ne renonce pas. On peut même dire que sa maladie, mettant en scène son délaissement de façon silencieuse, voyante et dispendieuse, témoigne d'une étonnante insistance à la fois à mourir et à être vu en train de mourir.

La première image de Casanova sur laquelle s'ouvrent les *Mémoires* — et que l'on aurait tendance à oublier dans la mesure où toutes les autres sont une contradiction ou une résurrection à partir de celle-ci — est d'un enfant transformé en fontaine de sang. Casanova intitule cette image le premier

1. *Ibid.*, vol. 1, p. 3. L'enfant a alors un an.

« fait » dont il se souvienne : « J'étais debout au coin
d'une chambre, courbé vers le mur, soutenant ma
tête, et tenant les yeux fixés sur le sang qui ruisselait par terre sortant copieusement de mon nez. Marzia ma grand-mère, dont j'étais le bien-aimé, vint à
moi, me lava le visage avec de l'eau fraîche, et à
l'insu de toute la maison me fit monter avec elle dans
une gondole, et me mena à Muran [1]. »

Cette invraisemblable hémorragie nasale, qui
dure depuis des années, intrigue les médecins.
Casanova, déjà génial dans l'art de dépenser plus
qu'il n'a, perd des quantités de sang supérieures à
celles dont son corps est supposé disposer. Ces
larmes de sang, si elles indiquent l'abrutissement
du malheur (l'enfant a constamment un mouchoir
sur le nez, il est uniquement préoccupé de l'étan-
chement de son sang, et même la séance à Murano,
pourtant riche en couleurs et cris, le laisse sans
réaction), pourraient correspondre aussi, d'après
les analyses de Fliess, à une activité masturbatoire
incessante. « Il est en effet établi avec une extrême
précision qu'il y a une forme de saignement de nez
dont souffrent les masturbants, et où l'épistaxis surgit immédiatement après qu'a été commis
l'excès [2]... » Giacomo s'occupe tristement dans son
coin pendant que sa maman joue la *Commedia
dell'arte* devant le public londonien. Et quand elle
revient à la maison, elle trouve un enfant « morne,
et point du tout amusant » dont elle n'a aucune
envie de s'encombrer.

1. *Ibid.*, vol. 1, p. 4.
2. Fliess, *Les Relations entre le nez et les organes génitaux fémi-
nins*, Paris, Le Seuil, coll. « Champ freudien », 1977, p. 184.

La grand-mère, qui l'aime, avait tenté une expédi-
tion à Murano. À la suite de quoi ses hémorragies
diminuent mais persistent d'une manière encore
inquiétante. Ce mieux relatif est peut-être médicale-
ment douteux, mais il a pris la forme, aux yeux de
l'enfant, d'une merveilleuse vision nocturne. Rentré
à Venise, après la visite chez la sorcière, il s'endort :
« ... m'étant réveillé quelques heures après, j'ai vu,
ou cru voir, descendre de la cheminée une femme
éblouissante en grand panier et vêtue d'une étoffe
superbe, portant sur sa tête une couronne parsemée
de pierreries qui me semblaient étincelantes de feu.
Elle vint à pas lents d'un air majestueux et doux
s'asseoir sur mon lit. Elle tira de sa poche des petites
boîtes, qu'elle vida sur ma tête en murmurant des
mots. Après m'avoir tenu un long discours auquel je
n'ai rien compris, et m'avoir baisé, elle partit par où
elle était venue ; et je me suis rendormi [1]. »

Ce sommeil d'enfance appartient au monde oni-
rique (et onaniste) : un monde d'onguents, de chats
noirs et de fées, creusé d'absence, murmuré de
vieilles femmes... monde du dépérissement lent, de
la fascination... L'enfant momifié se rendort. Il aurait
pu dormir toujours.

Mais Casanova se réveille au plein jour de la présence d'une fillette, la petite Bettina, qui vient, le
matin, lui faire des caresses. Du rêve au lendemain
Casanova est guéri.

Entre les deux, il y a eu un autre voyage, moins
fabuleux mais plus décisif. Sa mère, qui l'aime peu,
le conduit en burchiello à Padoue. Casanova sort de
son coin, cesse de saigner — grâce au changement

---

1. *Histoire de ma vie*, vol. 1, p. 5.

d'air (c'est l'explication à laquelle il se tient et qu'il mettra souvent en pratique au cours de son existence passagère), grâce à la rencontre bouleversante d'autres enfants, ses contemporains, de leurs corps à sa mesure et de leurs désirs tangibles.

De nombreuses années plus tard, à Turin, une comtesse espagnole désireuse de se venger de Casanova décide d'utiliser la sorcellerie. Pour cela elle a besoin d'obtenir du sang de sa victime. Elle fait semblant de lui offrir du tabac à priser, mais lui donne en réalité de la poudre à éternuer qui doit le faire saigner du nez. Elle-même en prend de façon qu'on puisse mêler leurs sangs. « Elle approcha de sa tête une grande écuelle d'argent, et j'ai vu son sang. Un moment après j'ai dû en faire de même, excité par elle qui m'a empêché de le prendre dans mon mouchoir [1]. » La comtesse, inspirée par une haine infaillible, replace exactement Casanova dans la posture de son enfance. Il est à nouveau debout, tête baissée, à regarder couler son sang.

La scène suivante se passe chez la sorcière dont l'art devait réaliser la vengeance de la dame. La « laide vieille femme » séduite par l'argent de Casanova trahit sa cliente et lui révèle où en était l'opération de sa destruction. La chose était en cours. La recette n'était pas complètement appliquée (sinon, même à prix d'or, Casanova ne pouvait plus changer son destin). La sorcière lui désigne, comme en une démonstration, les éléments déjà préparés et la première phase en l'espèce d'une bouteille contenant les deux sangs mêlés. À la vue de ce sang, Casanova est terrorisé : « Au lieu de rire, mes cheveux se héris-

1. *Ibid.*, vol. 8, pp. 180-181.

sèrent, et je me suis senti inondé par une sueur froide [1]. »

Puis elle lui montre sa reproduction sous forme d'une petite statuette au phallus géant, par laquelle, après qu'elle eut été « induite » de sang, devait s'actualiser le maléfice. Si la vision du sang soigneusement recueilli dans une bouteille l'avait glacé de peur, la représentation priapique de lui-même (qui est aussi une pré-vision de sa figuration mythique) le fait éclater de rire. De se voir ainsi miniaturisé en un porte-phallus transformable par bain de sang en porte-malheur lui paraît du plus haut comique. D'aucune façon Casanova n'est prêt à subir le sort qu'allait lui jeter la sorcière. Celui-ci, l'assure-t-elle, n'était pas destiné à le faire mourir mais à le rendre « amoureux et malheureux » — on voulait *seulement* qu'il cesse enfin de rire, qu'il retourne à l'agonie de son enfance...

1. *Ibid.*, vol. 8, p. 189.

APPENDICES

Index des noms cités

A. B. (comtesse), 64.
Abirached, Robert, 218.
Adam (prince), 181.
Adèle, 64.
Agate, 64.
Ancilla, 45.
Angela, 28, 29, 30.
Angelica (sœur de Lucrezia), 36, 307.
Annette, 59, 64.
Antonioni, Michelangelo, 225.
Argenson (M. d'), 171, 172, 173.
Apollinaire, Guillaume, 17.
Arioste (l'), 104.
Armelline, 70, 71.
A. S. (comtesse), 40.
Astrodi (l'), 58.

Bachelard, Gaston, 333.
Balletti, Manon, 53, 201.
Balletti, Silvia, 53.
Barbaruccia, 300.

Barthes, Roland, 107, 136, 260, 261.
Barthold, Friedrich Wilhelm, 88.
Baschet, Armand, 88, 89, 96.
Bauër, Gérard, 14, 301.
Bavois (baron de), 279.
Belle Grecque (la), 34, 284
Bellino-Thérèse, 17, 36, 37, 38, 39.
Bernardin de Saint-Pierre, Henri, 215.
Bernis, François-Joachim, (cardinal de), 48, 49, 51, 70, 150,258.
Bettine (ou Bettina), 26, 27, 31, 32, 167, 233, 234, 291, 292, 294, 302, 355.
Biron (maréchal de), 165.
Bloch, Marc, 170.
Bonafède (comtesse de), 34, 108.
Bonnet, Jean-Claude, 151.

Boret (la), 55.
Boucher, François, 46.
Bragadin, 52, 96, 167, 168, 267.
Branicki (comte), 104, 176, 177, 315.
Brockhaus, H. E., 78, 228.
Buñuel, Luis, 12.
Buonaccorsi, 69.

Cagliostro, 86, 156, 266, 317, 319, 321, 328, 334, 335, 339, 341, 342, 343, 344, 345, 346, 347, 348, 349, 350.
Callimena (la), 69.
Carroll, Lewis, 134.
Canaletto, 304.
Capon, 89.
Casanova, François (frère de Casanova), 179.
Casanova, Zanetta (mère de Casanova), 129, 132, 138, 238, 273, 353, 354.
Cassini, 89.
Catarina, 82, 84.
Catherine II (tsarine de Russie), 169, 180, 186, 252.
Cattinella (la), 44.
Cazotte, Jacques, 86, 321, 335.
C. C., 46, 47, 49, 50, 51, 253.
Cécile et Marine, 36.
Chacornac, Paul, 329, 330, 333.
Charlotte, 66, 93, 221, 222, 223, 224.
Charpillon (la), 12, 65, 121, 255, 256, 257, 287.
Chartres (duchesse de), 124.
Chavigni (marquis de), 177.
Chéreau, Patrice, 97.
Chion, Michel, 115.

Choiseul (duc de), 103, 329.
Christine, 40, 41, 42.
Cinq orphelines, 65.
Clémentine, 64, 250.
Comencini, Luigi, 12
Cornélis (la), 248.
Corticelli (la), 59, 64, 278, 300.
Crébillon fils, 109, 166, 230, 232.
Crébillon père, 119.
Croce (ou Della Croce), 93, 221, 222, 223.

Damiens, 150, 151, 152, 153, 155.
Dalbian, Denyse, 347.
Dandolo, Marco, 169.
Da Ponte, Lorenzo, 19, 243, 244, 245, 246, 247.
Darnton, Robert, 144, 319.
Demetrio, 312, 313, 314.
Denon, Vivant, 222.
Désarmoises (Mlle), 61.
Diderot, Denis, 76, 169, 180, 317, 318.
Dietrich, Marlene, 13.
Don Juan, 25, 76, 81, 84, 206, 208, 209, 245, 316.
Dostoïevski, Fédor, 117, 118, 137, 219.
Dubois (la), 57.

Éléonore, 250.
Émilie, 70, 71.
Entragues (d'), 89.
Esther, 54, 167.

F. (Mme), 39, 106, 108, 178, 242, 272, 273, 282.
Farussi, Marzia (grand mère de Casanova), 128, 132, 352, 354, 355.

Fayet (chirurgien de Casanova), 279.
Fellini, Federico, 12, 13, 15, 115, 135, 136, 297, 300.
Felman, Shoshana, 208, 209.
Flaubert, Gustave, 251, 262, 264, 340.
Fliess, Wilhelm, 354.
Fragoletta (la), 42.
Frédéric II de Prusse, 169, 179.

Genlis (Mme de), 334.
Gertrude, 62.
Gide, André, 102.
Goldoni, Carlo, 138, 213.
Goudar, Pierre, Ange, 107, 216, 217.
Goudar, Sarah, 107.
Gozzi, abbé, 26, 132, 167, 291.
Graciansky, Pierre, 264, 265.
Gramont (comte de), 175.
Guardi, Francesco, 304.
Guède (Dr), 93, 94, 95.

Hamilton, Antoine, 174, 175, 183, 219, 220.
Hausset (Mme du), 329, 330.
Haven, Marc, 346, 347.
Heine, Maurice, 14.
Hélène et Hedvige, 63.
Henriette, 43, 224, 225, 226, 227, 229, 231, 233, 234, 235, 236, 237, 238, 239, 280.
Hernandez, 264, 265.
Hitchcock, Alfred, 234.
Holstein (comte de), 44
Hunter, 264.

Ignacia, doña, 66.
Imer, Thérèse, 32, 33

Irène, 64.
Ismail, 106, 297.

Javotte, 43, 325.
Juliette, dite la Cavamacchie, 33, 305, 306.

Kafka, Franz, 177, 315, 316.
Kaunitz (prince), 179.
Kierkegaard, Sören, 114, 200.
Kristeva, Julia, 245.
Kundera, Milan, 148.

Laclos, Choderlos de, 87, 200, 207.
Laforgue, Jean, 38, 79, 109, 172, 173, 180, 228, 296, 298, 299, 300, 301, 302, 303, 304, 305, 306, 307, 308, 309, 310, 311.
Lagarde et Michard, 21.
Lamberg (comte de), 345.
Lambertini (la), 151, 152.
Lambertini (nièce de la), 53.
La Motte, Jeanne de, 344, 350.
Leduc (valet de Casanova), 270, 271.
Le Gras, 89.
Lejeune, Philippe, 91.
Léonilde, 60, 62.
Lepi (la), 58.
Leporello, 25.
Lequeu, Jean-Jacques, 212.
Le Sage, Alain-René, 235.
Lia (à Ancône), 71, 72.
Lia (à Turin), 60.
Longhi, Pietro, 130.
Louis II de Bavière, 182.
Louis XIV, 170, 213.
Louis XV, 46, 58, 165, 166, 170, 171, 172, 173, 186, 329.
Louis XVI, 170.

Louÿs, Pierre, 12.
Lucie, 30, 31, 32.
Lucrezia, 35, 36, 60, 241, 307.

Malipiero (M. de), 32, 33.
Mann, Thomas, 302.
Mannoni, Octave, 323, 324, 325, 326.
Marceau, Félicien, 156, 297.
Marcoline, 43, 64, 119, 236, 237, 238, 239, 259, 339.
Marguerite, 69.
Maria de Jesús de Agreda (sœur), 52.
Marie-Antoinette (reine), 258.
Mariuccia, 59, 205.
Marie-Thérèse (impératrice), 81, 179.
Mastroianni, Marcello, 12.
Maton, 66, 253, 279.
Maty (Dr), 161.
Maynial, Édouard, 89, 90, 91, 94.
Mazarin (cardinal), 215.
Mellula, 40, 272, 273, 274.
Menicuccio, 69, 70.
Mercy, 66, 101.
Mesmer (Dr), 159, 319.
Michelet, Jules, 22, 147.
Miss Beti, 68.
Miss XCV, 54, 338.
M. M., 47, 48, 49, 50, 51, 52, 57, 61, 62, 212, 251.
M.M. (la seconde), 57, 58, 61, 62, 212, 254.
Molière, 206, 209, 269.
Monaco (princesse de), 178.
Morand, Paul, 95, 96.
Mosjoukine, Ivan, 12.
Mozart, Wolfgang, 19, 97.
Muray, Philippe, 340.

Nanette et Marton, 28, 29, 30, 39.
Neilan, O'., 275, 276.
Nerval, Gérard de, 80, 81, 82, 83, 84, 85, 86, 87, 318, 321.
Nina, 67, 68.

Oberkirch (baronne d'), 165, 258.
O Morphi (O' Morphy), 46
Opiz, 99.
Orléans, Philippe de France (duc d'), le Régent, 53.

Palatine (princesse), 213.
Paracelse, 53, 266, 338.
Passionei (cardinal), 103.
Patu, 267.
Pétrarque, 58.
Piccoli, Michel, 115.
Pipers (Dr), 288.
Pollio, Joseph, 88, 89, 93.
Pompadour (marquise de), 172, 173, 329.
Poussatin, 303.
Proietti, Luigi, 115.
Proust, Marcel, 77, 125, 251, 302.

Q. (la marquise), 64.
Quinson, Mimi, 45.

Rampati, Marc, 289.
Raton, 280.
Raton (Paris), 63.
Ravà, Aldo, 89, 90, 93.
Renaud (la), 62.
Restif de La Bretonne, Nicolas, 86, 87.
Rétat, Pierre, 151.
Ricla (comte de), 67.
Rives Childs, J, 75, 88, 92.

Robespierre, Maximilien de, 148.
Rohan (cardinal de), 345, 350.
Roman, Mlle, 58.
Rosalie, 59.
Rose et Manon, 58.
Rousseau, Jean-Jacques, 93, 105, 174, 304, 318, 353.
Roussel, Raymond, 171.

Sacher-Masoch, Léopold von, 75.
Sade, Donatien Alphonse François (marquis de), 21, 75, 107, 147, 152, 153, 200, 285, 286, 290, 338, 339.
Sade, Laure de, 58.
Saint-Germain (comte de), 185, 222, 317, 319, 328, 329, 330, 331, 332, 333, 334, 335, 336, 341, 342, 343, 344, 345, 346.
Saint-Just, Louis de, 145, 146.
Saint-Simon (duc de), 77.
Samaran, Charles, 89.
Santa Croce (princesse de), 70.
Saône (Mme de la), 56.
Sara, 57.
Sartre, Jean-Paul, 22.
Scola, Ettore, 12.
Scolastique, 71.
Snetlage, Léonard, 141, 156, 157, 158.
Sollers, Philippe, 77.
Stendhal, 117, 118, 137, 235, 299.
Sternberg, Joseph von, 12, 350.
Stewart (Mlle), 183, 184.
Sutherland, Donald, 15, 115.

Tasse (le), 27.
Tintoretta (la), 33.
Tiretta, 151.
Tonine et Barberine, 52.
Toscani, 55.
Tosello (curé), 28.

Urfé (marquise d'), 53, 56, 59, 105, 121, 168, 175, 176, 244, 308, 322, 336, 339, 350.
Uzanne, Octave, 14, 75, 90.

Vailland, Roger, 207, 276.
Valville (la), 65, 231.
Vaussard, Maurice, 214.
Verne, Jules, 187, 188, 195.
Véronique, 59.
Vésian (Mlle), 45, 238.
Vèze, Raoul, 78, 89.
Vhahby, 83.
Victorine, 60, 61, 62.
Villadarias (duchesse de), 113.
Villars (abbé de), 319, 321.
Viscioleta, 55.
Visconti, Luchino, 182, 183.
Volkoff, Alexandre, 12.
Voltaire, 16, 20, 104, 105, 155, 216.
Volland, Sophie, 180.

Wald Lasowski, Patrick, 268.
Wagner, Richard, 183.

X. (Mme), 259.

Zenobie, 64.
Zaire, 65, 126, 297.
Zola, Émile, 279.
Zweig, Stefan, 14.

CHRONOLOGIE
1725-1798

1725. 2 avril : naissance à Venise de Giacomo Girolamo, fils de Gaetano Giuseppe Casanova et de Zanetta Farussi.

1725-1734. Maladif, l'enfant, dont les parents sont comédiens, est élevé par sa grand-mère, Marzia.

1733. Mort soudaine du père. Zanetta, enceinte de son sixième enfant, Gaetano Alviso (entre Giacomo et lui étaient nés François, qui deviendra célèbre commme peintre de batailles, Jean, Faustina-Maddalena qui mourra à quinze ans et Maria-Maddalena), poursuit avec succès, à Saint-Pétersbourg puis à Dresde, sa carrière de comédienne, commencée dans la troupe de Goldoni.

1735-1742. En pension à Padoue chez l'abbé Gozzi (Bettine). Stages dans des cabinets d'avocat. Première éducation vénitienne, mondaine et libertine par le sénateur Malipiero (Thérèse Imer, Nanette et Marton). Séjours à Paséan (Lucie). Le jeune homme reçoit les ordres mineurs. Doctorat en droit à l'université de Padoue.

1743. 18 mars : mort de sa grand-mère. Incarcération au fort Saint-André. Rejoint en Calabre l'évêque Bernardo de Bernardis. Démission immédiate.

1744-1745. Naples. En chemin vers Rome, amours avec donna Lucrezia. À Rome, entrevue avec le pape Benoît XIV. Casanova est prêt à se lancer dans la carrière ecclésiastique. Un scandale (Barbaruccia) l'oblige à y renoncer. Ancône (Bellino-Thérèse), Pesaro, Rimini, Bologne... Corfou, Constantinople (Ismail, la femme de

Josouff), Corfou (Mme F.) : ébauche de carrière militaire.

1746-1748. Retour à Venise. Sans argent, Casanova est
employé comme violoniste au théâtre de San Samuele.
La protection du sénateur Matteo Bragadin le sauve.
Liaison avec la comtesse A.S. Séjours à Padoue, Mestre
(Christine). Casanova s'adonne avec Bragadin et ses
amis à des pratiques cabalistiques. Doit s'éloigner à
cause des Inquisiteurs d'État. Milan, Mantoue.

1749. Césène (Javotte). Rencontre avec Henriette, qui
voyage déguisée en officier. Cinq mois de passion.
Parme, Milan.

1750-1753. Février : séparation d'avec Henriette à Genève.
Parme, Ferrare (la Catinella), Bologne, Reggio, Turin.
Juin : Casanova découvre la France. Lyon (reçu franc-
maçon), Paris, qui l'éblouit. Fréquente le milieu des
acteurs italiens (les Balletti). Passage à Metz, Francfort,
Dresde (où vit sa mère), Prague, Vienne.

1753. Mai : Venise. Retrouve Thérèse Imer. Séduit la jeune
C.C.

1754. Décembre : épisode à quatre entre Casanova, C. C.,
la religieuse M.M. et le cardinal de Bernis, ambassadeur
de France.

1755. Juillet : accusé de libertinage, de magie, il est jeté en
prison sous les Plombs.

1756. 31 octobre : évasion de nuit.

1757-1759. Paris. Attentat de Damiens contre Louis XV. Le
cardinal de Bernis devient ministre des Affaires étrangères. Casanova, en phase de chance, crée la loterie de
l'École militaire. Amours avec Manon Balletti, fille de
l'actrice Silvia. Mission à Dunkerque, Amiens. Rencontre
avec la marquise d'Urfé, folle d'alchimie et de cabale.
Visite à Rousseau. Loue une maison, *La Petite Pologne*.
Fêtes. Voyage en Hollande (Lucie). Création à Paris, au
Temple, d'une manufacture de la soie. Faillite.

1760-1761. Deuxième séjour à Amsterdam (Thérèse Imer,
Esther). Rupture avec Manon Balletti, lasse de ses infi-
délités. Casanova prend le nom et le titre de chevalier de
Seingalt. Utrecht, Cologne, Bonn, Stuttgart, Zurich,
Baden, Lucerne, Fribourg, Soleure (la Dubois), Berne

(Sara, Mme de la Saône), Lausanne. Juillet-août : Genève. Visite à Voltaire, dans son domaine de Ferney. Sud de la France. Septembre : deuxième et dernière visite à Voltaire, lequel l'obsédera pour longtemps. Aix-en-Savoie (une religieuse, « la seconde M.M. »), Chambéry, Grenoble (Mlle de Roman), Marseille (Rosalie). Regagne l'Italie par la Côte d'Azur. Gênes (Véronique, Annette), Florence (la Corticelli). Début 1761 : Rome. Fréquente le peintre Mengs et Winckelmann. Naples : retrouvailles avec donna Lucrezia, fait connaissance de Leonilda, sa fille. Bologne, Parme, Turin (Lia). Été : retour en France. Lyon, Paris, Metz.

1762-1763. Aix-la-Chapelle avec Mme d'Urfé et la Corticelli. Liège, Metz, Sulzbach, Genève (Hedvige, Hélène, Mlle de Fernex), Lausanne (la Dubois), Turin (Agathe). Expulsion. Genève, Chambéry, nord de l'Italie. A lieu, en compagnie de la jeune Marcoline, la cérémonie avec Mme d'Urfé, qui doit lui conférer l'immortalité et se solde, pour Casanova, par un transfert de cassette. Passe, à son insu, une nuit chez Henriette, dans un château provençal. Lyon : se sépare de Marcoline. Paris.

1763-1764. Séjour désastreux à Londres. Pauline. Désir suicidaire pour la Charpillon (épisode qui inspirera *La Femme et le pantin* de Pierre Louÿs) : « C'est depuis ce jour que j'ai commencé de mourir. » Arrestation. Départ en catastrophe.

1764-1765. Casanova, défait, se soigne à Wesel d'une maladie vénérienne. Guéri, se rend à Berlin (rencontre, décevante, avec Frédéric le Grand), Moscou, Saint-Pétersbourg (Zaire). Rencontre avec Catherine II. Varsovie. Projet d'installation.

1766. Mars : duel avec le comte Branicki. Expulsion de Pologne. Automne : Dresde (visite à sa mère), Prague, Munich, Mayence, Cologne. Séjour à Spa, où un aventurier de ses amis lui confie sa jeune femme enceinte, Charlotte.

1767. Mort de Bragadin, qui avait continué de lui verser une rente. Mort de Charlotte, à Paris. Jours sombres. Chassé de France par lettre de cachet (en novembre). Se rend en Espagne.

1768. Madrid (prison au Buen Retiro), Tolède, Madrid. Séjour difficile, sauf pour sa liaison avec Doña Ignacia, son goût pour la langue espagnole et le fandango. Barcelone (Nina, dont le libertinage l'effraie). Prison.

769. Malade, se soigne à Aix-en-Provence. Rencontre avec Cagliostro. Marseille. Turin.

770-1772. La Toscane, Rome, Naples (revoit l'aventurier Ange Goudar et sa femme, Sarah), Salerne (Lucrezia, Leonilda, Anastasia), Naples, Rome (revoit le cardinal de Bernis). Chassé de Florence pour tricherie, va à Bologne (publication de *Lana Caprina, Lettre d'un lycanthrope*), puis à Ancône (Lia).

772-1774. Séjour à Trieste, dans l'attente de l'autorisation de rentrer à Venise. Travaille à *L'Histoire des troubles de la Pologne* (t. I).

1775-1783. Venise. Traduction de *l'Iliade*. Suite de *L'Histoire des troubles de la Pologne* (t. II et III). Mort de Mme d'Urfé. Emploi de *Confidente*. Novembre 1776 : mort de Zanetta Casanova. Rencontre avec Lorenzo Da Ponte. Fait la connaissance de Francesca Buschini, avec laquelle il vit durant ce dernier séjour vénitien.

1780-1781. Publication de *Scrutinio del Libro « Éloges de M. de Voltaire par différents auteurs »*, de *Opuscoli miscellanei* (qui contient *Le Duel*), et de la revue *Le Messager de Thalie*.

1783. Le libelle contre l'aristocratie vénitienne, *Né amori, né Donne, ovvero la stalla ripulita*, provoque son expulsion définitive.

1783-1785. Errances, désarroi. Passage à Vienne, où il est secrétaire de l'ambassadeur de Venise. Rencontre du comte de Waldstein, qui lui propose de devenir bibliothécaire en son château de Dux.

1785. Septembre : arrivée de Casanova à Dux, en Bohême. Entretient avec la langue allemande, les domestiques du château, les gens du village des rapports de guerre. Écrire est désormais l'essentiel de son activité.

1787. Publication de *Histoire de ma fuite*. Prague. Revoit Da Ponte. Assiste à la première du *Don Giovanni* de Mozart.

1788. Écrit un roman, *L'Icosameron*.

1789-1797. Écrit en français ses Mémoires : *Histoire de ma
   vie.* Publie un travail sur les mathématiques, *Solution du
   problème déliaque* (1790) et *Lettre à Léonard Snetlage à
   propos de son dictionnaire sur les nouvelles expressions
   du peuple français* (1797). Amitié avec le prince de Ligne,
   premier lecteur de ses Mémoires, à qui il rend visite à
   Vienne. Tendre correspondance avec une jeune fille,
   Cécile de Ruggendorf, qu'il ne rencontra jamais.
1798. 4 juin : mort de Casanova à Dux.

AVENTUROS

*Portrait de Casanova
par le prince de Ligne*

Ce serait un bien bel homme, s'il n'était pas laid ;
il est grand, bâti en Hercule ; mais un teint africain,
des yeux vifs, pleins d'esprit à la vérité, mais qui
annoncent toujours la susceptibilité, l'inquiétude ou
la rancune, lui donnent un peu l'air féroce, plus
facile à être mis en colère qu'en gaieté. Il rit peu,
mais il fait rire ; il a une manière de dire les choses,
qui tient de l'Arlequin balourd et du Figaro, et le
rend très plaisant. Il n'y a que les choses qu'il prétend savoir, qu'il ne sait pas : les règles de la danse,
de la langue française, du goût, de l'usage du monde
et du savoir-vivre. Il n'y a que ses comédies qui ne
soient pas comiques ; il n'y a que ses ouvrages phi-
losophiques, où il n'y ait point de philosophie : tous
les autres en sont remplis ; il y a toujours du trait,
du neuf, du piquant et du profond. C'est un puits de
science ; mais il cite si souvent Homère et Horace,
que c'est de quoi en dégoûter. Sa tournure d'esprit
et ses saillies sont un extrait de sel attique. Il est sensible et reconnaissant ; mais pour peu qu'on lui
déplaise, il est méchant, hargneux et détestable. Un
million qu'on lui donnerait, ne rachèterait pas une
petite plaisanterie qu'on lui aurait faite. Son style

ressemble à celui des anciennes préfaces : il est long, diffus et lourd ; mais s'il a quelque chose à raconter, comme, par exemple, ses aventures, il y met une telle originalité, naïveté, espèce de genre dramatique pour mettre tout en action, qu'on ne saurait trop l'admirer, et que sans le savoir il est supérieur à Gil-blas et au Diable boiteux. Il ne croit à rien, excepté ce qui est le moins croyable, étant superstitieux sur tout plein d'objets. Heureusement qu'il a de l'honneur et de la délicatesse, car avec sa phrase : *je l'ai promis à Dieu*, ou bien : *Dieu le veut*, il n'y a pas de chose dans le monde qu'il ne fût capable de faire : il aime, il convoite tout, et, après avoir eu de tout, il sait se passer de tout. Les femmes et les petites filles surtout sont dans sa tête, mais elles ne peuvent plus en sortir pour en passer ailleurs. Cela le fâche, cela le met en colère contre le beau sexe, contre lui, contre le ciel, la nature, et l'année 1742 [1] Il se venge de tout cela contre tout ce qui est mangeable et potable ; ne pouvant plus être un Dieu dans les jardins, un Satyre dans les forêts, c'est un loup à table ; il ne fait grâce à rien, commence gaiement et finit tristement, désolé de ne pouvoir plus recommencer. S'il a profité quelquefois de sa supériorité sur quelques bêtes, en hommes et en femmes, pour faire fortune, c'était pour rendre heureux ce qui l'entourait. Au milieu des plus grands désordres de la jeunesse la plus orageuse et de la carrière des aventures, quelquefois un peu équivoques, il a montré de l'honneur, de la délicatesse et du courage. Il est fier, parce qu'il n'est rien et qu'il n'a rien. Rentier, ou financier, ou grand seigneur, il aurait été peut-être

---

1. Ligne a probablement voulu dire 1725, date de la naissance de Casanova.

facile à vivre ; mais, qu'on ne le contrarie point, surtout que l'on ne rie point, mais qu'on le lise ou qu'on l'écoute, car son amour-propre est toujours sous les armes ; ne lui dites jamais que vous savez l'histoire qu'il va vous conter ; ayez l'air de l'entendre pour la première fois. Ne manquez pas de lui faire la révérence, car un rien vous en fera un ennemi : sa prodigieuse imagination, la vivacité de son pays, ses voyages, tous les métiers qu'il a faits, sa fermeté dans l'absence de tous ses biens moraux et physiques, en font un homme rare, précieux à rencontrer, digne même de considération et de beaucoup d'amitié de la part du très petit nombre de personnes qui trouvent grâce devant lui.

BIBLIOGRAPHIE

Œuvres de Jacques Casanova de Seingalt

Histoire de ma vie, Wiesbaden et Paris, F.A. Brockhaus et Plon, 1960-1962, 12 tomes en 6 volumes.

Histoire de ma vie, suivi de textes inédits, édition présentée et établie par Francis Lacassin, Paris, Robert Laffont, 1993, coll. « Bouquins », 3 tomes.

Histoire de ma vie, édition de Gérard Lahouati et Marie-Françoise Luna, Paris, Gallimard, coll. « La Pléiade », vol. I, 2013.

Histoire de ma vie, choix et présentation de Jean-Michel Gardair, Paris, Gallimard, coll. « Folio », 1986.

Icosameron ou Histoire d'Édouard et d'Élisabeth qui passèrent quatre-vingt-un ans chez les Mégamicres, habitants aborigènes du protocosme dans l'intérieur de notre globe, Spolète, Éditions Claudio d'Argentieri, 1928, 5 tomes, et Paris, François Bourin, 1988.

Mon apprentissage à Paris, extraits de *Histoire de ma vie*, préface de Chantal Thomas, Paris, Rivages, coll. « Petite Bibliothèque », 1998.

Le Duel ou Essai sur la vie de J. C., Vénitien, traduit de l'italien par Joseph Pollio et Raoul Vèze, posface Chantal Thomas, Paris, Mille et Une Nuits, 1998.

Œuvres critiques en français :

ABIRACHED (Robert), *Casanova ou la dissipation*, Paris, Grasset, 1961.

DELON (Michel), *Casanova : Histoire de sa vie*, Paris, Gallimard, coll. « Découvertes », 2011.

FLEM (Lydia), *Casanova ou l'exercice du bonheur*, Paris, Le Seuil, 1995.

MARCEAU (Félicien), *Casanova ou l'anti-don Juan*, Paris, Gallimard, 1948.

— *Une insolente liberté, Les aventures de Casanova*, Paris, Gallimard, 1983.

MAYNIAL (Édouard), *Casanova et son temps*, Paris, Mercure de France, 1911.

PRÉVOST (Marie-Laure), Thomas (Chantal), *Casanova, La passion de la liberté*, ouvrage collectif illustré, Paris, Bibliothèque nationale de France/Seuil, 2011.

ROTH (Suzanne), *Les Aventuriers au XVIIIe siècle*, Paris, Galilée, 1980.

ROUSTANG (François), *Le Bal masqué de Giacomo Casanova*, Paris, Minuit, 1984.

ROVERE (Maxime), *Casanova*, Paris, Gallimard, coll. « Folio biographies », 2011.

SAMARAN (Charles), *Une vie d'aventurier au XVIIIe siècle, Jacques Casanova*, Paris, Calmann-Lévy, 1931.

SOLLERS (Philippe), *Casanova l'admirable*, Paris, Plon, 1998.

STROEV (Alexandre), *Les Aventuriers des Lumières*, Paris, PUF, 1997.

THOMAS (Chantal), *Casanova, Un voyage libertin*, Paris, Denoël, 1985.

VINCENT (Jean-Didier), *Casanova, La contagion du plaisir*, Paris, Odile Jacob, 1990.

ZWEIG (Stefan), *Trois poètes de leur vie. Stendhal, Casanova, Tolstoï*, Paris, Belfond, 1983.

Revue

L'intermédiaire des Casanovistes, Études et informations casanoviennes, édité depuis 1984 par Helmut Watzlawick et Furio Luccichenti, Genève.

Introduction   11
Catalogue   25

I. L'ESPACE DES LANGUES

Le casanovisme   75
    Casanova et Gérard de Nerval. Les amours
    de Vienne, 80 / Le cénacle casanoviste, 87.

Le français, langue du libertinage   98

Les autres langues   126
    Espagnol et fandango, 126 / Le latin, l'oiseau
    d'amorce, 131 / Les petites filles, 134 / Du
    bruit de paroles anglaises, 138 / Le silence
    allemand, 140.

Casanova et la Révolution   144
    Le fantôme liberté, 144 / La lettre à Léonard
    Snetlage : Un dernier autoportrait, 156.

Le Bien-Aimé   164
    La tête de Louis XV, 165 / Le dessert aux
    figures des souverains, 184.

Dux ou l'utopie des Mégamicres   187

II L'AMOUR CHARLATAN

Inscrire l'oubli   205
   Partir, 205 / Jouer, 213 / Tricher, 216 / Pour
   une morale de l'irresponsabilité, 218 / Henriette, 224 / Les mots sur la vitre, 229.

Souvenirs fétiches   240
   Rencontres avec Lorenzo Da Ponte, 243 /
   Une voilette de blonde noire, 247 / Briller,
   258 / La nuit, 262 / Le jour russe, 263.

La bagatelle d'une syphilis   264
   Les misérables laides coquines, 270 / Un
   aveu déplacé, 281 / Bettine, 291.

Pudeurs de Laforgue   296
   La farce du bras mort, 311.

L'imposteur et la dupe. Portraits de Saint-Ger-
main et de Cagliostro   317

L'enfance, l'absence   352

APPENDICES

Index des noms cités   361
Chronologie   366
Aventuros   371
Bibliographie   374

DU MÊME AUTEUR

Aux Éditions Gallimard

LA VIE RÉELLE DES PETITES FILLES, « Haute-Enfance », « Folio » n° 5119, 1995

« Où sont les poupées ? », dans POUPÉES, sous la direction d'Allen S. Weiss, 2004

Aux Éditions Denoël

CASANOVA, UN VOYAGE LIBERTIN, « L'Infini » et « Folio » n° 3125, 1985

Aux Éditions du Mercure de France

LA LECTRICE ADJOINTE, suivi de MARIE-ANTOINETTE ET LE THEÂTRE, théâtre, 2003

L'ÎLE FLOTTANTE, « Le Petit Mercure », 2004

JARDINIÈRE ARLEQUIN : CONVERSATIONS AVEC ALAIN PASSARD, « Le Petit Mercure », 2006

Aux Éditions du Seuil

DON JUAN OU PAVLOV. ESSAI SUR LA COMMUNICATION PUBLICITAIRE, en collaboration avec Claude Bonnange, « La couleur des idées », 1987

LA REINE SCÉLÉRATE, MARIE-ANTOINETTE DANS LES PAMPHLETS, 1989

THOMAS BERNHARD, « Les Contemporains », 1990

SADE, « Écrivains de toujours », 1994

LES ADIEUX À LA REINE, « Fiction & Cie », 2002. Prix Femina

CAFÉS DE LA MÉMOIRE, « Réflexion », 2008

LE TESTAMENT D'OLYMPE, « Fiction & Cie », 2010

CASANOVA, LA PASSION DE LA LIBERTÉ, ouvrage collectif illustré, codiririgé avec Marie-Laure Prévost, Seuil/Bnf, 2011.

L'ÉCHANGE DES PRINCESSES, « Fiction & Cie », 2013

Aux Éditions Payot

SADE, L'ŒIL DE LA LETTRE, 1978
COMMENT SUPPORTER SA LIBERTÉ, 1998
SOUFFRIR, 2004
L'ESPRIT DE CONVERSATION. TROIS SALONS, 2011
UN AIR DE LIBERTÉ : VARIATIONS SUR L'ESPRIT DU XVIIIᵉ SIÈCLE, 2014

Chez d'autres éditeurs

LA SUITE À L'ORDINAIRE PROCHAIN, LA REPRÉ-SENTATION DU MONDE DANS LES GAZETTES, livre collectif codirigé avec Denis Reynaud, *Presses universitaires de Lyon*, 1999

LE RÉGENT, ENTRE FABLE ET HISTOIRE, livre collectif codirigé avec Denis Reynaud, *CNRS Éditions*, 2003

LE PALAIS DE LA REINE, théâtre, *Éditions Actes Sud*, 2005

CHEMINS DE SABLE : CONVERSATION AVEC CLAUDE PLETTNER, *Éditions Bayard*, 2006

L'INVENTION DE LA CATASTROPHE AU XVIIIᵉ SIÈCLE, DU CHÂTIMENT DIVIN AU DÉSASTRE NATUREL, livre collectif codirigé avec Anne-Marie Mercier-Faivre, *Éditions Droz*, 2008

DICTIONNAIRE DES VIES PRIVÉES (1722-1842), codi-rigé avec Olivier Ferret et Anne-Marie Mercier-Faivre, préface de Robert Darnton, *Oxford*, *Voltaire Foundation*, 2011.

COLLECTION FOLIO

Dernières parutions

6876. Kazuo Ishiguro — *2 nouvelles musicales*
6877. Collectif — *Fioretti. Légendes de saint François d'Assise*
6878. Herta Müller — *La convocation*
6879. Giosuè Calaciura — *Borgo Vecchio*
6880. Marc Dugain — *Intérieur jour*
6881. Marc Dugain — *Transparence*
6882. Elena Ferrante — *Frantumaglia. L'écriture et ma vie*
6883. Lilia Hassaine — *L'œil du paon*
6884. Jon McGregor — *Réservoir 13*
6885. Caroline Lamarche — *Nous sommes à la lisière*
6886. Isabelle Sorente — *Le complexe de la sorcière*
6887. Karine Tuil — *Les choses humaines*
6888. Ovide — *Pénélope à Ulysse et autres lettres d'amour de grandes héroïnes antiques*
6889. Louis Pergaud — *La tragique aventure de Goupil et autres contes animaliers*
6890. Rainer Maria Rilke — *Notes sur la mélodie des choses et autres textes*
6891. George Orwell — *Mil neuf cent quatre-vingt-quatre*
6892. Jacques Casanova — *Histoire de ma vie*
6893. Santiago H. Amigorena — *Le ghetto intérieur*
6894. Dominique Barbéris — *Un dimanche à Ville-d'Avray*
6895. Alessandro Baricco — *The Game*
6896. Joffrine Donnadieu — *Une histoire de France*
6897. Marie Nimier — *Les confidences*
6898. Sylvain Ouillon — *Les jours*
6899. Ludmila Oulitskaïa — *Médée et ses enfants*

6900. Antoine Wauters — *Pense aux pierres sous tes pas*
6901. Franz-Olivier Giesbert — *Le schmock*
6902. Élisée Reclus — *La source* et autres histoires d'un ruisseau
6903. Simone Weil — *Étude pour une déclaration des obligations envers l'être humain* et autres textes
6904. Aurélien Bellanger — *Le continent de la douceur*
6905. Jean-Philippe Blondel — *La grande escapade*
6906. Astrid Éliard — *La dernière fois que j'ai vu Adèle*
6907. Lian Hearn — *Shikanoko, livres I et II*
6908. Lian Hearn — *Shikanoko, livres III et IV*
6909. Roy Jacobsen — *Mer blanche*
6910. Luc Lang — *La tentation*
6911. Jean-Baptiste Naudet — *La blessure*
6912. Erik Orsenna — *Briser en nous la mer gelée*
6913. Sylvain Prudhomme — *Par les routes*
6914. Vincent Raynaud — *Au tournant de la nuit*
6915. Kazuki Sakuraba — *La légende des filles rouges*
6916. Philippe Sollers — *Désir*
6917. Charles Baudelaire — *De l'essence du rire* et autres textes
6918. Marguerite Duras — *Madame Dodin*
6919. Madame de Genlis — *Mademoiselle de Clermont*
6920. Collectif — *La Commune des écrivains. Paris, 1871 : vivre et écrire l'insurrection*
6921. Jonathan Coe — *Le cœur de l'Angleterre*
6922. Yoann Barbereau — *Dans les geôles de Sibérie*
6923. Raphaël Confiant — *Grand café Martinique*
6924. Jérôme Garcin — *Le dernier hiver du Cid*
6925. Arnaud de La Grange — *Le huitième soir*
6926. Javier Marías — *Berta Isla*
6927. Fiona Mozley — *Elmet*
6928. Philip Pullman — *La Belle Sauvage. La trilogie de la Poussière, I*

6929. Jean-Christophe Rufin   *Les trois femmes du Consul.*
         Les énigmes d'Aurel le Consul
6930. Collectif   *Haikus de printemps et d'été*
6931. Épicure   *Lettre à Ménécée et autres*
         textes
6932. Marcel Proust   *Le Mystérieux Correspondant*
         et autres nouvelles retrouvées
6933. Nelly Alard   *La vie que tu t'étais imaginée*
6934. Sophie Chauveau   *La fabrique des pervers*
6935. Cecil Scott Forester   *L'heureux retour*
6936. Cecil Scott Forester   *Un vaisseau de ligne*
6937. Cecil Scott Forester   *Pavillon haut*
6938. Pam Jenoff   *La parade des enfants perdus*
6939. Maylis de Kerangal   *Ni fleurs ni couronnes suivi de*
         Sous la cendre
6940. Michèle Lesbre   *Rendez-vous à Parme*
6941. Akira Mizubayashi   *Âme brisée*
6942. Arto Paasilinna   *Adam & Eve*
6943. Leïla Slimani   *Le pays des autres*
6944. Zadie Smith   *Indices*
6945. Cesare Pavese   *La plage*
6946. Rabindranath Tagore   *À quatre voix*
6947. Jean de La Fontaine   *Les Amours de Psyché et de*
         Cupidon précédé d'Adonis et
         du Songe de Vaux
6948. Bartabas   *D'un cheval l'autre*
6949. Tonino Benacquista   *Toutes les histoires d'amour*
         ont été racontées, sauf une
6950. François Cavanna   *Crève, Ducon !*
6951. René Frégni   *Dernier arrêt avant l'automne*
6952. Violaine Huisman   *Rose désert*
6953. Alexandre Labruffe   *Chroniques d'une station-service*
6954. Franck Maubert   *Avec Bacon*
6955. Claire Messud   *Avant le bouleversement du*
         monde
6956. Olivier Rolin   *Extérieur monde*
6957. Karina Sainz Borgo   *La fille de l'Espagnole*
6958. Julie Wolkenstein   *Et toujours en été*
6959. James Fenimore Cooper   *Le Corsaire Rouge*

*Tous les papiers utilisés pour les ouvrages
des collections Folio sont certifiés
et proviennent de forêts gérées durablement.*

Composition Jouve.
Impression Grafica Veneta
à Trebaseleghe, le 15 mars 2022
Dépôt légal : mars 2022
1er dépôt légal dans la collection : septembre 1998.

ISBN 978-2-07-040562-6./Imprimé en Italy.

446963